明 王餘佑 撰
張京華 點校

五公山人集

華東師範大學出版社

圖書在版編目(CIP)數據

五公山人集 /（清）王餘佑著. —上海：華東師範大學出版社，2011.3
（明代別集叢刊）
ISBN 978-7-5617-8458-7

Ⅰ.①五… Ⅱ.①王… Ⅲ.①古典文學-作品集-中國-清代 Ⅳ.①I214.92

中國版本圖書館 CIP 數據核字（2011）第032894號

明代別集叢刊

五公山人集

著　　者　（清）王餘佑
點 校 者　張京華
特約編輯　黃曙輝
項目編輯　方學毅
裝幀設計　勞　韌

出版發行　華東師範大學出版社
社　　址　上海市中山北路3663號　郵編 200062
網　　址　www.ecnupress.com.cn
電　　話　021-60821666　行政傳真　021-62572105
客服電話　021-62865537
門市（郵購）電話　021-62869887　地址 上海市中山北路3663號
　　　　　華東師範大學校内先鋒路口
網　　店　http://ecnup.taobao.com/

印 刷 者　杭州富陽永昌印刷有限公司
開　　本　850×1168　32開
印　　張　16.125
字　　數　300千字
版　　次　2011年3月第1版
印　　次　2011年3月第1次
書　　號　ISBN 978-7-5617-8458-7/I・751
定　　價　50.00元

出 版 人　朱傑人

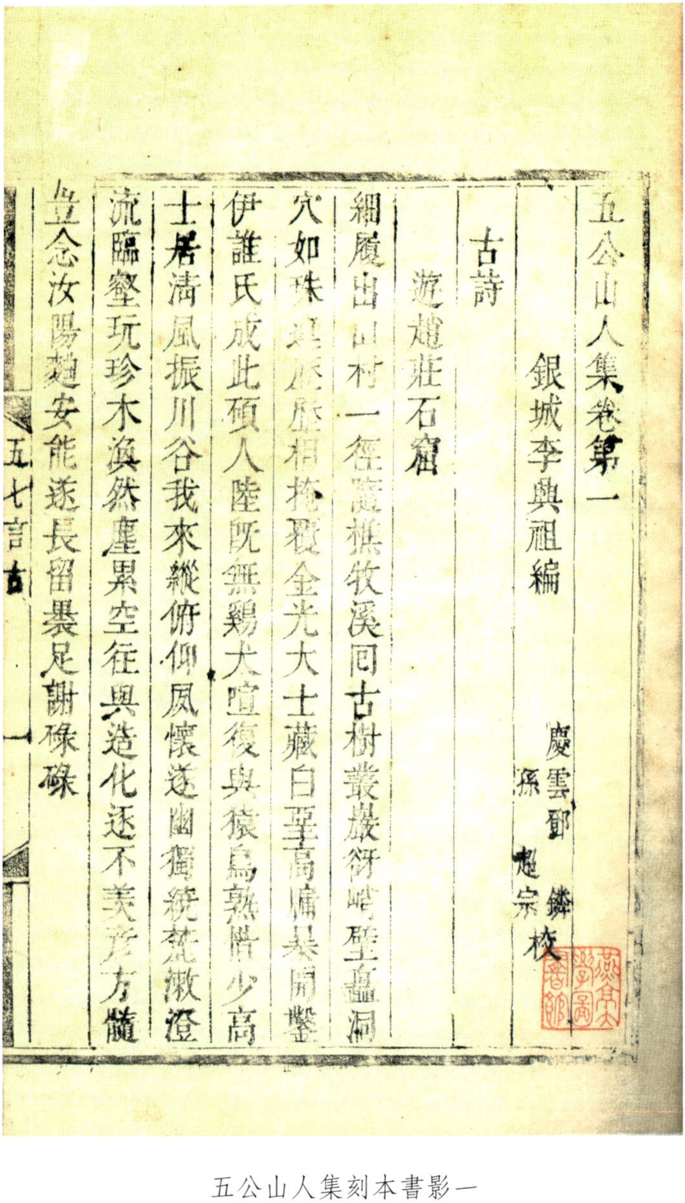
五公山人集卷第一

銀城李興祖編

慶雲鄧　鏻
孫　起宗 校

古詩

遊趙莊石窟

細履出山村一徑隨樵牧溪回古樹叢巖谺嵒壁盤洞穴如珠與歷歷相掩覆金光大士藏白晝高牖是開鑿伊誰氏成此碩人陸既無鷄犬喧復與猿鳥熟借少高士居淸風振川谷我來縱俯仰夙懷遂幽獨繞荒漱澄流臨鑒玩珍木涣然塵累空往與造化逐不羨彦方髓豈念汝陽麴安能遂長留畢足謝碌碌

五七言古　一

五公山人集刻本書影一

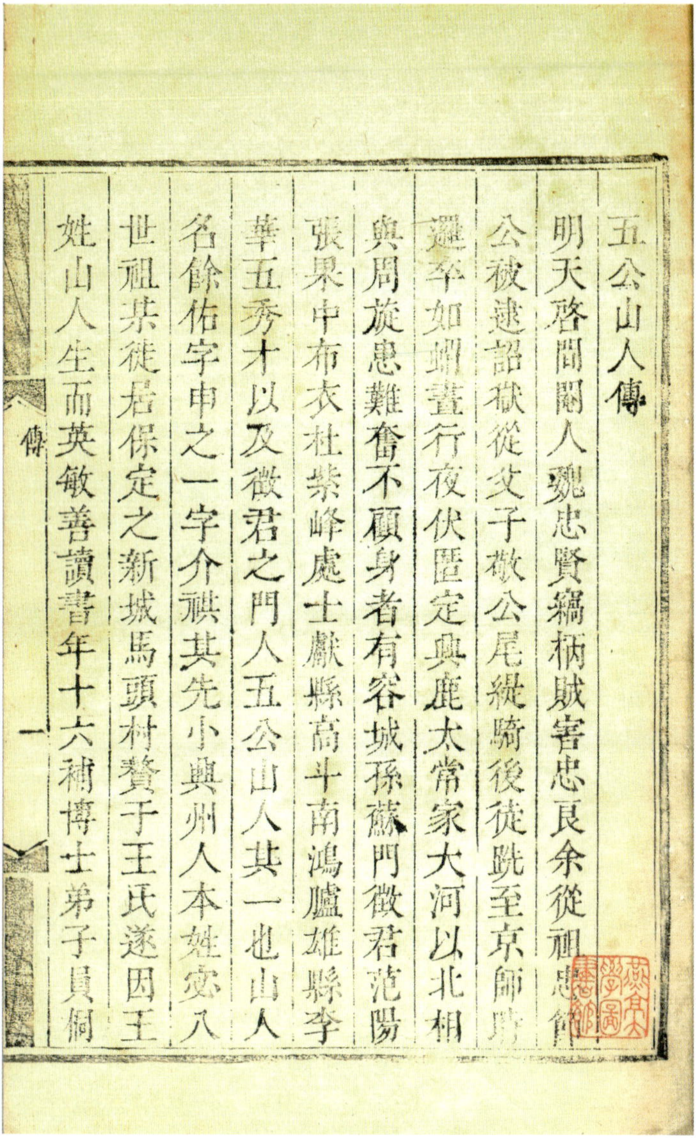

五公山人傳

明天啓間閹人魏忠賢竊柄賊害忠良余從祖忠節
公被逮詔獄從父子敬公尾緹騎後徒跣至京師時
邏卒如蝟晝行夜伏匿定興鹿太常家大河以北相
與周旋患難奮不顧身者有容城孫蘇門徵君范陽
張杲中布衣杜紫峰處士獻縣高斗南鴻臚雄縣李
華五秀才以及徵君之門人五公山人其一也山人
名餘佑字申之一字介祺其先小興州人本姓窦八
世祖某徙居保定之新城馬頭村贅于王氏遂因王
姓山人生而英敏善讀書年十六補博士弟子員侗

五公山人集刻本書影二

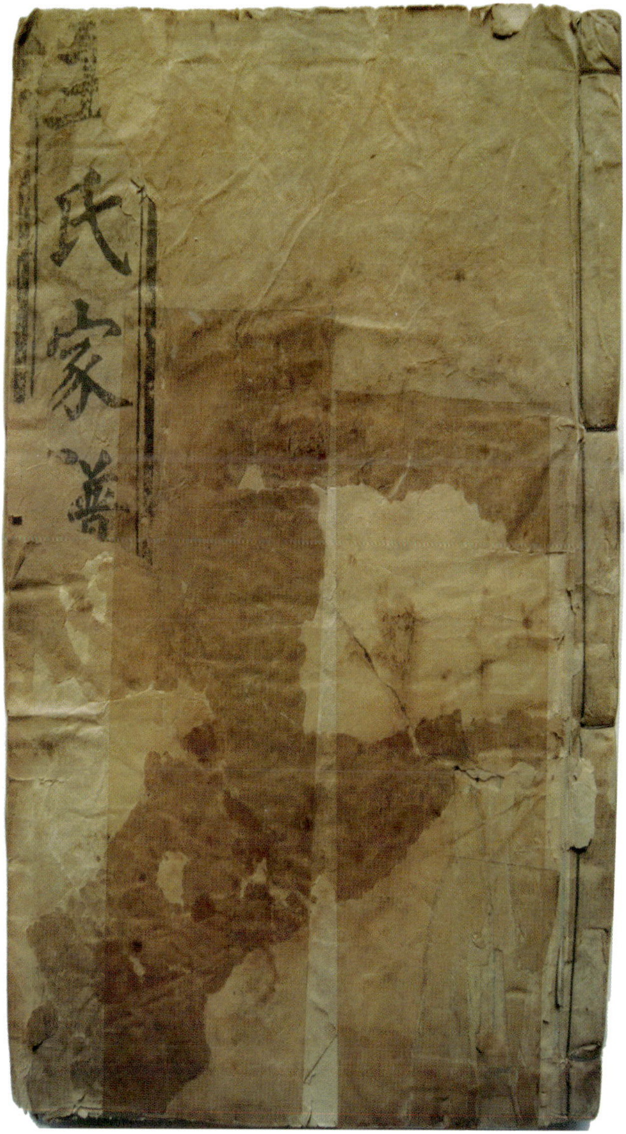

王氏家譜抄本書影一

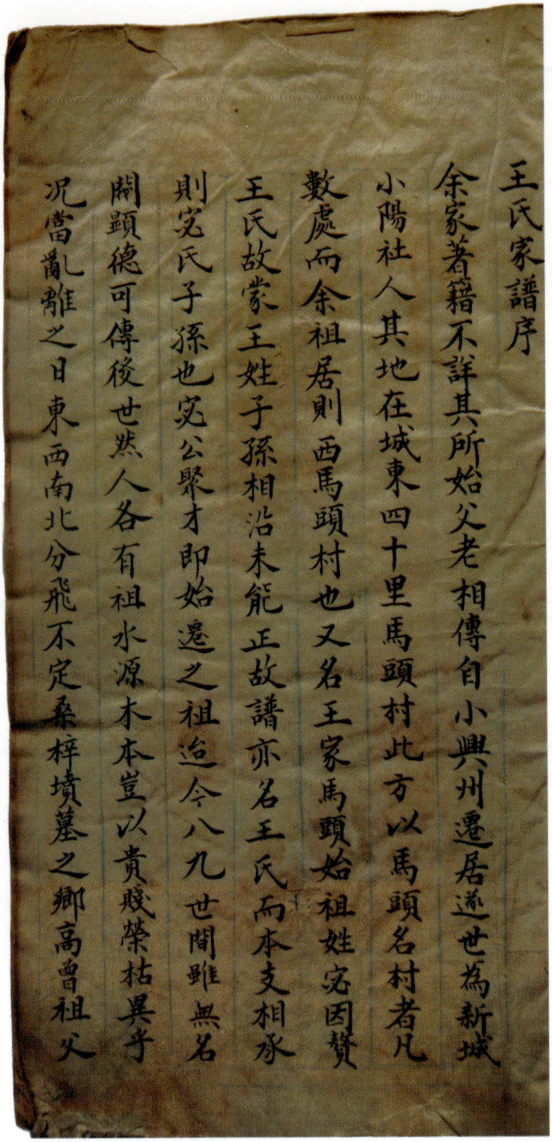
王氏家譜序
余家著籍不詳其所始父老相傳自小興州遷居遂世為新城
小陽社人其地在城東四十里馬頭村此方以馬頭名村者凡
數處而余祖居則西馬頭村也又名王家馬頭始祖姓究因贅
王氏故蒙王姓子孫相沿未能正故譜亦名王氏而本支相承
則究氏子孫也究公聚才即始遷之祖迨今八九世間雖無名
闕顯德可傳後世然人各有祖水源木本豈以貴賤榮枯異乎
況當亂離之日東西南北分飛不定桑梓墳墓之鄉高曾祖父

王氏家譜抄本書影二

整理弁言

《五公山人集》十六卷，明王餘佑撰，清李興祖編。

餘佑或作餘祐，字申之，一字介祺，號五公山人。先世爲小興州人，宓姓，明初遷保定新城，改王姓。入清，王餘佑先侍父避居易州五公山雙峰村，後定居河間府獻縣，子孫遂爲獻縣人。

王餘佑，明萬曆四十四年生，清康熙二十三年卒。《集》中凡稱「國朝」皆爲明朝，稱明思宗爲「先帝」。民國《獻縣志》云：「按山人一生，乃心明室而實終於清。」故而此《集》之列入《明代別集叢刊》，亦如已經出版之楊炤《懷古堂詩選》，乃是「從本志也」。

王餘佑十六歲爲諸生，甲申之變時，他正在易州參加鄉試，明亡棄學。做諸生時，王餘佑曾經受到在畿輔視學的左光斗的賞識，稱道他是文與射的「兼才」，「可備用」。其學出自孫承宗、鹿善繼、孫奇逢、杜越諸人，而後來開創了顏李學派的顏元、李塨則是他的弟子輩。晚年，王餘佑在獻縣主講獻陵書院。既卒，學者私謚「文節」，又謚「莊譽」。卒後，官修方志所作傳記多列在《理學》、《師儒》、《儒行》各傳，并奉祀鄉賢祠。尹會一續編《北學編》的清代部分，将王餘佑排在孫奇逢、杜越之後，居第三位，而顏元、李塨、王源則並列最後，王餘佑適當他們中間。按名望，他不如孫奇逢與顔李，故而知之者少；但是按個人觀感，則他所經勝國遺民的歲月較之孫奇逢爲久，所經明末亂離的事變較之顔李爲多，因之從「社會生活」的層面而言，王餘佑及其交遊的親朋、社友更能代表明末清初北學中的典型狀態，其中種種細節多可由《五公山人集》一書中窺見。我早先曾有文稱王餘佑是北學的「先驅」，是由顔李學派而言；如果由鹿善繼之江村學案、孫奇逢之夏峰學案溯源而言，王餘佑正可謂爲北學的中堅。

北學主於知行合一，外表看來，則偏於力行。學者對北學的認識向有爭議，關注亦時冷時熱。有論北學於宋學如何、於王學如何者，有論北學於漢學如何、於清學如何者，有論北學於孔子如何、於墨子如何、於許行如何者，最後又有亟於討論北學之沈寂與絶無傳人者。而梁啓超又謂北學一切無所承接，「舉朱陸漢宋諸派所憑藉者一切摧陷廓清之」《中國近三百年學術史》，「明目張膽以排程朱陸王，而亦菲薄傳統傳注考證之學，故所謂宋學、漢學者兩皆唾棄」《清代學術概論》。其言貌似果斷，實則是未解之解。

北學之北並非自方位對稱而來，並無南學與東學西學，而只有北學。因爲遊牧族的入侵與華夷的衝突總是來自北面，其學術風尚剛强、堅忍、粗豪，自《史記・貨殖列傳》時已經定型。故清初王夫之論華夷問題，頗歸結於地理差異，清末劉師培論北學亦專言地理。劉師培之言曰：「燕趙之地古稱多感慨悲歌之士，讀高達夫《燕歌行》，振武之風自昔已著。又地土磽瘠，民風重厚而樸質，故士之産其間者率治趨實之學，與南學浮華無根者迥異。顔學之興亦其地勢使然歟！」其所論最確。

劉師培又云：「望溪方氏與人書，稱浙學之壞始黄梨洲，北學之壞則自習齋始。吾得一語而反之曰：燕薊素無學術，北學之興始自習齋。惟習齋弟子捨剛主、崑繩外，咸注重躬行，不事空文著述，故書缺有間。然以學植躬，擇術備用，較之横渠關學蓋有進矣，豈不盛哉！」《幽薊顔門學案序》是知南北方各有爲學標準，如以南方標準衡量北方，在南方以學爲學，以不學爲不學，在北方則恰是不以學爲學，所學不在讀書，不在講説，不在著述，尤不可流於心學、禪學，而當與人事人生吻合爲一。

我國學術皆源出三代，但四部學問在三代當時只是治世之政術，並没有一種獨立在外的學術，後世不得已，立爲學問而學習之，故不免於先王陳迹之譏，破除之法就是得意忘象。所以北學看似粗疏，其實貼近三代的真精神。

北學衰落後，到了民國，也有幾次被學者提起。一戰後，梁啓超在北平四存中學講演，如是説道：「顔李以爲凡紙片上學問都不算得學問，所以反對讀書和著書。又以爲口頭上學問都不算得學問，所以反對講學。」「嗚呼！

倘使習齋看見現代青年日日在講堂上報紙上高談什麽主義什麽主義者，不知其傷心更何如哩！」《顔李學派與現代教育思潮》。

瀋陽事變後，陳登原説道：「余自一九三一年以來重客南京，始得披覽顔氏諸書。會值家國多故，朝市更易，四海困窮，三邊淪没，知人論世，益有取於崇實篤行之意。於衰世清談之俗，誠深惡痛絶，而不知其已甚者，良以虚言蠱世，溢辭亂真。種族興亡事已可痛，至如上也者以新説自文其漏失，下也者以舊學自鳴其雅古，虚驕之氣導國民而扇之以浮競，愚誣之技率學子而教之以無用，則雄關半圮，遼瀋新亡，江南燕子之曲，海上門户之争，有懷往昔，殊不能不太息於明季也。」《顔習齋哲學思想述·自序》。

大約同時，商務印書館百科小叢書《顔元與李塨》的作者、北平四存中學校友金絮如回憶到這所中學，説道：「一般青年們走著四方步，每日講求修身，念《毛詩》，讀《左傳》，彈古琴，奏雅樂，處處表現和北平那些學校是不同的，不起學潮，不寫愛呀心呀肉呀的文章。他們道貌岸然，没有羅漫斯可説，他們的理想人格，他們的導師是能力行的二位學者——顔習齋和李恕谷。」

抗戰中，張繼論顔元云：「寇禍日深，士節淪喪，人心世道深用隱憂」，「先生之學要在平常一事一物中隨處體踐。標榜宣傳，爲所深疾，吾輩所爲不過如先生所斥『空言相續，紙上加紙」而已。」而張蔭梧則徑以「報仇雪恥復興民族」爲顔元「精神生活的出發點」。張蔭梧《顔習齋先生之精神生活》及張繼《序》。

由這些斷續的呼應中，即可看出北學的特質。

王餘佑是一位奇人。幼偉岸，有大志。聰穎，讀書識大體。顔元曾説：「夫子温、良、恭、儉、讓，介祺得其二，温、恭是也。」稱王餘佑氣度包羅，可資師法，自謂平生所不能及，以至對王餘佑「以父道事之」。李塨也説：「春風滿坐，經濟滿懷，吾不及五公。」而在王餘佑卒後，其長子王乎則亦以爲李塨最能傳其父之學。

王餘佑生長於幽燕之地，自幼受理學的熏陶，又遭逢明末與閹黨鬥争和明亡的激變，故其爲人頗有燕趙慷慨悲歌之遺風。其治學則以性理爲根本，以實學及物爲主旨，以明體達用爲宗，以閑邪存誠爲要。其治身心專以誠敬爲主，其於日用專以躬行實踐爲事。待人則教以忠孝，和易簡諒，對己則立身孤介，刻苦砥礪。喜通任俠，敦尚氣節，有古獨行之風。王餘佑雖爲儒林中的士子，但是他讀書的態度決不是追仿時文或是空談性理，而是沿著實學一派的傳統獨開一徑。其治學範圍，舉凡天文地理、禮樂政刑、耕桑醫卜，以至西洋語文，無不析其端委，上下數千年如指掌。他的門人李興祖説他：「極縱横上下之説，數千年間事如燭照數計。及指陳得失，蒿目時艱，真有坐而言可起而行者。」王餘佑的實學才能在當時已被譽稱爲「有本之學」、「王佐之才」、「命世之才」、「王霸大略」、「足以安民濟世」。李興祖說：「從來講理學者弊在拘方而不適用，談經濟者流爲功利而不入於純」，王餘佑則能「本理學爲經濟」，明體達用一以貫之。這個評價是很中肯的。尹會一也極力稱讚說：「嗟乎！吾嘗怪世之人動以儒術迂疏爲道學詬病，如先生者，隱而未見耳！使獲見用於世，其不一雪斯言也與？」

王餘佑喜作詩文，但都由興所之，本乎性情，興酣筆落，頃刻數紙，寫後常隨手散失，且不在意格律。他還擅長書法，風格遒逸。而對於清代極盛的考據之學則多所忽略，蓋其心意不重在此。

王餘佑還通兵法戰略，著有《乾坤大略》一書。他早年跟隨孫奇逢學兵家言，主於孫吴。他跟隨鹿善繼受學，鹿善繼曾協助兵部尚書孫承宗鎮守榆關四年，任贊畫，有兵書《車營百八叩》傳世。他的師友茅元儀尤以兵略著稱，所撰有《武備志》二百四十卷，茅元儀本人也曾隨孫承宗督師遼東，任贊畫、副總兵，方以智稱讚他是「下帷稱學者，上馬即將軍」。王餘佑復與茅元儀「論天下安危成敗」。爲王餘佑所仰慕的南宋人陳亮，爲人才氣超邁，喜談兵，也曾考論古人用兵成敗之迹，著成《酌古論》，對王餘佑影響很大。明末，兵書武略已成爲北學一派共同關心的焦點，王餘佑對於兵略的研究體現了時代的特點。而在王餘佑之後，清初北學中顏元也是自幼學習兵法，於技擊馳射無不精通，遇豪傑無論貴賤莫不結納深交。王餘佑死後二十年，爲他作傳的大興人王源也是一位喜歡任俠言兵的奇士，其父爲明錦衣衛指揮，又曾從著名兵法家魏禧受學，精通其奥，性情豪邁不可羈束，於當世之人視之蔑如，於古人亦然，心中所慕惟有諸葛武侯、王文成公二人，自以爲當北面武鄉侯而與陳同甫並駕齊驅以争先後。王源對人自然是少有贊許，但他對王餘佑卻能獨加讚賞。在爲李塨之父所作《李孝慤先生傳》中，王源説道：「北方學者多暗晦，寡交遊，著述亦不傳於天下。以予所聞，孫徵君而外，不過山右傅青主、關中李中孚數先生而已。既與李剛主、張文升訂交，乃知有五公山人及顏習齋諸君子。」

需要特别指出的是，王餘佑還身負武學，著有《十三刀法》，又稱《太極連環刀法》傳世。王餘佑在新城時，李塨曾將他車迎至家，傳授槍法刀法。早年他跟隨孫奇逢受學時，就是一面學兵家言，一面習騎射、擊刺，無不工。時人稱其才兼文武，精於技擊，説他「恒以談兵説劍爲事」。他常與弟子歌詩飲酒、騎射技擊爲樂。直到晚年，他談兵述往事，仍能目光炯炯如電，聲若洪鐘。有時持兵指畫，髯鬚戟張，蹲身一躍丈許。馳馬彎弓，矢無虚發，使觀者莫不震栗色動。王餘佑自己也説他平生「性不平，好武健，生來一點血性，不肯以塗朱傅粉争妍取憐於世人。有時居家鬱悶，一室叫跳，鬚眉如刀槊立，倚天而號，提劍而舞，擊節徘徊，欲歌欲泣」。

王餘佑是將理學、武學、兵略和慷慨任俠的性格合爲一體，這樣貫通成一種有根基、有淵源、有活力的實學。有幾件事很能説明王餘佑躬行實踐的實學精神和他北方學者慷慨悲歌的任俠性格。

一是明末天啓五年魏大中、楊漣、左光斗等人被閹黨逮捕入獄，魏大中長子魏學洢至京師抗争，當時閹黨邏卒四布，王餘佑與鹿善繼、孫奇逢、杜越等人予以掩護，奮不顧身，相與周旋患難。《明史》載：「容城孫奇逢者，節俠士也，與定興鹿正以光斗有德於畿輔，倡議醵金，諸生争應之。得金數千，謀代輸，緩其獄，而光斗與漣已同日爲獄卒所斃。」即此事。

二是在山西臨縣時，條列時弊數千言上之，由於拂忤當事者之意，繼父王建善被調任魯山，實欲困之。王餘佑見時世不可爲，遂力勸繼父解印歸田。

三是在明末清初鼎革之際，經歷了父兄的死難。王餘佑的生父王延善爲縣諸生，爲人尚氣義，曾以萬金家産結客。明末兵亂，王餘佑正校試於易州，聞訊投筆而歸。路經容城，與孫奇逢謀起兵。於是王延善率三子餘恪、餘佑、餘嚴以及兩個從子餘厚、餘慎，建義旗，傳檄起兵，聚衆千餘人。孫奇逢也在容城起兵，共同收復了雄縣、新城、容城三縣。此時清兵入關，諸人遣散。不料王延善卻遭仇家陷害，以抗清的罪名被捕入京。餘恪、餘佑、餘嚴三人準備進京赴難，餘恪以餘佑已過繼伯父爲嗣，不可輕死，於是偕餘嚴赴京。馳至琉璃河，夜聞人唱《伍員出關曲》，餘恪說：「阿弟誤矣！吾二人俱死，誰可復仇者？弟壯，可復仇，我死之！」揮餘嚴去，自赴京，大呼曰：「我起義生員王某長子也，來赴死！」於是父子二人俱死燕市。餘嚴歸，夜率壯士入仇家，盡殲其老幼三十餘口無孑遺。王餘佑聞父兄罹難，痛不欲生，招魂葬父兄畢，即奉繼父母隱居易州五公山雙峰村孫奇逢避亂講學舊地，自稱五公山人，躬耕養親，不求聞達，三十年不入城市，而爲學益勤。有時登臨峰頂，慷慨悲歌，泣數行下。

出於當政的壓力，王餘佑對清廷的態度不易顯察。但其父、伯、叔三人均爲明臣，身爲明諸生，父兄又爲清人所殺，國亡家毀，對於滿清異族不能没有抵觸。只不過當時天下大局已定，而河北又近在京畿，所以他不可能有太過激烈的舉動。《清詩紀事初編》評論他的詩似謝皐羽、鄭所南，文模陳同甫，「然辭旨隱約，不作陵厲指斥之語」，也即此意。

王餘佑身上所表現出的抗清情緒可以從數處隱約察知。其一，他平生獨慕陳同甫，爲其有真英雄風度，而至垂老讀史，「至謝皐羽、鄭所南諸君，又未嘗不掩卷流涕也」，説明他的個人情感已與國家興亡連在一起而不可更改。其二，王延善父子起兵時，值清兵入關，曾遭仇人誣陷。然而王氏父子是否真正有心抗拒清兵，恐怕尚在半虛半實之間。王餘恪入京赴難，不喊冤枉，而大呼「起義生員來赴死」，似是自服之辭。其三，入清後，王餘佑先在五公山隱居三十年，又在獻縣講學十年，四十年不出仕，明顯是一種不合作的抗拒。其四，王餘佑在編定了《乾坤大略》的十卷之後，又專門搜集了江南對於北方的十次勝戰，編定了補遺一卷。他說：「十卷中至矣盡矣，尚須補也與哉？曰：爲十勝而設也。」「此十者，皆起於江東之師，以取勝中原。」「江南脆弱，誰不聞之？然迹其所以勝，不在强弱也，顧人之運用何如耳！」其意似深望於南明之光復。

王源《五公山人傳》對王餘佑評論道：「予久知山人名，特不詳其生平。後交李剛主，始聞其詳。而今乃得讀其遺書，撫卷流涕曰：此諸葛武鄉之流也！天之生此人也，謂之何哉？既已生之，又老死之，天乎！吾不解其何意也？」又說：隋代文中子隱居教授，所造就的人才皆足以安民濟世，而不必功自己出。現在天下人才日下，没有能比得上前人的，但是也許王餘佑的弟子不同。王餘佑的親傳弟子雖不能有所作爲，但是日後只要是讀過其書能私淑王餘佑的，自然也是他的弟子，「雖數十百年之久，固無異於親炙之者」。如果是這樣的話，那麽王餘佑「又何憾焉」？觀其文意，似已預期數十百年後謀圖翻覆之舉。王源的這個意思未始不是道出了王餘佑的真意。

王餘佑一生著述，有《乾坤大略》十一卷，《居諸編》十卷，《諸葛八陣圖》一卷，《萬勝車圖説》一卷，《兵民經略圖》一卷，《十三刀法》一卷，《湧幢草》三十卷，及《認理説》、《前著集》、《通鑒獨觀》、《茅簷款議》等，多不傳。

據《顔李師承記》所説，王餘佑的長子王孚將卒，使人招李塨至獻縣，「盡以五公遺著付之」，李塨還選編了一種《五公文集》，並爲王餘佑寫了傳記。而在二十年之後，康熙四十二年，王源也確是在李塨處得以讀到了王餘佑的遺著。大概在李塨卒後，王餘佑的遺著便逐漸散失。傳記所載王餘佑有《文集》三十二卷，内容不詳，不知是否李塨所編。

此前，王餘佑的門人李興祖曾經瞭解到：「先生編纂甚富，幾重壓牛腰，今藏於家，未及行世。」今本《五公山人集》十六卷即由李興祖所編。王餘佑卒前的最後一年，住在安肅李家，使得李興祖有條件編輯，並且經王餘佑親自審定。《五公山人集》在王餘佑去世後十年，於康熙三十四年刊刻行世。

《五公山人集》共收録詩五卷，文十一卷。予讀其詩聯翩甚夥，往往飲酒、尋菊、雜興，及結社雅集酬唱之類，似極閒散之致。而細繹所詠，其酬唱則論「南天有逸士，北學見孤誠」《會稽陶文治折節從遊，詩以示之》，話舊則有「四十年前事，依稀昔夢中，相看悲髮白，共對羡花紅」《與朱貞明話舊》，自述家境則有「蕭然半畝宫，草率是家風，入饌無兼味，應門有小童」

《贈任我宗兄》，自況則有詩題《潤領山衣，屢典不售》，無一不合勝國遺民本色。其雅集皆以「清言」相期，看菊皆以悲秋，隱逸相寄託，而諸偶吟、偶詠、偶感、偶述雖字句寥寥，而難掩心頭事，如稱「爲避風波鎮閉門，安心不説舊朝恩，無端夢起蘭根土，自取青衫拭淚痕」《偶詠》，又如「倚馬才猶在，挑燈淚暗傷，平生飛動意，到此倍淒涼」《燈下起草，眼花感賦》云云。疇昔情狀不難再現，而片言隻字無一閒散，無一不緊湊精致，有如諸葛八陣圖之包藏玄機，使人疑山人「隨手稿輒散佚」、「特吉光片羽」之言爲不可信。又讀其《落花詩》十二首，對讀卷九《十月尋菊序》，覺山人之比興精熟亦不減古詩人，使人疑「每興酣落筆，頃刻數紙」一語爲故以卮言掩飾矣。

予讀其文，往往爲孝子節婦立傳，又勸人睦族修譜。師友書劄則論文論史，如稱「余嘗論凡在共主之世者，以共主爲君臣，仲連之存周是也；在列國之世者，以本國爲君臣，子房之爲韓是也」《畣管濟美》。其在民間久而不免於接引釋道，所作如《易州文昌會序》、《新修無生閣碑記》、《重修三官祠記》、《龍王廟秋賽祭文》、《重修廣泉寺募引》、《都曹口募重修五龍堂引》、《福泉寺塑莊嚴佛像引》、《獻城裝文昌帝君像並重修魁星閣募引》諸文甚多，而無一不委曲勸誘，使離俗歸於正道。

乾隆間開館修《四庫全書》，列《五公山人集》入集部存目，《提要》貶損王餘佑「不甚循儒者繩量，其詩文亦皆不入格，考證尤踈」。按當時太平日久，文教興盛，館臣對於明末遺民往往不以爲意，於其詩文旨趣亦難乎應對，故其所論未必可取。

館臣於刁包《用六集》稱「持論每多苛刻」，「多引委巷無稽之言，不知折衷於古」。於杜越《紫峰集》稱「文章則非所長」，「既多録應酬代筆之作，又不甚諳體例」。孫奇逢《夏峰先生集》於康熙三十八年由兼山堂刻出，而《四庫全書》列於禁毁，竟不著録。即《五公山人集》卷次，本爲十六卷，亦誤爲十四卷。館臣對於北學態度從可知也。

予自一九九五年出版《燕趙文化》，讀北學諸書，慕王餘佑父兄一門之爲人，擊節稱賞，最愜心懷。是後每言及之，莫不感激欲泣。一九九九年予在厄中，時斗室在張岱年前輩左近，知張先生爲獻縣人，往訪之。予問先生王餘佑其人，答曰不知。又問五公山人其人，先生隨口應曰：「知道，小時候聽人説王五公王五公的。」予即請先生題寫《五公山人集》書名，先生爲寫縱横兩幅。今先生已辭世數年，而遺墨亦珍存一紀矣。

二〇〇四年初，予方到湖南未數月，忽得獻縣王樹森先生電話，謂尋覓不易，謂爲王餘佑二十世孫，謂有《王氏家譜》，謂有《事迹紀略》一册，謂爲王餘佑所手創。郵寄家譜複印件來，後又郵寄原抄本來，予見之知爲至實，亦略知王樹森先生之爲人耿介慷慨酷肖其先人。迄今轉瞬又七年矣。

《五公山人集》爲康熙三十四年枕釣齋刻本。山西大學圖書館有藏，《四庫全書存目叢書》據以影印出版。北京大學圖書館亦收藏三部，均無牌記。臺灣「國家」圖書館所藏有牌記，題「康熙乙亥鐫」、「枕釣齋藏版」。此書僅此一種刊本。原書無目録，今目録爲整理者所加。

《王氏家譜》共三册，手抄稿本。其中兩册封面保留有「王氏家譜」題簽，似出刻印。二三兩册稿本爲五横欄藍格專用紙，書口題「家譜世系」四字。書首有總表，始一世「聚才」，終十八世「鍾」字輩。書中又夾帶活頁總表，終二十世「樹」字輩。兩册正文均始一世「聚才」，歷清末光緒、民國，終二十世「樹」字輩。最後並有鋼筆字迹及部分空白頁，顯然爲遞修遞抄的底本。兩册一薄一厚，對比可知内容大體相同，系傳出不同的支裔之手。

最爲特殊的是《王氏家譜》第一册，稿本爲八行竪欄藍格專用紙，書口題「王氏家譜」。厚册約一百一十頁，前後抄滿，但字體不一，當由數人抄出合訂而成。

第一册内容，首爲《王氏家譜序》，爲王餘佑之父王建善親撰，次有嘉慶、咸豐、光緒重修序。光緒序在十三年，此爲第一册文字年代的下限。序後有目録，題爲《王氏家譜事蹟紀略目録》，但對比正文，目録稍不規整。經整理，内容共計三十三項。其中《魯陽紀略》詳載王建善於明亡前夕爲最後一任魯山縣令始末，特具價值。他如王明善傳（《王吏部復嬰公傳》），作者不詳，《新城縣志》有記載而略簡；王建善傳、王延善傳（《王魯山兄弟二難小傳》），孫奇逢撰，《夏峰先生集》未見；王建善墓碣（《祁縣尹王公墓碣》），孫奇逢撰，《夏峰先生集》未見；王餘佑行略（《五公山人王先生行略》），李塨撰，《恕谷後集》未見；王延善行狀（《先叔行狀》）及祭文（《祭先叔先兄文》），王餘佑撰，《五公山人集》未見。此外如隰崇岱王建善墓誌銘（《原任河南魯山縣知縣恢嬰王公暨配董夫人合葬墓誌銘》）、張羅喆《五公山人紀略》、劉炳《五公山人墓表》、王九思《五公山人墓碑文》及王奂《忠義傳記贊》，均屬不易得見之珍貴文獻。其餘如《王介祺先生實蹟册》、《獻縣紳衿舉鄉賢公稟》及王將華《春圃公家規》等，亦具相應的文獻價值。

《魯陽紀略》一篇及孫奇逢所作傳文，在《五公山人集》中均有提及。《寄孫徵君夫子書》説：「蒙諭爲家君壽言，欲令條列平生大節。家君窮達五十餘年間，唯以孤介自守，恥於近勢。今入山二十年，未嘗一字干人，足跡未嘗離溪山一步。即佑僕僕求食於外，毫無一意以爲當然也。至於平生無愧古人者，尤在魯山一案。家君不忍自没，有《魯陽紀略》一通，字字實録，所惜祁縣一出，前功遂不敢再論矣。兹將《紀略》録呈，伏冀擇覽。」《復孫徵君夫子書》説：「先君墓碣已購石命工矣，平生遺行借老師流墨餘藻，樹立荒山，秋風蔓草亦不寂寞，銘感豈獨一世？」足證其文字可信。此文嘉慶八年《曙光公碑陰記》説到已載清初《魯山縣志》，今嘉慶《魯山縣志》未見，而卷二十六《大事記》載：「崇禎十六年癸未，流寇復陷邑城，民有避居西山者，無論男女悉搜殺之。流寇至而土賊遁，流寇去而土賊來，民於其間不獲耕耨，即有一二耕者，土賊竟銍刈之，以至啖草茹木，民盡饑死，死而暴露，人即食之，間有入土，人亦掘而食之者。次年甲申，皇清底定中夏，冬月檄至而後漸定。」與王建善崇禎十六年二月渡河所見皆相吻合。

《魯陽紀略》一文的題名疑與《五公山人集》中屢次提到的孫奇逢《五峰紀略》相仿而來，《五峰紀略》今《夏峰先生集》未見，但據《書〈五峰紀略〉後》所概述，與孫奇逢行書手稿本《孫夏峰先生筆記》「幹略」條所記「崇禎十六年癸未」華午「三進射三人落馬」頗似文海出版社，六十一至六十三頁。又文中載孫奇逢「君冒姓蘇，復姓李」，亦罕見學者提及。凡此皆可補史闕文。

從《五公山人集》中《鄭氏族譜說》、《横塘胡氏族譜序》、《蠡吾閆氏族譜序》、《慶雲鄧氏族譜序》各文，可以看出王餘佑對於士大夫家族亟亟表彰的用心，保存下來的《王氏家譜》正可以和王餘佑的主張相對應。這部抄本家譜，特别是别具創意的《事蹟紀略》，由王餘佑在其老父的幫助之下一手創建，其中不少篇章文字在王餘佑生前就已由他親自確定，其特殊價值委實無可比擬。故兹亦將《事蹟紀略》部分一併整理，附於《五公山人集》

公佈出版。

張京華於湖南科技學院濂溪研究所

目録

五公山人集卷第二

律詩……一三

五公山人集卷第三

五公山人集卷第四

五公山人集卷第五

鶉之鬭，以争食也。食之争，人調之也。不受人調則不争，不争則不鬭矣。鶉其得老氏自全之術而保其天者乎！

五公山人集卷第六

五公山人集卷第七

五公山人集卷第八

五公山人集卷第九

五公山人集卷第十

五公山人集卷第十一

五公山人集卷第十二

五公山人集卷第十三

五公山人集卷第十四

五公山人集卷第十五

五公山人集卷第十六

王氏家譜事蹟紀略

附録：王餘佑傳記文獻彙編

序

從來講理學者，弊在拘方而不適於用；談經濟者，流爲功利而不入於純。二者交失之，斯其人雖有言焉，徒枝葉耳，不足存也。惟本理學爲經濟，明體達用之道一以貫之無疑，則其見諸文詞者皆性情所寓，粹然盎然歸於正直和平。用其身可以福主庇民，即不用其身，存其言亦可藏名山垂久遠已。吾師五公王先生親炙鹿忠節，受業孫蘇門徵君，又從刁非有、杜紫峰諸公遊，理日益明，學①益邃，天心月窟之旨洞澈無疑。蓋信道篤而任道勇，近仁之質得諸剛毅，徵君嘗亟稱之。於書無所不窺，自禮樂兵刑，下至耕桑藝植，醫藥卜筮，無不窮析端委。極縱横上下之識，數千百年間事如燭照數計，及指陳得失，蒿目時艱，真有坐而言可起而行者。嗚呼！先生具有本之學，經緯之才，乃棲岩飲谷以老，老且齎志歿，不得見諸敷施，爲可惜也！余仰止先生，久浮沉宦轍，不獲函丈追隨。歲癸亥，遭先慈變，歸安肅，讀禮之暇，間閲簡編，念無以牖廸之者，徒步入山中，敦延先生至里門，遂得朝夕侍左右，請業請益，叩以大小，無不鳴也。自恨鈍根淺識，於濂洛薪傳全未夢見，即

① 「學」字下，疑漏「日」字。

經濟諸務亦茫然未曉，獨聲詩一道畧嫺吟詠，微辨體格，古文不敢妄作，粗識源流，皆受先生之教於萬一也。先生嘗語及門曰：「詩本性情，必以忠孝爲根柢。子美入蜀，子瞻海外，忠君愛國之念肫然於中，觸景流連，遂詠歌嗟歎不已。學古文先正心術，心術正則理足氣昌，醇如董江都，愷切如陸敬輿，自無牛鬼蛇神之習。」余至今佩服不敢忘云。先生編纂甚富，幾重壓牛腰，今藏於家，未及行世。生平詩文，每興酣落筆，頃刻數紙，然隨手稿輒散佚，年來搜輯彙成茲集，特吉光片羽耳，未足盡先生之詩古文，且願讀是集者知先生此中微尚，更於楮墨外遇之也。

康熙歲次乙亥重九前三日銀城受業李興祖拜題於歷下之鹾署

五公山人傳

明天啓間，閹人魏忠賢竊柄，賊害忠良。余從祖忠節公被逮詔獄，從父子敬公尾緹騎後，徒跣至京師。時邏卒如蝟，晝行夜伏①，匿定興鹿太常家，大河以北，相與周旋患難、奮不顧身者，有容城孫蘇門徵君，范陽張果中布衣，杜紫峰處士，獻縣高斗南鴻臚，雄縣李華五秀才，以及徵君之門人，五公山人其一也。山人名餘佑，字申之，一字介祺。其先小興州人，本姓宓，八世祖某徙居保定之新城馬頭村，贅於王氏，遂因王姓。山人生而英敏，善讀書。年十六，補博士弟子員。桐城左忠毅公視學畿輔，覽其文，奇之。隨繼父恢嬰公之任臨邑，歎食禄者不能實心任事，條列時弊數千言上之，拂當事意，調魯山，實困之也。時流寇充斥，山人見時不可爲，勸恢嬰公解組歸。未幾，遭本生父維嬰公之變，痛不欲生，又念恢嬰公老，身死缺侍養，乃奉二親廬於易州五公山之雙峰村，躬耕犖确，給甘旨，暇則述作，不入城市者垂三十年，故世稱五公山人云。當鹿太常忠節公倡道江村，山人年尚少，從之遊。自魯山歸，師事孫徵君，益闡性命學，徵君深器重之。後過范陽，又受學於杜先

① 「晝行夜伏」，當作「晝伏夜行」。

生。其學以明體達用爲宗，閑邪存誠爲要，原本忠孝，敦尚氣節。凡古今成敗治忽，事機得失，以至一名一物，一藝一術，無不留心究析。始則盱衡時事，慕陳同甫之爲人。垂老讀史，至謝皐羽、鄭所南諸君，又未嘗不掩卷流涕也。生平慷慨好施予，困者周之，危者拯之，殁者斂之。縮食節衣，無弗於友朋是力，及交遊饋遺，介然不屑受，却金之節世咸重之。晚年應獻陵書院之請，爲生徒講解，穿穴經史，剖抉性理，皆别出新義。每教人躬行實踐，不愧影衾。數月間，士習文風，翕然丕變，獻邑人士争挽留，遂家焉。所著有《居諸編》、《乾坤大略》、《諸葛陣圖》、《通鉴獨觀》諸書，皆山中所手輯也。子二，長孚，次咸；咸早殤，孚亦尋卒。孫超宗，已弱冠，爲諸生。山人殁後，門人銀城李慎齋先生爲之《行狀》。詩、古文若干，慎齋手鈔録，藏篋衍。乙亥夏，編定付刻，囑余作傳。余家與山人爲先世患難交，余生也晚，而余父兄嘗傳述之，故能識山人生平不敢忘。且夫靈均《九辨》、《九歌》，宋玉、景差之徒和之；《韓昌黎集》，門人李漢編之。今慎齋拳拳不忘其師如此，山人傳矣，慎齋亦當與山人並不朽已。

魏塘後學魏坤禹平氏撰

五公山人集卷第一

銀城李興祖編
慶雲鄧　鏻
孫　超宗校

古　詩①

遊趙莊石窟

細履出山村，一徑隨樵牧。溪回古樹叢，巖谺峭壁矗。洞穴如珠連，歷歷相掩覆。金光大士藏，白堊高牖暴。開鑿伊誰氏，成此碩人陸。既無鷄犬喧，復與猿鳥熟。惜少高士居，清風振川谷。我來縱俯仰，夙懷遂幽獨。繞麓漱澄流，臨壑玩珍木。涣然塵累空，往與造化逐。不羨彦方髓，豈念汝陽麯。安能遂長留，裹足謝碌碌。

① 書口題：卷一　五七言古。

柏髯岫在雙峰，俗名仙人洞。

春晴愛遐矚，捫蘿效支纖。厓巖歷石窟，仙跡云此潛。丹竈已飄渺，古壁餘突黔。清流繞緩帶，翠柏環修髯。長嘯俯衆壑，曠焉豁顧瞻。世路塵愈積，磐阿夢方恬。何當追逸叟，斸藥收青黏。

述懷

我本山中人，所食故山艸。十年采榛苓，遇樵共傾倒。棲遲半畝宮，槿籬任昏曉。瓠藏一卷書，浪浪寫幽抱。閉户誰來觀，谷中諸有道。俯仰笑或涕，其意穆以窅。流雲遠岫明，近渚清波繞。入門拜高堂，扶杖過木杪。熙熙代承歡，遁跡未云槁。不記歲月徂，顔色常美好。聊將一味甘，分作右軍飽。磵旁閲乳羊，竹間窺哺鳥。豈無天際思，煙霧空縹緲。安得來遠人，一縶白駒皎。

大雪中田治埏見招，跨鞍就之

玉蝶亂飛空，萬里潔如素。故人有佳招，抱鞍一快聚。天地混凍雲，山川埋濛霧。吟肩縮若蝟，戟髯森於樹。所當即入門，煖漿聊灌注。破此十里僵，傾我連朝慕。笑殺王子猷，輕舟自來去。

嘉平日有客以酒餉韓廣文者，廣文自來蝸廬邀余共酌，約午前即至，塗中口占

有客饋君酒，邀余共酌之。自來茅舍裏，談笑親致辭。但我飯罷後，是君酒熱時。夕陽起獨往，殘雪冒乾池。到門便呼盞，炙硯重哦詩。高情吾輩在，豈讓昔人期。當年蘇司業，可以等鬚眉。

雪後寄田治埏

冬深白雪寒，山遠鳥薪貴。伊人寂不聞，得無折膠畏。凍雀棲僵枝，寒兔蹲蒼卉。萬物當枯稿①，嶺梅正香沸。所以天地心，剥盡復當暨。寄語拈花人，笑閲嚴凝氣。

① 「稿」，通「槁」。

春日同與三、雷林、肇州小集，以白酒煖酒甚佳，遂定爲長約

茅齋春日長，開談聚良友。因思人治人，遂以酒煖酒。火從杯底燃，醴向壺中吼。斟酌近自然，富貴於何有。落落古今書，泛泛農桑口。只此結素盟，得閒即偕手。

二士吟

人誰無意氣，勢壓輒卷舌。化作繞指柔，未語喉已結。吾黨有直者，百摧氣不滅。公義在人心，疾風知勁節。毒焰烈於火，傲骨勁如鐵。倘令居廟堂，朱雲檻可折。倘使臨戰陣，嚴顔頭可截。嗤彼從流人，空腔本無血。

讀史

巨源公輔器，韜光在竹林。一飲能八斗，襟量固高深。石鑒徒虛名，貪眠擁旅衾。豈知宴安日，馬蹄已駸駸。哲人貴遠識，集霰見天心。嗟哉隱身計，可以終雲岑。

冬日過永陽懷李伶隱

湅雲連巑嶺，慨然懷故知。夙昔把臂交，眦①睨青霞奇。雅歌當遥夜，揮墨長淋漓。誰知十年來，參商感路岐②。君方困薄遊，我亦老山陂。落落思君子，悠悠想塤篪。遽爾芙蓉城，相促題好詞。虯螭驂駕速，墳艸何離離。無復念高堂，雪鬢已早衰。今過黄公壚，空爲向秀悲。笛聲咽暮靄，寒飈摇荒萁。惻惻藴中情，回翔悵何之。惟餘絮酒意，哀吟望蕙帷。

東園看菊同魏澮園賦

久不到秋圃，寒英一片開。視彼瓶盎間，猶如燕地梅。羞澀不數朵，包裹愁風摧。何如上庾嶺，萬樹攢崔嵬。冷艷奪目眩，暗香撲鼻來。始信出衆姿，離群亦孤哉。終當讓林藪，爛熳如雲堆。參差傍高樹，偃仰披長萊。焕然成大觀，淩霜矯仙裁。陶家東籬畔，所以濯金罍。歎息此物理，芳林宜廣栽。

① 「眦」，當作「睥」。
② 「岐」，同「歧」。

九日登文閣有懷山中，用孟浩然南亭韻

忽驚蕭候臨，暫憩文閣上。願將鬱悒懷，一豁此虛敞。誰知九秋空，但聞霜葉響。非無盈把菊，足供東籬賞。隻影落異鄉，難禁歲暮想。

讀崇我孫先生傳

余祖頡頏賓，先生實首座。縹帙睹遺範，怳然起頹惰。至行信足傳，芳名已永播。況兼金玉輝，喬嶽同砐硪。

乞者疾呼，家人以忙中不應，書此諭之

我是忙中有，彼是閑中無。我忙無已時，彼閑空嗟吁。何不分此心，偷閑一洵濡。緩急人時有，盈虛道互趨。焉知到頭日，貴賤不同途。但使心公平，中田常膏腴。

野牧篇

貞白當年畫两牛，一牛驅策金籠頭。一牛閒散恣水草，放牧田野何優游。中水塘邊野牧

子，超世適情正如此。十畝爲園半畝宫，老守蓬蒿足經史。九載孤居似輞川，半世逃名如栗里。多年足跡不入城，袖詩跨蹇市人驚。非因失税倉皇過，却遇論文仔細評。水墨數枝羞富貴，麻衣幾部藐公卿。手持松花索題字，愧余此道無斌媚。悶揮不律草長歌，留與隱居作同志。

滹水泛漲，邀同韓廣文駕舟賈莊觀打魚，就惕函宅烹鮮酌酒賦

滹沱水漲秋風亟，崩岸頽堤不可域。中原有菽南畝禾，陽侯一怒成澤國。幽人無計坐望洋，悶呼同人泛野航。隨灣逐曲十餘里，水樹重重過小莊。阡陌微茫排雁陣，丘墟滅没滙鳧塘。迤邐漸近大堤口，水力如牛浪如斗。一葉飄摇不敢前，逡巡捨舟上堤走。步循埒脊似蛇行，眼見梁底有龍吼。橋頭徐唤長年人，張網撑船捕細鱗。須臾出水鬐鬣動，霜刀作鱠娱嘉賓。君家兄弟多豪曠，青尊紫蟹襟期暢。海闊天空且共歡，南來北往休虚量。洋，悶呼同人泛野航。起來偕手閲河工，天譴勞人歲不同。自是陳籌須買讓，誰能破浪憶終童。漫整蘭橈景色暮，煙林鴉噪平波渡。鵁鶄屬玉冷不飛，點染殘陽皓無數。主人還趁白雲歸，漁翁遥送鮮鱗肥。柳貫紫腮登葦岸，暝分清影入柴扉。

土室初成漫賦

當年志和躭枯槁，築室越州殊草草。片椽不解施斧斤，豹席棱履恣幽討。時有觀察陳少遊，訪嫌門隘不堪掃。特爲買地拓其居，回軒至今人争道。我家僻巷臨清漳，自擬十洲浸三島。壘土爲室不設門，日月出入雨亦好。蓬蒿滿徑護幽棲，經史堆壁富良抱。有客蓬頭坐捫虱，哆口縱談及莊老。高車駟馬總不過，牧豎樵夫時一造。明春思結稻香閣，卧督春耕看晴昊。鳩巢三柴足經營，鶴棲獨樹亦壽考。丈夫適志在隱淪，豈必居處工華藻。淡薄寧静有成模，田畝之中藴至寶。四海風塵任喧寂，平地山林長熙皞。

桃花行

綏山未實先放花，遊客驚看一片霞。却有鴻才宋思禮，興高攜酒訪仙家。剪花鬣馬出城裏，一路吹塵風不起。韓康伯在此林中，披藿掀髯羅經史。幽意閑情仲蔚廬，籬根牖下草不除。春歸不問年華晚，賓至方知禮法疏。行廚笑傲復題句，彩毫揮落胭脂雨。膽缾青眼對紅英，明朝不管陽春暮。已辭洞口還逡巡，棄向仙源更問津。君不見不盡沽來村舍酒，何妨長作醉花人。

三月三日

三月令辰有上巳，古聞籠橋祈蠶市。更有歲時禊飲人，東流水上浮巨兕。却怪虞摯尚書郎，詭對徐家惱盥觴。豈知成周卜洛日，因流泛羽波飛光。又有秦昭宴河曲，金人捧劍制西方。况復采蘭饒鄭渚，傾都出遊盡婦女。會説新妝水底明，還聞香袂空中舉。頗憶當時顔延年，應詔揮毫賦麗篇。引水爲渠如環曲，玉盃流轉繞芳筵。我今躬耕獻州土，不與時宜銜簍籔。二三知己阮稽①倫，詩酒相和如腰鼓。昨日尋僧望東皐，今日修禊到南浦。恰思沽酒不惜錢，詎料出門偏阻雨。垂簾偃蹇又吟詩，欲問同人何所之。濁醪白飯隨常有，躡屐相尋未是遲。

礪石作硯

屋角礪石委塵土，磨鐮磨斧咄不數。戞戞錚然如有聲，馬遇孫陽方騁步。取置几案盪鳳膏，雲蒸霞變龍賓渡。始知奇物會席珍，豈是村兒手中具。能供牙管賦新詩，更借楯鼻草

① 「稽」，當作「嵇」。

露布。古來幾許浪傳名，馬肝鴝眼何須慕。寧似此石堅且純，勁質不淄復不磷。疑經女媧爐鞴出，光焰萬丈張高旻。

偶吟

披髮先生遭陽九，種禾數畝半成莠。租入納糧無多餘，一兒貧困學買酒。瓷缸新注小槽流，高帘摇颺門前柳。翠濤斟與老夫嘗，玉液滿壺小孫手。一杯一説古典章，廿一史書皆上口。人間富貴須蒱蒲，吾生風味只剪韭。架上縹緗列紫霞，雙眸炯炯復何有。我醉不眠欲作詩，試看劍氣沖牛斗。

招摇山下祝餘草，人得食之可長好。不知此山去我幾萬重，餒腹行行艱遠道。不如在家躬自耕，掘渠濬井敵炎精。有時大雨滂沱至，種麥千畦與百塍。

上元前一日孔副戎席上觀燈，同孫給諫、白吏部、李顒若分韻

鈴署日高閑碁局，興①公乘驄回清矚。冰繭雄篇飛陸離，正是昨朝分韻曲。將軍走使邀嘉

①「興」，疑當作「與」。

賓，樂天謫仙來相屬。虎帳劇演鋪氍毹，鸚杓酒斟泛醽醁。笙簧唔嚦①月照堂，屏幛瑩煌座閃燭。更有銀花火樹紅，十四先看十五績。人生適意在佳時，相歡豈得相拘束。重整殽核醉羽觴，嬌歌急管横眉緑。霜毫昨日酒新箋，錦字今宵翻舊籙。逸興分題趁月歸，馬蹄踏碎長街玉。

春日過廣蔭五柳居，同龍章兄弟小酌至醉

興來跨馬淵明家，五柳門前春日斜。到齋醲具充棟牖，開瓿香氣噴雲霞。深杯引滿不停手，仰天長嘯復何有。醉歸明月攜琴來，重向壚頭索美酒。

賦得玉壺美酒清若空

玉壺美酒清若空，披帷把盞幽人同。傾如仙露滴金掌，飲如荷珠吸碧筒。丹丘生與岑夫子，三人促膝春風中。浩談那顧俗眼白，暢懷不覺酡顔紅。一日不見三秋越，今晨開瓿何秘髾。尊前天地任蜉蝣，何必勞生徒矻矻。

①「嚦」，疑當作「嚦」。

彭孝女割股療叔

阿叔事嫂如事母，阿姪事叔如事父。共本庭帷愛未分，生意相關同甘苦。阿叔有恙女心悲，豈惜霜鈹剸雪股。德鋤誶箕伊何爲，只緣一體各肺腑。若使華蕚不殊榮，肯教枝葉偏遭腐。使君恩義定超倫，此女顧復不異親。膝前怙恃真情重，感激繇來等二人。

偶過李顒若齋新釀正熟醉賦

幽人甕頭新釀熟，有客叩門來不速。持螯留醉話蒼黄，萬事何勞一注目。寒花斜影耐遲看，朝靄清霜憐初沐。歸廬遠意静無言，閑檢殘編開竹簏。

五公山人集卷第二

律詩①

春歸清河道中

麥緑鋪平野，桃紅間遠村。鞭絲穿柳度，帽影逐風翻。沽酒三家市，計程十里屯。前塗鄉語近，刻日一欣奔。

移家過水鄉

高調寄滄浪，移家覓小航。五湖烟水宅，八口芰荷鄉。溪菜分絲買，罾魚乞火嘗。兒童鷗鳥興，催棹入前洋。

① 書口題：卷二　五言律。

送滎陽還山因登柏髯

過宿歸松塢，雲蘿一共攀。山高知路險，地僻覺心閒。支杖尋花去，提囊采藥還。回看郎嶺翠，歷歷掃烟鬟。

秋　意

煎沙纔幾日，涼雨頓成秋。省墓增遐慨，思家動旅愁。水衣當徑滑，蝸跡到墻留。偏是中宵夢，牢騷不肯休。

贈椒園一首

古木舊來有，馨椒手自栽。留基緣起榭，補柳爲增臺。射圃孤亭矗，蔬畦列井開。天然丘壑趣，無事剪蒿萊。

賦贈王致美客任城

拄笏看山倦，歸雲挂瘦藤。尋人耆社酒，話舊夜窓燈。歲月餘妻女，生涯寄友朋。任城南市柳，清影伴魚罾。

同高薦馨、王五修暨孚兒遊隆慶，看松迷路，回過洪源宫題壁

並屐恣幽討，松林踏碧苔。雲迎高士笠，竹覆道人杯。石隱寧成痼，山居亦見才。彭衙書欲縋，猶幸接蓬萊。

偶　咏

窓曙鷄猶唱，秋風蚤露凉。雨生苔閣緑，雲點卯天蒼。客夢憐鄉遠，離懷悵水長。安能憑健足，晨夕到山莊。

客中君式攜阿咸、景生見過，景生余壻也，别十餘年矣

故國漂流恨，他鄉骨肉情。衰容悲鶴髪，壯志老龍精。問舍心難定，歸田計未成。殷勤兒女淚，相對客窓明。

王致美來自任城，同健庭賦

柳衢沙岸古，春屐幾家閒。每憶看雲渡，遥思拾橡山。羈棲逢信少，客舍問鄉殷。寂寞君能共，愁中一破顔。

漫河道院偶憩

仙宫臨驛路，一榻自清幽。既息征人轡，還同野客舟。燎衣丹竈煖，拂塵茗杯浮。飄影催前渡，無因戀壑丘。

與孟調之交舊矣，高平遇伊弟陟公，話舊，臨岐賦贈

停雲懷舊好，炙玉話新交。顧我非王粲，憐君是孟郊。酒浮西渚柳，詩滿北窓茆。嚴署惜分手，春風賦燕巢。

大士菴

雙林當驛路，行役暫停鞭。漫息浮生擾，聊消倦客眠。午風鳴鳥細，晴日落花偏。小憩仍

前去，塵心苦未湔。

寄懷蓮峰太守

谷口迴清矚，參商秋復春。坐叨天地德，甘老竹松人。毿犬聊迎户，郊花漸襯茵。不緣賢地主，安得遂樵薪。

寄懷衷淵

從古陽春曲，逢場索和難。握鱣心自壯，談虎色偏寒。苔綉十年劍，煙迷七里灘。悠悠糠秕業，得不負峩冠。

遲光若至

有約君須過，春齋酒正馨。深杯當案碧，老眼對天青。奇事徵難盡，高歌醉不停。人間蒼狗意，何苦太丁寧。

春日椒園晚酌

落日逢招飲，園亭正好春。烟輕花面聚，風軟柳眉匀。喜聽鳴林鵲，酣舒藉卉茵。晚歸茆屋裏，燈火話情親。

輓張聚五孝廉

不肯隨人舞，爲憐著主衣。玉臺誰理鏡，蘭佩自充闈。廿載斯饑苦，千年戰勝肥。飄飄泉下去，雲鳥護柴扉。

清明日示戢翼主人

客舍清明候，知音阻嘯歌。無人工白打，何處踏青莎。插柳羞殘鬓，尋花憶遠阿。近憐多酒肆，沽醉意如何。

霖生種稻

來晨十里爽，茅屋瘦騾踪。既布琅琊種，還披䆉稏風。一溝清歷歷，百畝緑葱葱。時有採桑客，來談樾蔭濃。

春日山行懷肯祥霖生

來往春風道，深山到處花。尋雲思並轡，得句憶披沙。林曉驚新燕，峰高斷遠霞。何當歸僻塢，吟賞及芳華。

秋日塔崖驛山中

尋朋過古驛，覓路入修川。鷹鷂山人業，鷄豚塢社筵。探松頻踰嶺，洗石自臨泉。歸轡乘朝爽，穿林破緑烟。

土室即事

風雲一椽屋，朝斯夕更斯。鐵衾回燠少，土牖納暄遲。饘粥分鄰火，琴書引旅巵。平生安淡静，耐得歲寒時。

雨後同几青主人遊柏林寺夜話

雨後過蕭寺，林泉分外清。花迎曲徑發，雀聚上簷鳴。茶竈烹新露，蔬盤薦素莖。僧窓無別語，惟有課深畊。

讀孫給諫夏日齋中詩步韻

深署人踪少，空知夏日長。乍披新杜律，如摘舊班香。更鼓聲疑豹，官槐影似篁。有材非楚晉，無事問賁皇。

醉吟

忘却山中卧，沉酣太守堂。論文成密契，説劍亦深藏。萬卷資醒眼，三冬企熱腸。國門一字易，誰復辨蒼黄。

用寄陳藹公韻示文輔

後世人難問，先憂計總疎。已淪中下策，空負短長書。交自分今古，吾誰任毁譽。壯心看漸冷，且共老江漁。

鄭州題旅壁

古鎮千年跡，蕭條故壘荒。輪蹄塵陌紫，禾黍野田蒼。旅舍沽尊滿，鄉心引話長。百樓烟水際，感慨在微茫。

田間即事

戴笠出門去，聊爲畎畝遊。過莊餐餺飥，穿隴走秋俟。遠樹青如薺，平禾碧似油。隔溪遲近信，歸路任夷猶。

張元甫大有莊

流水一灣繞，平疇自結廛。井邊開菜隴，籬外展瓜田。種樹新成列，藏書舊有編。生涯百畝内，屈指待逢年。

春日同維月東園看花時三人俱衰白

連日出門少，不知僻塢春。偶偕載酒侶，同過玩花津。桃艷疑妝女，梨嬌譬玉人。獨憐衰白老，對景怯芳辰。

候五修不至，因獨宿齋中

準擬今宵話，幽人到却遲。都將十載興，付與五更詩。入壁風聲嘯，穿窓月影窺。迷離魂夢裏，無計慰愁思。

齋中步魏澹園韻

無求即是富，近況逐時新。齋傍烹茶友，籬圍乞火鄰。送詩常貼壁，買藥每呼人。隔户貫樽便，陶然想醉民。

閒居

不作繁華夢，閒居致儘幽。入門安犬竇，出肆上僧樓。桃食頻藏核，書鈔旋記籌。近來床架滿，方藥雜詩篝。

秋　齋

連雨罷蒸炎，身輕野夢甜。夜寒貓共被，日霽雀争檐。書課分成捆，糧儲滿入甔。更無多計較，簡譜辨青黏。

步魏澹園打魚韻

策久冷韓非，生涯問石磯。秋濤崩柳岸，夜雨漲蓑衣。自抱嚴灘志，誰投渭水機。倦來漁浦卧，閒殺荷鋤歸。

郡頭晤魏蓮六，余乃自至其山房，同田治埏代布置愛石齋偶成

君自閤扉卧，余來到閒居。掃窓移選石，懸杖挂行裾。落葉紛填砌，寒花笑傍廬。連宵燈火話，指點褎中書。

春日小集魏澹園看花

東皇留勝賞，花事及春朝。緑柳風中嫋，紅桃霧裏嬌。傍林飛酒榼，藉草穩詩瓢。盡醉方歸去，重來不用邀。

跨蹇同貞予過公翰田莊，因邀前村景陽並沽酒至

策蹇青畦畔，言過故友家。散莊圍緑樹，遠野覆明霞。邀客兼沽酒，爲農帶種瓜。不辭來往熟，箇裏是生涯。

贈寂如上人

閲盡滄桑變，江湖一葉身。逢人休説法，入世却離塵。鷗渚看常盡，松風聽自真。書窓連夜話，茗椀總經綸。

送樵嵐遊南粤

別緒經年久，豐標憶到今。轉添江海色，未盡雪霜心。遊轡依南粤，鄉書寄北林。暫時分

手去，相訪有知音。

秋日旅舍逢張嵩高賦，兼呈陳辰人

亂插黄花後，悠然見酒徒。既能千日飲，可少百瓶沽。秉燭知時宴，臨風覺調孤。淵明猶未醉，莫忘過門呼。

三秋未到愛竹軒，冬初小集，即席賦

菊月稀來訪，相邀及小春。鉼花寒更艷，家醖醉尤醇。琴韻消塵累，吟情羨古人。坐深忘去住，潦倒任天真。

給諫孫先生會過彈琴，别去有詩見寄，依韻答之

雅集連朝後，清裁寄草堂。尊罍思笑口，藥餌慰詩腸。狹室爐圍煖，枯枝蓝綻香。扶筇還造膝，竹下一相佯。

同人集彭蘊秀齋醉飲，因邀他日當聚蝸廬也

支藤來獻國，蘭臭此間同。詩酒隨塲住，風烟到處通。雪花凋蠟屐，爐焰煖郵筒。他日如相聚，蝸廬剪燭紅。

杏花盛開，同人小集分賦

一朝柔杏放，似趂賞花期。嬌面迎風笑，芳心映日披。催無須羯鼓，艷却稱新詞。乘興聊舒嘯，韶光信有時。

與朱貞明話舊

四十年前事，依稀昔夢中。相看悲髮白，共對羡花紅。不作漁樵計，還憑著述功。夜來明月下，細訂此心同。

静處

静處無餘務，隨緣事事齊。倩人常送柬，隔舍每尋鷄。種火因蒿綆，塗房就雨泥。更多乘

興處，打草過前溪。

中元日壽州有感

西郊收黍節，南陌薦瓜辰。頗伴爲農樂，還悲作客辛。無資歸故壟，有夢憶陳人。斷簡披殘雨，瀟瀟自愴神。

出城訪宋符九

出城訪嘉客，一路看桑麻。剥棗南原樹，摘棉北隴花。騷情思宋玉，德量愧王嘉。定熟新槽酒，談心醉晚霞。

失驢

幾載灞橋東，吟情風雪中。一朝亡蹇足，千里任飄蓬。入廄疑黔地，出門似塞翁。破囊何處挂，只得覓奚童。

冬仲過紅蘭齋，看殘菊，嘗新釀，復讀近作漫賦

歲暮希攜手，寒花似待人。蒼顔還傲雪，乾葉不沾塵。酒味開新釀，詩懷遇舊鄰。挑燈重下榻，老氣更相親。

冬日出城登北閣，遇一醉人，急避之，歸逢解殿一邀飲齋中，盡醉而返，賦此紀興

果腹遊城闕，倉皇避醉人。前車方識戒，覆轍却相因。旋熾爐頭炭，還污座下茵。醉歸渾失笑，清濁詎能真。

送允升往田

鹿車適野去，暫鎖讀書齋。社友詩須寄，田家宴好排。誅茅聊補屋，種柳正幫階。歸舍應何日，迎風聚舊儕。

分得茵字

底事過三春，春光似待人。去尋桃徑曲，來步菜畦匀。碧靄天垂幙，青蕪地作茵。坐深堤

柳外，風動落花頻。

迎薰亭詩

昔杜少陵營茅屋，王司馬送資財助成之，故杜詩云：「憐我營茅屋，攜錢過野橋。」至今傳爲佳話。余寓居獻陵，欲構一楹爲偃仰所，而無其具。徐乎尹送木材一車，解殿一借磚木兼造塹，彭蘊秀乃葦柴以落其成。余廢棄閒身，非少陵雅望，而諸公高誼則遠軼王司馬矣。時屬盛夏，偃仰其中，頗有薰風南來、殿角生涼之意，遂題「迎薰」。以視少陵草堂，廣狹不同，雖無榿林礙日、籠竹和烟之概，而一卷一几，婆娑于土銼紙窓之下，三五良朋朝夕談讌，陶然不知老之將至，或亦有不愧少陵者。聊著荒言以述其志，質之同儕，和而歌之，其亦仿佛草堂諸咏耶！

卷石亦爲山，蕭然此地閒。巢成人衆助，雲度友同攀。歲月農時樂，風霜骨相頑。便思遺世事，杜跡向塵寰。

種竹栽花事，不勞關野心。天光簾影透，水色硯池深。問字人攜酒，將鋤野送吟。棲遲交葦上，鷗鳥是知音。

劉使君過訪不遇，留詩誌別，依韻

旌節勞榮顧，蓬門應接慳。非躭蔽竹僻，深負造廬閑。古道公偏重，塵踪我久删。酒泉鐘鼓義，感愧倦飛還。

偶興

不惜造君飲，爲愛此佳時。總然天雨濘，披簑更杖藜。三杯澆萬卷，千載空雙眉。若問醉翁意，旁人那得知。

芸香齋阻雨連日

生事濶疎久，相逢此地寬。只因人意洽，遂忘世途難。連雨談心遠，孤燈照夜闌。不辭揮手別，問訊在嚴灘。

阿武城懷古

漢縣何年盛，遺踪阿武城。野翁不記世，殘碣尚存名。墊澤隨原膴，頹垣與樹平。當時高滱水，無復斷流横。

秋日德厚贈詩賦答

尋友常嫌暑，吟詩忽到秋。每看垂露筆，輒愧點霜頭。趙軌才應顯，王弘釣未收。莫忘來華户，沽酒有羊裘。

深秋自灌莪居過漳滏

吟詩出小塢，瘦蹇閲田園。曲岸高低樹，平疇遠近村。紅黄秋葉色，濃淡野雲痕。前去横舟渡，滹沱水欲噴。

贈任我宗兄

蕭然半畝宫，草率是家風。入饌無兼味，應門有小童。閒心耕讀樂，雜事子孫充。每卧疎窓下，常瞻曉日紅。

過魏蓮陸齋步韻

使君高卧處，門巷少逢迎。得食雀無語，遮窓竹有名。酌泉思水味，對石憶山盟。何日白雲裏，垂蘿面百城。

偶興

颯颯半扉清，隆寒罷史評。但爲安枕卧，不作叩門驚。濁酒三杯醉，新詩一葉輕。僧房聊散步，時聽木魚聲。

入暑門恒閉，出門偶興餘。過河呼釣艇，赴社倩僧驢。或憩堤邊樹，時觀池上魚。歸來失候客，案積起居書。

過龐斗樞別業

昔日經行處，君今忽異居。桑麻仍隴畝，煙火止村墟。故老瞻前客，新丁掃舊廬。遲遲不忍去，按轡動躊躇。

蒿徑

果是元卿徑，蕭森一片遮。迎風莖似竹，着露葉如花。没脛人難入，成叢鳥易嘩。求羊來往數，植此當桑麻。

聞范野牧攜酒候余，訪菊竟未得遇

多君饒雅興，攜酒候幽人。元亮踪難料，王弘款未伸。黄花天落莫，青鳥使逡巡。來往山陰棹，新詩滿緑筠。

寄綸錫

碧樹關心久，希逢蘸甲歡。每臨分韻席，輒憶引杯湍。宦況車生耳，山情澗有槃。惟餘清醒意，異室共芝蘭。

步答魏澹園

平生跌宕意，白髮作閒人。倚馬心猶壯，屠龍技已貧。酒杯妨病眼，詩卷累餘身。最我真良藥，躊躇動遠神。

贈上人奇觀

久慕雙林静，扶笻未得過。空聞一指秘，殊覺六塵多。雨潤龕前草，風飄塔畔蘿。何時偕道伴，禪窟聽伽陀。

與三社兄移家

移家近館舍，朝暮便興居。既看村東稼，還攻竈北書。衝天思比翼，藏酒待烹魚。他日承明德，應憐寄食廬。

贈一心上人

銕衣著盡後，撒手入禪林。法水湔腥血，流雲淡熱心。半龕眠石榻，一衲傍松岑。新遇藏山叟，忘機聽鳥音。

晚山閒眺

科頭兼跣足，倚井閱斜暉。岩衲施齋返，村人看賽歸。野田逢嶺斷，倦鳥傍林飛。此際忘機事，無心問採薇。

久遊回，及佩韋、劉季箴攜尊共話

野懷躭浪跡，歲月悵離群。客路常忘日，歸裝每帶雲。老書難上口，文酒易成醺。各爲秋農緊，前村影又分。

中秋思皇齋小酌，是日廟賽

一尊開小坐，嘉會正中秋。未閱金輪滿，先看玉斝浮。瓊樓天上宴，綵帳廟前謳。醉眼觀城市，蕭蕭起暮愁。

讀　史

上略籌邊事，雄圖在築城。金湯當地險，戈甲映林明。赦罪丁徒壯，開屯隴畝盈。不須充國策，已見可銷兵。

會稽陶文治折節從遊，詩以示之

南天有逸士，北學見孤誠。糊口資遊屐，論心戀故黌。未舒雙翮健，先礪一分精。膝下歡須念，休忘白髮生。

同宋子留宿范野牧家

昔年李與杜，訪范動幽情。今日盤餐會，悠然興共清。堆床偎稌黍，舉甕藐公卿。布被秋窓下，煙霞契已成。

村中

市廛阨戰馬，來卧小荒村。没脛蒿侵路，拂眉柳映門。爲農耕稼苦，備盜柝鈴喧。佃客供庖饌，時時煮菜根。

步宋外翰看菊歸途韻

幽意方成聚，歸途不自禁。晚雲低去鴈，落日閃遥岑。馬踏空林響，堤涵潦水深。回看載酒地，煙靄動長吟。

九日

令節頻虚度，無如此日憐。既疎尊到手，復少菊盈顛。杜甫詩空古，長房術漫仙。霜庭啜茗罷，話遍舊山川。

春日城中閒遊

散步偕幽討，春城晝正長。風花飛梵宇，煙樹鎖芳塘。瓦石存陳跡，巾衫趁褻裝。歸來多韻事，好句在青陽。

步田界埏韻

青山依舊好，歸計在來春。尚偶看花伴，長偕種竹人。魚譬藏水静，鶴步入沙勻。眠食須當共，何言但結鄰。

冬日登文閣，同堯甫處士野眺

林閣古村外，登臨值歲寒。夕煙埋凍樹，遠水遶危欄。百里堪長嘯，一年媿素餐。獨餘薇蕨伴，相對憶檀欒。

弔朱貞明

一生俠烈氣，熱血沸重泉。力屈空填海，魂歸欲叫天。凄風悲馬鬣，苦月冷漁船。蘆荻蕭蕭處，誰憑義士阡。

李小槐謁五台

聯轡清涼路，因參古佛場。山留赤帝跡，台現紫金光。五覺心偏悟，三宗法自長。欲知珠藏美，闔室禮魚王。

偶　述

感遇雖難定，情緣逐日生。老懷兒女重，塵世利名輕。邸舍疎山友，牢愁問酒盟。充囊多藥餌，問病當書程。

寄竹帛

停雲幾載怨，一問比南金。知子躭書興，傳余賣藥心。韓康生計淡，伯業古懷深。跨犢如相訪，還聯對月吟。

送劉熙陽歸里

一身曾百戰，薄宦暫歸田。劍氣風霜裏，鄉心雲水邊。壺觴朋舊別，草木歲華遷。岐路何堪贈，離懷寄素箋。

庚戌十日朔家祭於瀛海旅舍

霜露驚心日，淒涼百感生。親恩猶慘目，子愛倍傷情。人鬼衣難寄，合離夢不成。一杯澆旅舍，辛苦念墳塋。

初遇雲間陸蘧壁

江湖流落客，相見話窮冬。奮跡難投筆，傭身苦賃舂。煙雲途裏句，襆被旅中容。會應逢知己，人間貴士龍。

上巳有感，兼懷魏澹園

禊飲誰家宴，佳辰轉自悲。空憐曲水識，慵賦羽觴詩。綠醑留春晚，青鞋踏草遲。此情無共語，獨有澹園知。

垚台丁香先開賦

衆卉芳猶歛，枝頭已破春。濃香噴雀舌，淺色淡猩唇。葉短條方嫩，柎繁朶不真。相思憑酒瀉，一盞洗蛾顰。

夏日山中

驅驢尋牧去，過市買鹽回。夏木陰山徑，清泉響石隈。論文登草閣，沽酒泛村杯。瀟灑歸來晚，煙光凝暮槐。

五日

幽居逢五日，采藥寄山情。靈艾三年藥，僊蒲九節莖。騷雄吟可續，酒隱醉難名。茶臼重陰下，鳴蟬和杵聲。

牧犢

牧犢臨幽澗，薰風岸草肥。石鱗吹藻動，巢鳥掠絲飛。午困依濃樹，夕唫對落暉。終焉丘壑意，蕉鹿總忘機。

冬日訪刁處士潛室，云張公儀將過從，久候不至，留别還山

控蹇尋廬植，知君約此過。久瞻檐上月，未見杖頭蓑。雲氣籠虚牖，風音老凍柯。歸心憐歲晚，蕭颯上煙阿。

山齋

居深人跡罕，一室自淳龐。時摘鉼花疊，閒看瓦雀雙。石封燒藥竈，雲護讀書窗。向外通

樵路，歸踪聽短尨。

九日山中對菊有感

墜葉驚飈日，寒藂正有華。講經何處席，把酒此時家。天遠遥團露，峰高近冠霞。漫勞思習馬，醉眼付秋葩。

山家即事和洪崖韻

看社逢山叟，尋溪到野居。短垣茶竈静，矮屋蓽門虚。洗斝追高調，分題闡夙儲。興闌扶醉去，一路話農書。

郊外送春，兼訪侯光岵，載酒登釜山

今晨風日好，驅犢送春遊。隴外紅雲斷，田間緑浪浮。尋朋來谷口，攜具上山頭。莫惜林泉暮，壺觴可共留。

送樵嵐歸維揚

匹馬邗溝路，歸裝帶軟紅。乍闌京邸酒，還飽驛橋風。鄉夢梅花馥，吟情月色同。莫嫌分手易，有約大江東。

瀛　城

春事頻年窘，紛紜緒不清。行藏難遠計，文字負虚聲。賣藥嫌壺窄，還山訝路生。良朋疎狎晤，貰酒坐荒城。

送袁御仙歸谷陽

宇内同聲傑，逢遲悵别輕。幾時京口酒，還話渭川璜。客路孤帆遠，江雲返照晴。南中多勝友，此去徧嚶鳴。

綸錫謁選回，復過垚台，時七夕前一日

京國霏歸轡，垚台喜再過。看花吟舊句，剪燭聽新歌。餘暑風吹少，晚涼月引多。明朝乞

巧會，還望鵲填河。

過立節弔袁紫煙將軍

一世英雄氣，蕭條何處歸。龍精埋地血，馬革綉苔衣。空憶頻陽卧，難籌即墨圍。遥憑宿草墓，雨泪不勝揮。

齋居偶咏

土屋臨衢路，聊爲近市人。從無三倍利，只有一囊貧。客少簾時放，題多句日新。不關天下事，消息問龐鄰。

梔子花

樓石山前種，端因護吏來。黄從占氣見，素爲鬬華開。結夏通禪契，衝炎抱玉胎。休誇紅艷賞，偏佐孟園杯。

步魏澹園韻

終日坐林端，閒聽鳥雀歡。避喧無樂土，得隱是王官。草樹經霜苦，江山入夜寒。所籌不易就，天外舉頭看。

中元日山中

農節荒山裏，空齋客思騫。簡編生計淡，魚菽野情屯。泉湧濤長壯，居深草獨繁。高堂甘旨匱，無處貫餘罇。

秋日同崇文登北山

落木秋山下，乘閒一小登。入雲纔步步，去地已層層。霜樹紅圍寺，川波綠繞塍。何緣得斗酒，醉眼杖枯藤。

冬日赴南半石魏祥符齋頭小酌

山客閒招飲，相邀過北溪。日斜峰影倒，水凍岸流齊。殘雪花緣畝，乾茆蕞護泥。回看支杖渡，沙徑晚煙迷。

冬日過淩九酒舫，欲歸矣，復上伴山樓作

連朝詩酒會，復上伴山樓。檻引登高足，窓通望遠眸。低雲壓凍樹，殘霰點平疇。乘興看題勒，行踪又漫留。

人日霖九、崇文同淳菴、周禎，集衲窓茗甌小話，時雪中

人日山家會，茶甌作柏尊。充餐無市味，佐飣有清言。花事偏吟雪，春風自掃門。草堂成小聚，莫憶舊鄉園。

贈環原

風雅堪同調，溪山更比鄰。時邀出岫月，來晤讀書人。細草求羊徑，真情懷葛民。登臨合有約，猿鶴本相親。

訪道存易城齋頭

城居非近市，一徑自求羊。巷僻門屏静，園深薺韭香。快書圍膝榻，幽卉繞肩墻。莫厭頻來往，閒心於此長。

易城半籬居

借得半籬寬，碩人隨意安。既忘棲樹榻，還飽飲河餐。敝席非旋馬，編蘆也泛蘭。圖書如可放，蝸角任盤桓。

盧宅夏日小集

小集臨初夏，深廚事事加。酒勻當座面，風嫋隔簾花。玉麈霏談屑，金團散墨沙。清思吟欲就，榴影幾枝斜。

秋感

霜露驚心日，蒼然遊子愁。意隨黄葉亂，身與白雲悠。鴈影孤寒月，砧聲搗暮秋。鄉園何處是，客夢尚淹留。

中秋集登之齋頭

豈可無尊酒，寥然過此宵。有君開雅興，顧我動輕謡。人影光中冷，天心静處遥。數巡杯斝裏，洗盡市塵囂。

冬雪

寒天將入臘，微雪忽先澌。雀凍巢聲漫，雲同蒼樹疑。小爐圍冷火，熱酒慰僵髭。獨有凝霜意，臨風憶所思。

漫興賦

堆岸書千卷，入山雲幾層。不須結酒社，恰好作詩僧。柏葉香堪摘，松枝老可凭。無爲在塵世，終日困蝸蠅。

愛旭

愛旭坐簷前，蒲團隨日旋。硯池親試煖，茶竈細看煙。睡未三竿足，階仍一線懸。臘中春已始，眼望是明年。

偶成

悲喜寧關世，行藏自問心。幾回彈劍意，不盡負薪吟。幽興饒杯酒，閒情隔竹林。春山總可念，誰爲訪知音。

五公山人集卷第三

律　詩①

山中九日用蒼若韻

雲埋山塢護葭墻，脱葉風飄點徑荒。高會無心追戲馬，近懷有調續柴桑。消閒沽醉憐黄盞，排悶催吟憶草塘。黄獨紫芝他日事，一年蕭摵過重陽。

偶　興

澮雲疎雨過柴荆，録録塵寰苦代畊。只以生魚求膾具，休將藥草問時名。公榮不飲誠多事，彦道能狂自盛情。近日買山非樂隱，漁樵或不誤蒼生。

① 書口題：卷三　七言律。

秋日過涿鹿訪元樸藥肆

瘦蹇盤沙訪舊遊，西風簾幕正驚秋。寒花何處開陶徑，白髮於今笑孟頭。入塞雲鴻聲乍接，思家霜月影誰儔。蕭蕭藥裏韓康市，倚竈高唫破旅愁。

賦懷

歷歷秋聲報客居，殘燈寒焰照箱書。白蟫戀紙緣尋字，香醑盈尊豈賦魚。粉墨世情留壄史，丹青心事付權輿。相逢結袂成高調，短髮蕭騷任毁譽。

九日坐還白齋已歎無菊矣，因過訪又損得紅菊一枝

□愛已分愧陶家，籬落空唫日影斜。敢説叩門緣入社，□嫌投刺爲看花。霜英移把香生袂，露蕊凝尊艷浸霞。珍重晚芳矜乍得，可無冷句報秋華。

重過廣福寺，舊日留題悉爲僧洗去，因示趙一六

重披苔徑過雙林，舊日留題竟陸沈。洗壁僧嫌名已贅，文節我與世無心。地偏應有煙霞

僻，緣静仍思鍾磬音。得子尚羊成狎晤，往來莫厭酒杯深。

寄覺明上人

振衣歸去隱幽嵐，半壁修篁一勺潭。倚石有時題硯北，拜書偶爾效和南。谷深人語緣樵徑，林静經聲想佛龕。莫怪丘園清興劇，遠公會約結高譚。

西園小飲

西園小築未成廂，消暑開樽坐短廊。雙樹敲碁披樾蔭，□雲拖雨送襟凉。割鮮近市貧居便，借酒邀朋主興長。分韻茶瓜歸去晚，菜畦深印屐踪香。

無　題

晼晚何愁秋日低，半床落葉護糟堤。百壺懷抱黄花露，四壁風光白版題。鬼草餐餘人浩落，鹿裘披去徑萋迷。門前苦竹深如許，未許尋常步履蹊。

偶句足成，有懷山中諸友

雲樹千層水一灣，幽人此際好閒閒。釣磯坐去攜殘卷，樵斧腰來耐遠山。甯子不離牛口下，石生何事馬蹄間。總無長統良田樂，丘壑生涯足閉關。

重過故園得秋字

家鄉蕭索幾經秋，跨蹇重來閱昔疇。禾黍田園非舊主，牛羊墳墓半荒丘。雨餘蛙部喧林際，風定花鬚落隴頭。獨有煙村臨野渡，殘霞飛盡起江鷗。

偶感

三徑荒蕪豈遽居，鳥巢魚窟更安如。逢人只合長緘口，避客終當諱讀書。船入竹中聊斷問，蘭生道上亦妨鋤。從今玩世休希阮，一味猖狂計尚疎。

雨夜

黑蜈朝眠忽夜驚，淙淙急雨響南榮。暗添蓬霤疑雲聚，涼逼絺衣覺簟清。滴枕愁多消蝶夢，灑窓風驟亂鷄聲。蕭騷倚榻吟難就，幾度支簾盼曉晴。

贈雷林

儁異神襟自可人，銜盃高致澹然親。久無妙句題佳士，可少良遊趁好春。松砌温經應閉户，茅櫺課字漫勞薪。誰家酒甕常臨壁，攜手相將一結鄰。

步答椒園秋雨韻

荒村野水溢秋寒，淋雨頽唐比屋殘。幾部鳴蛙真産竈，無端泛梗不充餐。銷憂耐簡幽人筆，逃世虚裁處士冠。欲過東園舒嘯詠，平田漠漠蹇蹄難。

蔡山人

中郎誰道後無人，柳市於今有隱淪。松菊不妨三徑蔚，琴尊恰合四時親。猥當迢遰分襟日，却憶菰蘆對客辰。安得鷦鷯棲正好，一枝容我作龐鄰。

寄候邢竹帛孝廉

勃窣張憑久閬居，孝廉船遠玉音疎。西唐我試餐松法，北渚君耽種术書。鷩眼緑熊休過艷，縱心白帢尚堪娱。相思一葉秋風裏，百里襟期訂遂初。

偶興寄示魏澹園

春來楊柳幾枝枝，盡日關門懶賦詩。客爲廚貧相過少，家因山遠去看遲。閒中避疫憐殘喘，卧内書符賺小兒。料得渡頭學圃伴，杏花春雨足相思。

贈又鄴

麹部騷壇舊作家，風霜幾度染顛華。銜杯尚可吞糟壘，摇筆猶堪吐夢花。别墅招尋頻接袂，仙居造訪未登車。安能縮地從君住，日醉兵廚紫玉窪。

薦馨自秦中登太華歸，先在峰頭曾有信見寄，詩以訊之

落落高峰勒賦回，幽人屐齒掛雲堆。縋書曾接青鸞信，嘗藕應披玉井苔。驢背煙霞收險

塞，杖頭風雨老吟才。歸囊定滿驚人句，何日挑燈話緑醅。

得容齋贈別句依韻賦答

遠山春路柳眉舒，已有高人爲買居。支杖西峰聽瀑布，分襟東渡注丹書。廿年古道存栽菊，半世閒情老荷鋤。咫尺煙霞非遠隔，跨牛應過武侯廬。

柬容齋

雷水新巢乍定居，鷦棲猶憶買山初。未能話雨重聯袂，偶爲移花暫寄書。種菓右軍應見待，吟詩開府可相於。思君不負藤窗月，竹樹煙深興有餘。

山中偶感

傐僫通疎抱膝吟，無端歸興過前林。行踪漸覺田園近，老況偏於兒女深。幾樹山花開倦眼，一灣溪水滌塵襟。閒中不耐思閒事，掩卷枝頭聽野禽。

春暮于霖生攜酌邀家嚴魯山公稻亭小集，同盧肯祥、郝獻之

青山如黛四圍匀，喜得中林有主人。蓮埠井開新築鑿，稻灣碁布小經綸。一樽傾倒依斜日，二美逍遥送暮春。少長俱歡成盛事，煙霞高調倍精神。

冬日即事

煖卧饑餐信有緣，琴書環堵任蕭然。强瞠病目看文課，豫借修金補藥錢。窓外凍鷄棲解語，竈前寒蟬爨生煙。來春弟子名場近，燈火兼工不問年。

雨窓閲牡丹譜漫題

細雨秋堦滴瀝聲，攤芸鹿韭彙分明。曾聞司馬坡邊貴，還問潛溪寺裏名。賞到四香真可曦，面開一尺亦堪驚。繁華自昔非佳玩，羡爾幽蘭只數莖。

柬耀寰

咄嗟心事與誰言，留得猖狂類漆園。豈憚捐裳居裸國，幸無鼓瑟向齊門。博逢瓦注偏成

巧，膏遇明生却自煩。萬緒勞勞何日静，不如白眼對青尊。

瀛臺相傳馮道吟臺

多年積土未成山，强礙清虚雜市闤。自昔乾坤空老大，於今草木尚癡頑。攀躋舊閲塵千載，吟望仍餘水幾灣。一繭殘墟遺論在，無端憑弔總須删。

孤坐偶吟

花墻竿竹亦亭亭，孤坐蒲團境自冥。窓外雲天時透碧，函中史籍鎮垂青。穿林啁哳聽山鳥，憑几源流閲水經。此際閒情誰得似，無心鷗鷺集沙汀。

李顒若齋沽酒寫句因而志感

晴窓蠶素寫詩新，竹葉尊前岸角巾。似水行藏人自肅，如雲翰墨我還珍。波漂木偶難撐拄，坂逆金丸枉苦辛。一座花光同酒面，等閒高下閲千春。

癸丑省墓始讀參甫、橋梓及光遠、瑞齋、界埏、治埏爲先君、亡兒鐫立墓碣，雅誼昭然，不勝感愴，惻然賦之

三年两度拜墳塋，枯草寒煙感愴生。荒塚傷心遊子恨，新碑墮泪故人情。九泉何處澆杯酒，八口終朝滯客程。寂寞青山千古意，不堪回首暮雲横。

初買蝸廬，孚尹枉顧，藴秀以詩酒見過，次早復聚藴秀齋，廣蔭亦至，詩以紀之

初買茅菴款舊盟，同來詩酒共清評。人如玉樹臨葭席，談似寒泉漱石聲。交締白頭昆弟美，知逢青眼古今榮。壽州自昔多賢地，此後應傳我輩名。

讀　史

六國分肌啖虎狼，馮亭歸趙慮應長。廉頗合使終堅壁，毛遂無嫌緩處囊。上客徒知憂肉盡，群英誰解念唇亡。千秋高義惟東海，萬乘談空豈爲梁。

詶宋廣平次來韻

乾坤何處不蘧廬，任運惟憑下澤車。中水池塘應似舊，上林鶯燕不如初。梅花賦古詞盟繼，柏葉尊濃酒興舒。寄語廣平同調者，三春嘉會在荒居。

左園小集

平泉春宴接芳茵，酒伴詩朋集賞辰。題遍紅欄花未老，斟餘緑蟻興方新。翻天風雨何曾妬，入座琴書雯見親。此地相逢原不偶，況無十丈軟紅塵。

述懷次原培韻

幾度深居念水源，半生俠骨老山村。煙霞有夢猿啼醒，禾黍無情雀啄翻。谷口課畊欣石友，壚邊結社辱金昆。相將偶伴風流住，却憶春叢滿故園。

訓白吏部送遊金陵

不逐征塵鞍馬裝，依然飄笠過維揚。六朝往事山河異，一路清吟草木香。采石豪華誰嗣李，新亭慷慨尚思王。先容錦字堪投契，便擬僑居作故鄉。

秋日同純治、允升遊南閣振衣精舍，聽嘉徵彈琴

巾舄禪關喜共尋，茗杯纔罷聽鳴琴。調高自覺塵情遠，秋爽渾忘客況深。經典浩談供几

席，松雲流覽憶山林。暇中莫厭頻來往，世外風光屬素心。

余與又鄰俱移居樂壽，相距十餘里耳，又鄰抱痾，余復冗羈，未及相見，詩以候之

長源別後幾經春，彼此移居恰近鄰。我爲食貧常閉户，君因抱病少逢賓。犁鋤生計輸田舍，詩酒風情枉月輪。却欲跨牛尋栗里，無端塵事尚牽人。

樂城中秋邀吴星潭夜話

對景誰期又樂城，盤餐相聚古人情。浮沉往事如雲度，款洽新交似月明。舉目山川仍掛影，無心天地定留名。茅簷談劇杯重把，露濯涼襟麈柄横。

讀魏澹園寄詩步韻

休從華屋問行藏，畊讀安身土作房。數米經綸依畎畝，傭書事業愧宫墻。生前有酒誠高計，窮後工詩轉勝場。指日東園花柳放，偷閒還訊燕泥香。

午日劉明府以鹽肉見頒，愧無芹答，又重以攀轅之戀，詩見

意焉

一茅纔築卧甘棠，地主深恩午日長。分得晶鹽添水味，頒來鼎肉佐蒲香。榴花何處爭穠艷，騷賦隨緣任徜徉。斟酌野芹無可獻，愁心又爲選錢忙。

齋中讀在川喜雨詩步韻

堦前曬藥愛秋陽，細讀新詩筆墨蒼。天雨甘霖人雨玉，禾生長畝草生塘。驪珠壓倒登臨會，蕉葉傾殘嘯詠場。水簟夢回追盛事，和歌特爲啓青箱。

齋中孤悶，值彭蘊秀送同張廣文遊萬春山詩至，快讀和之

雨後荒城鴨蓐青，門前潦水作淵渟。時從頹岸窺雲影，旋向垂條覓露泠。奪目黄盤來几案，賞心紅友在郊坰。詞壇頡頏推蘇李，仰企流涎爲醁醽。

寄九仙山人

耳順餘年在已驚，强將朝露俟河清。奕碁世事輸先着，幕燕身謀誤後生。薇蕨久嘗心自苦，煙霞暫痼氣難平。知君定有超凡語，無計山頭一細評。

和灌園叟移菊韻

雨溢楊園野徑涼，蹇驢未遂賞秋忙。空依仲蔚門前草，遲問泉明榻畔芳。漉酒正宜開瓦甕，賡詩却自坐繩床。良朋近訂尋幽約，指日扶笻到柳堂。

灌菽息菊甚盛，有約未赴，十月末旬始策蹇得觀

野懷從不負花期，却愧今秋獨後時。只戀白雲橫北郭，竟忘黃菊老東籬。驢鞍幸及尋霜葉，鷄肋猶堪對月枝。古調晚芳原素契，青尊一倍賦新詩。

過振衣上人禪室

晴和風日過僧房，坐對金爐細細香。一榻暫離塵世界，半竿全掛戒衣裳。經臺自有天花墜，方丈何須笏版量。便欲呼朋歸淨域，閒攤貝葉禮空王。

正月十八夜宋廣文招集同人分韻，即席賦，限以一句成飲一杯

傳柑節後酒筵催，得意同儔陸續來。昨日春光郊外柳，今宵花事座中梅。江南才子詞宗

邇，薊北英流武庫開。一句詩成一杯飲，巴人愧乏百篇裁。

中和前一日訪宋符九途中偶成

布襪囊詩過小莊，伊人閒畫定春忙。旋消冰水烹茶葉，細爇沉煙繞木床。燈火看餘殘醉醒，簾櫳敞處惠風香。到門有句須頻和，明日龍頭起老狂。

同宋子留訪野牧

曲徑迢遥雲樹睒，聯鑣訪隱入桑麻。路迷每借田夫引，心急惟愁日影斜。何處蓬蒿張蔚室，幾時詩酒范丹家。饑腸馬上思嘗棗，遶陌踏殘布地花。

己未重陽已過，次日宋外翰東促補之，賦答

幾年令節寄他鄉，落落同人少命觴。憐我悶懷思早菊，多君高興補重陽。酒當連酌何妨醉，客過長歡豈惜忙。此日正逢十日飲，布衣交在好徜徉。

得田界埏寄詩步答

苦憶同遊不記春，羈棲風景忘陳新。纔唫臘雪添騷句，又看桃花拂陌塵。幽夢總回修行畔，行踪難道古溪濱。論心只有歸田好，負鏄析薪是解人。

答李廣寧次來韻

剥苧誰憐深谷幽，彩箋飛度片雲浮。墨華奕奕如星燦，筆浪滔滔似漢流。分誼自知懸兩地，夢魂豈禁憶三秋。青蓮高況親蓬蓽，黄犢朱門合樂遊。

劉大司城過訪

年來芋栗未全收，若苣充餐坐市頭。賣藥既慳參术貴，懷人空覺露霜秋。披帷越石知新喜，作儈君公愧舊遊。揮麈禪關談上理，可能白眼看雲浮。

哭彭蘊秀

雋絶才華倜儻身，巍然山嶽振風塵。魯連排難真高義，彦舉揮毫自異人。開酌何會離勝友，尋幽從不負佳辰。一朝寂寞揚雄閣，垂淚千行共愴神。

寄君僑

白頭那忍復離居，肺腑連年不致書。世事茫茫誰得似，人謀落落竟難如。飄風未晦經天日，巨浪終宜縱壑魚。此後驢鞍須過訪，閉門高卧在茅廬。

村居用馮琢菴先生韻

自起朝炊炊箸收，短牆斜倚似憑樓。門前舊壑新添水，村外浮雲遠帶秋。草牖希來作賦客，秫田常伴荷鋤流。油油禾黍連天際，疑是蒹葭白露洲。

劉潛夫節度歸里

別去襜帷幾歲寒，司空豐采隔雲端。折檻舊説王凝健，好士今聞柳璟寬。一丈車幢榮故里，三花馬鬣艷江干。山翁預擬香山會，詩酒因緣永日歡。

秋日同李廣寧、鄧公遴過流九水訪趙處士，因遊五雲泉，題唐錫寺壁

九水款扉因訪道，五雲繫馬爲尋泉。柿林蔽芾圍孤寺，山麓駊騀接遠天。摩石看碑前代蹟，循廊題壁野人缘。紅塵此際飛難到，載酒重來卧翠煙。

余耕移樂壽，市土室居之，又買瓦房數楹，減餐乞鄰以酬直，蹙蹙興生，自歎太苦矣，因志感

耰鋤矻矻傍荒郊，營業何會具斗筲。筆墨應酬同買卜，盤餐拮据似調膠。老蚕無奈身藏繭，智鵲還思歲改巢。白首勞生何所用，不如懶鶴卧松梢。

風中閉户

蒲團闔户避緇塵，鉼裹花枝坐閲春。思在遠方身在邇，題拈舊韻句拈新。單衣乍試寒留榻，雙燕初來語問人。却少酒杯供醉卧，草窓清夢五湖濱。

重陽次日用吴梅村九日韻

無意清尊學問天，重陽節後憶歸田。拘牛種麥黄花隴，舉網烹魚白酒船。潦倒書淫徒自苦，凄涼客況少人憐。愁中只覺流光速，誰去深山企大年。

偶述

鼠肝蟲臂漫沉吟，白眼行藏直到今。殘帙真同斷後尾，衰年盡減護前心。但能把酒還邀月，何事披裘又拾金。乘興小車棲止處，亂雲堆裏是知音。

贈鄭天波

處世休教清濁偏，唫詩度曲過流年。衣冠豈必存孫相，雅頌何妨繼鄭箋。摩詰畫圖傳墨苑，無功酒譜艷觥船。秋還社課多疎懶，無數詩題未入編。

偶懷

潦倒蓬蒿作隱淪，十年磊砢未依人。隨塲牛馬呼來久，到處鷄豚醉去頻。褐玉豈容塵世見，塗金休使野翁親。逍遥松竹多佳興，終向深巖伴子真。

劉季箴齋讀及佩韋壁題詩，步韻寄懷

雙鬢蕭騷著客衣，屐踪久矣踏田稀。詩囊驢背隨蓬轉，經笥車輪逐鳥飛。對酒幾番談浩浩，看雲到處興霏霏。連霄壁上龍蛇影，酷想聯鑣上翠微。

步答貞子

落落離群卜地畊，孤村水澗不成泓。偷存八口原非計，逆料千年祇是名。舊德淒涼空抱痛，新知散漫愧嚶鳴。高松寒嶺惟君在，安得聯床話此生。

春日野牧相訪，出途中詩見投，步韻贈之

據鞍隔澗小橋通，野客行踪便不同。箕踞因貪垂柳緑，盤旋似惜落花紅。吟成好句非躭酒，想結幽人自順風。入户何會論禮數，先翻近課敝簏中。

落花詩

本是名園傾國姿，爲憐春盡總難持。夭夭麗質紅成淚，簌簌芳林緑作期。抱蕋遊蜂愁已散，隔墻戲蝶悔無知。東風莫浪閑吹去，猶似西宮爛熳時。

一枝留賞正晴暉，萬點愁人不忍歸。長信草深香亂擁，未央月迴色全微。欲翻應怪鶯蹂遍，不掃非關客到稀。多少王孫攜素手，爲君憔悴愴分飛。

怨魄殘魂逐水厓，回頭望斷瀑衣堦。明妃去漢沾裳易，陳后辭君買賦乖。十里青青看鎖霧，數株颯颯鎮傷懷。誰家擊鼓猶尋賞，惱亂芳心共粉埋。

心傷摇落已成焚，忍見芳叢掛夕曛。墮影恍如蜀夜雨，銷魂非但楚山雲。痕飄竹上湘君淚，色染楊家白練裙。九十韶光終有盡，何人洗拂倍殷勤。

紅英飛盡掩朱門，蜨往蜂回總斷魂。溝水尚能浮墜蕚，幽禽何苦啄殘痕。金鞍踏去同明月，玉釧拾來感舊恩。不見連昌風動夜，老人泣罷一重論。

誰家亭榭緑陰天，飄蕩殘英絶可憐。夢繞深宫歌後扇，身隨遠浪渡頭船。依依未肯逐風逝，處處焉能倩鳥旋。遥望故枝心似水，安排隔歲一團圓。

色去應知未減香，日斜何事斷人腸。行宫院宇飄零後，客路别離桃李傍。耐可拾芬還嗅蕋，争禁抱怨不成妝。盈盈弱質誰相念，散入煙霞也自芳。

五陵東市歎飄零，賣酒胡姬怨後庭。染袂朱痕常不散，調絃清蔭那堪聽。夢回金谷空沾砌，畫作丹青尚在屏。惆悵芳年成往事，凋顔碎粉自星星。

欲去榮華戀未休，翩翩猶上碧搔頭。春光有限鶯偏老，芳草無情水自流。對鏡飄零憐鬢瘦，窺窗黯淡使人愁。明朝風雨還難定，莫爲傷春獨掩樓。

春風不改緑條森，悔殺當筵醉未深。愛拾餘香渾作雨，强描碎影不成金。南林寂寞燕無語，北砌斑斕蟻有心。此際徘徊誰是伴，月明涼露聽柯音。嘗聞春色在江南，何事飛飛灑碧潭。暮靄籠香歸故苑，摇波流片上澄嵐。散來籬落千家豔，聚處芳塘一棹酣。寄語吴歌諸女伴，玉筐盛去當襜藍。

學雨爲雲弄畫檐，紫騮羞繫酒家帘。慚隨舞袖紛紛下，耐逐春風陣陣添。山客好眠常不掃，美人愁寢正開簾。增啼增笑憑君取，抱出芳心苦亦甜。

雜　興

不衫不履不知年，縱酒躭詩亦解禪。冷眼自能窺造化，親情非爲絶因緣。舊狂未已心猶燥，近癖將成語更顛。惟問西溪流水地，時時風雨洗龍泉。

稜稜瘦日照雙肩，撥悶鑽幽亦自憐。剩有鬚眉留俠氣，可無詩酒傲霜天。寒灰雖冷猶存火，石子將開竟吐蓮。信馬懵騰隨便住，流光無那箭離弦。

苦吟無曆隱情兼，小舍寒生紙作簾。但得胡盧容我坐，何須去就倩人占。東窗未擬風如剪，北牖還看雪似鹽。欲問羲皇焉處是，此身隨地便心恬。

一椽猶未卜寧居，短鬢蕭騷雪不如。昨有詩朋歸舊社，久無高興著新書。蒲團入臘聊持偈，藥裹逢春欲市鋤。人道幼安能避地，片帆還憶故鄉魚。

和惠迪先生園林逸興

寸魚竿竹自園林，小酌幽閒日日尋。但解花開須教醉，不妨月上更成吟。尊前共接臨風致，松下同歡秉燭心。此際酣眠真快事，再來相記定攜衾。

題白雲觀壁

合與青山有舊盟，等閒杖履快生平。峰高頗便登臨眼，友勝偏宜詠嘯情。黄葉著林添暮色，白雲留榻護虚清。松頭莫訝停三載，酷喜通宵坐月明。

春日拜漢剛侯賈公祠

枯柳攢煙裊弱絲，含情一謁賈侯祠。沙沉金甲鄉民話，功列雲臺漢主思。廉藺義高仍仰躅，丹青貌古自生威。趨蹌未冷河山淚，欲勒將軍血戰碑。

市隱堂

浪跡先生市隱堂，旁人不必問行藏。有時朋舊書千里，逐日童蒙課幾行。叔夜懶從天性慣，仲華笑付少年狂。只消一枕疎籬上，閱盡紅塵無數忙。

閉門

縱懶躭眠過幾旬，閉門先謝問詩人。君能有興不妨叩，我若無言慎勿嗔。賣履桃椎稀見面，結巢文舉少逢鄰。年來看破蕉中鹿，夢裏紛紜總未真。

夏日東園小集

小園春盡羽觴開，攜伴孤亭坐翠臺。席地空窓晴日映，幄林新葉好風來。談霏少長花香送，酒瀉温凉鳥語催。醉裏不禁思往事，幾行散屐蹴莓苔。

夏日同李廣寧過周俊明宅

聯轡經行過草堂，命儔嘯侶翠濤香。素瓷坐放白青眼，細簟横鋪上下床。談止幾回矜得兔，情深一往羡屠羊。幽尋來去訂蘭契，城市山林話正長。

哭王惠迪先生

撰杖深林失路年，春風懷抱幾人傳。孫嵩自愛邠卿達，鮑叔偏推仲父賢。龍跡舊遊巖尚拱，鶏流故堞水空纏。傷心痛灑西州淚，不忍重畊谷口田。

署齋用燕又韻

市城住久懶如家，疎却山頭坐碧霞。雲嶺變成窓外石，松林移作閣中花。詩裁滿壁青衣拂，客聚盈堂紫幕遮。大隱自堪供嘯傲，夜巖清漏靖鳴笳。

聞通安明陽劉逸民高卧巖灘，嘉其風烈，詩以寄懷

出塵白鶴仰伊人，叢桂新篇問隱淪。卜築墻東聊閲世，讀書竈北自傳薪。陶潛有子名偏盛，謝眺能詩興不貧。翹首考陽千里外，大河春水許知津。

垚臺

九層百尺總荒唐，一蕢爲滕景自方。栽菊培松森晩艶，蒔桃插柳貯新芳。碁枰對坐堪乘

蔭，酒盞横排可作床。莫道庾樓偏興劇，共談詩話任相羊。

偶述

避居常愛柳毵毵，木榻蓬窓静影含。據竹祇堪呼濁酒，逢人並欲減清譚。幼安世事通難問，彭澤琴音量自諳。一任池塘風雨過，蒲團幽夢正深酣。

還山讀鬱華小樓集飲詩，追和其韻寄之

還山落落已三秋，虚却披襟坐小樓。蒲盞漫供詞客醉，石泉空傍野人流。雨飛郎嶺千林潤，雲掩班峰百里浮。歸舍擬吟七步草，西園高唱在前頭。

齋中步魏澹園韻

冷吟閒醉半床餘，浩落行踪未卜居。已買蒲團思入道，尚提筠管學傭書。山巖自解藏靈鳥，江水何曾潤涸魚。了却忮求心便穩，高懷合與世塵疎。

酬梁園雪龕田明府

桃椎自昔見人羞，茗米隨緣也結儔。既有穎君揮紫電，何妨從事問青州。籬邊潦倒歸陶令，架上沉酣想鄴侯。有子書倉堪世守，元龍只合在高樓。

追逐雲霄愧未能，草堂幸喜話青燈。人情已晰同觀火，世事何勞切飲冰。醉裏升沉休感慨，眼前粉墨總模稜。誰堪共訪廬敖隱，五嶽名巒任意登。

羽士尹元齋以詩見寄，依韻答之

吾道淪胥久莫傳，晚尋羽客話寥天。自知鵠卵難生鳳，却想麻池好種蓮。三語豈關希驟貴，一心只合守常然。歸來細味南華理，樗櫟猶堪享大年。

山中賦贈張元甫

卅年鄉國舊雷陳，幾度論文坐錦茵。膠漆不同桑海變，煙霞偏與鹿鷗親。山陽故隱君猶健，栗里新詩我自貧。攜手峰頭談往事，長林豐草總傷神。

對菊無酒

不須甘谷盡登仙，摘得籬花入案鮮。自分有詩酬令節，却憐無酒慰寒氈。妬深青女芳偏永，傲並白衣節久傳。特與柴桑問消息，甕頭曾否漉如泉。

漫　興

濯酒乾坤莽自存，行藏落落總難捫。世途幾日堪安枕，生計何年不出門。破帽看山增感慨，瘦囊過市閱朝昏。珊瑚大海難施網，且向光芒覓石根。

偶　興

老懷山巷頗相宜，種竹看雲到處詩，舊館謝來無俗累，新居謀定有心期。偶尋敗籜過西澗，爲戀寒香倚北枝。雪意一春慵起蚤，晨炊小婢每教遲。

齋中野牧見過，留題步韻

問舍求田占上流，元龍豪氣暫時收。莫將金紫供青眼，且放松雲罩白頭。尊酒堪留野客醉，壁山不礙冷人遊。從兹來往休嫌數，架積芸編好共搜。

魯望齋頭偶成

幾載飄零不憶家，偶然谷口閲年華。還將海上神仙客，一對山中富貴花。座裏吟懷揮妙墨，尊前飲興泛流霞。平生雅抱躭遊賞，眼底風光景趣賒。

韞生攜家集見過，不遇而返，詩以答之

儖傀行散出雲堆，客到山陰鼓棹回。案乞龍文光寶鼎，門題鳳字掩冰苔。揾泉應有愁松句，沽酒曾無有竹杯。此會暫虚連夜話，青騾不礙卜重來。

五公山人集卷第四

絶句①

蘆穄葉作枕

卷來蘆穄葉，省却繡鴛鴦。圓木無勞警，華胥夢正長。

濕薪

雨裏晨炊逼，濕薪苦竈濡。何當適越國，探得焰光珠。

省親

傭隙一歸省，曾無幾日期。臨行不忍拜，恐覺是違離。

① 書口題：卷四　五六言絶。

省墓

荒墓缺時展，披榛隻影孤。千行遊子泪，辛苦灑平蕪。

贈滎陽道兄

入城緣賣藥，歸谷爲畊田。芒屩兼藤杖，逍遥畫裏仙。

蝶

既自鄰墻過，還從莊夢歸。若逢張進士，剪紙總能飛。

蟹

常説螯如戟，誰知殼比筐。燥中仍未已，不肯早輸芒。

偶成

一壑一丘裏，悠然想古初。塵勞濁世上，唯有酒杯餘。

齋中

貼壁安茶竈，依離架筆牀。午餘臨帖罷，聽徹響松湯。

過盧千斤故居

昔日千斤力，今來一陌塵。誰知感慨者，猶有路旁人。

宮姬孤塚

在新城東南二十里，故明宮人姓褚，流落於此，死葬焉，有雙柳記之。

故宮隨國破，遺蛻逐塵埋。塚畔遊龍草，盤盤似鳳釵。

幼女塚

秋草墳頭緑，孤魂何處歸。吾家猶此住，且莫歎無依。

雨後入社歸

風清林葉翠，雨潤麥苗肥。攜篋論文去，懸籠帶鳥歸。

歌□

敷簟清籠□，研硃静有香。寸陰誠可愛，莫負著書堂。

□□□□公式

歷年頻作客，掃墓竟無因。插柳插花意，欷歔對故人。

和及佩韋

雖當遲暮期，不撫征西柳。奮髯望西風，浩歌空白首。

述古

劉實隱牛衣，手繩口復誦。豈如貴介子，據几學木俑。

陳常晝躬畊，夜來猶賃書。不服辛苦役，將毋欲何如。

出城

久不出東城，前林見落葉。蕭蕭空際飛，猶似春叢蝶。

寄孚尹

相違不百里，相隔忽三秋。何日驅車至，清談對酒篘。

舒嘯

蝸廬方斗大，嘯傲有奇人。蕭散蓬茅裏，花開也是春。

咏菊

紫綃雲霧服，脱挂在秋屏。青女玲瓏剪，纖纖碎作翎。
遊蜂失故巢，釀蜜在籬落。和雨灑秋芳，染就千枝藥。
何處青童子，更衣侍故侯。紫羅裁小袖，妖冶作平頭。
卸却黄裙去，酣顔玉抹緋。宫中多少麗，真色讓楊妃。

燈挂

三尺檠稱便，寒光几案盈。何如懸壁上，吾道日高明。

燈下起草，眼花感賦

倚馬才猶在，挑燈泪暗傷。平生飛動意，到此倍淒涼。

寒冬

寒冬諸事閉，貧與懶相宜。不掃窗前雪，留冰入硯池。

冬日挂湘簾

冬日垂湘簾，不耐朔風冷。葛衣遊洛時，想亦同此境。

觀瀾教授荒祠

書聲喧殿角，槐影罩簷牙。鎮日雙扉掩，沿墻放菜花。

偶吟

減口聊增餉，添房爲閉門。自今塵壤事，槩不到東軒。

壽陽村居

自愛煙霞僻，因逃市肆喧。更無車馬客，擾擾到柴門。

巷外柳

平生酷愛柳，晴雨總毿毿。巷口一攢緑，雙鬟日日酣。

軟紅箋

不用裁魚綱，何須棉布頭。軟紅一片玉，心事寫三秋。

過灌菰齋

雙扉常晝鍵，□□□□。□徑繽紛入，新開石竹花。

贈沈象□

春暖黄精□，□□□□□。□□雲入户，沸鼎有茶聲。

梁冉素□□□

每遇看花会，□□□□□。□□□此住，等到放荷天。

至野牧□□

朔風衝百里，跨蹇到君家。恰喜新篘熟，清談剪燭花。

題木石居怪石

磊砢一奇石，玲瓏百竅通。自今誇縐透，羡殺米顛翁。

窗前斷石

袍笏堪稱丈，摩挲竟是兄。莫愁身破碎，猶有補天功。

哭亡子咸

苦樂兒難覺，悲歡我自知。從今無内顧，四海任吾之。

人日有感

□舊逢人日，難逢舊日人。春風憔悴眼，怕見柳條新。

題硯蓋

未試磨烏玉，先看揭紫房。謝家箋九萬，一掃盡輝光。

别元甫

總饒連日晤，未盡十年心。倘有山中便，休忘寄好音。

撲蝶美人

小扇迎春旭，頻揮撲蝶窗。自憐寂寞影，應是恨成雙。

山行

茅屋小橋接，前溪對雙松。幽人時往來，路在千雲峰。

秋日

一林黄葉下，蕭颯任秋衫。暮景叢愁緒，回頭望碧巖。

雪中沽酒未至

深齋一夜雪，晨起喚沽酒。青童去未歸，定阻前村口。

移家

日暑行應倦，風炎道傳長。過期猶未至，幾度掃蒿牀。

蝸廬咏

廚下有薪有米，胸中無事無憂。簡點山人門薄，從來不注王侯。

花　圃

花圃已消殘雪，柳窗初囀新鶯。策杖煙村曲巷，來參高尚先生。

瀛城逢五玉志感

舊日應劉尚在，於今詩酒非初。却思一尊林外，高話十年讀書。

寄山中諸友

一別青山幾許，久思素友如何。魂夢時時左右，不堪回首煙蘿。

贈雷林

槐下温經精舍，溪邊煮酒芳林。有興時時相訪，醉聽喚睡春禽。

過李顒若齋，酌探春花下

到舍酒偏如聖，垂簾花正疑神。醉裏不妨題句，閒中恰好探春。

偶咏

行樂無如訪友，清心莫過談禪。眼底紛紛塵務，只須放在一邊。
芸卷隨心是業，蒲團到處爲家。偶向青松林外，閒尋老衲吃茶。

鄭店阻雨

薄酒莫消夜漏，春衣不耐朝寒。倚門鎮盼天霽，搔首空歌路難。
愁裏不遑懷古，客中忘却占年。聞説清明不遠，始看楊柳舍煙。

擬借禪房作書室

寂寂略無鷄犬，踈踈粗有園林。既少妻孥累體，却多鍾磬清心。

山中

掃地非因客至，推窗欲待雲來。静對丁香一樹，明春屈指花開。

春山偶興

緑霧迷離柏岫，紅雲滃勃花川。喚客隔溪啼鳥，送杯穿竹流泉。

遊西寺

深院無僧説法，空庭有鳥參禪。却喜回廊幽步，風來萬境寂然。

雨後步魏澹園韻

睡起自知神爽，雨餘頓覺涼生。纔呼緑竹爲友，更認白石作兄。

九日

何處登高載酒，空勞憶弟看雲。又是一年令節，秋思無限紛紛。

福泉

城角福泉古寺，周遭一片秋蕪。墻外頻嘶牧馬，門前時走樵夫。

諸子起晚

紅窗既無鷄唱，緑樹又少鶯啼。誰呼子慎驚應，一任莊周夢迷。

偶過興會寺

尋僧偏宜徑曲，入寺自覺身閒。繞座花香室内，穿林月色窗間。

對月

南飛烏鵲何依，北向清流高卧。不看花影離離，且愛竹陰箇箇。

偶題

閒水閒山便往，機心機事都休。但有茅庵可坐，那知紫閣紅樓。

秋日題興會寺壁

緑水小橋古寺，青畦短巷疎林。偶有清吟題壁，待□老友相尋。

山居

羞彈馮子長鋏，懶擊王生唾壺。自對青山嘯傲，任他白到眉鬚。

贈礐之

跨蹇郡城煙路，栽花別業山塍。時有叩門元亮，來尋愛客王弘。

贈平之

纔向東園小憩，復來南嶺高歌。山鳥迎人欲語，似欣此日風和。

口號

一枕黄粱初覺，半庭赤日方斜。起問故園山友，新收幾處桑麻。

五公山人集卷第五

絶句[①]

山家春樂

晴晝花開疊嶺紅，樂遊婦子坐高峰。山家春酌無多物，水底芹芽間鹿葱。

覓繅娘

提筐執筥一秋忙，博得金蠶上簇黄。緋米急需絲價换，倩人速爲覓繅娘。

同介侯往巖下

欲共登臨興正新，瘦驢短策踏莎茵。莫愁前去無知己，一路青山盡主人。

---

① 書口題：卷五　七言絶。

琳玉送秋菜志謝

白鹽赤米舊家風，秋盡無蔬匕箸空。野圃晚菘叨賜後，鷄豚從此莫争功。

送稽田旋南

襆被風塵影共依，無端别泪灑征衣。總然馬角長三尺，極目天涯何處歸。

公翰景陽攜尊看杏花

暖日輕風柳影斜，春郊新放幾枝花。逢君白酒青莎地，爛醉東村一片霞。

畲容齋

今年作客近東皋，寂寞空廚乏小槽。除夜一尊來魏野，故人雅意比醇醪。

秋日蘆中人同參甫諸友遊釜山，余未預，歸題其詩後

細雨寒花岸葛巾，峰頭詩酒墨香新。歸來莫怪山靈訝，却少春前題壁人。

春夜偶占步魏瞻淇韻

銀燭金尊眼倍青，夜深促膝話堪聽。蒼黄世事何勞問，幾箇心知一草亭。

夏日田莊即事

纔爲尋僧過北寺，又因採石到南溝。夕陽涼蔭重林裏，濯足山泉清淺流。

與公翰訂聚酒肆

蕁緑香浮湛碧波，幽人此地約頻過。興來不用糟牀注，直把陶巾挂邵窩。

寄覺明上人

把臂雙林經幾秋，禪心空逐夢悠悠。霜天雁影知何許，坐對寒花憶舊遊。

瓜　圃

蟬鳴高樹麥畦黄，瓜圃茅亭好納涼。從此園丁相認熟，北窗共話亂山蒼。

賦懷

一杯到手萬缘空，十載論心此夜同。不惜乾坤留夢蝶，敢將毛羽付冥鴻。

夜中偶吟

荒鄉深院夜星稀，獨坐空窗挂草衣。幾度幽吟思不定，穿簷蟣螵繞庭飛。

酬雪蛟別口號

賣文歸去憶江鄉，南浦分襟別恨長。笭箵卧吟楊柳曲，薰風吹送岸花香。

偶占

青鞋布襪久因循，潦倒緇塵自苦辛。遥憶故人芳草地，柳畦花埒醉車茵。

玉簪花

一種清芬苔似玉，千枝瘦細體成簪。青琴貪睡鬆雲鬢，墮却搔頭落小龕。

題袖石齋蓮池

一勺芙蕖碧映簾，幽人常此對牙籤。夕陽庭院頻過雨，迸起珠璣落月檐。

袖石中元日以蓮辨①作東邀飲

素節丹霞雨意涼，詞人乘夜鬭壺觴。未逢月下三更賞，先領池中一瓣香。

哭次女

姊妹窗前學語時，捋鬚争誦老夫詩。一朝别去歸泉壤，孤塚寒原長玉芝。

省心上人鈔書

不獨禪宗見花雨，更能斑管擬錐沙。北堂多少鈔書客，争似清新智永家。

① 辨，當作「瓣」。句中作「瓣」。

破茶器

缺口疑如月未盈，猶堪爐底沸松聲。興來供得盧仝椀，不羡當年折脚鐺。

開壜詩

一瓻珍重出家藏，開盞先教奠杜康。獨有公榮不可與，帳前弟子試親嘗。

偶釋堯夫語

天地氤氲一氣盈，水流花落不容情。欲知世界原無事，便道生薑樹上生。

春日過魏莊訪元吉山房不遇

洞口桃花正及春，漁郎歸棹不沾塵。仙童報道尋芝去，艤柁留詩問隱淪。

偶興

書籤藥裹小窗低，當徑蓬蒿手自犂。栽得新花恰欲灌，一番微雨過前溪。

雨中獨坐用蘇韻

村外平蕪好鹿場，一川煙雨送微茫。畫工欲寫雲溪意，老樹茅庵坐夕涼。

仝几青主人看南巖小瀑布，用李白看瀑韻

暑雨溟濛萬壑煙，衝泥張蓋過前川。山腰雪浪噴千尺，也似飛流落九天。

半石村平地一峰矗起，松柏如髯，上構大士庵，亦奇觀也

平沙壁立小巃嵸，秀骨稜稜萬木叢。應是秦鞭驅不動，獨留一柱鎮虛空。

市得素瓷盞，最愛之，遂與訂約

子美編中見素瓷，持螯泛蟻恰相宜。從今珍重須成約，一次開樽一首詩。

題　蕉

寸魚竿竹自清疎，午枕風輕倦眼舒。握卷看雲閒得句，芭蕉葉上幾行書。

摇扇空庭汗未收，北窗雲影黯紗幬。堦前忽送芭蕉雨，已透疎櫺幾點秋。

張顛犯夜

枌榆社散晚風清，帶酒騷人惱夜兵。却怪瀛城寬似海，不能容箇醉顛行。

偶　吟

閒攤鳳尾臨王帖，自拂虬鬚賦杜詩。雲去鳥來凡幾度，小窗吟卧少人知。

訪元甫田莊，值入市未回

步襪行來近午天，借君草榻暫酣眠。不須呼黍邀元直，自起周看種秫田。

久不到山居即事

壘石爲垣樹作屏，疎林幾點透天青。山房久鎖生新笋，穿榻横窗出網櫺。

同霞舉到雙峰寺洗殘碣，始知此寺爲金奉禪院

古樹頹墻已過秋，偶偕山友入林遊。殘碑洗拂詢前代，禪院依稀半字留。

山中整屋，時竹穿墻成林矣

鄰家竿竹過墻來，透砌穿簷豈待裁。略整茅齋看緑潤，此君端不羨樓臺。

贈李玉涵

皂帽青鞋瀛海東，逍遥初見李淳風。茗杯話盡平生事，拄頰寒簷久照紅。

偶占

侈情窮大欲何歸，四望茫然計總違。佛面瘦時休再益，消除背胛是知機。

憶張補過先生

雲雷今日始經綸，却少先生一快陳。廡下雪深垂泪語，幾回重憶更沾巾。

夏日題壁

一壁斜陽駐景紅，常開北户納涼風。書聲窗外茶聲細，獨坐虛堂憶筆筒。

戲呼茶竈煖酒

烏薪土竈一團紅，綠醑偏提響竹風。非是劉伶欺陸羽，惠泉不及酒泉功。

蘇君實

蘇躭何意世塵中，物外襟期自不同。書榼藥囊高柳下，蕭然時拂釣臺風。

題煙林歸牧圖

煙林牧罷雨絲絲，戴笠歸來恨步遲。跨上青牛花裏去，渾忘短笛逐風吹。

挽徵君孫夫子

一世清霜徹骨清，兩朝輪幣九州名。少微星暗江河泪，慘淡人寰罷杵聲。

九日與苾蒭飲

不上高山愛酒僧，紫萸盞映白雲層。人生除醉更何事，潦倒霜堦支瘦藤。

江　頭

江頭終日伴鷗眠，漫捲絲綸待曉天。半夜蘆花驚浪沸，滿船風起月輪圓。

移家中水城

中水城中作隱居，借牛載得一牀書。紙窗木榻堪高卧，總有深山恐不如。

澗領山衣，屢典不售

無錢呼取典山衣，幾次相將未售歸。不是質家嫌百結，先生制度與時違。

連日花避老翁不肯相近，自以手刺向左園探得幾枝，案頭遂成爛熳

最憐寂寞白頭老，花柳雖多那見親。手刺徵來香艷種，一時冷舍頓生春。

郎山圃趣

一朵郎峰生紫煙，小亭長日枕鋤眠。葡萄味美秋成後，不數何曾十萬錢。

埏山口占

萬疊青峰雨袂飄，等閒揮手謝塵囂。向平婚嫁歸來晚，誤却山頭種藥苗。

東愛竹軒

一到高齋興便清，琹牀詩格任從横。瀛城無數焚枯會，大半標題愛竹名。

方　勝

一片香箋疊四方，述懷錦字在中藏。天邊欲寄憑南雁，不借崔家小女郎。

偶感

安身何用築華居，竹檻蓮池轉眼虚。不似蝸廬長久在，上①墻依舊卧琴書。

齋中

放下蒲團便是家，半籬掌大也栽花。清秋古巷無來往，黄卷婆娑對緑葩。

步韓廣文白秋丁香賦

相思曾記鬬春妍，何事清芬素節前。自是生嫌丹桂俗，瑶姿獨逞玉堂鮮。

樂壽唐天和於城南禪林旁賣酒，余與劉隱君嘗過飲，一杯輒醺，遂相約爲十錢會，每遊便可一醉，頗省杖頭之九隨時法也，一絶紀之

① 「上」，疑當作「土」字。

何須遠上酒家樓，肆旁禪林境盡幽。扶老燒春容易醉，百錢分作十回游。

劉隱君得魚，沽白酒夜話

不須吹火向蘆花，廚下烹鮮興更嘉。白酒青燈一夜話，尋常風味勝仙家。

允升許贈余菊花一本，久未取栽，詩以示之

久慣淩霜我與君，等閒未得共斜曛。相憐不必相偎傍，两地豐標一樣芬。

寄示宋符九

滹沱河畔結瓜廬，歲費租錢計尚疎。但得一椽成永業，終年閉户著奇書。

偶興

常思賣藥酬鹽價，却遇題詩抵酒錢。堤口黄公時見待，呼朋猶欲甕頭眠。

飲十錢社，步允升韻，題壚頭壁上

一觴一詠一閒身，桑海年來閱歷頻。剩得老夫薑桂意，隨埸浪作醉中人。

築暄臺

典衣買得墻東地，且可迎陽向暖天。若待詰貲王録事，幾時結果草堂缘。

偶咏

風土終朝滿硯池，欲書下筆少清思。不如禿帚石堦上，隨手槎枒掃數枝。

寄嵩高

春雲流雨漲江沙，幾處漁舟傍落霞。樵担輕挑思喚渡，晚風立盡夕陽斜。

過意意居，看餅插丁香，不覺困卧，起乃步其韻

聞説芳菲連日歇，膽缾折取簇香清。無端一枕支頤卧，始覺繁華夢裏輕。

藥王山

跨虎升騰湖岸芳，千秋山借藥稱王。空聞一粒傳鄒舉，不見客顔伴石蒼。

閣山陳涉祠

樓閣重重淩紫煙，楚王至此尚明禋。可憐燕雀蓬蒿下，那曉鴻飛不紀年。

夏日看麥，過張房村，飲立軒

桑柘陰濃麥正黄，乘閒跨蹇過張房。逢君載酒因成醉，田舍淋漓墨幾行。

雨後

雨後食涼出屋遲，榻齊書帙壁粘詩。坐來又覺添閒事，自趁天晴曬鹿皮。

城中

崎嶇廢巷半山居，遶到城坳徑里餘。最愛墻頭秋雨後，茸茸細草似春初。

破衣架

雙脚無趺傍廢墻，多年不挂繡羅裳。莫嫌此際風光少，當日曾陪新嫁娘。

贈蕭和陽

一徑蓬蒿半畝居，短垣雲度總蕭疏。逢君青眼開塵梔，細閲中郎枕内書。

見故鄉流户有感

産業凋殘客異鄉，一家老稚漫悽惶。於今故國爲滄海，雁落沙飛自主張。

九日同純冶、觀瀾步至龍灣，菊未開，歸憩南閣

翳然林木閣門前，已覺塵中此地偏。啖棗吃茶僧對話，無煩更遶菊花邊。

送劉使君北上

兩載忘形下釣磯，仙舟一旦忽分違。勸君更進一杯酒，北入長安無布衣。

雅集齋餉菘

荒畦殊愧彦倫莊，也得秋菘供晚香。自是良朋珍意美，清蔬直接韭芽長。

冬日市插菊餅

莊家不買隔秋貨，冬日却收插菊餅。多事陶潛先注酒，一年醉裏待花馨。

冬　齋

犬因凍卧宵常起，鷄爲寒棲早不鳴。世外一家渾市住，被窩閒閲賣漿聲。

冬夜冷宿蝸廬口號

自恃酒魔能禦凍，敢來冰窖强安身。夜深酒醒風威緊，始信蘇卿是鐵人。

蝸廬養一瘦蹇，水草不充，每遇出門，小仆以糠飼之，戲占

餒腹長牙卧土槽，年年水草不酬勞。朝來小仆開糠簏，知是吟詩過北皋。

飲雅集齋用撥不倒偶人勸酒，其人戴一假面置盆中，用手拈之，旋轉既定，去假面，以真面所向者飲。戲咏二絶。

團團盤裏醉金僊，紫袖生風不定旋。假面抛時真面見，始知含笑向誰邊。

萬轉千回不倒身，只緣認定意中人。一杯滿泛休辭醉，青眼看伊正值春。

清明次日，雨後郊外看杏花，薄暮插花醉歸

清明雨後草萋萋，結伴尋芳約束齊。城外杏花何處好，遊人屈指數唐隄。

苜蓿青畦鋪坐氈，團團圍向杏花天。花神也愛遊人醉，皷點鶬飛不肯偏。

酒散還知興有餘，前坡紅紫艶方舒。乘酣馬上折盈把，一道霞光入草廬。

白頭不惜鬢簪花，壓帽枝同醉態斜。聯轡短歌城市裏，兒童拍手任喧嘩。

漳滆别業草廬旁又搆半厦

一灣春水抱茅廬，可是清幽處士居。又結半間安土竈，客來煮酒更烹魚。

爲子留書箋

研光未可尋常試，懸腕曾無定武奇。不顧東施形貌陋，强隨西子也顰眉。

示酒家

黄公今係舊相知，貰酒爐頭不用疑。自此兒童任意取，壺邊但認五公詩。

鼠　患

不遊廁下不臨倉，窺案嚙衣潛上牀。欲覓烏圓何處有，操刀空自憶張湯。

入　夏

入夏汙邪麥滿倉，閉門餺飥飽來狂。窗前多少浮雲過，一把偏提挂半墻。

珍涵餉貓

紅吒撥來鼠暗驚，多君相餉主人情。不須剪紙投江水，未向金山道上行。

題水墨牡丹

淡痕疎影足芳姿，朗月清風自有時。姚魏人間何必問，生春從不買胭脂。

田間即事

十畝田園半有秋，摘綿拾棗大堤頭。西郊雨過青芻潤，斜倚柴扉看牧牛。

中水城懷古

魯公霸業空千載，争賞猶傳中水侯。廢壘荒丘何處是，柳陰禾黍古原秋。爲吕馬童封邑。

水莊小酌

雨餘禾黍遠風涼，尊酒清吟坐水莊。两岸秋畦千段緑，田家景物晚來香。

入山留謝諸友

不是仙家不是僧，遊行惟杖一枯藤。世間塵事休相訪，身在雲煙幾百層。

與香山話淮鎮學圃之樂

霜露秋畦百頃清，勝如山下掘黄精。便思抱甕漳河畔，結箇蘇翁作弟兄。

冷卧齋

不爐不竈一書牀，竹簟氈團並作涼。長此經冬兼歷夏，不須半點火星香。

麻鞋底穿

雙足麻鞋纔兩年，無端朽底忽成穿。始知東郭先生趾，最苦徑行積雪邊。

入山贈旅宿主人

三百里程一望春，青山萬疊不沾塵。瘦驢欲到深深處，沿路新詩結主人。

自山回宋廣文齋頭，同符九小飲

逢人已結入山盟，白石青松分外清。莫怪隨塲能便醉，此身差覺往來輕。

偶感

春來萬木綠芳齊，多少遊人聽鳥啼。可惜城南紅杏發，無人載酒上唐堤。

芝香齋石竹花盛開

草頭萬蝶落成群，疑是窗前鋪彩雲。夏日已無桃李片，如何猶點綠羅裙。

贈燦然讀書

茸茸花木四窗晴，終日樓前聽曉鶯。室至開門何所見，錦屏風裏讀書聲。

示壽伯畫意

一曲春流抱竹叢，數間瓦屋石橋通。四圍盡是青山繞，西北高雲罩五公。

八月十五沽飲廊下口占

連日昏昏坐市廛，無緣對酌岸綸巾。今宵沽醉涼蟾下，喜占中秋第一旬。

重過唐公酒壚有感

曾同稽①阮醉壚頭，零落無人問舊遊。壁上詩題磨滅盡，不堪支杖野雲秋。

村居即事

入市歸來三里餘，長堤如帶樹扶疎。瘦驢似解幽人意，踏踏徐行看網魚。

哭孔公襄柩過獻陵

旅襯風飄似斷霞，那知此地故人家。望塵幾點哭君泪，猶當生前剪燭花。

過野馬村問彌卓萬、崔樂公不遇

瘦蹇馮馮過野村，爲尋二仲一登門。誰知松下無童子，空踏深雲抱午暄。

① 「稽」，當作「嵇」。

候李廣寧

慨想深山有棘人，過門未得一相親。重來細話漁樵理，雷水郎煙近作鄰。

述懷示同志諸友

女嫁男婚心覺閒，鹿車魚艇任癡頑。天留老脚無關係，不在田間便水間。

偶　咏

三竿睡足每酣餘，淡飯粗衣意自如。除却弄孫無別事，壺中有酒手中書。

肇州具酌，書以示之

老況尋朋話隱淪，只愁匕著①累貧人。從今約定清修課，盂飯盤羹過往頻。

---

① 「著」，同「箸」。

看秋耕

麥苗噴緑正迎霜，黄犢新翻隴土香。不待來春播種日，農家預計一年糧。

彤廷齋嘗新釀竟醉

新篘入琖正清香，矮坐茅庵燭焰光。小酌陶然成一醉，封侯不意在仙鄉。

齋中

麻鞋草坐暫行藏，消却人間百種忙。旭日滿窗閒打坐，兒童讀遍問樵章。

苦寒

圍爐向火薪偏少，對日迎暄風又多。只是貧人生計左，聳肩抱膝坐雲窩。

冬月劉季箴齋錢爲予贖羊裘

裘敝曾披五月天，隆寒却挂酒壚邊。青蚨換出三冬煖，不怕灘頭雪夜眠。

觀劇偶成

偶看演劇戲場開，翠袖紅裙舞一回。曲罷又聞簫鼓響，誰家傀儡上場來。

上元後一日喬明府邀登北閣，因看舊題，仍前韻

長晝使君開暇賞，攜明載酒共春遊。重來小閣題詩處，猶憶昔年野菊秋。

吴星潭教授於鄉

閒去田間臥草廬，二三弟子共居諸。此中未必無經濟，風雨鷄鳴好讀書。

偶吟

良藥尋來手自和，閒中服餌坐煙蘿。莫籌囷米盈虛數，春入深山草木多。
既不折腰營五斗，將何引領過三春。蕨拳報道新穿土，荷鍤青山伴野人。

符九爲余覓老圃

多君灌藝復高情，覓得園夫近老成。從此爲農爾我便，麥畦瓜壠足平生。

整屋

破屋吹塵便可居，先安一篦放圖書。日長柳絮紛飛候，閒唤兒童捉蠹魚。

二聖庵穿井

六塵煩苦何由洗，禪宇初開聖水泉。日日汲來添石鉢，菜畦花埒總新鮮。

村居諸同人餉食

果菜紛來似餉僧，蒲團持呪媿無曾。思量便作出家計，只恐因緣了不勝。

田間漫興

荷鋤握卷是生涯，半畝蔬前小徑斜。官插柳條成八陣，兒童笑指武侯沙。

入城十里日初曛，噪冷昏鴉處處聞。最愛堤旁村樹晚，亂煙層疊似濃雲。

有約彤廷、季箴至，滿院蓬蒿，並無一徑，書此志之

仲蔚幽居遍草萊，猶留一徑踏蒼苔。於今荒穢全無路，客至蓬門何處開。

饑　咏

安得仙人盧子基，飛龍丸藥暫充饑。浮生不用千年計，只願捱遲麥熟時。

田　舍

两頃磽田一半荒，佃賓零落舍淒涼。閒來獲麥推窗坐，恰有蓬蒿四壁蒼。

小莊即事

汙邪刈畢復甌窶，盡力耕耘苦未休。粗有草庵供醉卧，不曾料理種花溝。

小齋

一屋東西两牖開，朝暾夕照鎮皚皚。先生無事中間坐，日日光明藏裏來。

灌莿齋見菊

向來眼界塵埋盡，一到蕭齋分外幽。簾隙疎籬寒影瘦，菊花初綻數枝秋。

寄魏滄園

一春心事亂如絲，入市還山總未宜。小事於君更疎懶，不曾和得玉簪詩。

詠史

岐陽山下女桑春，誰料荆州枉問津。自設杯盤留客醉，不將野意使官人。

輓鄭蘇公

江湖流落思無窮，故國煙銷志士空。自召青蠅成弔後，人間殊少鄭蘇公。

偶　詠

爲避風波鎮閉門，安心不説舊朝恩。無端夢起蘭根土，自取青衫拭泪痕。

夏日寄繪升

久少松花問起居，新編定日坐扶疎。山中幾卷吟嵐草，欲借精毫作楷書。

齋　中

紫茄白莧蔡樽家，一室琴尊對五車。門外升沉都不問，年來心事寄南華。

雨　後

平疇初匯半川水，遠岸新添一部蛙。霽日繞園堪細履，老農深喜看耘瓜。

持　螯

爾雅熟來物理精，蟛蜞豈得浪稱名。捧杯對酒諳佳味，公子何曾敢横行。

入山

一路巉巖攜伴登，芒鞋黯入日雲層。深松古洞堪高卧，昨日詩人今日僧。

下山

倍日看松友鹿麋，歸來猶帶半峰雲。草窗竹榻酣眠裏，猿鶴依然夢作群。

山行

荒村古廟多雙樹，險路深溝有獨橋。尋洞幾回騎馬過，柿園墻外摘紅椒。

唐縣葛洪山非葛稚川故蹟也。唐水之東有洪城，酈道元《水經注》亦載滱水東流入洪山，則洪山之名已久。金大定間道士劉得仁僞以洪因葛洪得名，遂造宫，塑像惑鄉人，訖無知者。九水趙受繩處士詩序言其詳，因

書一絶志之①

洪山萬古峙唐峰，翠巘丹梯映舊墉。何事無知劉道士，浪傳抱朴溷高峰。

下清虚觀題壁

三十年來少此行，馬蹄今始踏峥嶸。山靈似解幽人意，霧髻煙鬟一路迎。

山上和劉静修先生韻

名山常是晚年遊，皓首青峰對素秋。却憶題詩劉贊善，至今絶頂姓名留。

山中久住，同鄧公遴先回遂城，李廣寧獨留，臨行有句相送，步韻答之

攀崖造頂幾回游，匹馬先歸咏四愁。猶恐溪山收不盡，留君荷筆訪丹丘。

① 詩題原排作雙行，似前詩夾註，今審作詩題。

廣寧下山市書回

百里歸途草樹芳，細雨入槖重山裝。世人争道黄金貴，豈解經綸在錦囊。

鶉之鬭，以争食也。食之争，人調之也。不受人調則不争，不争則不鬭矣。鶉其得老氏自全之術而保其天者乎！

爲賦一絶①

枯草奔飛性自良，因貪一粒便癲狂。從今不受人調弄，飲啄隨心在布囊。

偶　咏

過却重陽看菊花，幾枝疎影亂欹斜。霜英霜葉何須問，且喜陶潛是一家。

香櫞詩

香櫞一果，惟《字彙》載云：「果名，似橘，其皮可作粽。」考之平子《南都》、太沖《吴都》，並無此字。按《吴都》有「㮇榴禦霜」之語，注：「㮇，㮇子樹也。其實似梨，

---

① 詩題原排作雙行，似前詩夾註，今審作詩題。

冬熟，味酸。」棎音市瞻切，即橼字也。今香橼形味俱同，音亦不異，想即此物耶？

小句記之，以俟知者。

的的金丸比景來，餘酸芬馥帶香胎。太沖博物收棎樹，却並霜榴充賦材。

題寤言序

勞勞塵事漫思休，未必真如在静求。若使逃名能度世，蒲團壓破萬山頭。

看菊晚歸漳滑

千林黄葉看花歸，一蹇斜陽走似飛。曲徑暮煙何處去，渡頭深樹隔柴扉。

觀瀾書舍

一室蕭然似老僧，阿難破戒並無曾。縹緗幾卷供吟賞，半夜鐘聲五夜燈。

方士

洞口石牀傍曲松，隔溪常聽曉山鍾。大東地主愁天旱，手握壺盧去賣龍。

冬日咏

濕柴充竈偏無焰，苦水煎茶亦減香。半斤羊毛長抱膝，惟看初日上東墻。

偶題

世上幾多温飽誤，天開饑饉顯高人。餐松茹柏從來慣，不與繁華强作親。

嚴冬典裘市書

到手名編肯放寬，架頭得此勝加餐。隆冬典却羊裘去，乘興何妨對雪看。

挽崔魯望

聞道山村不巷歌，達人數盡欲如何。遥空未及椒漿奠，丹荔黄蕉雨淚多。

除夕

年年歲事忙於火，直到今宵苦未休。何似舒眉燈燭下，翩然共醉酒爐頭。

山思

萬樹花開正值春，青山鋪錦待歸人。扶笻着得芒鞋去，回首紛紛别世塵。

殘花

一枝憔悴傍墻頭，灺瓣經風散不收。落在繡茵猶可愛，無人重上看花樓。

偶吟

彩箋寄到求碑稿，白酒銜餘問雁天。自取牀頭莊老卷，隨心檢點馬蹄篇。

雷林酒得一罇，却思與共酌，詩以招之

翠濤香泛甕初開，隨手偏提滿借來。却想與君成共醉，葛巾濕着快銜杯。

同九如、天波二山人晚坐智峰上人丈室

萬緣斷處詩禪牀，晚步同來對佛光。一自鉗椎清響發，心知皎月洗寒霜。

醉後跨驢回舍口號

當堦瑞雪正霏微，緑酒紅燈未掩扉。醉裏渾忘天地濶，龍鍾驢背倒馱歸。

題墨蘭

一徑蕭蕭結葢簪，何人遺墨到幽龕。興懷谷畔根無土，酷憶當時鄭所南。

過函白齋賦贈

蕭條門巷舊家風，客至琹尊俗慮空。漫道城中無太古，居然坐對夏黄公。

偶興示魏澹園

六十餘年黯淡過，空提彩筆閱山河。關心老友貧難舍，共纂奇文作放歌。

題李廣寧庭壁

掃徑每逢千里客，登樓自有五車書。閒中雲物皆清賞，天半遥光映素裾。

槐陰醵飲

小具槐陰坐日斜，玉舟酒盡客群嘩。席邊正有黄公在，呼取銀餅到汝家。

哭亡子咸

王咸字子受，新城西馬頭村小陽社人。生山中，十四歲夭於河間城中。

平生俊爽，能吟詩讀古文，不願居下。即余次男，爲先兄翼之嗣者。不幸早折，心誠慟之，埋石以誌其處。

膝下歡顔十四年，囊詩猶貯隱山篇。童烏七歲參玄理，未肯楊家一類傳。

入門滿眼總成悲，遺佩殘纓尚陸離。事事爲兒收拾好，似兒猶有再來時。

遇元甫

舊社凋零不可聞，百年蘭臭尚推君。掃除一片青山地，留待扶笻共較文。

瀛海郡城西門外五里許有小莊，居民數家，土垣疎柳，跨上谷東來孔道。庚戌夏，余攜亡兒咸，騎兩馬，帶一書囊，自上谷入瀛郡，路經於此，憩樹下，汲水承風，暫避炎暑，亦不暇問此地爲何村也。不踰歲而咸兒殤，余每西行，重經此村，盡然增感。追想當時駐馬攀枝、披襟揮汗之景，依依如昨，而存亡頓異。一向冥心物外，期汗漫之遊，不至此幾不知情緣之能累人矣。徘徊顧望，因訊居人，始知爲朱家莊也。援筆誌之，以存感慨①

清明煙柳碧如絲，幾度傷心聽馬嘶。村井陌塵仍去路，不堪回憶納涼時。

口占贈慶雲胡聖與，十歲工草書

曾道英才推謝尚，還看奇穎邁崔駰。鼠鬚迅掃冰蠶滑，不數鵝池妙入神。

郝參甫齋前紅紫爛然，看花回，戲柬索折之

高軒嘉樹萬紅稠，過眼看來興未休。非敢拆枝驕長者，願分春色到齋頭。

① 詩題原排作雙行，似前詩夾註，今審作詩題。

王五修齋頭有菊一株，群花覆之，芟除始見

不耐繁華不是奇，能於薈蔚育貞姿。饒他格蔓争虧蔽，到底終輸冷艷枝。

題郁華書齋

秉燭驅蟫摹緑字，開醅集客話青山。小窗滴露分經罷，更和新題雉子斑。

同繩武訪光岵不遇

一路林隈雨過清，幽人於野閉柴荆。欲留後約題僧壁，又恐苔痕澁姓名。

有感

一壺濁酒閉門時，不用山中看奕碁。野寺閒僧都是險，牀頭老子竈頭詩。
疊却長衫挂短桁，客來不用出門迎。猶防窗外聽經去，低説春秋擯楚名。

雙峰東巖下諸友

宴坐山坳製蘀冠，擬書蕉葉問巖灘。茅亭無事堪相報，鄰笋新過四五竿。

同海翁過慕齋不遇題壁

蕭蕭落葉滿堦除，繫蹇西風訪遂初。松下白雲迷去所，披芸翻遍架頭書。

田莊小步

半灣流碧數峰青，野寺紅黄倚畫屏。一線樵踪穿水過，石梁點點布寒星。

偶醉

鄰竹森森隔短墻，興來沽酒醉斜陽。時人不解山中樂，笑説白頭老更狂。

葛山土室田見之讀書處。

一拳低拄白雲根，説劍談經遠世喧。莫怪袁閎躭寂卧，千秋高調在丘園。

游水月庵

駊騀衆峰圍古寺，扶笻偕侣看碑來。擬留爽氣前山麓，芒屩周遭踏碧苔。

别肯祥及諸山人

一春雨足漲新漪，正是南園種韭期。却笑咿唔諸弟子，閒牽驢背出笆籬。

先君平生喜飲，每對酒輒吟「一滴安能到九泉」之句，今下世已久，朔望日，家人供酒一巵作奠。因想生前語，不覺愴然泣下。總酒百斛，安得地下一沾脣耶？賦此志懷①

曾將罍斝供生前，劉畢風流興宛然。誰料九京歸去後，竟難滴酒覓重泉。

① 詩題原排作雙行，似前詩夾註，今審作詩題。

移居

有約相從便卜居，借君土室即吾廬。琴書放妥無餘事，賣藥談經鎮自如。

得子石明卿書問

仰屋蕭然讀道經，寒花幾點映疎櫺。滄江耆舊通書問，猶説當年倚馬銘。

偶題魏澹園扇

一卷時來開睡目，百憂不許到閒心。東園苔徑多垂柳，日日枝頭聽好音。

九月十四日始栽菊，呈李顒若

惆悵東籬客夢賒，重陽已過覓秋葩。幽人莫怪尋芳晚，天意偏榮後山花。

即事柬王五修

飯餘翻得一編殘，不見無功聚薵冠。荒砌自吟還自笑，黄花空照孟效寒。

出　獵

枯草平沙四野空，將軍獵騎驟長風。今朝狐兔愁遺種，繞樹旗翻落照紅。
一竿初日捧朱輪，獵馬騣騣滚沸塵。寄語前村多置酒，半酣齊看射鵰人。

訪九如山人

望外煙叢一點村，幽人此際樂丘園。相逢欲問詩多少，孤樹微風帶槿原。

元吉卜築雷溪

不須人送買山錢，已辨雷溪半畝廛。茅屋數間新築就，也堪飽卧翠郎煙。

旱後苦雨

一雨連朝未肯晴，濕薪沈竈緑苔生。纔愁旱魃旋河伯，那日眉頭放得平。

東坡荒歲過湯陰，始見豌豆大麥粥，作詩示三兒子，想他處尚無此物，作詩亦念艱食之意也。余戊申山中秋淋

阻水，人家多絶糧，有者尚食麥粥，較之湯陰猶爲幸矣①

淋雨人家幾斷炊，釜中麥飯尚支持。湯陰豌豆吟艱食，較着滹沱更苦思。

讀《靖難記》偶咏

濟南勁旅高張許，扼要中原南北分。鐵相當年真鼎石，可憐不聽宋參軍。

夏日偶賦

寂寞茅亭夏日長，晚風送雨透窗涼。頻尋餐草充饑法，未了求仙避世方。

賈氏山莊

枌榆社散未斜陽，小步來尋招隱莊。細雨恰宜留客醉，催肥梅子照杯黄。

① 詩題原排作雙行，似前詩夾註，今審作詩題。

贈張道士出山

卧煖白雲舊石廬，等閒扶杖出山居。時人莫笑衣冠野，袖有雙峰處士書。

張石公持水墨畫扇索題，即書之

水平山遠樹扶踈，幾點茅茨隱士居。安得小船裝我去，大湖南北伴樵漁。

讀王偉元傳

梟帥東關愎諫多，忠良非命竟如何。孝思遺恨真千古，不但當時廢蓼莪。
莫厭青雲生計貧，隱居教授亦經綸。養成一代詩書澤，弟子何曾説晉人。

印唐齋頭

誰能生計付樵漁，一徑蕭蕭似隱居。數點寒花秋色裏，連宵快讀古人書。

五公山人集卷第六

銘　贊

鵲尾杓銘

實其腹，藏以尾。不脛而飛，得之則喜。

蟹匡杯銘

既云有足，何患無腸。螯則佐酒，匡亦爲觴。

端州石硯銘

體方而潤，墨色光鮮。置之房館，可以精研。何必尚白，不須草玄。山人之用，惟有雲煙。

小板凳銘

可枕可坐，都是這箇。枕則夢遊八荒，坐則身忘四大。

蒲扇銘

暑均戴笠，雨勝張油。手中風動，頭上雲浮。伏則無用，編實可求。九節斯貴，五兩還優。

漆研羃銘

二石處士並谷，終日在其板屋。一則藏其心之赤，一則蓋其質之黷。雖所用之不同，亦一天之共覆。加膠漆以爲華，庶塵埃之不蓄。

竹杖銘

五公之竹，取之連本。産不必蜀，輕堅而穩。陟丘尋壑，聊佐安車。荷一輪月，挂一囊書。屐幾两而未足，杖主一以有餘。

方杏枕銘

植根洙泗，効用蒲團。肱可不曲，體則自便。我取其方，人或貴圓。

塼硯銘

維斯甎硯，出自古陵。不削而方，不磨而平。著水則潤，御墨則凝。置之几案，聊代端溪之闕；取充文物，亦見陶冶之精。

半八箋銘

茆紙横作三條，每條六段，每段四行。大者則單行，次則雙之，又次則三之、四之，止矣，再多則前後落欵。名曰「半八箋」，合之則半，於八分之，則半可作八也。旁作一小印印之。

銘曰：①

比八則半，餘半亦八。春蚓春蛇，競來片札。

① 序文原在題下，排作雙行似夾註，今審作銘序。

瓷蛙銘

緑衣公子，偶然在此。美目盼兮，不鳴不餌。倘遊井底，未免子陽之痴；若到池中，不費米顛之止。

石榴根筆架銘

石榴之根，厥狀離奇。截置几上，毛穎可支。龍蛇風雨，不動如斯。堪與石先生比壽，更羨不涅亦不淄。雖似刀如椽之相尚直，恬然以身任之。擬老泉之木山，差小方平子之銅龍無疑。惟與先生之茶竈相伴終日，荷不律以臨文而賦詩。

求韹齋銘

與其多求，不如少費。淡薄寧靜，昔人所貴。量入審出，因日計歲。與物無争，福利自至。凡我同儔，永懷惕厲。

斑衣贊

立節非有刁先生，身任斯文，昭昭乎揭日月行中天，海内仰而宗之。早稟過庭，訓久不墜，且光大焉。河汾之業，志事兼隆。故其母夫人冰雪操堂上，餘慶壽而康，有繇矣。辛丑秋，夫人秩八旬有六，四方同遊觴而祝、筆而述者，幾半天下。然而竊疑先生怒乎有感也。先生以真孝廉，五十載才名，使出而謀華膴不難。高牙大纛，置母雲霄間，坐受世奉，而顧傴僂茅屋，觴酒豆肉以爲歡，誰實爲之，得無恫然？而諸君子固爲先生忻然樂也。昔人恥没無稱，而貴生榮。先生前則貞惠公清風萬古，報德一祠，與鵝湖、鹿洞並峙。堂上則太夫人嚴範與陶範儷則，而先生以不字之身周旋階除，一鼓一舞，天和藹如。一門高義，竹帛之芬，優於龍章鳳誥多矣！無疆之休，不共永歟？余小子，飫先生教澤大且篤，躬斯盛，抃而揚言，乃取萊子斑衣之義，作《斑衣贊》。其詞曰：①

緊惟大孝，顯親揚名。遭遇異時，乃不同行。匪曰禄養，厥德是懿。存歾不殊，窮達一致。立節孝廉，超世孤躪。李杜齊芳，朱程並楷。厥先君子，徽猷尊光。報德崇祠，山高水長。厥有萱幃，真松獨秀。耄耋康强，岡陵比壽。辛丑之秋，實母華辰。稱觴四座，秉筆千人。

① 序文原在題下，排作雙行似夾註，今審作銘序。

有客後來，竊睹其盛。人貌榮名，千秋是競。豈其食魚，必河之魴。焜此竹素，陋彼金章。

顧茲清風，古今共仰。殉思生榮，霞輝日朗。蒸蒸桑梓，濟濟門墻。雕鏤琬琰，歌舞禎祥。

惟余弗文，羨昔萊子。斑衣作贊，永垂青史。

《孝節録》贊

王孝子刲股一事，余曾有言贈之吾友。紫淵札至郵筒中，得《節孝録》一編，始知孝子之母夫人及祖母孀節特著，而其祖暨父皆懿行敦篤，鄉黨推高久矣，宜孝子之孺慕罔極也！夫睹大江之洪濤，浩浩千古，而孰知其自岷峨之險，混混不窮，以至斯永耶？贊曰：①

浩浩大江，出自岷峨。不眠其源，孰識其波。王氏有子，奉親至道。霜鈹剸膚，功回大造。

阿母柏舟，其風有繇。祖母之操，實砥中流。厥教所始，祖父相傳。有孝有德，閭里同賢。

我覿懿範，攸好孔馥。願言執鞭，以作爾僕。

① 序文原在題下，排作雙行似夾註，今審作銘序。

五公山人集卷第七

雜著

擊壤

俗以擊壤爲擊地而歌，按《風土記》：「壤以木爲之，前廣後鋭，長四寸，形如屐，臘節童少以爲戲，分部如敵博。」《藝經》云：「長尺四，闊三寸，將戲，先側一壤於地，遥於三四十步以手中壤敲之，中者爲上，古野老戲也。」繇此觀之，今世兒童打瓦之戲似近是。可知世上一物必有一制，非能臆解也。

小毛公

按大毛公與子夏同作《詩敘》，其爲魯人無疑。小毛公則漢平帝時人，河間獻王最重其學，奏置《毛詩》博士，其爲趙人可知也。河①，故趙地，今之毛精壘、詩經村，其遺跡矣。但名萇者，未知二公孰是，或者是小毛公耶？今志皆言毛公名萇，想不悮也。至於貫長卿，則與毛公同國，受學於毛公，長卿係名，非字也。且長卿復傳解延年，其原來可考矣。

楚歌

高帝圍羽垓下，羽是夜聞漢軍四面皆楚歌。楚歌者，蓋漢歌也，今鷄鳴歌是也。《樂府廣題》曰：「漢有鷄鳴衛士，主鷄唱宮外。《舊儀》：宮中與臺並不得畜鷄，晝漏盡，夜漏起。中黄門持五夜，甲夜畢傳乙，乙夜畢傳丙，丙夜畢傳丁，丁夜畢傳戊，戊夜是爲五更，未明三刻，鷄鳴衛士起唱，其辭云：東方欲明星爛爛，汝南晨鷄登壇唤。曲終漏盡嚴具陳，月没星稀天下旦。千門萬户递魚鑰，宮中城上飛烏鵲。」按《晉太康地記》曰：「後漢固始、鮦陽、公安、細陽四縣衛士皆習此歌曲，於闕下歌之。」《周禮》：鷄人掌大祭祀，「夜嘑旦以嘂百官」，亦此意也。垓下之夜，楚兵歸漢，是以嘑旦者皆漢卒，故羽曰：「漢已得楚乎？」所云「楚歌」者，當時之歌名未改耳，非楚人之歌也。

---

① 「河」，當作「河間」。

啖蓄帖

昔范文正公因歲饑，民食惡儉，進烏昧草，令宮中戚里遍嘗。此草亦烏昧之類也，饑民所食。《小雅》云：「我行其野，言采其蓄。」誌歲饑也。《字解》：「大葉，白花，根白。著熱灰中，可温啖之。」

山胡桃印

往在山居，見童子拾山胡桃磨作印，如古篆不可識，頗堪賞玩，然竟以兒戲置之。頃讀唐段公路《北户録》載鄭虔語：「山胡桃無穰實心，磨之可作印子。」則是古人已先試之矣。物有微理，人有同心，古今不相異也。誌之以助雅談。

騰三尋

張儀言秦馬之良，「探前趹後，蹄間三尋騰者，不可勝數」。按註：「八尺曰尋。」三尋，二丈四尺也。孫權爲遼所迫，至逍遥津，橋拆二丈餘，其從騎教以鞭急擊馬後，抱鞍緩鞚，一躍而過，即此足知馬之能騰二丈餘在所習之耳，非異事也。

壽亭侯印

張都憲汝器於楊子橋濬河，得古印四枚，其一文曰「壽亭侯印」，彼時即以爲漢物，其餘三枚皆宋官。按王元美云：「壽亭侯有二，不止雲長公。」則此印非關壯繆物明矣。關印系「漢壽亭侯」，此印無「漢」字，烏得混耶？昔年見一黄門，曾掌前朝寶庫，親見關公印係銅鑄，質不甚厚，而有銅鑿殊寬，可臂挂之，其文爲「漢壽亭侯」，與史傳無異，此非明証哉！

水鹹

元泉卿溥詩云：「烹茶但有一升水，沽酒初無三百錢。」可謂清貧矣！余居邊渡，其鄉水鹹不可烹茶，紳士家率於外鄉汲水，而以別器貯之。余家無力遠汲，兼少別器，故終歲無烹茶之水，自呷則鹹水微潤吻而止，客至但宴坐談書史，不獻茶也。因想泉卿詩，其家猶富貴氣象。每言之，不禁鼓掌。

雙峰海棠

歐陽公詩云：「經年種桃在幽谷，花開不暇把一巵。人生此事尚難必，況欲功名書鼎彝。」

憶余自入山後二十餘年，雙峰石屋前海棠頗盛，先君在日，余每思花開邀同人，一盞婆娑其下，爲堂上歡，及期輒饑驅他往，即先君時一酌玩，余迄不得親滌觥船，歸舍徒悵悒。又記先君移居巖下，與沛然田先生朝夕柯怡軒，牡丹極茂，再三約同人開時盛集一賞，竟未果。至今二十年，先君與沛然相繼殂謝，柯怡丘墟，牡丹已移植他人苑矣。雖雙峰海棠如故，而物在人亡，攀枝隕涕，不忍重看。人生一事之微，不可以人願得如此，讀歐公詩不增深慨耶！

紙簾

紙器極精潔，好事家多用之。周小溪《紙被》詩云：「玉色嬋娟蝶夢圓，水沉煙煖壓紅綿。白雲一片寒如水，只許松窓伴鶴眠。」又歐公《紙帳》詩云：「細綯卷寒波，輕明籠白霧。何以相徘徊？歲晚正寒沍。欹枕一尺竹，被展幾覆布。」似此自有況味。余每以此作簾，人多笑者，亦所見不廣，若以作被，則笑不知又何如矣。天下事往往類此。

老瓦盆

西洋之俗，呼月爲老瓦。杜詩：「莫笑田家老瓦盆。」然則此盆即月盆耶？如月琴、月臺之類，取其形之似月耳。

叨冒僥倖

宋岳珂《桯史》載：「國學以古者五祀之義，凡列齋扁榜，至除夕必相率祭之。」遂以爲爐亭守歲之酌，祝辭惟祈速化而已。群儒執事者帽而不帶，以緇代之，謂之「叨冒」。爵中皆有數鴨腳，每獻則以酒沃之，謂之「僥倖」。嗟乎！僥倖之名，古人所恥居，而成均冠冕之地，乃習而不悔。干禄之學，其入人深矣！

飛吟亭

吕洞賓，唐進士，應舉赴京，至岳陽遇鍾離，授以仙訣，遂不赴，今飛吟亭即其處也。後人題詩云：「覓官千里赴神京，鍾老相傳蓋便傾。未必無心唐事業，金丹一粒誤先生。」羅大經謂此詩深得孔聖告沮溺之意。吾友田治埏以忠孝至性遁跡山頭，欲了性命，尚未深思，時有未可也。願以詩旨告之。

柘枝舞

天下技到精處亦極難得，如柘枝舞，舊曲遍數極多，《羯鼓録》所載「渾脱解」之類，今無復此遍。寇萊公好柘枝舞，會客每舞柘枝必盡日，時謂之「柘枝顛」。宋沈括時，鳳翔老尼猶萊公舊妓，尚能歌其曲，謂當時「聲中無字，字中有聲」。凡曲止是一聲，清濁高下，如縈縷耳。字則有喉、脣、齒、舌等音不同，當使字字舉本皆輕圓，悉融入聲中，令轉換處無磊磈，此謂「聲中無字」。古人謂之「如貫珠」，今謂之「善過度」是也。如宫聲字而曲合用商聲，則能轉宫爲商歌之，此「字中有聲」也，善歌者謂之「内裹聲」，不善者聲無抑揚，謂之「念曲」。聲死含韞，謂之「叫曲」。至於柘枝舞數，老尼云，當時尚有數十遍，今日所舞比當時十不得二三。一技之説，其精如此，所以唐明皇與李龜年論《羯鼓曲》，龜年一家鼓，「杖之敝者四櫃」，安得不工！今學人於業，有能用力如斯者乎？吾未見其精矣，亦可慨也。

孟浩然

韓朝宗爲山南採訪，謂孟浩然深嫻詩律，寘諸周行，必詠穆如之誦。因入奏，挾與俱行，先揚於朝，約日引謁。會浩然有故人至，劇飲歡甚，或言與韓公約，不當後期，浩然叱曰：「業已飲矣，身行樂耳，遑恤其他？」遂畢飲不赴。噫！人知浩然躭飲耳，豈知其勢有不可往者乎！觀王士源《序》，浩然素行風神散朗，救患釋紛，以立義表。此人自有經綸，堪以濟時，而朝宗止薦其深嫻詩律，是不識浩然者也，烏能用之？況纔入奏即挾與俱行，天下有隨牒處士尚足言賢哲者哉？焉知其與故人飲不引杯高話，衡量及此故不往耶？若止以躭樂忘形歸浩然，吾知必爲浩然笑矣。

曹茂塚

獻縣城内街心有高阜，類古塚，俗傳爲曹操墳。夫阿瞞疑塚七十二應在鄴下，不應北至於此。按《名勝志》，曹魏有曲陽王曹茂曾徙封樂陵王，樂陵即獻邑故名也。茂塚應在此地，因茂與操音相近，所以訛傳爲曹操墳耳。且當時獻邑爲中水，系漢吕馬童封邑，中水舊址在今城西北三十里，皇親莊二村間，高滱二水夾之，故名中水，非今治地也。今城當日爲平地，想曹魏時相地家因而立王塚，亦風氣所聚處，故後來立郡治遂築城於此，而王塚亦没滅其中，良有故耳。博物君子可以再詳考焉。

上皇山石

米海岳《弊居帖》所言上皇山異石八十一穴，大如椀，小容指，百人致之寶晉齋桐杉之間，甘露乃降其上。此何理耶？意者八十一數應天地成數，而産果有靈異，故感瑞兆耶？

薛能詩

薛能詩云：「山屐經過滿逕踪，隔溪遥見夕陽春。當時諸葛成何事，只合終身作卧龍。」每以熱腸讀此，輒怪薛公冷淡。年來熟思，頗有諸葛嘔血之歎，得無爲薛公笑耶？書似公式參之。

名士風流

有人問袁侍中曰：「殷仲堪何如韓康伯？」答曰：「理義所得，優劣乃復未辨。然門庭蕭寂，居然有名士風流，殷不及韓。」故殷作誄云：「荆門晝掩，閑庭晏然。」今人尚華，競門無車馬，客自視輒覺冷落，方之古人，真復愧汗如雨。

喜傳人語

有人問謝安石、王坦之優劣於桓公，桓公停欲言，中悔曰：「卿喜傳人語，不能復語卿。」繇此觀之，凡能得人機要事，必慎重不洩之人。淺躁人雖好多言，實不中肯綮，人不肯與之言故也。

蝸廬

子瞻詩云：「宛丘先生長如丘，宛丘學舍小如舟。常時低頭誦經史，忽然欠伸屋打頭。」余蝸廬如拳，與弟子講讀其中，屈伸維艱，人皆苦其莫容，是不見宛丘先生者也。古人隨寓而安，無入不自得，豈待大厦耶？惜世無子瞻爲余標目一詩耳。

紫海大石

南昌國紫海水道中往往覆巨舟，高駢往視之，察水内隱隱有大石，乃奏曰：「人操利楫，石限横津，纔登一去之舟，便作九泉之計。」奏可，乃以厚利啖石工，鑿去其石，至今賴之。開物成務，豪傑聖賢均有其功，不獨上古爲然，至今尚有待於人者。

棗香

古詩云：「薰爐雜棗香」，棗固香之一種也。齋中趺坐，對爐拈棗焚之，亦自清勝，何必牛肉換沉檀耶？雖云「棗膏昏懞」，乃范蔚宗譏刺朝士之語，我非羊玄保，復何病焉？

足下

昔介之推逃祿自隱，抱樹而死，晉文公撫木哀歎，遂以爲履，每懷從亡之功，輒俯視其履曰：「悲乎足下！」蓋「足下」之名始此。今人稱朋友，動云「足下」，不知足下乃哀死之稱，非尊生之謂也。學不究源，其誤不少。

太官葱

放翁詩云：「瓦盆麥飯伴鄰翁，黄菌青蔬放筯空。一事尚非貧賤分，芼羹僭用太官葱。」自注：「鄰圃有太官葱，比常葱差小。」放翁特用其名耳，尚自稱「僭」。世之不安貧賤而好僭大官廚膳，過於王者，蒸餅上不折十字不食輩，視此當知愧矣。

魚涎

波斯人渡海，或遇大魚吐涎，滑數里，舟不能通，乃賁訶黎勒、大腹皮等水洗之，即化爲水。物性相制，昔人想極至此，始知天下事思患預防，各有道也。

寄子由詩

昔蘇子瞻兄弟既舉進士，子瞻官鳳翔，寄子由長安詩曰：「遥知讀易西窓下，車馬敲門定不譍。」古人榮進之初，讀書尚志，其厚相期待如此。錢牧齋於《季滄葦詩序》中言之，真可爲南宫諸君立志之法。

文從字順

韓昌黎評樊宗師文曰：「文從字順。」乃宗師文極奇，不可句讀。錢牧齋《答杜蒼略書》專以此四字爲文家秘訣，始知「文從字順」不指平易近人言也。雖最古奧之篇，文未有不從，字未有不順者。彼不從不順之文字，直非文字耳。識此意者，可與言文矣。

族譜

族譜一道，極難考核。國朝解大紳先生爲人作族譜序五十一首，而解氏三篇不與焉。觀歐陽文忠公《家譜序》，文忠公以博學好古，擅良史才，而不知梁國公乃祖諱忠者，與宋太祖爲布衣交。其墓在萬安，穹碑石獸，巋然尚存，文忠公刻族譜於瀧岡，竟未之詳。可見淵博精深，古今正復不易耳。

張水戲

杜牧之佐宣城幕，遊湖州，刺史崔君張水戲，使州人畢觀。令牧閒行，閱奇麗，得垂髫者十餘歲。後十四年，牧刺湖州，其女已嫁生子矣，乃悵而爲詩曰：「自是尋春去較遲，不須惆悵怨芳時。狂風落盡深紅色，緑葉成陰子滿枝。」此自緣分不偶然，使當時早解香囊，則無此悔。獨難崔使君令牧遍觀奇麗一段，苦心不減臨卭令，而得失頓殊，爲尋芳者惜之。始知天下事不可不早爲計也，噬臍之恨，豈一人哉？

一局棋

唐令孤綯薦李遠爲杭州，宣宗曰：「我聞遠有詩云：『長日惟消一局棋』，豈可以臨郡哉？」陶公投博具於江中，亦同此意。可見「博奕賢已」，聖人語意低昂，令人深省。博弈之爲事害固已久矣，留心事物者鑒諸。

王綏婦

王戎子綏欲娶裴遁女，綏既早亡，戎過傷痛，不許人求之，遂王老無敢娶者。亡兒咸有未娶而夭，每念婚媾之情，傷不自禁。惟覺子婦以得家爲幸，蓋視兒不忍復動憶念，故視婦如女，願其速有所歸，勿復作牽係耳。興言及此，魂魄俱戚。

西山之兔

古人文章皆有所本，不必盡在剏獲。李密《討隋煬檄》「罄南山之竹，書罪無窮」二語，膾炙千載，而不知原於梁元帝《伐侯景檄》「南山之竹未足言其愆，西山之兔不足書其罪」二語。即此可悟出藍之法，但未考此檄出自何人手也。

易名

國朝翰林待制王公禕使雲南，以節死，久而易名之典未下，門人議私謚之烏傷？俞恂以昔王仲淹、孟東野之徒，門人朋友皆援古者謚，後世韙之。其子紳以告天台方正學公，公曰：「予嘗聞翰林學士金華宋公稱待制公文行皆如恂言，死而易名，於義爲稱。」乃定謚曰「文節」。私謚之舉，宋儒不無遺議，然考古證今，醇儒烈節，如正學公亦可以爲法矣。

天寶回文詩

唐范陽盧母王氏作《天寶回文詩》，亦八百一十二字，與蘇氏同。可見古來奇事，不一而足。

側帽

周獨孤信馳馬，帽微側，人遂爲側帽，與郭林宗得川①同。此不但人情效顰，亦緣二公之

① 「川」，當作「巾」。

名艷。

探牛心

王濟以錢千萬與王愷賭射八百里牛，一勝而探牛心。爾朱文略以好婢與高歸彦賭射千里馬，一勝而截馬頭。自是其心胸豪爽。

二郎神

世傳二郎神乃陳隋間人，姓趙諱昱，會從羽士李珏修煉於蜀之青城山。煬帝聞其賢，授嘉州太守，多善政。境内冷源河中有蛟害，公沉淵斬之，河水爲赤。隋末之亂，棄官隱去，後遂爲神云。

烏衣巷

王家烏衣巷，本吴時烏衣營處所也。江左初立，王氏自琅邪渡江，無有華居，即就廢營作址，後遂爲名地。然亦見當時南渡諸公不以居處爲念，與後人戀土難移者不侔矣。

婁妃

明寧庶人妃婁氏，人罕知其里居，妃蓋新城人。今新城東南四十里小陽社西馬頭村，河南里許有舊堤，向南彎曲如蛾眉狀，前有瓦礫一堆似舊村莊者，鄉人呼爲劉妃店，詢之先輩，原係婁妃店，即婁妃生處。後因寧庶人之變，鄉人乃諱「婁」爲「劉」耳。妃賢明，解吟咏，苦阻王逆志。王令題樵圖，乃樵回首與婦語圖也。詩曰：「婦喚夫兮夫轉聽，採樵須是担頭輕。昨宵雨過蒼苔滑，莫向蒼苔險處行。」可謂深於諷諫。庶人知其意而不聽。其又有詩云：「金鷄未報五更曉，寶馬先嘶千里風。欲借三盃壯行色，酒家猶在夢魂中。」則發難時作也。庶人臨死曰：「紂聽婦人言失天下，我不聽婦人言亡國。」悔亦深矣。

通史

昔梁武帝勅群臣，上自太初，下終齊室，撰《通史》六百二十卷。其書自秦以上皆以《史記》爲本，而別採他説以廣異聞。至兩漢以還，則全録當時紀傳，而上下通達，臭味相依，又吳、蜀二主皆入世家。蜀漢以堂堂帝胄，續炎劉一燼，孰謂非宜？乃與孫、吳並稱，失其旨矣。作者之難備美如此，六百二十卷之綜核能無遺憾乎！

射鐵鶴

李廣射石没羽，古以爲奇。宋西夏李繼遷之祖思忠見鐵鶴，射之没羽，敵人却避，此又奇矣。始知世間技能愈出愈奇，不可以古今限也。

不如一縫掖

皇甫威明家居，鴈門太守修謁，高卧不起，及聞王節信在門，驚起，衣不及帶迎之。故時人語曰：「徒見二千石，不如一縫掖。」此等風烈，世人蓋少，亦因其罕所傳習也。威明高致，既成家法，故其從子義真折節禮士，族子士安不餞梁柳，一時風節，並足矜重。豈非其服習有素，識見豁達，以至斯耶？若夫生長陋俗，勢利薰灼，敗行於多金，冷眼於糠覈，鮮見寡聞，真婦妾行徑耳，豈不鄙哉！

黄耳

陸氏黄耳傳書事，劉貢父以爲未必然。自洛至吴，一犬豈能遠涉？黄犬或陸氏奴名也。此言極有理。顔平原家奴名銀鹿，豈是鹿耶？古今書史中事多類此，須意解之，執泥便不得。

三嚴

唐《儀衛志》：「凡朝會之仗，三衛番上，分爲五仗。」「天子將出，前二日，大樂令設宫殿之樂於庭。晝漏之上五刻，駕發。前七刻，擊一鼓爲一嚴。前五刻，擊二鼓爲再嚴。前一刻，三鼓爲三嚴。諸衛各督其隊，以次入陳。」唐詩：「天仗宵嚴建羽旄。」又：「嚴城時未啓，前路擁笙歌。」凡用「嚴」字，皆本於此。可見古人一字必有所出，斷不泛拈，足悟詩文煉字之義矣。

滋草

古詩：「爲樂當及時，焉能待來滋。」「滋」，草名，又名「繁縷」，易於滋長，即藤也。《左傳》「勿使滋蔓」作如是解，覺紛紛泛説皆無據矣。

五公山人集卷第八

雜著

飄然樓説

余友淩九，平生躭逸隱，頗長於著作，所撰《班山》、《燕京》諸賦數萬言，聲噪名公卿間，而吾鄉范橘洲最先物色之，有軼俗之目。晚歲於鄉塢外營伴山園，中矗一樓，爲林泉詩酒地，將以娱老，不減白香山履道里池亭幽勝也。余即取香山《池上篇》「中有一叟，白鬚飄然」之句，顔其樓曰「飄然」，而爲詩以咏歌之，猶覺香山當日歷官二十任，食禄四十年，崔琴姜思，船橋歌絃，幾經憂樂，升沉而後聚，其於識分知足之旨，尚多罣礙，未若茲之淡然高寄，圖史羅肘腋，花竹供耳目，朝誦夕吟，放情物外之爲愈也。此叟不真飄然無累已哉？凡我同聲，何可不賦詩以識其盛！

關漢壽祠説

漢獻時，曹氏當國，封功臣率多亭侯之職。故當時荀彧以前後籌策功封萬歲亭侯，荀攸以籌策功封陵樹亭侯，郭嘉以籌策功封洧陽亭侯，樂進以征伐功封廣昌亭侯，于禁封益壽亭侯，許褚亦封萬歲亭侯，龐德封關門亭侯，似此者不一而足。繇此觀之，則關將軍之爲亭侯無疑也。漢壽乃地名耳，在岳州，故五陵郡索陽地，去洛二千里。其俗傳初封壽亭不受，復加漢字乃受者，何其俚哉！陑陽邊渡口有關祠，余友瞻淇囑余題其額，余謂邊渡七鄉也，文物所式，其言不可以俚，題曰「關漢壽祠」。漢壽，志地也；關，著姓也；不書亭侯，省文也；不書後世封號，存本始也。侯神有靈，其不河漢之！

沙門海潤宇①孟涵説

韓退之偶與鄉僧遊，世遂譏其好佛，其實無是也，特借此破岑寂耳。余平生不諳禪理，山居中誦「閒愛孤雲静愛僧」之句，未始不欣然樂之，蓋以二者皆山中所有，偶與俱焉而已，

① 「宇」，當作「字」。

不作解也。一日在陑陽，吾友容齋飛札，爲沙門海潤請字。容齋孤僻之性與余同，乃與鄉僧作緣，猶夫退之之聊破岑寂，豈向苾蒭索解哉？雖然，何妨以不解解之。吾聞佛法不作空色遠近大小相，亦如儒家，放之彌六合，卷之不盈於一握。海雖潤乎，一盂足涵之，字曰「盂涵」。東坡云：「戲挽河流入鉢盂」，想當然耶？翊日，余過容齋，汲泉啜茗，沙門合掌而參一座。余尚當與孤雲野鶴作菊徑松林中一幅小景觀，固非取於談空説有也。

潘壎字伯始説

按《漢·律曆志》：「樂器，土曰壎。」應邵云：「《世本》：『暴辛公始作壎。』」燒土爲之，鋭上而平底，六孔。故《詩》云：「如壎如篪。」又云：「伯氏吹壎，仲氏吹篪。」其義則壎主唱，篪主和，聲氣之感應捷於桴鼓，君子之以道相淑者。潘君金玉之質，磨之鎔之，必爲至寶。方當爲吾道發嚆矢，倡起同調，相與鼓吹春風之座，吾黨之環而觀聽者，胥於潘君嗣響焉，亦猶《詩》言之壎唱而篪和也。字曰伯始，不信然歟？

存濟軒説

昔人云：「匹夫之微，苟存心於濟物，於物未有無所濟者。」余非知醫，但於案上方書，時一翻閲，見其有切日用者，録而存之。鄉黨抱痾示之法，非敢必其效也，聊盡吾心焉耳。修合藥餌，嘗在此室，即以「存濟」名焉，或者於物亦不無微有所益乎？豈乏廣惠之術，然匹夫之力止此。

鄭氏族譜説

姓氏之有譜，其來舊矣。天子因生以賜姓，諸侯以字爲氏，因以爲族。故舜生於嬀汭，武王遂賜陳胡公滿爲汭姓。鄭有子國爲國氏；子駟爲駟氏，厥後浸繁，則譜以紀之，而譜牒尤以宗法爲准。安肅鄭氏譜，吾未知其於宗法何如，然窺其所繇作，始自鄭君尚策，不忍没其母之劬勞，而因推以及其祖先，蓋仁人孝子報本返始意也。鄭君幼孤，母張氏恩勤，茹蘗養，且教之，卒成立，爲名士，尤以義俠聞，闔郡士紳推爲祭酒。蓋顯揚不以朱紫而以道誼，卓哉！李杜齊名矣，今讀《劬勞》一記，字字血泪，觀者掩泣，使其千百世而遥，孝子慈孫有不盡然見之動其水木之思者哉？推此心也，貫古今，聯異類，宜無不可，而何有於繼别繼禰之義邪？不言宗法，宗法在是矣。然余因是重有感也。鄭君望冢考代，遂定譜系，余家丘墓如在殊域，且洪濤汩没，爲谷爲陵，企予望之。求其冢尚不可得，況世代乎？視鄭君之孝思諄諄，能成其族譜，誠有幸不幸矣，悲夫！

刲股説

曲逆孝子王全四，諱學詩，曾刲股以愈親疾，鄉黨傳之，士君子誦之，長官表之。其人温醇謙謹，言不敢先人，行不敢先物。察其意趣，真孝子也。吾師徵君有言題於卷，非有刁先生亦有言旌之。若此其人其行，真可信矣。昨管生濟美自渥水來，述吾師論人子孝親，取其近人情者，若殘肢體，重傷親心，不可以訓。吾不知徵君所以論全四者爲何語，以今思之，大抵徵君此言爲士君子習《詩》《書》而好名者砭也。步趾濶畧，用意豪侈，不能夙興夜寐；一言一動，一事一物，置身心於縝密無過之地，而姑出於谿刻自暴之一節，以概其餘，此其心誠陋矣。若夫閭巷小家，其智故未增，其天性未漓，一念肫篤於愛親之意，見親之疾在危急，輾轉無聊，是時與親存亡，雖死有不暇計者，而稔聞肉愈疾之説，其勇於一刲，誠心之至，墾切而無僞，又豈得於好名之人一例語哉！因全四數欲聞吾言，有約過我，余入山有半月期始返，恐其來而不值也，述此留於館，令弟子輩俟其來付之。

卜易居一砭

砭者何？吾病也，故砭之也。吾砭吾病，亦冀同志之有是病者同砭之也。

一曰清心。昔劉静修愛諸葛武侯「静以修身」之語，取以自扁其齋，卒能理學源淵，師表後世。吾人學問，以明理爲主。理不明，學何由成？心不清，理何由明？昔人止水、明鏡之喻，誠有味也。自今去躁去雜，務以旁念不起，隨事順應。雖不遽能，勉之則庶幾矣。一曰崇默。默而識之，聖人所難；多言而躁，賢者豈易易乎？然吾人精神有限，多洩之於言，則必少存之於心。自今除諸生講説外，概以囊括淵守爲事。一以惜精，一以内省，至要道也。張目熟視，人豈徒然哉？

論文

大方文字，忌幫襯語，如言山則取山以襯之，言水則取水以襯之，言草木則取草木以襯之。又忌假借，如借古人事以作今人事，借古人名以作今名。此法唯用之表啓詩賦則可，不可用之正大文字中也。幫襯如「字中蝌蚪，兢落文河；筆下蛟龍，争投學海」、「下木葉於中廚，池烹野鴈；泛蘭英於户牖，座接鷄談」之類。假借如「騰蛟起鳳，孟學士之詞宗；紫電青霜，王將軍之武庫」之類。然又與引證譬喻不同。彼是明白大段抒寫，此是朦朧巧映以取妍媚。細閲韓柳諸大家便知之，至於两漢、先秦，則更不同矣。

讀書法

凡讀書，須讀畢一書，再讀一書，不可數書一日並讀，此先賢舊訓也。計不拘何書，三日讀一卷，小温一日。六日讀二卷，小温二日。再將讀過二卷雙温二日，凡十日。又三日讀一卷，小温一日，乃總前三卷連温三日，凡七日，謂之節讀。又照前十日讀温二卷畢，復帶前第三卷温三日，謂之連節。凡書五卷，共費工三十日則熟矣，此月課也。依此按月計之，月有小者兼之，不得軼以他事。

偶記

鹿先生幼有大志，欲盡讀古人書。夏月納雙足甕中，冬擁絮讀，率夜漏至五鼓。鄰媪失蔬，疑焉，呼公名而詈，公方把卷伊吾，弗聞也，其厲志如此。今人睹此可以自奮。

訂約

訂約者，因夫子之約而增訂之，不敢專主約也。

與奢寧儉，禮本攸關。前此徵君孫夫子《六器》之約，四方業已嚮風，鄉邦猶宜恪守。矧當歲荒財盡，更合家喻户敦。今與同志再訂，除孫夫子原約謹遵外，不惜損之又損，庶幾行可永行。一，居家常禮，不過冠婚喪祭。古者不相往來之風，勢難驟返。計酌親朋儀節，除四禮不可缺，及守望相助、疾病相扶外，一切縟文並從簡省。即久濶思敘，只可素手到門，斷無攜持物事。一，親朋相聚，本爲議事談心，除四禮大事宜設正筵外，一切宴會，只可按饔飧具食，每席四位用殽，中器四器，如人多逐位量加。至殽之葷素，飯之米麵，稱家有無，不必力辨。僕從飲食，一照家常，不必別設。酒常時不用，唯興至欲飲，方許特陳。一，既係同心，立約之後，即大家力行，勿以時人耳目爲慮，方見道誼之雅。

畲容齋

李詩云：「文章筆端驅班馬，事業氈上講唐虞。」唐虞如何講得？須是身體力行，方能親切有味。子輿氏云：「堯舜之道，孝弟而已。」人但求入門以内，雍雍睦睦，不争不競，子孝弟恭，手舞足蹈，皆是天和，則唐虞在一家矣。繇此推之，老安少懷，國與天下其理一也，豈待講哉！若不從實體用工，講得天花亂墜，終是一步行不去。

論學書

解大紳云：「學書之法，非口傳心授不得其精。大要須臨古人墨蹟，佈置間架，捏破管，書破紙，方有工夫。張伯英臨池學書，池水盡黑。鍾元常入抱犢山十年，木石盡黑。趙子昂十年不下樓。夔子山每日坐衙罷，寫一千字纔進膳。唐太宗簡板馬上書字，夜半起，把燭學書《蘭亭記》。大字須識間架，古人以帚濡水，學書於砌，或書於几，几石皆陷。」繇此觀之，古人以書名家率無不專精者。後學悟此，可以自勵矣。

楊節婦

余爲楊節婦表墓文，成後始得其事繼姑宋氏一事。宋晚年失明，晝夜扶掖，皆婦躬親。後宋又病不能起，溲糞之具，不以假人，婦自任之。兒媳輩求代者，輒不允，恐其不堪穢溷，有怨言入姑耳，則姑不安也。似此歷有年所，真人情所難。

病目

嘗讀范橘洲《病目詩》「醫教封白墮，客勸鎖青箱」，以爲興到之言耳。及丙午夏，余適病目，坐炎窗課句讀，山洞中略一展卷，即澁癢不可當，轉而覓酒杯以消之，略一沾唇，須臾即腫赤。始知橘洲爲苦心涉歷之語，非泛拈者。文有真境，不深體則不知，類如此。

鄉原

周註云：「所至之鄉，輒原其人情而爲己①意以待之，是賊亂德也。一曰：鄉，向也，古字同。謂人不能剛毅，而見人輒原其趣嚮，容媚而合之，言此所以賊德也。」二者其指則一，皆就在己者言之，孟子所謂「一鄉皆稱愿人」，則就在人者言之矣。然不有在己之周旋，又安能得在人之諧和也？我輩動云明哲保身，一意求與人無忤，不覺用意曲折，幾失初旨，其不流於鄉原者幾希，得不猛然汗下哉！

偶述

士君子道隆德厚，爲當代有司所尊禮；言論所及，足以振人之困，濟物之厄。不貴緘默明高，要期於適理而已。理所當言，言之愈多，其理益廣，成己成物之意即在於此，此亦爲仁之功也。今之士君子亦有見禮於有司者，固秘不肯輕言，輒以養高拒物，而實欲留此情面以圖濟己不時之私，或貪苞苴，或護身家，倘益人一分，則損己一分，此真市儈之心，與於

---

① 「己」字據《論語注疏》引周生烈註補。

不仁之甚者也！或曰：當理而言，言多如有司之厭何？曰：理當，倘其不受，彼之羞也，我何愧焉！

符清虚

符清虚，諱真全，原諱必顯。江北人，寓燕京，爲茂才，精勤佳士也。明末棄萬金産，爲黄冠，頗深《參同》、《易》象之理。奉其兩親住易西金斗山北屺，與余交最久。余與談儒教，伊亦深旨余言，相期淵且大矣。一日入都，詣仙壇，純陽公謂曰：「頃過金斗，題一聯其上。」亦未言何語也。後回金斗，則廟院門傍有題字云：「山聾不聽飛泉嘯，松老偏宜醉鶴屯。」豈非異事耶？細玩其語，蓋已爲清虚羽化之兆云。未幾果逝，今其兩親遺蜕葬金斗，有同志者相與封誌之，令其不迷，兼鐫片石，記其平生遺行，亦青山一勝跡也。

示學者

「十日畫一水，五日畫一石，能事不令[①]相促迫，王宰始肯留真跡」，天下事各有工候，任其

① 「令」，當作「受」，此引杜甫《戲題王宰畫山水圖歌》詩。

自然，方成絶觀。三年讀，六年做，十年講此，讀書工候也。躐等欲速，必無成理。人世俗論，總角突弁，見卵時夜，見彈鴞炙，得無爲章甫適越者同口實乎？

得省心法

劉敦好施，務周人急，人或遺之，亦不拒也。久而歎曰：「受人者必報，否則有愧於人。吾固無以報人，豈可常有愧乎？」此公真得省心之法。心不内愧，施之於外，自合人情矣。

説書

季路氏自覺其質有偏，所以問成人道理是如何。孔子恐其疑阻，即示以化偏爲全之法，言不但天工純粹者可與成人，即資質素偏，一長可取，如武仲等智廉勇藝，陶鎔歸中，亦可成人。甚矣！人不可以一偏自阻也，其權全在禮樂。禮者，萬事之儀，則仁義禮智信之全德皆備其内，依而行之，萬事皆中規中矩，那有偏處？即兩國兵交，尚容使命，所謂「禮至不争」，那有行不到處？樂者，輔禮而行，動人志意，陶人性情，其中金石絲竹匏土革木，即備天地金木水火土之全體，所以郊廟軍國，凡行禮之地皆有樂。若能將此理體備於身，徹表徹裏，和順積中，英華發外，若鳳之有彩，木之有理，自然可觀，方名爲文。似此焉有氣質不變化者？聖人教人是此等生活，學者須細細體認。

「賢賢易色」一章，此朴實頭好入道之意。子夏見末世倫常多爲卿大夫《詩》《禮》之家敗壞，反不如一不識字人，老老實實，良心尚在，躬行無虧，留得學道根本。不似博文廣見輩，巧借名目，掩飾隱惡，衾影全不堪也。故四者只宜就質朴忠厚處模擬，與讀書學道絶不干涉，方是章旨。內「易色」當如張子臺不知世間何物美好，「竭力」當如茅季偉殺鷄食母自享草蔬，「致身」當如那史苾契欲殺身殉葬，「交友」當如楚人車笠盟言之類。「未學」實是未學，不用曲爲回獲，始合子夏本旨。今之作者只爲末二句張本，將四者極力發揮。通是一團學問人行徑，絶無毫髮滲漏，却成一紙千里。

「仁」自「文」來，「輔」自「會」來，此自正理，固不待言，但非此章語意。註解極確，向來無數識者通未著眼，誠可歎也。兩句自宜分說，不須交互，天然本有至理。程朱詮釋經義，往往發明，何不察耶？註云：「講學以會友則道益明」，知之事也；「取善以輔仁則德日進」，行之事也。既分知行，各句即有本理。果能暢闡其藴奥，何煩更饒唇舌？且「會友」與「取友」不同，學者多忽過。「取友」者，擇友而取，其間尚待分别。「會友」者，約友而會，此中但立工課。「以文」者，會友之工課也，所以紫陽以「講學」二字解之，分明杏壇、洙泗、鹿洞、鵝湖諸家法，道不因是而明乎？至於「以友輔仁」，不專恃友來輔吾仁，全在吾能以之以用也。吾能用之也，所以紫陽以「取善」二字解之，擇善而從，行誼日高，德不因是而進乎？若夫磨切既久，本末共貫，知行原是同源，此何消主説？説之祇覺增贅耳！篇中遵註作解，是空谷足音，惜「知行」二字尚未暢所欲言，而兩截格未若兩對之爲大方也。

草書

「老年楷法不如初，始向閒堦學草書。落筆何曾見飛動，雕章早已過吹噓。」此昔賢語。吾紫峰師晚年作書，每述此以自謙，始信吾人日用間事，日所欲言，早有言之者，但恨人學問不博耳。「述作不作」，正覺甚難。

示佩韋

昔桓榮投閒輒誦，范宣以夜績日，古人勤學如此。吾黨好學，首推佩韋，相因而起者不數人。豈學之難能與？蓋學從聞見入聞見，多則識自廣，氣自壯，理道可以漸悟，經綸可以徐起。未有伏獵、弄麞輩可與於斯文之任者也。日内佩韋、季箴有約過我，遂書此以待之。時辛酉冬杪雪後呵凍也。

約言

讀書莫先於明理。理者天理，當然之極則，具足於人心。昔年吾師孫徵君先生與杜紫峰先生，俱以「隨時隨處體認天理」爲旨要，江村鹿忠節公云：「但求此日此時此心過得去，便是理也。」如季氏舞八佾，孔子曰「是可忍」，則是過不去者竟過去矣。繇此以往，何所不至哉？若於心上過不去者即不過去，即是忠臣，即是孝子，繇此百行莫不皆然，豈非萬物萬事之權衡乎！學者平生涵養此心，以理制欲，凡遇古人今人立言行事，細細揆度，自有定見，是非得失，分毫不爽。此即「一以貫之」之道也。若遇臨文，自然討出聖賢微旨，如破竹矣。

明理尤急於革俗。世人紛華靡麗，漬染已久，若欲挺身入道，多爲所牽，須力去俗情，方存道骨。諸葛武侯云：「才須學也，學須静也。非學無以廣才，非静無以成學。非淡薄無以明志，非寧静無以致遠。」昔人所謂「咬得菜根則百事可做」，正在此也。吾黨固是貧交，自無入俗之累，然尤宜時時自省。有貧賤不移之操，方能不淫於富貴，不屈於威武，此聖賢入手關頭也。語云：「好衣不近節士體，梁①穀似怕腹中書。」可三復之。

存誠

游酢字定夫，與楊中立謁伊川。先生瞑目而坐，二子侍立，既覺，相謂曰：「汝輩尚在此乎？今既晚，且休矣。」及出門外，雪深三尺矣。古人好學受教之誠如此！人無師表，心無嚴憚，從事浮競，鮮能造於賢達之域。我輩相期，志不作凡近人，莫過於存誠爲首務。存誠則心不放逸，朋儕聚晤，彼此互欽，容止端儼，禮法不頽，自然氣質變化，學識高卓。東林諸君子講學，以九容爲入門，可稱得要，吾願與諸君共勉之。因皵水社丈以便面索書，遂拈此作日課也。

格言

陽明先生云：「世人不顧違棄禮義之可恥，而顧市井小人之非笑。」此真格言。世上競逐門面，趨於奢侈，大都爲此。

① 「梁」，當作「粱」。

對聯

亡兒咸與余在山，枯寂中時作吟咏及對聯爲笑樂，及居瀛海，友人醱水每愛之，呼令作對。一日，暮天霞光與老樹相掩映，醱水遂以「晚霞映樹」試之，兒應聲云「秋水連天」，蓋不滯於思索云。閑中録示家人，猶若亡兒不没也。

五公山人集卷第九

序

《重刻通俗勸善書》序

《詩》言「秉彝」，《書》言「降衷」，孔言「相近」，皆性之説也。至孟子首發性善之旨，而善端始露，故學必以明善復初爲主。然善必待於爲，而爲必待於勸。自古聖經賢傳所以勸之之道不一端而民多不興者，理義可以喻上智之士而不可以喻下愚之民。故留心斯世者備極苦思，出於陰隲報應之一途以鼓動之，則易曉而易從，此昔人陰隲録、功過格及度世、廸吉諸書不啻千百種，皆所以示勸懲而啓愚蒙，使其有所利而爲之，則樂遵不倦，亦行仁之一術也。勉菴熊子最後出，廼總前賢之要，輯爲《通俗勸善》一書。中分無錢功德與有錢功德兩項，其思深，其心苦，其見識高而取意備，洵度世之梯航而開蒙之針砭也。余家藏一帙，秘之篋衍，每披閱數葉，言言醒心，事事生惕，恨不即與大衆面談。顧楮葉單薄，不便久傳，乃翻録以廣布於世。嗟乎！善根人人俱足，善事時時可行，所抑格而不通者，不過無錢人與有錢人自詒伊阻耳。有錢者曰：吾業已有錢矣，雖爲善亦何加哉？使知爲善而有錢者亦有功德，而善心浡然矣。無錢者曰：吾業已無錢矣，總爲善亦何資哉？使知爲善而無錢者亦有功德，而善心浡然矣。斯不亦人人俱足者而恒足，時時可行者而恒行，而秉彝、降衷之性，舉凡賢智愚不肖均納於同歸之域乎？熟讀詳玩，朝奉夕持，即謂此書爲聖經賢傳輔翼之助可也。

《横塘胡氏族譜》序

譜學不講則姓氏不明。《左傳》云：「姓者，生也。以此爲祖，令之相生，雖下及百世，而此姓不改。族者，屬也。與其子孫共相連屬也，其旁支别出則各自爲氏。」歐陽文忠云：「人而不知其姓氏之所自出，則涣若鳧鴈矣。」此族譜之所以重也。《横塘胡氏族譜》觀其源流次第，燦若列眉，仁孝之思油然，無容更議矣。獨端敏公以剛毅深遠之識，首觸大難，不惜身家，卒受隆恩，賜祭葬，堂封摩雲，林碑柱漢。中遭不肖子孫私售勢宦，以祖先之丘壟作他人之窀穸，行路切齒，非遇乃孫二尹某歸鳩族衆，誓復故塋，則端敏公千載佳城，竟壓嚙於封豕長蛇矣，豈不痛哉！兼以勅立祠宇，變作梵場，當時縣官烝嘗，祇供桑門土苴。二尹某並偕族衆鋭力争之，僧徒俛首，捐金重修，於是胡氏累葉祠堂，百年典禮，頓還舊觀，不復前此之零丁矣。嗚呼！家之有子孫，猶國之有臣庶。李西平收復兩京，表辭云：「臣已肅清宮禁，祇謁寢園，鍾簴不移，廟貌如故。」唐主執表流涕曰：「天生李晟，以爲社稷，非爲朕也。」二尹以一介微官，殘年解組，單詞隻影，奮然首事，復祖宗二百餘年之幽宅家祠，褫凶人之魄，快大衆之心，端敏公在天之靈亦應妥侑矣。夫唐世祖宗幾百年而得彼一臣，與胡氏祖宗幾百而得此一孫，事所相方，均足千古。噫！二尹某其亦人傑也哉！丙辰，余寓居樂壽，二尹某自鄉來訪，諄諄道故，以族譜序相託。余嘉其孝思篤摯，因弁數言誌之。至於修譜之旨，宜宗法爲先，大宗小宗，其說甚明，紫陽不啻詳訓。非此則散而無统，雖久益紊，歐陽文忠「涣若鳧鴈」之譏將不免矣。爲子孫者可弗是則是效與？

十月尋菊序

歲丙辰秋盡，已小春矣，藴秀謂純冶曰：「家廣蔭兄園菊正盛，不可不再一往觀。」次日乃邀余及純冶、允升、示宸先至雅集齋，於是命二平頭攜蹲鴟茶竈前去，余四人散步隨之，其姪西水子碧津從行。示宸年老，且以事稽，約策蹇後至。迤邐野徑荒煙中，望柳林黄葉，蕭蒼如畫。途中各話平昔異聞，鼓掌談笑，不覺杖履之爲勞也。比及園畔，遥見叢花燦爛，若名姝歷歷，倚欄偎樹，裙裾相戢舂，已焕然奪目矣。乃賈勇越塹，進而近觀，則欣欣如覿面，欲迎欲語，色色映照，寒香撲鼻，輕風襲袖，令人不能定情，真佳境也。須臾，主人翁鬚眉皓然，左右手挈兩孫大笑而至。急命移几花旁，圍坐穭麥畦中，青翠如三四月時，天然供茵蓐，亦一奇事。復抱絣菊一簇置尊前，純冶又自摘三枝最憐惜者，拈嗅之，津津意自得。酒兩巡，仰矚林外有老翁，道貌寬服，小蹇踏踏來樹下，則示宸繼到矣。共坐飲畢，酒微醺，夕陽閃閃丘阜間，相與摘菊各盈把，插帽咏歌步歸。過土窑側，地趺片刻，大家聯句乃起。抵城外略彴，藴秀述其昔年醉踞橋頭，咄嗟行人，一里吏跨驢過之，急捉回，灌以醇醪一壺，酩酊不支始放去，石曼卿諸人豪興不啻也，爲之一快。進城，群幼女攔索花朵，各以所持者給之，紛紛散去，後歡呼各返舍。因憶白樂天「人間四月芳菲盡，山寺桃花始盛開。嘗道春歸無覓處，不知轉入此中來」之句，始知今日此園冬之留秋，猶昔日山寺夏之留春，所謂非時見珍，殆不遠歟？嗟乎！天道後起者勝，按時對節，未必舒榮，而壯采奇觀，每每出自人情淡漠之日，令睹者陡開健色，天下事率如此菊矣。歸舍，遂按譜標名，各爲一詩以紀之，庶不負此天眷晚芳之盛意云。

《顯月齋集》序

人之負慷慨堅確之氣者，率與時齟齬而不合，故於仕途亦坎壈。杜工部以挺出之才，未登要路，虛其致堯舜、淳風俗之志，窮愁有骨，流注篇章，人賞其詩之工，而不知其人之可大受也。李郡丞廣寧俠腸義性，生不猶人，顧幼遭艱虞，四歲失恃，抱李泣蘆，僅存殘息。已而得臧太夫人慈庇，始獲成立，故其於太夫人之喪，哀痛慘戚，想顧復之恩若不欲生，是其動忍之性磨礪已素矣。及讀書銓選，仲舒三策，當軸盛推，遂列前茅。京宦十年，正氣不阿。外補專城，七載拮据。撫嬰拔薙，懸榻飲冰，備見卓績。去之日，攀轅卧轍者百里不絕，亦足見其一班之能矣。歸舍，縗絰中躬訪余項里，爲慈親志墓，因受學門牆。叩其所蓄，蓋大受之器，世無見知者。暇弄雕蟲，特其寄焉者也。數月以來，朝斯夕斯，坐圍萬卷，每舉一義，靡不切中機要，相視而笑，罕以喻人，不獨敲聲戛韻，浪蕩詞場而已。燈餘飯罷，間取其稿本删定若干，藏之篋衍，後此則未可量也。至於經文偉①武之略，用人行政之宜，將大有所成就。杜子美所謂「致君堯舜上，再使風俗淳」者，於斯人乎是期。姑且與

---

① 「偉」，當作「緯」。

之論詩而已矣，其齟齬坎壈之遇，則爲國擇人者操其柄，固非區區之所知也。要其慷慨堅確之氣久而益勁，深而愈化，尤望於遺編中求之。

紫峰杜夫子壽八袠序

天下凡元氣固藏於内而不輕泄於外者，必能壽世。蓋吾人一生，自事親從兄、居仁由義以往，大端不出文章、經濟二者，其昭融則在參兩，其藴蓄則在一心，皆元氣所橐籥焉。速發者易竭，完嵌者不敗，理固然也。園綺諸公，葆真抱璞，未罹世用，其言不過《紫芝》一歌耳，鬚眉皓然，致令漢天子動容，寧人間多覯耶！吾紫峰杜先生天鍾間氣，挺生燕趙間，幼從遊鹿忠節，復以姻誼事孫徵君，相與論心課業，勃窣理窟中垂四十年。家庭孝友純篤，斑衣長枕，孺慕之性未嘗一息漓，同黨英俊，數郡無不願執鞭者。若夫擇地後蹈，時然後言，介裂車中之帛，義納壁間之友，則又古人所難矣，而鴈稀沙淺之悲一籌未展，金銅淚落，俠骨全消。自别江村故園，奉太夫人移寓固城鎮，俋俋營甘旨供堂上歡，棄置囊編所餘詩筒筆帙，惟日聚生徒講誦帖括而已。興會所至，則流連杯酒，吟風嘯月，舉文章、經濟二事付之雲間水静，秘不復談。及太夫人終養，每歲除借驢掃墓外不佗往。頃年渥水同人，引領清風，復庀奉几杖。此地爲徵君孫夫子舊遊，號稱多士，於時僞俗之彦鼓篋登堦者不可勝數。今年甲寅小春廿三日，先生壽八衮，同學友玉宸、亨子、和公、公式輩，素稱襟契，飛札屬某一言序其事。某乃援五修而告之曰：亦知先生所以享大年乎？先生元氣渾淪中特，以恬吟密詠之趣，包括其經緯萬物之才，目前草色花香，燈紅酒緑，正堪優養天和，是固不假菖苓以引年者。往昔佑在山中，著《茅簷款議》十卷，舉其目以質先生，先生正色曰：「草廬中事業正在於此。」區區眉睫間又豈易測先生哉？其所以不輕發而易竭者，葆元氣於深固而留爲可久，深藏若虚，容貌若愚，追踪園綺非難事耳。顧吾黨之事先生勿徒求之屬詞比句、問水尋山，即求之緯地經天、圖事揆策可也。昔王仲淹立教河汾，將相皆出其門，以古揆今，又何多讓！然則先生壽在元氣，而棫樸薪槱，歸於髦士。二三子克體先生韜斂爲發抒，以永作人之澤於不朽，而先生真壽矣。五修持報玉宸諸子，遂群趨而侑五豆之觴。

《適適軒草》序

歲甲辰，教授蒲州之東鄉，得交濡水劉韞生，因讀其先大父長史公《適適軒草》，斂衽歎曰：此真先民模楷也！何余鄙人，未得聆其風，造其廬，親其杖履也？竊憶前賢稱國初風氣淳朴，人以急仕進爲恥，常熟黄先生鉞者少穎嗜學，其父恐聲聞被徵，令督畊葛澤田舍間，仍倚簷讀書，乃爲隱士楊濼所器，舟載至舍，使與子福同業，三年盡萬卷。縣聞之，並辟賢良。濼怨鉞曰：「以子好學，舉書供業，一何不善晦，並累吾兒耶？」鉞乃説縣罷福，獨就試入太學，卒仕宦，與蘇州守姚善同死遜國難。弇州以爲：今子弟善攀援，營免竄，父兄喜見眉宇，甚有導之者矣。無論楊濼不可得，即鉞父亦不可得也。噫！若長史公之絶意揣摩，浩落詩酒間，率其高懷雅志，豈出楊濼、鉞父下？而躬富福、鉞之學，以視衣輕刺肥、高牙大纛於康衢之世，是其可力致，顧乃夷然不屑。復無父兄嚴命爲之抑制，又非同無其具而搪高論以茍難子弟者。亭亭物外之標，方之弇州所論，夫寧遠耶？余以爲公之穎博類鉞，而恥爲華競，敦長流風，則真楊濼、鉞父之匹也。一代淳朴之氣，公體備之，無怪其詩之淹雅沖和，追陶宗謝，駕孟軼王矣。其鄉先賢，平野、素中兩鉅公手爲序而傳之，豈偶然哉！惜其失於兵燹，遺稿不存。今韞生編蒲截柳，力砥青箱之業，不難仰繩祖武，什襲此集，復求弁言，壽之棃棗，不特世守爲家珍，抑將廣傳爲國寶矣。余執卷之餘，覆讀增重，爰製粃詞，以附驥尾，用表高山景行之慕云。

楊母湯夫人七衮序

余山居久，蹇拙成痼，每入郡，瞿然慢與時忤。而楊子茂實往往追尋，聞予至，輒載一尊酒，偕余友青陽來訊，爲促膝歡，論文品帖，依依不能離。余怪其處城市乃與山塢枯槁之人同臭味，所奉持必有異。及詢伊母湯夫人家教，嚴静有法，淡薄自甘，一袪世靡，始知茂實之型範切近有本，不獨性生而然。而其雅志奉親，亦迥異末俗華侈之習，爲敦尚清高也。茂實之言曰：家慈性聰慧淑慎，于歸先君子，事先祖、先祖母以孝著，育不肖暴仲，嚴而能教，門内肅然。今年屆古希矣，不肖周旋庭幃，愧無以爲萱堦慰，敢請一言懸之屏幃。余聞而嘉之，謂青陽曰：此茂實之所以異於常人也。世人之悦其親者有二：躋身名場，紆青拖紫，佩虎符，垂魚綬，親應顧而霽顔；或侈聲豪舉，千里賓，十日飲，車馬填巷，觥船盈几，親亦與有榮施若者，俗實韙之。而皆非茂實素位也。茂實蕭然士類，所好者文而已，而悦親者即以文，又無事於馳金幣、走朱門，汗顔傴背以求塗飾耳目之文，而務取山塢枯槁、素所知交，無諛辭、無阿色，質朴近情之言，以爲可傳而可久。此余所以不惜以動與時忤之人，而娓娓爲茂實道也。斯舉也既脱華競之俗，亦免固陋之誚，真静風雅，與其人符，茂實所得不既多乎？於是青陽抃手曰：此言真足爲湯夫人祝，茂實獲所願矣。遂録以爲序。

祝韓公八十序

天下之能壽且孳者，在能順其天以致其性，而順其天以致其性之道，要在勿慮勿動。蓋勿動則本不摇，勿慮則精不涸，昌榮之基也。不觀之種樹者乎？豊樂之種樹也，碩茂蚤蕃，衆莫與儷。其言曰：吾非能碩而茂之也，不助其長而已；非能蚤而蕃之也，不抑其實而已。則人之欲碩茂蚤蕃，以壽且孳於世者，其有外於勿動勿慮，順其天以致其性者耶？得其道者，勿論其居身與保子孫，率皆繇之。陌陽韓太翁生於世胄，而能不黷心於華膴，苞真含素。若厥天和陶淡，鹿閒少遊，馬曼籝金之謡，鬱爲國賓。嗣君輝敘，早列賢書，鳥鳳魚鯤矣。太翁繟然自適，不以科名榮。及其犍爲蒞政，飲水拔薤，人仰卓魯，而顧以催科拙，謫太末，布颿索莫。太翁益用慮慮不介意，仍勉其篤祐，以迓天庥，蠖屈蛟騰，静以俟之。所謂寵辱不驚，遵養時晦者歟？今四世一堂，嗣君弄琴調鶴於寶峰葛溪之間，桐孫儲萬又琳琅振響，福禄之綏殆未可量，皆太翁遐布天和，不急近效，勿慮勿動，優遊漸積以致之也。此政達人君子居身與保子孫率繇一道者耳，其爲碩茂蚤蕃，誰謂不宜，又何豊樂之術之足云？《詩》云：「壽考且寧，以保我後生。」八袠之筵，式歌且舞，遠近有同心矣。昔萬石君孝謹聞郡國，太后以爲儒者文多質少，萬石君家不言而躬行，乃以長子建爲郎中令，少子慶爲内史，建老白首，萬石君尚無恙，後諸子孫爲吏更至二千石者十三人，其爲壽且寧而保子孫爲何如哉！茲太翁之厚德大年不減萬石，而諸嗣家法淳朴，其所廣衍，子孫昌熾，應必過之。余知自此以往以壽且保，祝太翁者正無疆也。

易州文昌會序

文昌會，祀梓潼帝君也。按梓潼神姓張，諱亞子，其先越嶲人，因報母仇，徙居梓潼之七曲山，仕晉戰没，人爲立廟祀之。夫神顯靈於蜀，則廟食其地，以旌忠孝之魂，於禮爲宜，乃至唐玄宗、僖宗、宋咸平中，屢封至英顯王。道家謂上帝命梓潼，何涉世人？謬加崇奉，冀非分之祐助，不亦惑乎！吾友定之崔君，夙以博雅著。丁未春暮過山中，抵掌話闊之餘，因訊文昌故事，且言易城諸君子約文昌一會於來歲上元之期，請弁其約首。余爲陳張九功先生曾有正祀典一疏，乞罷去京師廟祀而祀其鄉，語甚切。定之愕然，謂余終其説以示同志，余曰：此固無傷也。高明舉事，貴曉其意旨之所在而已。吾誠理明辭正，不惑於僥倖祈禱之論。侃然識所歸，則步趨於雜焉淆亂之中，不失其矯焉獨出之志，久之義昭事著，衆情畢喻，亦可漸進而返其初。今一元宵耳，張樂設飲，老幼嬉遊，彤雲陸海，人咸優游歲華而已。諸君子方將虔修滌慮，加崇乎孝親忠君之古賢，遠近大小劃然改觀，舍其前此之迷，而起其後此之悟，則易城一隅先天下而開其覺。倘因兹感發，遂有變風革俗之舉，復取張先生正祀典一疏遍市而通行之，使千秋積晦耳目一新，不亦世教人心一大快哉！諸君子奮躬率物，且爲首庸矣。昔曹月川先生止其門生奉母禱關祠，初甚不服，先生力陳大義，細爲開諭，始能遵教。至今學士家傳爲格言，彼時風尚爲之一正，豈非明驗耶？吾願定之歸語諸君子，遍諭易人，因以及之天下可也。

劉明府編定户口序

吾邑彈丸區，當瀛郡之南，子午孔道，皇華白羽，駁還如織。且三河委流，時遭泛溢，禾苗柁底，不絶於嘅，壤磽民貧之困，有自來矣。寥寥孑遺所禱祀而求者，惟循良是賴。乃吾翁劉父母之下車也，豈弟而明哲，籌事度務，百廢俱興，優游以應盤錯，恬如也。而於審定户口一案，尤屬卓越，爲輓近所希遘。余不佞，叨在編氓，雖遠役淮海，所以耳頌聲而悉德政者，實若沐浴焉。宜闔獻紳衿群黎歡呼鼓舞，絡繹不休，來告余以生全也。余惟户口一政，關係生民利病最鉅，顧古與今不同勢，其斟酌時宜爲尤難。古之於民也貴增，蘇團練所謂「以民之多寡爲國之貧富，故管仲以陰謀傾魯，商鞅亦以術招三晉之人」是也。今之於民也貴減，陳止齋所謂「多者使寡，難者使易，不宜有者使無，而諸國苛斂漸趨於平」是也。若我父母則兼得之。增固不至於病民，減亦不至於病國，蓋以不失原額爲准，而增其少壯，減其老弱，人情翕然各得其所。厥道維何？曰：公而斷，核而速。公則豪强不得免，斷則請託不得行，核則呈報實而籍役不得濫，速則畢事早而上下不得擾。所以定志於堂上，下令於流水，不踰時而四境帖然，積習一洸，咸頌我父母之深仁遠慮於不衰。昔馬人望檢括户口，未兩旬而畢，蕭保先怪而問之，人望曰：「民户若括之無遺，他日必長厚斂之弊，大率得其六七足矣。」保先謝曰：「君慮遠，吾不及也。」此非我父母之苦心明驗歟？按漢法：民年十五而算，出口賦，至五十六而除，二十而傅給徭役，亦五十六而除。隋法：男三歲以下爲黄，十歲以下爲小，十七歲以下爲中，十八歲以下①上爲丁，以從課役，六十爲老，乃免。唐制：民始生爲黄，四歲爲小，十六爲中，二十一爲丁，六十爲老。制各不等，宜民之意則同。如我父母之寓慈祥，於法制不必銖銖較其歲年，而過時者遂其優閒，方剛②任其勞勩，平情御物，可久可傳，信乎與向來力餝殘劾、康濟時艱之經綸同一條理也。政隆意美，即推此道於天下，亦厚幸矣，余烏能不舉手加額爲一邑慶，兼爲朝廷慶乎？《詩》云：「豈弟君子，民之攸塈。」上德懋也。願吾邑父老子弟勉致殷勤，爲余道禱祀

① 「下」字衍。

② 「剛」字下，疑漏「者」字。

不遑之夙志，則千里登堂之雅爲一抒寫云。是爲序。

林玉齊①議革見年序

昔錢繼忠少好奇節，家居二十年，安貧樂道。姚蘇州慕其名，曲致誠款，得相見於學宫，置上座，請質經義。繼忠曰：「此士子之業，公有官守，何不談時務？」蘇州即問急務，繼忠出一簡授之，竟不交一言而去，視之則守禦制勝策也，蘇州大悦。夫急務因乎時，時在守禦制勝，則守禦制勝爲急；時在除民疾苦，則除民疾苦爲急。均足見英傑之處事，其高識遠見，深心大力之所存，迥不同於腐儒也。高陽吾友林玉齊君，少倜儻有奇氣，凡所規畫，動中機要，事有盤錯，人皆取籌策焉。歲己未，邑侯孫公莅任，首問民疾苦，林玉條陳利害數十事，而最重者莫過里甲之見年。見年領一甲十四社，每十甲輪流應差，歲置某甲，則一縣之公費悉取辦於見年。所謂遞馬工料也，部院奏銷也，起解添搭也，種種無名之耗，不可勝數，皆於是乎索給焉，約歲費不下四千餘金。大甲尚可勉支，小甲則皮肉盡矣。積習難返，紳士結舌，蔀屋垂首，而林玉慨發大難，瀝血披陳。上以開導長官之見聞，中以彈壓

① 「齊」字下，疑漏「君」字。

衙役之黠猾，下以調停閭閻之短長，幾經周折，而後定議。禁革一切公務，按丁均出，且每丁不過舊額小錢二千，旁無苛求，爲費少而就効衆，閤邑之民，如去湯火登袵席，群情歌舞，已爲地主孫公勒石紀功矣。而復念事之始末裁成，卒就義舉，非林玉之高識遠見、深心大力不及此。爰屬余言，登之縹緗以誌之。余因思當日繼忠之條陳急務，可謂不負安貧樂道之素修，而與蘇州之相得益章，諫言聽信，其規模宏大，非近日腐儒趦趄之所敢任也，林玉誠無愧焉。遂爲述其始末，與衆共觀。倘有他邑積幣相沿未革者，倣而行之，爲利更溥矣。是爲序。

右北平節壽宋母張太君八十序

燕，終古名勝地，瑞雲紫蓋，灅水湯泉之間，泙渫磊砢，意其必有奇偉節俠之流，久之而未遇也。近年於樂壽得交宋子留，子留雖蕭然蓿署，而氣雄萬夫，其庭訓有素，縞紵初投，便成莫逆，觴詠相尋，不虛暇晷，間談及今古機務，輒有風生四座之致，始知地靈之果有人傑也。己未夏，於座次見子留家報，北平親賓爲伊伯母張太君祝八袠。捧閱太君素履，松操霜節，奇絶人寰，益信天地山川間氣挺生，奇人不獨在弧矢間也。太君以金張族望，于歸盤石公，公甫入芹，即有振衣千仞之概，不幸早脆。是時太君年二十四，青鬢朱顔，垂髫拉血，撫有兩嗣，聲淚俱楚。又堂上舅姑形影相依，膳安廁牏，必躬必慎。及斷機教就，或衿佩宫牆，或業隆卓程，先世家聲，毫弗隕越。六十年來茹蘖飲泣，皎心如一日，亶其難哉！凡婦之守節，猶臣之盡忠。蘇典屬之十九年，洪忠宣之十五載，忠則忠矣，而成功則無可見焉。若太君身歷艱虞，而克家承業，光裕有加，不亦優與？宜其天祚仁人，而壽考無疆也。百齡永享，固可期耳。閤郡景行，芳昭簡册，孰云不然？昔張錢塘妻王氏年十六，張卒於官，王誓不再適。李彦賓妻劉氏年二十四，李歿，劉撫子成立，卒終其節。皆燕人也，至今竹帛芬芳，照耀千古，非太君前徽耶？余與子留誼同塤篪，太君稱慶之日，不能躬祝南山，恭述蕪言，聊當岡陵之頌，爲北平諸君子進爵時發軒渠一笑云。

《蠡吾閆氏族譜》序

氏譜無閆姓，疑即閻。按周太王之胤武王，封太伯曾孫仲弈於閻鄉，因氏焉。又云：唐叔虞之後，父族有食采於閻邑得氏者。又晉有閻嘉，齊有閻職，俱閻姓。又晉成公子懿食采於閻，後遂氏閻。俱不可深考。而蠡吾之閻則遷自小興州，今日北有世職指揮，的係同族，不可没也。閻之始至，家卒興里，代有陰隲，其詳載譜中。而恢弘祖業，聲名洋溢於遠邇，則大來翁實爲崛起，非尋常可及也。余有《義俠》一紀，述其梗概，州閭老穉想並悉之。

嗣君公度，峥嶸鴈塔，晉秩清華，不可謂積德之不昌矣。自此瓜瓞綿衍，保世滋大，豈顧問哉？然而族譜之修，上以不忘祖宗，木本水源之意，此易知也；下以傳示子孫，宜家保族，久而不替之道，則率皆忽焉。所以自昔推家法之著者，唐之柳氏、顏氏，宋之吕氏、司馬氏、范氏，類有成訓，足式後人。今大來翁於睦族之誼，老終幼養，男婚女嫁，以及義學、社倉，業已種種舉行矣。公度於仕優之暇，博文好古，採集先賢遺範，立爲家訓，敦崇道教，勒之族譜，振刷力行，不獨模楷一姓，兼可倡率一方，甚盛舉也。如此則族譜之修不爲虚文矣，最哉！

《慶雲鄧氏族譜》序

吾師孫徵君昔年旋北城，群弟子迎迓於途，班荆坐話間，首以修族譜爲勗。蓋以地遭兵燹，遷徙無定，子孫率迷宗祧，不如存之簡册，庶可稽也。於時相率修族譜者有七家，今吾師逝矣，回憶面命時音容宛然，遺教愈不敢忘。慶雲鄧子公遴，以癸亥夏秋間從余於遂城，固未獲面晤吾師徵君也。一日傳致其父建三翁命，諄諄以修族譜爲言，兼以序請。余因思孝道人所同稟，禮義之家，不謀而齊趨，益令人兢兢焉。按鄧氏一門，奕葉《詩》《書》，德行無乖聖訓，而四世同居，堦除雍睦，張公藝、陳競之家風，晚近希覯。又其異者，乃祖別駕公樂志庭幃，泥塗軒冕，踵西唐之高蹈，怡東皐之清輝，則更瀟灑出塵矣。及觀族系，始以一線單傳，今乃瓜瓞綿衍，公遴輩桐枝秀發，文物之興，日月可俟，積德者後必昌，抑又信之。公遴服膺吾道，私淑徵君遺教，即族譜一事已見同心，自兹以往，參天兩地，彌綸不窮，固不出孝思而得之矣。

獻州喬明府壽序

古今稱壽世之道者，首言仁。以慈祥愷悌之德，鬱爲岡陵松柏之姿，疇云不宜？然仁不獨行也，必有義以佐之，厥功迺懋，此余前者以剛柔寬猛之説爲喬明府誦新猷也。明府蒞政滋久，大化斯洽，百里内外，渾然太和元氣流行矣。士庶歡歌，如登春台。於明府生申之旦，争效華封人之祝。余遥卧海澨，聆其盛美，不禁躍然有辭以獻也。昔賢論牧民之要者有三，曰不訹於上官也，不懾於貴近也，不瞟於吏術也。聲望足以被主知，則不訹也；權智足以聳民聽，則不懾也；材察足以破宿奸，則不瞟也。不訹則實材得以自見，不懾則實威得以自施，不瞟則實恩得以自布。三者被之世，皆仁澤也，而非有毅然明斷之力以充之則不副，所謂義以輔仁者正在是。不觀明府之治獻乎？獻在古爲侯王封域，密邇神京，交衝七省，張、席、穆、田之政績著焉。邇來壤鹵民頑，兵燹時經，水決歲凶，萑苻易聚，真盤根錯節地。父母自下車以來，釐奸剔弊，諸務維新，民歌《五袴》矣。至繁莫如供應，以身先之艱難不避也，而民力不疲；至重莫如錢穀，以法徵之，催科不擾也，而民財不匱。讞鞫則昭覆盆，宣教則廣振鐸。築堤莫巨浸於安瀾，成梁渡迷津於平土。祠宇尊神，《詩》《書》優士，種種嘉績，不可枚舉。此政簡刑清，不愧牧民之俞旨所以書玉屏也。苟非不詸、不懾、不瞭之要道素裕於居平，而能若是之爲所欲爲乎？昔董宣爲洛陽令，搏擊豪强，桴鼓不鳴，號爲臥虎，此以義勝也。何異于①爲益昌令，凡鬬民在庭，曉指付遣之，不以付吏，三年無囚，此以仁勝也。今父母以義斷成其仁恩，剛柔合德，雷霆雨露，總融爲慈祥愷悌之隆施，于以懋昭岡陵松柏之永者，孰大於此！他日循聲赫濯，上媲張、席、穆、田之政績，入作公輔，爲邦家光，請即以躋堂一觥豫占烏府風標可也。是爲序。

挽詩序

易州巖下田母殷夫人之喪，高陽齊君林玉持素縑，徵同人詩以挽之，爲嗣君治埏悲也。治埏在徵君門，夙著孝義之目。林玉恭迎至家，設臯比焉。未出山，母健如常，甫就道而母

① 「何異于」，《新唐書·循吏傳》作「何易于」。

病。治埏塗次心已怦怦不安，及抵館，不一二日而使至，以母病告。治埏不食而奔，至舍母奄逝矣。嗚呼！治埏之出也，本切歐陽懷肉之志；其歸也，反缺堯夫在側之情，痛哉其爲懷也！爲吾輩者何能不爲之悲，雖然，跡母平生以事舅姑，則孝婦也；以相夫子，則德配也；以教諸嗣，則賢母也。且諸嗣如經埏、界埏、慶埏輩，雍睦一堂，上奉沛然公嚴訓，家風樸茂，禮教純篤，《詩》《書》之氣鬱然。昔范烈女殉節一事，海内仰之，簡册傳之，即公家五郎婦也。義風烈節，孰非母閨範所成？而母年幾古希，終於内寢，生順没寧，誠無憾焉，奚其悲爲？母也者無遺憾，則爲奉母之人也者無遺憾可知，奚其悲？而獨治埏之煢煢於拊心含痛也，此林玉與諸君子之不禁欷歔增悒也已。他日衰絰，函丈廢蓼莪之餘，猶冀治埏之深思余言，少寬毁滅之戚，其大孝當有進於此者。余老矣，遠卧荒岑，忝在姻婭，而不能蹣跚越嶺，陳一杯之款於柩前，令兒輩束芻代薦，其亦心傷無限矣。不揣昏耄，因先諸同人而述其意焉。

贈李式文將軍序

式文年甚少，怙恃雙違，兩昆友愛甚篤。癸亥秋，會葬其母夫人至曲逆，得相晤言。余觀其孝思惻怛，若不欲生，又念其母夫人遺言，恐不能特立於世，日夜懼，時殷殷問余所以守身揚名、涉世入官之道。余舉平生所聞「但求此日此時此心過得去，全憑無小無大無慢做將來」二語示之，式文深加佩服，請書紙瞻仰奉行，知其意念深矣。臨别，乃敍述大旨以贈之曰：君將職也，爲將之道固多端，然其要在讀書。讀書則識高，識高則志定守固。凡所以忠君愛國、居官理務，俱在是矣。昔孫權勸吕蒙讀書，蒙辭以軍中多務，不暇展卷，權曰：「豈教爾尋章摘句，治經作博士耶？不過涉獵見往事耳！」斯言最爲得法。至於所讀之書，雖多多益善，其要者如《李大蘭先生綱鑑新意》、《武經正解》、《百將傳》、《紀效新書》、《練兵實紀》、《武經總要》、《武備志》、《登壇必究》、《兵鏡》、《兵略》、《讀史機要》諸書，總不能全記，間一涉獵，自有裨益，不獨一將之任而已，勗之哉！求忠臣必於孝子之門，拭目觀之矣。

宋子留壽詩序

子留宋廣文，冠玉仙姿，起霞俊質，幼工柔翰，長著雄聲。操觚輒弁冕文壇，整轡屢馳驅菽苑。朱陵石鼓，敲三十乘之菁華；玖粟金砂，貫五千言之精奧。撫時景至，還勞車胤之囊；感物興生，即酌留侯之酒。春光爛其雅什，家著策馬之奇；曉日寫其神儀，人傳換鵝之韻。徒以庭筠運蹇，致令子美價高，未遂九萬之鵬程，俯就三千之槐市。鐸鳴樂壽，正搜書獻雅之鄉；派演關濂，溥弄月吟風之趣。某甫能傾蓋，無異班荆，豈料啓其蓬心，竟爾收之蘭籍。麗章赤幟，争覩烏獲仲舒；妙選緑文，齊認青錢張鷟。問字尊頻倒，座挹花香；看題箋鎮飛，袖披風信。時維七月，序屬仲秋，恭值先生懸弧之辰，喜觀弟子稱觴之會。欣欣咸推文載，拜畫地之諮詢；濟濟群趨胡瑗，拱分齋之教誨。桃將曼倩五雲閣，真足似宫；籌進雙成三鱣堂，却疑瑶圃。於是接芝蘭之粹氣，快詠馨聞；撫松桂之貞標，思形令範。寒山森翠巘，福祉罔如；秋水漲銀塘，壽源川至。結侣歌青雲之客，渺若神人；飲君懷絳雪之丹，居然仙種。布之四韻，用祝千秋。

胡信山詩序

適來爲詩者如林，刻詩者充棟，余槩未敢一二置目，非惡詩也，誠以自漢魏六朝唐宋以迄昭代幾千百年，名詩者不啻幾千百家，而我以區區毫穎争鳴其間，欲以蠅響逐洪鐘，粟形列華嶽，吾知其惹覆瓿之誚不淺矣。雖然，詩固不易傳也。夫不有不必能詩，而世争高其人、争識其面者乎？如是則其人傳矣。夫不有既争高其人、争識其面，因而思得其片言隻字，等如南金，奉若東璧者乎？如是其人傳，則其詩亦傳矣。吾友信山以世宦子砥行礪名，藉甚海内，後竟棄廪餼，挂冠同舅氏仲嘉侯處士遊於馬水烏龍間，追乃祖燕山丈夫遺烈，恣情嘯詠，所在品題。一日，彙其詩過五公山，問序於余。余曰：如君制行與青泉白石競爽，所謂世争高其人、争識其面者也，即得其片言隻字，增重人間，况珠璣貝球盈握溢席者乎？其於傳世也何有！兼之金容屬静修先生故里，遺風倏然，徵君繼踵芳徽，道教猶篤。及門沐澤之士彬彬蔚起，又得信山鼓吹一堂。是刻也，其人潔，其言芳，吾知異於邇來之如林充棟者遠矣！需其成，余固急欲取而讀之。

五公山人集卷第十

記

登山遊詩紀

癸卯春，余寓遂州大王店，在釜山之陽十餘里。適遂州友人趙隆軒至自慶陶，相攜遊班姬山，看余新題。回邑中，同遊郝參甫過我曰：「吾鄉釜山，黄帝會諸侯合符之所，萬古勝跡，不可不一臨眺。」余曰：「隆軒有事遂成①，須其旋，可命侶扶筇也。」至病月二十七日，隆軒來，風日清和，參甫治行廚，具犢車，奉其尊大人凌九叔重伯爲東道主，招同好而從事焉。先二日，參甫以詩柬山頭羽人張玉峰及山口有侯光岵云：「去年摇麈話巖扉，花雨茶煙靄落暉。今日籲雲攜勝友，莫教題字倚松歸。」余次韻云：「釜山高處敞柴扉，幾度登臨憶昔

① 「遂成」，當作「遂城」。下文「遂城」不誤。光緒《保定府志》卷十八《輿地略·山川》載全篇，作「遂城」。

暉。羽客若知遊客意，肯教空袖白雲歸。」光岵得詩即走顧余於寓舍，先返治具。至日，余擬修刺侯光岵，而所招同人則有曹企華、郝繩武、丁光遠，驅車過石梁，軫軏出村而北。郊原平緑，千畦如鋪翠紅紫歇矣，因憶後一日朱明，届期春歸候也，吟送春詩云：「今晨風日好，驅犢送春遊。隴外紅雲斷，田間緑浪浮。尋朋來谷口，攜具上山頭。莫惜林泉暮，壺觴可共留。」迤邐行十餘里，過班山，望鳳凰帶曲水，遠目郎峰如劍插天半，又疑列屏環於西北，煙巒歷歷，頗想陶詩「前峰可數，後騎莫催」之致。至村口，是處以釜山名村者凡五，此其東釜山也。居民百餘家，路口曲折而上，門巷蕭然，茅屋古樹則光岵居也。甫下車，光岵出，參甫已策青騾先至，其齋爐頭湯熟酒熱矣。羽人方袍道左，訇然一笑。啜茗畢，小酌數巡，出扶老給隆軒、淩九兩長者，餘皆攝衣健步，即不能者，爲人尷尬不顧也。直北行，小徑紆如蚓。三蒼頭挑壺榼、抱筆硯前導，令每至一峰頂，輟①響信礮數聲，以報山靈。行里許，即釜山麓也。山石録然，磴道盤轉。至半山坳處，小柏森列，率新栽，蘢葱如鬒髯。石垣版户，庴廡藺立，香臺僊龕，花木雜植。垣上兩石龜交植，下小泉汩汩爲汙樽，可抔而飲，此即羽人棲屑地。小憩烹泉啖果，再行，路蜿蜒，每一層折，輒有庵宇，皆植樹其

① 「輟」，光緒《保定府志》作「輒」，當據改。

旁。西繞不百步有清泉，石甃成井，井口柳樹一株，頗來涼風。共坐卧少頃，因題「坐茂樹以終日，飲清泉以自潔」二語其上。自此遂登峰矣。參甫吟云：「㟪峛舊龕石磴穩，蘢葱新柏翠陰匀。」余續云：「登登直上峰頭去，指點千畦列繡茵。」蓋山半下視，原隰麥隴青芊，真如繪也。須臾，杖履札札造頂際，一望煙寰，平原百里，孤峰雄踞，群山趨蹌，真有萬國朝宗之勢。遐想當日皇風沕穆，衣冠初興時，玉帛輝煌，車書輻輳，不知若何鴻溶？後此兔跡狐蹤，瀰漫川陸，而覩覆釜之遺形，欽合符之盛事，猶令人肅然起慨，然懷何其唐哉！於是蒼頭發磩，響動山谷。乃令布席陳殺於嶽廟左，揮兕暢飲。侍者告墨飽，余乃題壁云：「帝馭龍升久，合符尚有山。萬年人氣肅，百里甸煙環。古樹村村聚，春雲片片閒。弓裘何處是，尊酒酹苔斑。」淩九次韻云：「軒帝今何在，垂衣説此山。三皇禮始備，萬國衛初環。甲子風雲泰，乾隆日月閒。釜形仍上古，瑞靄罩岩斑。」光遠次韻云：「漫愁春色暮，逸興自高山。峻嶺丹霞映，仙宫碧樹環。詩題標地勝，茗椀寄身閒。此日同群意，誰知短鬢斑。」是日相從者皆有詩，獨吾友趙又元慶陶①、高蓋臣在遂城未預，須其後至焉。隆軒詩云：「春事將闌，爰陟釜巒。攜我同人，把酒盤桓。維昔釜巒，有熊停鑾。合符會散，輯瑞

① 「慶陶」上，光緒《保定府志》有「在」字，當據補。

盟寒。巖花空落，凋柳徒殘。千秋馮弔，漠然永歎。」重伯詩云：「緬想垂裳治，陳踪何處尋。惟餘覆釜地，猶自送春吟。」企華詩云：「春深輾草强追遊，詩酒相攜最上頭。縹緲雲峰迎嘯入，翠微山色映樽浮。」參甫詩云：「土德雲官帝化長，釜丘無跡認軒皇。煙巒霧岫猶嶙峭，搔首崆峒野客狂。」繩武詩云：「車書久絶跡，山勢尚尊嚴。載酒登臨會，峰頭一拂髯。」光岵詩云：「悠悠萬代踪，落落遊賞客。茅柴荒塢樽，琬琰巖端石。」①

法華巖記

法華巖在完縣治西三十里伊祁山昭陽庵下半山中。伊祁山，古堯母伊祁氏故境，雙柏存焉，人傳爲堯時柏，山之得名以此。峰不甚險峻，有太子圓殿一座，歲已久，其實不可考。舊碑援佛書「昭陽庵」者，疑未決，而僧言見石一段，鐫字爲「昭陽静此巖，即其修真得道處也」，其石隨失之，故僧以此巖爲名勝地也，欣然卓錫焉。癸亥秋，余同李廣寧、鄧公遴、李官黄躡屩支杖，攜具遊之。路自李莊出村井，西行里許過康莊，柿林蒼翠，小徑如蚓蛇蜿蜒。緣坡南上，經核桃園，茂蔭層疊，或團團如車蓋，不一狀。一河横亘，白沙如米。迤邐

① 光緒《保定府志》文末有「蓋一時盛會也，是爲記」一句。

二三里，磴道盤旋，至路口，兩股分支。東上爲菩薩閣，摹吴道子畫像勒碑者也。新栽桃柏掩映石間，累累其實，森森其榦，頗可憩也。緣此而上，則爲昭陽庵，佛殿三楹，鐘樓、禪舍、石閣，碑亭在山巔，亦屬爽塏界。古樹參差，望之鬱然，下視上谷境内諸城郭，如秤上列子，可指顧數。繇來徑回，至菩薩閣西下而復上百餘級，皆石鋪曲折。其隙縫小樹茸茸，莳瓜種菜，蔓藤虧蔽，間武始可行。至廻轉處，懸喙覆壓，鞠躬方能過，名「彎腰石」。再登數十步，則法華巖也。巖高十數丈，嵌空如龕，下臨平坎，甃石爲壁面如削，高與巖等。上以木瓦補覆若軒窗，内鋪以板，巖旁縮爲洞口，竦身而入，豁然明敞，儼一洞天也。余愛戀不忍去，遂偕侶眠其中，題詩紀之。巖稍下而西爲龍見洞，昔見異蛇隨風雨出。再西則伊祁雙柏處矣。山在高、完二境間，此一巖之大觀也。至若羅漢峰、蓮花寨，及巖前大河帶繞，則此巖之衛護不及詳述矣。噫！是皆一心老衲十年經營，負石斲木所手闢者也。一心行藏，余有「銕衣著盡後，撒手入禪林」語贈之，則其人可想。廣寧、公遴皆有詩鑱壁，茲不悉記。

壽州東小過村龐氏義學記

斗樞龐公諱柄，雄縣人。平居重然諾，喜讀書，尤好兵刑家，精奇門、六壬及五行類占諸術，往往見推於名公卿，輪幣不絶，户外履跡恒滿。初卜居於壽州東村，名小過，相傳爲漢光武過師處也。有田二百畝，手種棗千株，結茅數間，環渠栽柳，門巷蕭然，類有道居。相與往還者多高人逸士，幾三十年於茲。今老矣，思歸卧故里，念在此鄉遊處久，情所難忘，因察此鄉素無業《詩》《書》者，禮義之風蓋鮮，欲加惠後生，使知教化之美，乃以所營故産置爲義學，敦請名師一人，俾居其處而設臯比焉。凡教以八行爲先，六藝繼之，文爲末。群鄉之子弟有願受教者聽，即以産之所出爲修脯資諸生，無他供給焉。受是産者，納糧耕種如已恒業，歲以爲常，但勤教授而已。其有糧不納，教政廢、學徒散退者，則地主收産别計之。嗟乎！君子居是鄉，則爲一鄉計久遠，廣福澤。昔田子泰入徐無山中，相從者五百餘家，悉爲定婚姻喪葬之禮，翕然成風。今龐君將去其鄉，而尚以福澤久遠之道，此身不能教而求人以教之，一時不足教而永世以教之，其爲慮甚厚而且悠矣，不亦邁踪昔人哉！余與龐公文最深，心期最篤，均在遲暮，伏櫪老驥之悲，無所輕重於世，故於此舉三致意焉。

精思齋記

昔張説爲修書，使朝廷置麗正書院以居之，俾總文藝之士，一時如徐堅、賀之章、趙冬曦輩皆佐纂述，有司供給優厚，至今稱盛事，然不知其著作何等也。瀛海郡伯千峰王公，莅郡三載，政成人和，思欲纂修府志，乃於藥肆中囑友人促余入署襄筆墨之役。廳後西偏，舊有瓦屋三間，整飭以供寢處。晨夕惟置兩吏繕寫，獨郡伯與余讎較甲乙，嚮嚮正論。自天文、地理、兵農、禮樂，上下千古，無不究極原委，指陳利弊，青眸相對，浩落不群，真覺紛紛諸子之爲煩也。設令張燕公解此，當亦厭徐、賀諸君之多擾矣。至於日晡一杯，挑燈醉墨，滿壁淋漓，有司供給又何足云？更異者，郡伯以十七屬衝疲之地，從容坐理，無一艱苦色，公餘把一卷，咄咄若書生，於《瀛志》沿革一則獨出手對，《廿一史》蚪輪蟬翼，凝神細簡，舉數千年之模糊雷同，清如指掌，亦讀書人不可少之精思也。李德裕於里第置亭，名曰「精思」，每定大計則居其中，若郡伯之奥博深沉，務期無疑義後已，此其精思不減德裕，而著論淹洽若過之。書成，遂額此於齋，爲文以記，使後世之視此齋者知郡伯之優游文治，而讀書考古，疑義與析，俱有要道也。彼「麗正」虚名，似所不取矣。

郝氏醉營齋記

余友參甫郝君，其人豪爽有深思，喜書翰，工吟咏，又雅愛交游，頗有釀酒好客、散金收書之致。昔年余與數晨夕者洽，歲每令節佳時一樽讌衎，山水亦爲增韻。嘗嫌其讀書處近宅室，别於南園營精舍，欲即其故基闢而新之，槐高籠月，牆低度雲，蓋將於此藏萬卷，以遂其徜徉圖籍友朋之樂，規模已定而未就也。嗣此余流寓遠鄉，數載始還山。參甫馳書云：「新齋告竣矣，乞爲文記之。」余思天壤間浮雲蒼狗，變幻莫測，一丘一壑恐不足爲卒歲計，而且園亭是庀乎？雖然，居因道廣，地以名傳。山川易陳也，而不朽者以人；光陰有限也，而可久者以業。昔崔鄲居光德里，創便齋自居，宣宗歎其孝友，親爲題之。李約之破屋，買蕭子雲書，建一室棲之，至今呼爲「蕭齋」。是齋之以人不朽也。宋太學十齋，有「守約」、「存心」、「養正」、「持志」、「率復①」、「誠意」諸目，人能繹其義而力勉之，别德成矣。是齋之以業不朽可久也。今參甫抱豪爽深思之資，藏焉修焉於此，凡山經海志、兵農禮樂、陰陽醫卜、諸子百家之賾，無不講求，時與其朋引杯探策，浩歌吹藜，朝夕考德而問業焉。是齋也，豈特一草一木取悦幽人、一觴一詠銷憂隙日而已哉！河上丈人云：「心若醉《六經》，目若營四海」，余於參甫望之，請即「醉營」顔其齋可也。

① 「復」，宋吴自牧《夢粱録》、宋周淙《乾道臨安志》及《宋會要輯稿》均作「履」。

冀州重修忠烈祠碑代

乾坤之内，所以植綱常、扶名教，柱天不昃、指日不蝕者，恃有忠烈而已矣。四海九州之大，有其地則有其人。過大梁者，尚感歎於彝門；遊九原者，亦流連於隨會。從古逮今，未嘗缺也，特患無人以表章之，令千秋星懸岳峙之英，碌碌與草木同腐，故屬光耀不發。或有人舉之於先矣，而無人繼之於後，則風流雨謝，昔賢顯德亦埋没於黄焦丹荔間，尤可慨也。矧冀爲河北重鎮，大漢光武聽白頭翁語，信都爲長安守，一方忠義遂開興復之基，忠烈之氣不已昭灼寰區也哉！至於前此之遺芳勒石彝鼎，後此之奇節抗志雲霄，千百年間琨玉秋霜，森然林立，洵足振綱常而翼名教，不可一日不尊崇之以爲風俗人心勸者也。顧邇來忠烈一祠，拉擺殊甚，不獨殿宇之雨打星窺，亦且儀型之苔封蘚合。某待罪茲州，忝居人牧，瞻拜於頽垣墮瓦之間，愴然興感，不勝山高水長之慕。爰捐俸重修，同某協力鳩工，用竣其事，輪奂之美，頓還舊觀矣。嗟乎！人傑者則地自靈，稽①康風高，世仰華陽之館；耿純義重，人傳育縣之城。皆冀跡也。況忠肝俠骨，歷歷羹牆，從此聞風慕義，比

① 「稽」，當作「嵇」。

肩接踵於堯台禹渠之墟，當須爲鉅鹿一塊土增光吐氣。人物崛起，熠煜前徽，未必非此祠之倡而鼓之也，堂構之舉又何可少哉？余故述其旨，鐫之貞珉，以示後人云。

重修九聖庵記

獻州城北五里舖，舊有大士庵，歲久圮壞，鄉人郭、李二氏募修更新，益供九聖。鄉人不必知其源流，蓋從塑工畫師之諺論，未足究詰，而两人樂善好施之心，以尊神濟人爲主，則有可取也。事竣，礲石道旁，匍匐求余言以記之。余惟九聖皆尊顯，日用民生所不能離。天下廣邑大都、名山秀水間，琳宫貝闕，金地珠林，焚頂而奉持者，不可勝數，而欲其俯仰於風塵驛路，覆纖埃之片瓦，戴泛梗之半椽，不亦褻乎？雖然，道無不在也，神無不格也。昔人云：即花尋春，春未必在花，然外花無以覓春；即水尋魚，魚未必在水，然離水無以求魚。是庵雖小，亦春之花、魚之水也，又何異觀耶？矧舖當孔道，黑泥白草，一望荒涼，而輪蹄來往如織，擔簦荷蕢、戴笠腰鐮者，皇皇於路。夏值涑雨，冬遇淒風，顧後瞻前，胥望此以爲避暑停寒之所，尤途人之樂宇乎？尊神濟人，均有補焉。書此貞珉，覽者誌之，勿以善小而不爲可也。

蠡吾徐氏遷葬記

古今葬不一道。有反葬者，太公封營丘，五世皆反葬於周是也；有不歸葬者，崔子玉臨終遺令勿歸鄉里，即葬洛陽是也；有改葬者，楚王戊之子葬宮中殿東北角，頗見拘限，唐高宗勅以禮葬高廠處是也。皆隨時以意行止，無一定之矩。獨《家禮》擇日開塋域，葬有成規，世通遵之，但祖父墓爲水嚙毁，或先時藁葬、不及成禮者則遷葬，此常道也。今蠡吾徐君世居故園，墓門相近，無須反葬之煩；其祖先土著，終而窆焉，亦無遺令不歸也；又其先世温厚，棺殮皆以禮，非藁葬比，且無水澤嚙毁之虞，胡爲乎而議遷也？曰：此仁人孝子之心，出於常情之外者也。凡人墳墓既立，其墓傍田皆子孫世守，封之樹之，歲時掃除，以致魚菽洗湍之祭，朝夕往來所瞻依也。故世之言背鄉井、離墳墓則爲大慘。今徐君丙舍已非己有，累累孤塚轟然於樵牧之内，禾黍荒蕪，牛羊踐履，見者傷心，無乃祖宗之魂魄蹴踏而不寧乎？仁人孝子，何戚如之！此徐君所以慨然賣塋遷葬也。經營宵旦，兆域重新。青松白楊，將爲改色。其於妥先靈而昭世守，誠大有裨。夫人之生，尚欲卜居卜鄰，矧藏祖先遺蜕之地，寧忍令其踞踏幽宫，淒涼斷壟，雲車風馬，不能逍遥出入耶？斯兆也成，曠然開朗，非復舊觀。没安生順，永享不窮，遷塋之時義大矣！其舊塋在某，新塋在某。徐君諱某某。年月日爲之記。

讀留耕趙公行實紀略

古之以儒醫者多矣，然其意各有所寄。陶弘景「山中宰相」，著《本草》，「一眼有時而方」，其志在方外頤養。陸宣公被譖，乃閉户集方書，其志在避謗。劉完素以醫名，而世推高尚，志在不仕，托醫以隱而已。安肅趙公留耕，醫術顯於時，而公固儒者也，世以儒醫重之。余讀其《行實》，公實借醫行其儒，非儒而終於醫者也。按公姓趙氏，諱舜賓，字虞廷，别號留耕。世居安肅，少力學，博覽載籍，於《五經》尤邃《周易》，弟子受業者户履恒滿，一時如會寧令許君爾顯，及學博陳君治道、王君遵，俱知名士，皆出其門。他補博士弟子員者不下三四十人。公當諸生時，三預賓興而厄於數，恬如也。所與游如鄭襄愍、王中丞諸公，或訓誨其子弟，或時共講席，稱篤交焉。公性嗜方書，年三十二，遂以岐黄術行世，所生活者不可勝計，郡邑遂群以倉扁目之。然而公心藉以廣其仁惠而已，非躭方技也。平生寬大好施，與人以緩急，至者輒傾橐，其有不繼，貰貸應之，雖厚息不顧。公有叔而貧，生事死葬，竭力營，無倦容。兄弟有蚤卒者，喪葬成禮。或遺胤失怙，教之養之，無異視，悉以成立。尤加意睦族，同姓饑寒者於我乎取。噫！其於儒行稱彬彬矣！在昔陶、陸諸公，所趨不同，而槩不廢醫。跡公之行，始終篤行君子也。雖以醫著，而實以儒著，故曰醫以行其儒者也。公嗣君似愚、似鼎，手公《行實》示余，欲借一言勒貞珉，示不忘公家法。余嘉公之始終純儒也，不可以醫雜，故爲略紀其梗概，以俟後之君子觀焉，不愧古人風矣。

新修無生閣碑記

獻邑舊無此閣，有之自本鄉于氏始。于氏諱某，好善樂施，留心雁堂奈苑，以爲阿毘雲所平生修立，凡八九區，此其最後者。初緣母病目，發願築無生閣，經營數載，未畢而卒。妻某氏子某，承先志繼修，攻苦百端，於今告竣事。爲大閣十二間，两廡、前殿俱備，蓋巍然巨觀也。礱石欲記其歲月，匍匐求余言。余素以儒道教，不樂與雞園徒衆作緣，然對佛談佛，則亦平等觀耳。今即無生之旨，爲大衆暢發之。無生者，真空也，有則皆妄。有妄心則有妄身，舉世界一切俱妄。無則心真，身亦真，舉世界一切俱真。所以經言不生不滅，又無智，亦無得。今巋然實構，金碧輝煌，而中實以無生天尊，有耶？無耶？人自認之。《楞伽經》云：「除三昧，是名無生。」空居法雲，摩詰詩所謂「觀世得無生」，非此意耶？紫柏老人嘗云：「凡飲食男女、聲色貨利，未始爲道障。所以障道者，特自身自心耳。」故昔人有言：「勤勞莫先於有智，大患莫苦於有身。」智即妄心也，身即妄身。妄心者，託物而生者也；妄身者，假物而成者也。然惟真心，物生不生，物滅不滅；真身，氣聚不聚，氣散不散。物者何？前塵之謂也。氣者何？四大之謂也。所謂妄心者，觸境生情，好惡代謝，從生至老，從老至死，綿然不斷，於不浄處躭湎味着，如自髓腦執吝不舍，雖有良師父兄善友言以覺之，非唯不能頓然棄舍，改惡遷善，猶至於結恨者不少也。所以《般若經》中須菩提首以降心爲問者，蓋知此心苦海源頭、生死根株故也。此心一廢，智識消融，所謂真心者，如浮雲散而明月彰矣。明月照世，高低遠近，四海百川，行潦蹄涔，處處影見，然未嘗有心也。惟悟此心者，雖凡夫而即佛矣。不悟，佛亦凡夫也。妄心、真心並陳於此，有志出世者留心焉，妄身真心①不暇言矣。無生大旨不外於此，今世上奉無生者不啻萬億，有能洞無生之旨者未必一二，請從事於桑門者細參之。苟昧此旨，紛紛營戀，皆泥黎耶中人矣。勗哉！衆生勿徒作僥倖想可也。

獻州西鄉佛寺傍甃甘泉記

瀛郡及獻州城中皆苦水，居人率汲甘水於城外，豈非都會之處，風氣所聚，雖偶有缺欠，必

---

① 「心」，疑當作「身」。

有補其缺者，以輔之此造化摶捖之微用也，猶之天缺西北而有山以補之，地缺東南而有水以補之，究歸於圓滿而元氣周通焉斯已矣。獻城西某村自來食苦水如其城，未聞一滴甘泉以輔之者，何其受苦於都會之地同，而分甘則與都會異耶？是鄉佛寺之偏，有吾友廣蔭彭翁隙地數武。歲戊午，彭翁畚土得甘泉，美異常，欣然告衆，遂捨此基爲井，鄉人群聚而謀，趨事樂工，以甃以成，於是此鄉永受王明之福，如渴者之灌以醍醐也。然説者尚謂甘苦相需，造物既有微用，斯井必多歷年所而後出，何其前此之秘惜乎？曰：待其人也。從古天地靈秘之機，其發有時，必得能靈導秘之人以啓之。昔湯陰真人社之龍井必遇孫登而始顯，順寧之觀音井必遇荷杖老人而後名，吾廣蔭翁與其季藴秀並長身玉立，博通物情，飄飄若神仙中人，其開斯寶源必有精鑒，斷非泛然者也。曰：將爲獻邑勝境，與名都大會並標宇内，傳之志林，不特爲一鄉分甘絶苦而已。俟其竣事，當題之曰「彭翁井」，使好事者詩歌以詠之。

重修三官祠記

按周厲王時名臣唐公宏，字文明；葛公雍，字文廣；周公武，字文剛。厲王無道，諫不從，逃於吴。宣王正位，訪求之始出，中興之功居多。至幽王政亂復諫，不從，又逃於吴，遂終焉。宋真宗封太山，至山上，將顛，三神顯形救之，因各言姓字，云：「奉上帝勅命翊陛下。」真宗感其靈，封上元正命真君、中元貞命真君、下元定命真君，詔天下立祠祀之，是爲水府之官之始。嗚呼！神之受封以顯形扶帝，事尚渺茫，然其佐宣王，興景運，蘊忠崇業，萬古爲昭，非甚盛德，其孰能舉之？廟食百世，宜矣。龐家蕞舊有祠，爲吾友雷林先人創立，香火不絕。歲久圮壞，鄉人鏤金重修，頓還舊規，甚盛事也。余懼鄉人因仍故見，不達大體，迷神之出處，令其致恩於神之所以爲神，聞風慕義，勃然感發觸長忠藎，不獨同於田夫織婦之故智，終爲祈禳而已，於是乎記同事之姓名，而識之以言如此。

五公山人集卷第十一

書

畣管濟美

士人自科名之意盛，遂使世無全學，而聰明有志者亦多爲其所惑，良可浩歎。今足下爲令孫大器問爲學之要，此意年來讀書人芻狗置矣。余幼失學，老而始悔，然每覽昔人爲學之序，未嘗不汗背沾衣也。欲成此志，非聰明果毅之英年，復誰望焉？姑述所聞，請質於吾子，覽而更命之。大抵諸儒論學，莫備於性理，而求其簡明有條者，劉靜修先生《敘學》一篇盡之矣。外有趙撝謙《學範》一書，更爲詳備，內外本末，無不畢具。其中所列書目，按種搜羅，總不能全，得其一二皆可觀也。至於誦覽既博，而約歸身心之法，莫過於論世知人，李大蘭先生《綱鑑新意》一編，開萬古之卓識，昭千秋之大義，百年暗室，煌然一燭也。人之一身，外而君臣，內而父子、兄弟、夫婦、朋友，倫理燦然，一絲不紊，始完其爲人。苟不反觀生成之自，泛然萍梗，與世相遭，此爲無蒂之花，無源之水，隨風飄落，到地涸竭，奚能挺然滔然，植立流行於覆載之間，爲亘古不可擾仆遏絶之一物耶！孔子作《春秋》，以明大法，萬禩如日星。嗣後《綱目》倣其意，立教頗正。余嘗論凡在共主之世者，以共主爲君臣，仲連之存周是也；在列國之世者，以本國爲君臣，子房之爲韓是也。故詩曰：「韓亡子房奮，秦帝魯連恥。」遞而推之，漢唐以還，代有其人，人有其事，歷歷考究，古今人品之高下從可知已。余在山中有《讀史偶録》一紙，起自晉惠，終於陳長城公，甲乙炳然，頗類《元經》之旨，附呈一覽。若夫爲文一道，則老泉批點《孟子》，疊山批點《考工》、《檀弓》，近世月峰批點《左傳》，鹿門評選《八大家》，于鱗評點《史記》，諸書皆可觀法，其他未易枚舉。此其略見一班者也。習書之則，斷以中鋒懸腕爲主，而其音、其義、其形體定須考證於《説文》、《玉篇》諸書，勿失六義之源，方爲正宗。行草晉宋可也，真書必以唐爲上，然須求古今人真蹟觀之，始有悟入，不得止摹金石刻本而已。吾郡十卿張公宿儒，論議不阿，諸事鑿鑿，俱有成法，不可不一聆其咳唾。嗟乎！世人急功利，以欲速爲務，而不顧其不達究竟。功利未必捷得，而坐失全學之益，終身迷霧。何如專精全學，未必無益功名，而富有日新之德，先足於己，與鹵莽者孰多乎？願與聰明有志之士共勉之。

答潛室刁先生

方思問途祁陽，以質近惑，而先生手書遥頒，欣慰萬倍。近爲徵君孫夫子大家，不忍令其南旋留居故鄉，佑與蓮陸譽之諸君子，議薪水之資，計約同志若干人，每人奉金以多寡差次，共足若干金，伏乞先生裁教，同游中或不乏此志耶？《正學集》可得，《月川集》似難發棠，他日或轉托的人求之，然不能必也。佑近功欲留意《易傳》、《春秋》二書，惜無指南，容過謁求教耳。正統可續者，他文不多得，唯李大蘭《綱鑑新意》一篇，及茅鹿門《全集》中數作耳，容録呈上。《用六集》久思盥讀，得此甚快，兼可廣惠同人，先生之澤渥矣。理學親切之書，《近思録》外，案頭更有何書？陳止齋於理學何如？其奥論可觀否？東萊議論頗有入微之談，聖人心一段得先生指其全體大用，揭中天矣。愚説唯先生知之信之耳，人未必盡知之信之也。然既梓以告萬世，安保無與我同心者乎？外《觀鑑録》一紙，呈覽教。

寄孫徵君夫子

十餘年睽隔，昨得捧袂，厚承提誨，欣慰之私，何能言喻也。蒙諭爲家君壽言，欲令條列平生大節。家君窮達五十餘年間，唯以孤介自守，恥於近勢。今入山二十年，未嘗一字干人，足跡未嘗離溪山一步。即佑僕僕求食於外，毫無一意以爲當然也。至於平生無愧古人者，尤在魯山一案。家君不忍自没，有《魯陽紀略》一通，字字實録，所惜祁縣一出，前功遂不敢再論矣。兹將《紀略》録呈，伏冀擇覽。餘者山中棲遁，飲泉憇石，寄情酒盃書卷而已。當懷印辭魯，回籍家居一年，部中知有印未繳，遂迫入都，乃授太原祁縣。莅任甫及一載，毫無所取，以醉卧失迎要人罷職，素志固昭然也。

與田治埏

自足下振手入山，萬牛莫挽，曾有言幼子之事，以弟爲托。弟心已任之不辭，用遂足下高蹈之舉，所以成婚之後，即留賢壻於家，教之養之，惟力是視，毫不存世俗門面之禮，首開示以爲學治生切實要務。爲學當專工經史，明體致用。《四書》本經，其大端也。熟讀傳註，先識聖賢志趨所在，精思而篤行之，然後旁及於別經諸史，庶幾根基立定，不爲外物所摇。至於文章，帶而萩之，不必脱略根本、全事支葉也。似此即功名不得，不失爲有學有行之人，吾黨趙又玄、馬搆斯是明驗也。在家可以繼足下孝友箕裘，在外亦可光弟處門楣，此爲學之要務也。治生當身習勤苦，屏逐浮華，負薪挂角，運甓投樗。凡世人鄙好，絶之如讐。惡衣惡食，不以爲恥。思一人之身、一日之間，務俾有資於衣食之計，方可以度此清貧歲月。此治生之要務也。若夫漫不介意，悠悠忽忽，以咕嗶爲偷閒避苦之途，今年八股，明日三篇，竭父兄辛苦之物力，供子弟玩愒之居諸，及至了無所獲，廢然而返，究餘故我，妻子凍餒，親朋厭棄，文彩不足以庇身，筋骨不足以作業，似此千百輩，獨不聞耶？足下孝思懇惻，欲以此子繼先人書香，讀手示，字字酸楚，弟雖至愚，與足下斷金二三十年，豈不仰體足下肝腸隱痛？而膜外置之，所以然者，賢壻在此十閱月，未嘗破格鞭策，鼓其鋭進之氣，因賢壻俗見未脱，客氣未平，兼以寒家事體參差，家衆議論多端，弟亦未暇整頓，故賢壻望望而去，志不復來，無以盡弟教養之法，不知其中總有錯忤。此非難事，特須與足下一面訂耳。昨讀手字，庭訓嚴切，爲慮甚善，弟無容贅矣。但不知足下能長自教子，不復上山否？若復上山，委之他人，仍恐不如在此之專且博也。今弟已開館訓蒙，正講《詩經》，若賢壻肯來，同習甚合，惟足下酌命。大抵讀書一事，當取其兩得者，勿取其兩失者。如爲學之讀，識多見廣，文思自佳，其究未必不利功名，即不然，猶爲道足於己，不求於人。昔人所謂「早知窮達有命，何不十年讀書」，正此旨也。如干禄之讀，一味帖括，旦攻暮苦，費工十年，始就規矩，尚未必精。夫操不痛不癢之技倆，而與齊斗之金、炙手之勢争沙裏淘珍之科名，三尺童子知其不可得，況餖飣朽腐，轉盻成陳，搜刮空腹，竟復何有？十年寒暑，付之東流，不可惜哉！二者弟熟思已久，瀝血爲親知告，愿有識者詳擇焉。

回朱易直、王法乾

倉皇借便道以登兩賢之堂，殊非積誠本意，然一夜浩談，千秋高義，又不可謂非佳晤。惟兩賢紬繹而教之，易老引繩義利，纖微必較，誠吾黨功臣，不可一日少者。向來馬搆斯頗有此概，今得易老與之比肩，吾儕庶幾無過舉歟！法老意思沉宏，可與聞大道者，然銳意習勞，至於形悴，若勵運甓之志則可，若止爲歲儉，則吾道政廣，豈至戚胸次耶？昔賢三旬九食，浩歌自樂，非無親在，爲此者躬則勤，渠志未嘗不優裕也。然要尤在破格讀書，讀書爲格物之大端，須自古今人物涉歷而下，固不止宋代諸賢也。惟高明斟酌之。

又

頃讀顧涇凡先生語，謂「吾輩發念舉事，須於太極上有分，若但跟陰陽五行上走，便不濟事」，不覺悚然汗透。請兩賢將此語遍諭同人，我輩過去、眼前並未來存心行事，何者是太極？何者是陰陽五行？大抵只是初念、轉念耳。我輩今日大家都做的是轉念事，非初念矣。一落轉念，便生回顧，便有許多牽纏，許多苦楚，到底不得乾净。若非勤加提醒，初念幾不可問矣。虧得涇凡先生留下此番震聵之霆，不然我輩幾無生活處，非兩賢高明，誰可與共此語。

又

兩賢力追古道，獨挽頽風，可謂荒萊之特苗，狂瀾之砥柱。然須平以近人，和以惠物，使吾道近洽而遠布，庶幾樂易可親，久而與化。若夫孤高寡與，使人畏而遠之，指而異之，雖一身一家孤燈獨照，恐久而易危也。愚謂行古道以勇，復古道以漸，成古道以久，傳古道以寬和，輔古道以博雅，則内外兼修，文行備舉，萬物一體之意在吾襟抱間矣。

與杜孟南書

足下孝思艱至，王戎鷄骨支牀，和嶠哭泣備禮，不啻兼之。然罔極之報，匪人力可盡，當仰體老親平生，不忘溝壑之志，成此一段清風，爲千古廉頑立懦，是本懷耳。一切俗情，概不可顧。昨老師囑佑云：「不可生事，勿督迫諸君，令我心安。」此言耿耿，晝夜思之，喪間規矩可以理推矣。况吾宗盟孫徵君夫子貧時已行家法，佑親周旋其間，可考而知，不可大相懸絶。謹列目前應酧數事，惟高明采擇之。已行者不可悔，未行者尚可追也。一，挂香一事。雖《家禮》有其説，然惟大有力者間有之，非爲我輩徹骨處士家設也。今以愛親無已之情，勉强爲之，可稱至孝。在諸同人中各有其親，各爲人子，未必能行。特爲師友捐金，已屬不倫，在我何可不深念也？所謂已行者不可悔也。一，柩以車載。老師遺命，佑對同人筆以記之，今以挂香不可，用車之説遂堅，用人舁所費不貲，此不思之甚者也。香以油蠟和之，粘如膠漆，以重物擊撞亦不能裂，況止於車中摇撼乎？愚見以爲挂香用車爲更妥也。又以棺不曾釘，恐其解散。不知棺之遠行者，率以繩辮歷録束之，毫不可動，驛路之間，貴官富客以騾駝櫬，摇摇如櫓者千百成行，未聞解散之虞。彼皆不愛其親乎？所以然者，謂省一分則老師少一分遺累於人之慨，非敢薄吾師也。足下宜三思之。即以渥水同人感戴師恩，輸貲助費，此係義舉，不可爲分外之却。然當就見在財物，原始要終爲計算，以此財完事，不可令其不足。況足下既營葬父，又兼奉母，物力一竭，袖手無策，可不慮乎？以無力立錐之人，肩不可逃之任，恐智者無以善其後也。至於一二節目，尚有數端，統俟同人面訂。老眼昏澁，心血已枯，不及多贅。千祈痛察於苦塊之間，曲一垂納。不盡不倫，伏求汪恕。

上某相國書代

恭惟師相秉鈞握軸，覆育群生，弘獎庶類，草木之微咸得沾其潤。若夫故人惸獨之子，烏鳥私情，有懷欲吐，引頸一鳴，以冀左顧，既不同掃門之干，又非爲衒玉之售，想亦洪流之量所不見擇也。故冒昧獻書以聞。先君昔以科第叨宰貴邑，五年待罪，不知果無厲於父老子弟否？謬蒙上恩，計吏京邸，二竪爲患，不幸告終，距今四十餘年矣。彼時不肖屬在童幼，納壙缺石，勒碑無文，寂寞荒丘，幾埋蔓草。嗣後遭際多艱，蹉跎歲月，家殘業盡，流落異鄉，故隴益不可問。每一掃除，撫躬增慟。念先人之遺行不傳，悼墓頭之貞珉未樹，哀哀此衷，恒思大人君子，片言彝鼎，增重九泉，殁首殞身，庶幾無憾。此區區疇曩之微志也。數年以來，彷徨顧瞻，茫無可階。頃自退思，念師相首居端揆，質玉相金，道隆辭吉，斗氣在望，春風不遥，倘蒙一顧之恩，即遂千秋之遇。是以不惜甲顔，用瀆霖閣，仰希青眼，俯鑒素心。伏原推桐鄉故舊之情，存江畔遺簪之德，爕理之暇，略勞翰墨，賜以珠璣，或表或傳，斟酌而施。兹具先人傳略一通，並孫徵君跋語一首，恭呈清矚，上希采擇。夫自古之上書者，或營仕進，或呈著作，皆有爲而然，韓吏部、蘇文忠尚所不免，物論遺譏焉。某之戔戔微陋，何敢比跡大賢，但朝夕徵君之門，頗聞緒論，躬際可言之會而隱嘿自羞，使先人徽躅不獲稱述於大人君子之筆舌，是與於不孝之甚也。況師相高懷，匪怒伊教，自不門外摽之者乎！昔張堯夫卒，二十五年之後其子尚求歐陽文忠公以表其墓，古今榮之，此固堯夫父子之厚幸，抑亦文忠公之大德無窮也。伏惟鑒之。

與光遠、瑞齋

《六經》之書本以析道，而文莫過焉。八大家之作本以工文，而道亦寓焉。二者交相發也。學者洗凈胸臆，專於此處求之，積久漸成大儒之業。其他紛紜，所謂雜學而已，非正術也，雖不可缺，要當明主輔矣。《酌古論》余案頭久失，當向犬子問之。宋人有《將鑑博議》一書，識明辭爽，百篇一律，可與《酌古》並觀，不可不致之。八大家有二，余所謂八家者，古則荀、孟、揚、馬，今則韓、歐、曾、蘇，惜未有成書，須零集讀之。此亦得之昔賢定論，非臆説耳。《孟子》雖不敢以文目之，然其文乃用功作之者，是以與《戰國策》相近。

復牛繩武

昔年跨犢樂壽，屬以冗瑣相牽，僅能崑玉齋頭一宿之談，淩晨東徂，遂未暇細訊此方之賢人君子也。至於高雅襟期如足下，自是平生志願所樂爲把臂者。惜當年胡盧過去，使其蚤得分麈餘緒論，其爲欣慕，可勝道邪？何期十年來君子過聽風聞，不蒙遐棄，猶存海畔逐臭之癖，遂爲谷中伐木之音，錯刀見寄，玉案久稽，栩栩蓬心，烏能不臨風增悚也！茲因負米之暇，肅披來箋，粗就報章，托之社友貞子牀頭，俟便附上。但不知鱗鴻之接，可望之昕夕否？寸衷如渴，未盡楮宣。

答蓮峰太守

春初舍親蒙秉公斧斷，使寒煙不負諾於亡友，踵頂之感，曷敢忘之！所不即裁謝者，銘之心，不在述之口也。邇來僑食異鄉，匆匆入山，輒不信宿而返，是以未獲從容親芝宇，披榕風，此衷真惄如擣已。正在感激，未伸野人之曝，乃過承不棄，垂問蓬茅，霏珠玉於箋端，殷寒温於尺素，而且重念含糗之貧，猥分飲冰之俸。自揣樗散山樵，奉親澗谷，叨宇下之半壑，老林外之一枝，已戴高厚，如遊覆載矣，有何德能而辱斯優渥乎？遽蹈不恭，又非所以仰承知己，汗顔拜手，謹領作老親三徑之資，支杖攜壺，知賢侯有明貺，用附昔人捧檄之義。若夫仲叔之不以口腹累人，雖素所嚮往，則何敢搪此於使君哉！本宜躬謝，奈荒寓澤國路濘，未便還山，姑俟黄葉秋空，或可預宣武登高之會耳。臨風曷勝瞻溯。

寄孫徵君夫子

門人佑於辛亥四月二十日服闋，自此得便即擬遠遊矣。舍弟不移家北來，聞奉老師教命，此亦極妥。佑與家岳尚日夜思渡河而南，況壯者乎？蒙吉刁先生墓表無人敢操筆，專待老師一言金石，用垂不朽。刁先生平生大節在却聘六書，三百年士氣凜凜與日月争光，人多略而少所發明，可爲扼腕。讀疊山書者千載飲泣，矧目覩其人者耶！臨風拜手，不盡欲宣。

又

故山料理二十年，粗有頭緒，恨力薄不足以佐修築，猶然荒基漏屋，不知何時乃觀成也。目前瀛海與家岳晨夕頗稱歡聚，但未卜退而饘粥當於何所。近日蘇門景況何似，猶可以求田問舍爲八口計乎？倘其稍勝於故山，此時謀遷尚便，惟老師斟酌命之。近某頗留意岐黄家言，欲以此代舌耕，亦行仁一術也。風塵中汨没素志，真堪浩歎！急思就同道之朋洗滌垢汙，昨讀《紫峰集序》，猛然汗背，恐生機爲十寒所槁，此豈小事耶？兹公敘拜省俚言，恭祝千齡，兼令代聆明誨，爲終身之歸。餘縷縷寒温不悉。

與東村

先生教思無窮，惠頒良訓，不一而足。捧讀之餘，肝膈洞然，山人雖愚，安能不俯首至地也。所論津瀛首尾，深合機要，再三紬繹，爲之拊掌。惜山野人與世鑿枘久矣，談突新之計於幕燕之前，恐其河漢也。元宵前後之約，極切嚮往，奈有友人王五修之喪，方與公毅爲之謀麥舟，至二月中旬差可畢事。此後入山，收拾殘篇數種，即圖負笈矣。東村集珍逾陶王，已什襲藏之。來諭仙莊路逕，謹記以備策蹇。止生《文集》其零星小部友人或有存者，《石民集》乃大成，多至百餘本，當日刻成，北方惟江村鹿忠節家一部。此時忠節家園荒廢，書亦散失，容訪問以聞。《掃盟餘話》並《認真草》、《百八叩》在山中，容攜呈覽。草此布復，胸縷非言所悉。

復孫徵君夫子

今春堅謝外役，料理故山松竹，移家雙峰，蓋因先君二十年游處之地，桑梓在焉，不可不一修舉之。不意公毅以幕府見邀，緣在内親，遂攜家至署，意欲自瀛海上故鄉，圖與家岳相爲晨夕。經今半載，尚未能果，殊覺濡滯也。先君墓碣已購石命工矣，平生遺行借老師流墨餘藻，樹立荒山，秋風蔓草亦不寂寞，銘感豈獨一世？搆斯北來，辱臨寒舍，未得一面而返，真屬刺心。邇來時運不常，老成凋謝，非有刁公、千里隰公、惠廸王公、隆軒趙公、沛然田公，一時物故，可爲扼腕。而十卿張公之没，天喪大儒，人損志士，猶爲痛嗟。老師定有哀章，傳之不朽也。公毅矢志清苦，不負家風，但無以爲故人地。德符孝若，千里遠來，未免皂囊羞澁耳。

與嚴佩之

鄙人以燕山樵子，時往來於蒙吉刁先生家，竊從齋頭得讀《東林志序》，深加嗟歎，手録存之，輒有數千里執鞭之慕，惜足跡之不能遠及也。既又獲諳台臺素守，渾金璞玉，不染一塵，其爲欽重尤加甚焉。兼披祺先翁與蒙吉先生手書，並悉其家風，中心慨悦，如見其人。狂瀾泛濫中兩峰孤秀，屹立青雲，真屬異事。何時把袂訂交，晤對林麓也。至於真正理學，溯源洙泗，則諸公壇坫，海内拱揖。鄙人仰而遵之，不容贊一辭矣。獨區區廿年來，尋尼山憂世之志，握火抱冰，未嘗少懈。以爲真正理學須真實經濟以充之，考究討論，歲月易過，二三同人殊爲索莫，幸知振衣有兩公，諒河汾之教必作成多士，鬱爲世瑞。敢求指命，以扶孤危，是亦豈弟之苦衷也。蒙吉公鷄骨支牀，令人墮泪。且安太夫人素操不滅范蘇，非得名邦諸賢彤管，不足以光簡册。兩翁必有以教之。

與沙介臣

弟錮跡燕山，不與世人接久矣。頃從蒙吉先生齋中得誦道翁華札，雅誼實學，卓然塵表，不覺心折而神往也。兼讀尊師桴亭公大著，開擴群蒙，振起絶緒，有體有用，鬱爲儒宗。弟平生所管窺於斯道者，無不曠若發覆，何意斯世而得遇斯人耶？負笈之思，雖久廢山樵，亦不禁其躍然欲與矣！挂斧投鐮，豈顧問哉！倘道翁不過鄙夷，拉之同堂，瞻河汾之盛會，共翼斯文，真大快事。片札作贄，用達拙誠。臨風不勝馳切。

答魏蓮陸

佳什聲調高華，氣骨老健，逼真唐賢矣。捧讀矜重兩記，廣大精微悉備，興酣落筆，五嶽俱摇，可稱滿志，壽之棃棗，誠詞壇珍品也。僭加點次呈上。承諭「見真守定」四字，非弟所能，向借良友之助，及讀書所得，聊仿佛近之耳。然每多客氣，未克久則時發於外，雖不見害事，而内地有損此人欲之大病根也，若時時與正人君子相切劘，則庶乎稍退耳，其如索居離群何！足下何以醫我？近揭陽明先生「苟無不盡之心，自無難處之事」二語，作分水犀、斬妖劍。蓋天下事所以尋不出窽竅者，只爲私欲牽纏耳。盡心則私去，私去則理明，理既明，事有何難處哉！多少忠臣孝子，只爲「身家」二字割不斷，拋不開，壞了行藏，都繇於私未去耳。而所以去私之故，全在盡心，即致知之謂也。見真守定，孰切於此？願與足下共勉之。

柬東航

三十年青雲之契，不接襟袂者近二十餘年矣。足下鴻飛海曲，高踪幾不可攀，而弟株守故山，猶鴒鴞在蓬蒿間，徒爲大鵬笑爾。頃者傳聞足下善病，又傳聞不測，遂率兒輩上山頭爲詩，東望而哭君，徵君老師在蘇門，亦爲位而哭。君又爲書，及余憶君平生而弔君，久之乃復得信，始知足下固無恙也。余復爲詩而志喜焉，其詩曰：「黄粱熟後訝登仙，丸止方知是浪傳。華表鶴歸悲隔世，玉關人在别經年。采芝重訪南山老，把酒還思北海賢。自此莫忘頻晤對，今生端係再生緣。」語次真覺可憐，足下見之，得無悽然動故人之想乎？弟近著專欲質之足下者，非一二世事，不知何日得晝灰一談，了此素願，足下甚勿忘。弟自去秋攖目疾，作字殊艱，手蹟幾不可認矣，惟足下心鑒之。遠道加餐，不勝企佇。

寄劉光禄季頑

招提分袂後，日望旌麾北上，不料失占紫氣，未覿芝顔，空作惆悵。頃晤阿咸於獻州，始知近履康嘉，手卷不釋，定有著作垂世也。玆蠡吾社友閆公度，新補騎省，其人忠純直亮，好學深思，山人之心交也。托以時親几杖，伏惟多方教之可，但步兵偏愛酒也。知光禄最能詩，足撫掌云。山人老況日增，擬製犢車，周流故舊間，了此餘年。近縣中同人欲築室於萬春下，爲山人皐比所，而削石刻大記於其上。或再有新篇，賜下爲感。老眼臨毫，艱澁無狀，希諒。

與李霞城

余嘗以讀書、明理、作文、習字四事教諸生，昨爲梁平和書其概，霞城持繭素，亦欲書之其詳。余有舊編，不及笈攜，但示其大旨，要以静修《敘學》一篇爲先務耳。頃篝燈與獻甫一披，已極踴躍，内聖外王之道如在目前，今可取而讀也。其他王魯齋《造化論》、陸士衡《文賦》、孫虔禮《書譜序》則在余别笥，不能搜致，俟之來春耳。嗟乎！好學深思，古人所尚。霞城以英年篤嗜如此，何愁不探二酉之藏乎！當悉以所蓄付之。

五公山人集卷第十二

牋牘

柬浄意

弟到新居，如脱兔之得林，心神殊覺安放，可以整頓初服矣。屈指素心人，惟足下可共晨夕，得無望林巒而技癢耶？自茲以往，新詩日寄三四幅，方不落莫也。徵君手札，容到雙峰再揀録以呈。初到無釜，遂擅借貴宅新釜安之。昔梁鴻不因熱釜而炊，此乃是冷釜耶？笑笑。

畣澹園

昨一席論文，風生两腋，快不可言。歸來得句云：「似我尚非門外漢，如君真是箇中人」，足下續成之何如？今早隨志始芟竄畢，井然有條，不遺餘力，容暇呈政之。《牡①齋集》止半部，共六本呈上。其文第一，其詩惟長篇古體大佳，律尚雜俳體，足下再鑒别之。貴體想大爽豁耶？附候。

又

山核桃磨作印子，始於唐之鄭虔。今以一枚呈齋頭，笑試之。虎僕，獸名，似豹，其毫可爲筆，故筆名「虎僕」。昨所引《正祀典疏》係先臣張九功覓得一紙，呈覽。古俠客有楊喬者，不知何代人，查之。

又

餅醯告匱，一兒酷好食酸，「恨不移封苦酒城，繇來不離措大種」也。郇廚簡點給發，令其飽金橘之味何如？倘其亦乏，則幸勿呼癸於鄰家牆頭也。笑笑。步韻二律呈正。子美云「文章有神交有道」，每一唱酬得意時，真恨古人不見我。

① 「牡」，疑本作「牧」。

又

別久愈增深念，重之以困厄中，尤宜寂寥共對，話此苦衷，奈勢爲鷄肋所牽何？昨覽温庭筠《過中郎墓》詩云：「古墳零落野花春，聞道中郎有後身。今日愛才非昔比，枉抛心力作詞人。」字字酸楚。季女斯饑，古今同慨，可爲浩歎耳！

柬吴稽田

春初攜家還山，未及相晤，遂有新城省墓之行。故塋爲水所決，今且汪洋作海國，因此心悴，幾於腸日九廻，是以無暇及故知音問。每一相思，神魂顛倒。近聞天衣速化，盟翁客況益孤，不審日來作何消遣？想有道之胸，自能隨寓順適。秋涼潦下，或乘興一過嶺頭，松陰小話，暫吐積思，亦佳事也。

畣易直

接手教如聆面誨，爲之起肅。所謂「纖微必較」，非嫌太刻，乃重足下責善之精微也。吾輩立身，豈有舍義利之辨而他求者乎？至於貴寬之説，則就取人用人起見，此生私心，亦苦心也。前歲有拙刻四款，一款專爲此説，但稍知名義者即與提攜。龐士元獎過其人，雅有深意。此二十年來懷抱，非有心人不敢語耳。

柬静觀

落落空山中，足下叱馭時，並未一尊西渚，可勝悵惘。邇來盤錯，非利器所能斷，足下想試而知之矣。四世清白家風，如何紹述，不能不爲足下攢眉耳。然正於此拭目楩柟之能以爲快，公餘尚能以筆墨示我耶？茲敝縣某巡簡安陸，千萬乞一言於其長吏卵翼之，亦足下桑梓之誼，而使敝縣父老知弟在廢朽中尚有故人重其言，如此則借光不小矣。小刻一幅，足見近況。

柬孔公翔

東枝分袂，暑雨連綿，遂疎音問。臘初旬，遣力馳候興居，始知足下之任定襄矣，未遑祖道，悵望如何！定襄高士傅君青主，嚴灘渭水間人也，足下爲我物色之。此人可就見，不可召見，即持弟手書示之，或不河漢耳。昔劉抑爲功曹，時時攜酒造陶淵明飲，淵明亦樂就之，當不相遠耶？忻州人秦有爲，工冶鐵，舊在雙峰與弟熟識，今回籍，特作字令之叩謁。他日家報，可使通致，亦便郵也。兼冀給之路引，往來關隘庶不阻耳。青主翰墨追鍾王，得其一字即比兼金也。謹囑。

回安邑

山中阻饑，時頗思以口腹累安邑，但老親年七十有九矣，雖復康健，然歲方多疫，以無病而折者屢聞之，喜懼之懷不得不凜凜也。俟炎暑已過，秋爽無恙，或可跨蹇造閣，話十年舊事，恐又不能久分薄書之勞也。手諭諄切，徒殷愛助。言念君子，我勞如何！

柬光遠、瑞齋

獻碁一事，乃遊閒公子及殘年頤養之人聊以消歲月耳，兩足下正當力學之年，日不暇給，豈宜留心於此？雖暫爾寄興，亦未有裨。陶侃取樗蒱之具投之江中，是吾師也。

柬參甫

杜句云：「每愁夜中自足蠍，況乃秋後轉添蠅。」日來敝齋得三蠍矣，至蠅之多，更不待言，始信古人之作非無見而然。

柬袖石

頃所閱墨帖，當是唐人詩、宋人重搨者。蓋「賜緋魚袋」等字係唐人官銜，而「明道」乃宋仁宗年號也。筆鋒秀爽，較之他帖爲優。光老講堂之暇，搦管臨一通見賜，大惠也。

又

小冗作别。有動注存，感何如之！美豉山中所乏，新醸一匏，得此佐之，便可以陶然竹根矣。故人遠惠，親切乃爾，謝謝。外巴旦杏子二升，聊奉點茶之助。山人土味，知不足爲郇廚珍也。

柬濟美

「圭可剥也」，細思别無出處，當是成王削桐葉爲圭，史佚贊封故事耳。目前事乍見遂茫然，亦可發一笑也。「剥」字當作「削」①。凡有典實未諳者，寫紙存之，以備考核，此大有益

① 今按：「圭可剥也」，疑「圭」爲「桂」字之訛。

學問處。

柬椒園

頃讀白香山詩：「若非坐禪銷妄想，便須對酒放狂歌。不然秋月春風夜，争奈思量往事何？」正爲足下。岑寂中連朝作何消遣？得手書「天緣順受便了然」，天下事只須如此，着一毫人力不得也。近日肇州入館弘渡，夜入宅、晝讀書矣。方整飭工課，似稍暇，當策蹇過看芭蕉，兼有近作呈笑也。

柬治埏

徵君夫子一生精力，全於安命受窮、自强忍辱處做工夫。忍辱所以自强也，受窮所以安命也。不忍辱便於自强處不堅厚，不受窮便於安命處不真切。

示韞生

語云：「去糟粕，得醇醪；出菁華，汰粃滓。」文章一道，大都類此。然須知醇醪自糟粕中出，菁華自粃滓中出，若離却糟粕、粃滓，而求醇醪、菁華，是猶欲躋齊雲而去梯階也。此意正復解人參得，難爲耳食者道。或問何者爲糟粕、粃滓？曰：《六經》、秦漢唐宋大家諸文是也。讀得此等書熟，而篤實中之光輝出矣。然却於此等書之形骸一字不泥，方是採花釀蜜手。

柬傅青主

两次手書俱拜教矣，五原之約久稽，緣日來以一身傭給八口，身起則饘粥絶，故不能脱也。目前謀營山田數畝，使兒輩耕而食，則可以放縱遊矣。興居不悉，專俟面晤。

寄孫君僑

寄身瀛城二載，萬事墮廢。昨始振袂還山，爲同人魏瞻淇諸君留住邊渡口，齊林玉、王弘渡捐金，魏謙超饋粟，築室賣藥以作生計，仿佛昔人日得百錢，則垂簾閉肆，請講《老子》之意，或亦不枯寂也。近日高陽魏裔齡執友僊逝，瞻淇昆玉孝思榮親，欲求老師一言表墓，容具狀專懇，乞便中先達。此翁平生質直端方，無一缺德，家藏萬卷，無一不窺。享年八十有三，手不釋卷，爲前朝名孝廉，閉門不求仕進，嘿然静處，外事不問者三十餘年。不近名，不喜異，有司聞風者接踵，其間師表欽之。臨危，但囑題棺頭曰「河北舉人」而已。吾郡碩德淪亡，不可不爲同人語之。乞足下檄吾黨同志者，高文良句以發幽光，亦盛舉也，至祝。他日家務安置略妥，當即策杖南遊，爲晤談之計。餘懷不及贅陳。

柬陳藹公

久不見許詢，寂寥可想。弟日來在瀛署，四方誌書充棟，而王郡伯獨推《安國志》壓卷，弟始言係足下著作，因歎上谷多才，可爲一鼓掌也。吕文老來，得訊起居，不勝快慰。因念先人兩遺事久未白於人間，非兩足下深心高義，不肯爲溝壑中人周旋枯骨，敢以相累，諒曠懷所素知而樂聞也。小詩附教。

畣王太守

天下人之相與，在知與不知耳。君侯義高風節，見先子遺行，流連感慨，賜之華章，榮愈衮黻，則是以義相尚，非復世俗勢利之交可比，奈何又言利乎！承惠朱提，非不足以濟山人之餓，然山人以餓爲樂，不敢向知己前談賄交也。完璧奉上，俟事完振衣便行，幸勿再以俗物相强。

、

東文甫

海内講學諸公，大半歸陽明、東林一派。自刁文孝、張補過而後，無復左袒者。足下一點圓活在，不必古人書真入陽明之室。回想補過當年，毅然動色，爲朱程樹幟，時又一變矣。豈學術亦與世推移、不可一定耶！吾誰適從？請以質之足下。

寄魏蓮陸

老師辭世，我輩如天傾矣。深恨向來委頓，未遂兼山之遊，此心焚灼，如何可言！昨赴容城，一哭故廬之前，遺像依依如生時，安能再一聆笑語耶？足下邇來追隨頗密，吾道在躬，我輩當崇西河之席矣。秋後會葬之期，不知同人有幾能往蘇門也？北方學者豈可少一公帳列名以將乎？足下作何料理？惟冀示我。田治老山頭習靜固佳，然尚有可爲之事，未便了脱。弟近欲躬耕山左，頗有次序，望便中致信。治埏下山東來，相商暫時之計，即久遠之計也。不盡。

畣愛竹軒

深院竹陰，清琴自弄，可以滌却俗塵。目前紛紜，正不堪問耳。日内擬上新城一省高年，來時猶可覓菡萏餘香也。趙帖清遒，披之肅然可以盥煩襟矣，謝謝。

又

袁中郎句云：「苦吟李賀緣詩瘦，乞食陶潛爲客貧。」貧與瘦正我輩風範也。先生近苦，得無亦坐此乎？侯集收訖，容喜閲知。公式近彈《鳳凰臺上憶吹簫》粗成，音節尚未熟也，亦自可聽。

示姪王觀

文字初學章法。章法者，次序前後，不倒不亂，一步緊一步，層層逼出題情矣。其次莫要於明理。明理有原有委，如《性理》一書，天地萬物所以生成終始之故，一一體認，然後推以解釋經書分合之旨，則開言無不洞微測幽，自不猶人，此理之原也。至於條分縷析，逐字逐篇，各有意義，則於經書白文本註求之，此理之委也。千百用工，悉在於此，不可不剳心者矣。遍覽來作，大模已就，自是吾家良器。再於淵奥精刻處進步，即華實並茂，勉之勉之！若夫作書，更不宜草率。

與楊湛子

公式歸，帶得《獨觀》、《此書》二種，社翁深心大力，可以抵掌共談。此道非淺人所解，弟三十年心血備注於此。公式篤信好學，蓋已窺其分際。何日聚首一廬，十日話就中微意，快生平夙願耶？此外仍有一二種着手用工之書，則須面對指陳之。足下天資英毅，足以恢弘遠猷，故不辭瑣聒，願與訂草廬中生計也。區區寒温不及悉。

柬顒若

歲前匆匆回獻，不能面别，歉之甚。接長篇，光燄奪目，馬上攜之而馳，深恐望氛賈胡邀而攫之也。歸粘蝸廬，見者仰大國之風烈。兹遣長鬚馱米送上，却不得精。緣山妻慣糟糠，不知人間有美粒耳。斛數亦不審能足否，足下較收之。

又

今早豚兒攜家自瀛如獻矣，一向拮据，始得團聚，從此便以家政付之。弟一副老骸骨，只欲於松風水月、山花野草間度此桑榆，不識能遂否？快中爲小辭志喜，得無爲識者笑其未必即果耶？

柬佩紱

舉業正傳十二字，爲此道開蠶叢，須解人理會。譬如不龜手方，大用之則大，小用之則小。即如「高」字，庸人認卑爲高，認高爲卑，烏乎辨之？此處針芥，全在看書會理中大放眼光，廣擴胸次，别有天地非人間，乃臻巔頂，未可與俗流道也。然讀此，已占文章將變動，非復前此繩墨矣。

寄九仙山人

阿咸過我，深悉近履。至於閉口息心之訣，弟素慕之，勢不能行，奈何奈何？近有易州田治埏，以孝義純儒，從事避地出城之舉，仰足下如山斗，他日策杖相尋，幸有以教之，即有以教弟矣。

答肅寧戴如韓

昨承問垣城故跡，按肅寧舊隸河間縣，河間舊名武垣，垣城想即其舊城也。漢武帝巡狩至武垣，望氣者言此地當有女貴，索之，得鉤弋夫人，遂築城以衛之，想即今之鉤弋坡耶？至於肅寧之有城，大址中有子城，則宋人築此屯兵者，因此地屬邊防故耳。

答齊林玉

得來札，知寶豐開荒，大合夙志，非足下不能任也，羨羨。爲義老計，此縣不須用幕客，一己了之有餘。但墾荒招撫，必大破常格，以真父母心，行大豪傑事，收覽人心，禮下英俊，如孔北海、劉幽州作用，方是本領。不止寶豐片土歸仁，使南陽一路皆有舍我其誰之意，始爲不孤。此非狂談，足下與義老細籌之。

簡耳黄

《辯體》一帙，删訂簡當，如道院洗竹，扶疎愈韻。點定之餘，以數言作《小引》呈笑。知釋迦頭上不堪着糞，然糠粃在前，固不損於精鑿耳。

復及佩韋

自别後，伊人之思，不去胸臆。偶同宋子留過孟圈，而佳篇手札沓至，如行道之拾遺金也。承四絶句犀利光芒，徐夫人匕首不啻過之。《五君詠》讀其詩如見其人，則腐遷史贊也。承諭長篇才高學足，信爲絶倫，但不經意處只是對句少耳。對句爲長篇之骨，如《帝京篇》等句鑿鑿可據，時賢多忽之。弟昔年亦蹈此弊，范橘洲先生見教後，尋古法繹之，恍然解悟。今述大概一紙呈覽，然非面談不盡也。昔人論五言長篇，杜工部《北征》詩最可法，大中見小，小中見大，頗爲得宜。

寄東航

四十餘年肝膈之誼，老而離群孤處，未得共訂歸藏之着，亦足悲已。昨年得手字，知尊嫂作古異鄉，糟糠一世，可痛可念。不知扶柩何日？獻中懸望，了未有音，足下山頭冷落，作何安頓？千里遥憶，能不沾襟耶！吾鄉鄭襄敏之後鄭蘇公，江湖客也，一身傲寄，從未沾世路味者，偶然遊履過海邦，聊一字候興居，倘得玉音，亦大慰停雲想耳。

柬趙德厚

移玉荒齋，未獲久敘，愈動悵然之思。承示《勸善書》最佳，兩序粗創稿呈覽，其大意已具序中。《人譜》、《人編》，南中大行，北人見者絶少。若此刻行，真快事耳。水利區田，救時急務，不可不多方講求，所以補天工之窮，善莫大焉，统祈鑒定。

畣李聖用

于合水還山，略悉行跡，此後遂不得一音，然日日懸情，盼行旌過故里，究如望梅而已。顛倒中忽接手書，如在夢寐。愚自公毅南遷，即寓居獻城，買屋數椽，躬自教授。復瞀田於城外，佃户分租，粗足糊口，歲計雖不足，尚儉而已。此中人情頗不相戾，足下得暇跨蹇直入獻城，話向來積愫，商此後遐跡，無不可者。胸縷千端，如何筆述也。介石崔兄雅懷小詩寄意。

寄孫君夔

一别幾不記歲月，只因弟流寓獻陵，離群索居，距上谷遥遠，蘇門消息絶少便鴻，一切吉凶最難知問。前此不知寄書幾番，大抵多浮沉於殷洪喬之渚矣。是以臺下堅貞鐵幹，飽歷風霜，並疎慰候。然而此心飛越，腔血欲枯。誰知台下甫出湯火，而十親家遽返重泉，平生金石交，竟無一言永訣舍我而去，海可乾，山可爛，此情此恨，何可滅没？哀哉！哭章過於悲憤，不便録呈，他日墓頭宣之耳。兹有舍姪王升素，在弟家撫養，即田治埏之姪壻也。寓居都門，依其母舅楊斗南學青囊術，時遊楊先生門，聞親家居停於此，謹修數字候起居，兼令舍姪投叩行窩，以述近況。嗣有音書，望時時見惠。寸心千縷，非楮所悉。

答李廣寧

朽廢餘年，遁跡草莽，因就饘粥之便，流寓獻陵，平生舊學荒蕪殆盡，豈望大人君子復加矜顧，問道於盲者哉？足下玉堂珍品，鳴琴花郊，百里風清，人歌召杜，而兼以詩酒仙才，庾謝讓能，聞聲慕義，久拜下風矣。前者張、李两舍親托在葭莩，久叨覆露，銘心之感，竊爲慶慰。乃蒙問及顓愚，披讀玉音，如獲良璧，謙抑之懷，溢於楮墨，能不爲之心折也！薄見已述於《佳吟册》上，不必再贅餘懷。俟到無棣，一一敷陳。臨風惟有依依。

柬臨溪

承寄新詩，才思優贍，學亦充足，極其所至，自是風人之選。但須取諸名公論議，熟玩細參，定然會悟耳。今以四語奉獻。一曰法須嚴謹，二曰意須分明，三曰景須見成，四曰語須的當。以此求之，思過半矣。來詩僭點次，璧上。因歲底匆忙，未及細註，暫此奉復，言不盡意。

柬劉季箴

銀鹿來，始教火食，如燧人氏復生於今矣，笑笑。經紀數日，僅得一竈嫗。移居蒿院，又勸化其子勿作齊人，亦來伴人同居，此時蓬蒿中似空谷之有足音矣。盛使且令暫回，恐潭府之有急務也。中秋夜弟若有暇，或當步造高齋，大半不得閒耳。小詩呈覽。

柬宋符九

足下跨蹇過漳滱，秋空清霽，蒿院婆娑，兼劉二郎攜酒至，正好偃仰談笑，始信蘇長公呼張懷民步月時，其閒不易得也。嗟乎！人生百年中了得甚事，而奔波如此耶？亦足嗤已。

又

聞西鄉一夜滂沱，連阡灑潤，足見天行無焦禾殺稼之慘。吾鄉雖未沾足，然銅山西崩，洛鐘東應，未必無感召之理。大酺可待，小喜先呈。

辭　酌

萬國紅爐，涓滴未解，庖廚之下，豈堪復益？炎蒸佳設，可以暫停。俟秋氣生涼，再叨匕箸之歡，徐理斯文之會可耳。

柬閆公度

渴思之餘，中元前後在書窟得覽两次手札，如對故人也。滄溟壽章，勉撰一紙，惟酌用之，恐᫘面不堪與西施並觀耳。爲學之道，主於格物，物理明則言之當，自然高邁。所貴日日讀，方可日日作，作而不讀，未免滑淺，近日多坐此病。聞足下甞讀書，則着筆定異矣，望擲賜一覽爲快。弟近踪在遂城爲多，因李廣寧方讀書收書，時時問難，所以不離，他日都中寄信，先自遂城一問，則不至稽遲也。《漫録》一書甚有意，其訛字須訂過再奉覽。尊大人狹腸義骨，吾黨所罕，余雖不文，定當有紀述，以垂久遠。《談薈》一書係近刻，甚佳，可覓之。如有多，市二三部更妙。

又

前番致書多在倉卒，故未及專函。五七言排律在唐賢亦不多得，而大盛於近代，精工之致，幾於鏤冰刻楮。余欲搜集佳麗者，勒爲一帙，令後學誦之，約以千首爲限，胸中有此則左右逢源矣。司馬長卿教盛覽以作賦，亦此意也。但不知歲月能暇及否？台下便中若留心究此，纂組此局，亦大快事耳。《昭明文選》李善注全者佳，郭明龍先生評次更妙，作詩取料須求之此類，猶採玉者必於崑山也。劉光禄回弟一札，浮沉於獻人之手，倘有要語，不妨再述之。

柬鹿鳴嘉

客歲郝關一夜，頗見胸臆，江村學脈，自此發皇，真可喜也。昨在郡晤静子言，中翰一選，台下筆精獨妙於諸君，而反不登録，可爲扼腕。世事常然，亦不足訝。聞令叔親家述台下帷雅志，今不佞在遂城，李郡丞積書滿屋，朝夕講求，知台下素風，意欲邀至其齋，共鄰侯之樂。倘目前無事，惠然移玉，商確大業，差快人意耳。何如何如？

柬李聖用

《五峰記略》一篇，曾經徵君夫子自訂，的屬可存，静室披吟，揮淚題其後，覺英雄精爽肅肅筆墨間，亦快心事，亦痛心事也。其間缺略處不必再增，只此便是奇人行徑，自足千古耳。

答趙德厚

昔有人鬻薄葵扇者，久不售，遇王茂弘親取一扇，手自捉之，價遂騰踴，須臾而盡。弟即薄葵也，得台下手自捉之，無怪乎人争市贋矣。凝寒中起居定嘉勝，附北上候，不悉。

柬珍涵

蜥蜴即析易，取其能變化，《周易》之名正用此義，無怪乎其能興雲霧也！古有祈雨之説，今若試之，亦不爲妄耳。蝘蜓即守宫，又名蠑螈，是今壁虎。

與諸子論古文書札

文氣格有二種。其一多僑語、態語、不了語、映帶語，令人繹之，亦多售①永。一種明白昌大，痛快言之，條分縷析，不留疑義。前種大抵師《左》《國》諸書，後種則《史》《漢》以下，韓、蘇諸公，並諸奏議中得之。不可不辨也。

答閆公度

歸舍，寒花數朵，迎人欲笑，獨少諸同人賞尊拈韻，不覺興索矣。佳什色味聲調俱臻妙境，但末句「箕踞科頭」四字與「遇重九」三字不甚貼合，易以「落葉牀頭」則相跟矣，蓋取《小園賦》中「落葉半牀，狂花滿屋」之意，頗是深秋景也。《冰月集》四册呈上。

復杜孟南

青主三書皆付人代致，尚未得回信。隔離久，得手書，豈殊百朋？承諭近踪，仁人孝子，心

① 「售」，當作「雋」。

事真艱苦矣！此事固難向一二俗人言也，内斷於心而已。至人情齟齬，宜涵忍令其自消，忽①作怨尤。想我輩至此，冰寒蘖苦，正堪磨厲，復何道哉！弟衰狀日增，今春萍踪大約蠡吾、渥水間居多，可以時親良誨，兼商行止耳。

柬王譽之

銀城李郡丞，號廣寧，前任慶雲宰也。與弟十年雅慕，今始握手於安肅城中。其人行誼、宦績皆第一，相見以金贈弟，弟義不當受，特爲足下受之。此意亦面言於廣寧，廣寧深加歎仰，他日仍有垂恤雅念焉。嗟乎！天下乃不乏君子如此！弟此時即下榻安肅，且不他往，嗣音可期也。

柬文波

昨知車騎旋舍，是以未奉專書，使回接得手字，欣如覿面。昔人云「别後音書憑雁足，向來肝膽托魚腸」，爲之三復稱快。茲犬子入郡，函經北面，足下當以弟子蓄之，勿徒招爲小友

---

① 「忽」，疑當作「勿」。

也。前賢所謂「讀書是第二件事」，端宜遵之。急想聯袂山頭，提壺隴畔，睥睨青雲之上，作數日之外賞，不知温經之暇能得此緣否？

東參甫

米海嶽袖中愈出愈奇，足下雅尚雋永，必極清勝之致，亦海嶽袖中石也，贈曰「袖石居士」，鐫章以「飲酒讀騷」四字何如？古稱飲美酒，讀《騷經》，便成名士。足下方鋭意讀《騷》，不可不標其實。

畣凌九

快讀《八竹詠》，可謂抽綺思於錦機，貫天巧於雲章矣。僭竄數言，用成全璧，然不自知其强弄齊扁之斵，妄塗西施之面也。其爲傷手增嗤，可勝噱邪？外齋中一絶，欲求宗匠一和，併題壁間，不審肯賜教否？

畣椒園

車騎入易城，行臺在何巷？謹遣力探之。乘輿過荒山，惟斟酌示信爲祝。少陵云：「不嫌野外無供給，乘興還來看藥欄。」病目，不能多述。

柬孔將軍

將軍戢兵以安民，此自矯偏救弊之志，然職在强兵，猶當以培養士氣爲主，亦不可過於刻厲處衆，使士卒有怨苦寡恩之意也。爪牙所寄，須如一體相連，痛癢關切，始可與共生死之途。若一意威嚴，傷其保愛，恐解體矣。爲今之計，必外肅約束，而内存惠養，乃爲得之。班仲升所謂「邊郡子弟皆非孝子順孫，吾當寬小過總大綱而已」，此言雖遠，有切於近。

畣六飛

一向録録塵俗中，面目都覺可憎，不知爲道眼所笑幾何矣！昨始暫憇故巢，林禽水鳥，頗有依依親人之意。若得足下婆娑其間，話疇昔之雅抱，結真素之清歡，誠快境也。幸勿以采薪爲阻，紅桃緑竹下，專望芒屩登登過門耳。許宗老昆玉歲前一晤，未及久談，將來是會中人相見，爲弟致意。所諭高齋把臂，亦即圖之。吾輩飯糗茹草，是其本懷，又何須胡紱之雙鷄樽酒耶？拙句博笑。

五公山人集卷第十三

誌　表

容城君建孫公墓誌銘

公諱立雅，字君建，號弘齋。徵君夫子子六人，公其長也。其始祖忠，自小興州遷容城，代有明德。曾祖敬所，祖肯軒。至徵君，則海内人士莫不宗之。公生而端重，寡嬉戲。未入小學時，公母槐夫人夢剖腹洗其腸，後遂讀書如穫，聰穎過人。八歲，母夫人去世，公日隨父杖履，恂恂如成人。十三成文章，魏孝子學洢見其文，深加歎賞。十六應童子試，丁卯學使者遴公第一。應京兆試，歸，過江村，執贄鹿忠節先生，一見以道學期之，授以《認理提綱》、《傳習録》，使知程朱陸王之辨。公領略如桴鼓，自此内奉庭訓，事繼母楊夫人孝謹備至，人無間言；外而教友諸昆弟子姪，比於嚴師，皆大有所成就。乙亥，學使者優其文，給廩餼。又隨父師撰杖過高陽，謁孫文正公，亟器重之。既而客都門，與歸安茅止生衡鑒古今，抵掌時務，藴蓄益淵灝，雖棲息靡定，而攻苦不稍歇。因目疾謝京兆試，比徵君夫子移家蘇門，諸仲季盡從行，特勅守墳，公獨晏然高寄，弦誦如常，空室蓬户，泊如也。鄉人決去就、質曲直者，率造廬焉，或至有望廬而愧返者，人比之幼安、彦方云。公素不入城市，十餘年未嘗袒裼一謁公堂，時官敬養，往往屏騶導過門，爲竟日歡，然談風月而已，絶不以外事干也。至於公正則發憤爲之，若劉氏妻截指入棺，則急言邑令表其閭，懦孫爲族人噬産，則又急言整理之，似此者指不勝屈。至於族黨親故婚喪不舉，於我乎營，則公視如家常，非可枚數矣。辛丑，以例膺歲薦，部檄數催逼，公堅辭。惟以前此省侍蘇門歸太速，不遂子情，仍圖裹糧往也。是年冬即趣駕侍膝前，甫五閲月，復促回省墳墓。迨兩嗣預青衿，無門户累，公喜曰：「是可脱然南往矣。」於是攜孫用霖復走蘇門，侍晨夕眠食。此後造詣日深，師傳父訓，時時刮磨，凡所論著，俱關至極。趙錦帆題其集云：「理造淵深，辭歸沖雅。」趙寬夫謂其「有真性情，乃能爲真學問」。足以觀其概矣。乙卯，徵君夫子得疾，公日夜焦勞，不能身代。及病革，猶執公手書「江村」二字，蓋公道法、家法源本江村，一世精神皆聚於此，忠節先生化碧成仁，徵君夫子衡門抗義，此物此志也。公之體備斯文，不激不隨，可謂兼之。噫！自公來省蘇門，八年聚首，侍疾、襄葬一皆如禮，而公之始終大事毫無遺憾矣。猶慮諸子姪或隕越以貽先人羞，於兩嗣北歸，手書囑以篤實爲爲人根本，不可以貧困廢學，其要在去人欲，存天理，諄復不一言足。又勒兼山堂家課，手自題之，合集諸昆衆誦讀其下。張六約：一先求做人，二當求自任，三不可長傲，四不可決裂，五不可自是，六作文不可勦襲。其説載《覆甕》、《弘齋》諸集中，一時郭公望、劉六一諸翁咸謂木壞山頽，幸有公方正學問人撐拄其間，兼山堂一席地不至黯然無色。噫！孰知内外之仰方殷，而修文館之駕竟不稍待耶！公蓋自年三十即有下血症，作止不常，至是遭終天慘，繼以家變遝臻，抑鬱煩悴，每云：「衰敗覺甚，常提此心作主。」然而血氣日銷鑠矣。自去年七月攖疾，及九月遂伏牀蓐。困卧間尚手答牋書，櫛沐不廢，時談檢身行己故實無倦。自作輓聯云：「先子取其安貧，困頓一生未改；同人許以學道，見聞畢世難通。」既而病沉，屬纊前一日，謂人曰：「世人動説鬼神，有何鬼何神！惟氣盡即死耳。」詰旦，正襟視手足，瞑目而逝。三日顏色如生，四肢柔和，人皆異之。嗚呼！公自離經辨志以至全受全歸，無一缺失。律身接物，處常履變，咸有尺寸。至若當危疑震撼之際而不驚其性，入喧豗淆亂之埸而不汨其波，尤人所難。性善飲，雖多不亂。又善琴，每静中獨撫，有披帷斯在之致。余與公四十餘年古交，相隔千里，未能執手一訣，含淚敘公生平，恒恨言之不盡也。噫！公生於萬曆三十九年辛亥十一月二十四日亥時，卒於康熙十九年十一月初七日巳時，享年七十歲。元配馬氏，子二。長瀾，增廣生，娶王氏，再娶劉氏。次潛，增廣生，娶李氏。

孫七。用柔，娶李氏，用霖，娶毛氏，再娶劉氏，用梓，用枏，瀾出；用桓，娶王氏，用楷，潛出。孫女四，一適雄縣王鍾全，一幼，瀾出；二俱幼，潛出。曾孫三。熠、炯，用柔出；灴，用桓出。所著有《覆甕草》、《弘齋集》、《弘齋夏峰集》若干卷。因槐夫人墓在北城，遺言歸葬，是其志也。銘曰：有柏斯林，其長干霄。公於其中，亭亭不撓。從師董常，從殳元方。五經繪帛，六德宫牆。三尺之封，母夫人傍。閟此幽宅，世茁其芳。

高陽孫衷淵先生墓誌銘

嗚呼！吾師孫徵君曾向余道高陽文正公遺烈，言其家子孫不忘化碧之慘。如王偉元者爲衷淵，當攖城時，闔門踐血，身帶八矢，復投繯不死，既甦而思有老母在，隱忍以生，爲親存也。及沙移雁散，脱屣時名，舉平生攻苦聯篇累牘之業付之流水，放懷於溪山，詩古文辭意有所痛悼。余過高陽，至君家，瞻拜文正公祠，與君嗚咽相對。高言遠旨，匪俗所參，知其志矣。已而衷淵辭世，歸窀穸畢，吾師紫峰杜先生爲之傳，門人任斌、齊震垌等匍匐請余追誌其墓。嗟乎！衷淵之爲人，雖不文亦傳，然願爲之傳者余心也。君姓孫氏，諱之萍，字深仲，衷淵其號也。其先陽①陰人，徙實內地，居高陽城北之西莊。始祖遇，生讓，讓生懷，懷生逵，逵生麒，贈少師。麒生子四，長敬先，次敬宗，萬曆辛卯舉人；次承宗，萬曆甲辰榜眼，即文正公；次敬思，是爲君大父，壽官鄉飲大賓，好義俠，喜讀古史。敬思生三子，鋐、鍈、錬，錬即君父。家頗厚，能文章，不欲以科名羈逸志，貴介聲華，僨不染焉。生四子，伯之渼，叔之湴，俱庠生；季之滋，仲即君也。君生而穎異，氣質端凝，髫年具有大志，目不視玩好，手不持金錢，不苟言笑，進止不失常度。於書多所淹貫，焠掌之勤，人罕及之。髫年即舉茂才，繼食廩餼，爲文奧博，自爲一家。常試率異等，闈牘兩值名宿皆奇賞，佹得復失，人惋其不偶。戊寅，邑城陷，君家祖父伯叔俱以身殉，妻邊孺人之節更烈。君捍敵，被矢，不死，自縊至三，復蘇。背鏃嚙骨矣，幸獲良藥出之，鹿角長三寸，不數日痊，異哉神助孝子也！奉堂上歡，曲盡志養。敦睦克施，恒慕范文正公義田之舉，而力不贍者久之。後遂絶意功名，偕范篤生、張聚五兩孝廉趁西山之爽，爲終焉計。暨聞甘旨告缺，操丹黄管出博饘粥資，亦自食其力。未幾賦歸與，蓋垂念吾黨小子也。正襟危坐於家塾間，所讀《四書》、《五經》，雜至《陰符》、《道德》、《南華》諸書，皆有註。生徒日進，雍雍儒

① 「陽」，當作「湯」。

雅，振姚樞、許衡之遺緒。邑尹沈純禔禮重之，有「孝弟久孚於末俗，尚有典型；身心早近乎古人，不求聞達」之題，爲肖其實云。丁未，母夫人終堂，君哀毁過禮，三年斷葷酒，祭奠以誠。苫塊間猶披對吾師徵君先生兼山諸刻，心切仰止，每以接其遥誨，未遂負笈爲恨。及讀《紫峰集》，則清操峻節，如在羹牆。其好賢樂道之懷勺灤如此。嗟乎！跡君生平，孝義炳然，照耀千古。中間講誦淑人，直餘事耳。未亡之人，豈暇復施膏沐哉！邊孺人烈節當合誌，以其已特傳，兹不具述。君生於萬曆四十一年十二月二十日巳時，卒於康熙十七年九月二十六日子時。初配王氏，邑庠生王庭桂女。再配邊氏，任丘庠生邊世興女，即烈婦也，罵賊剸胸而殞，入火不焚，屍氣如蘭，面色若生，真金鐵胎也。繼配白氏，清蠡縣庠生王龍光女。孫一，爾焯，業儒，娶邑庠生王允文女。嗚呼！衷淵死矣，衷淵之心未死也。書壟之上，不能絮酒一杯澆泉下魄，謹揮淚而爲之銘。銘曰：窣者波兮馬鬣封，幽其室兮埋人龍，文光燭兮攄長虹。顓頊之里，有奇如此，千秋萬禩，弔孝義之逸士。

紫峰先生杜公墓誌銘

謹按狀：公杜姓，諱越，字君異，别號紫峰。其初小興州人，明永樂間内徙定興之東江村，五傳至公高祖宗舜，太學生，爲楊忠愍契友，任德平令。曾祖楨，官大使。祖渭，生員，號同江，氣節自負，好行其德。父鑑，號衡宇，武舉人，慷慨多義概，鹿忠節贈詞甚嫩。娶於宋，生公兄弟四人，公其長也。質弱而英敏，性孝友尚義，多介節，尤好讀書，卓識高調，舉世罕匹。幼能文，試輒冠博士弟子，餼於庠。值父衡宇公暴殞，公痛幾絶。時王父母春秋高，公善事旦晚，兼撫弱弟。叔季早亡，痛悼營喪。未幾，王父母繼逝，匍匐血淚，經紀葬事，竟攖悸疾，幾殆。鹿忠節倡學江村，四方景從，公首執贄，究極理奥，忠節特異之，因字曰君異。一時忠節子石卿領解額，容城孫徵君啓泰舉孝子，俱海内君宗，共聚一堂，杯酒論文，長松挺節，公每在第一流。乙丙間，璫燄灼，天下偵卒如蝟，有異議者輒行羅織，范陽尤逼璫耳目。左浮丘督學畿辅，於公稱知遇，罹璫禍，而魏忠節廓園、周忠介蓼洲兩先生亦被逮。公毅然曰：「恥不與黨，古誼豈遂絶乎？奈何令千載笑人寂寂！」乃同鹿封君、孫徵君倡同志，醵金納贖不少避。時廓園子學洢、蓼洲友人朱祖文俱納廣柳，匿江村，公周旋複壁間，衎衎然即甘株坐如飴也者。江村聲氣滿埏垓，凡一時名宿過忠節門，無不與公縞紵投。防風茅止生負人倫鑒，獨器重公，夢偕公遊南臯講堂，紀以詩，謂：「非於學有夙緣乎？」後止生欲邀公南遊閲山川之勝，公曰：「老母在，寧敢作五嶽想？」迨忠節化碧，石卿孝殞，同人幾如晨星。幸徵君碩果猶存，公獨與素心晤對，因締姻仲氏君協，山岑水湄，罔不流憇。甲申後，功名之念澌畲矣，前後遊槐市者，類博印綬去，時銓曹范君箕生最公出，且以善地啖公，公曰：「知己謂何，寧忍母老年眼淚、兒女各天，而恤此鷄肋？」歸而教授，修脯給菽水，萊彩慈顔，即粗糲相將，頗不寂寞。庚子，宋太孺人殁，公摧毁如父喪。年逾耳順，讀禮嚴整不少假，三年齋居，葷血不茹。嘗思母病當七月，求一柔滑薦席慰體終未得，公心痛之，後雖盛暑流金，未嘗一卧涼簟。辛丑，應王五修招，移絳新安，管斗瞻築南鄰草舍，延公講誦其中，執經者戢孴。一時過從，若刺史魏蓮六，宫詹崔夏章，及邦君趙玉峰、陳敬齋、馮雪蘿、金水蒼諸公，先後載酒問奇，户履恒滿。公爲學不立門户，每舉羅念庵答何善山、蔣道林两書示學子，總歸脱凡近、遊高明之旨，而大本在孝弟，得力在分晰義利，所以平生嚴取與，即門弟子一紈爲壽，亦必盡拒，不屑受也。公於書無所不觀，發爲詩文，刻峭深秀，自闢堂奥，不輕示人。洎趙玉峰令金容搜輯授梨棗，即今《紫峰集》十四卷，尚有續集若干未刻。性喜飲，醉後往往揮毫。素愛藏真帖，而蒼秀飛動實過之，求者户限幾穿。不書縑帛精楮，然薄繭不啻珠玉。戊午，開博學宏詞科，時同徵者，公與太原布衣傅山不就試。公常語名最誤人，因題壁：「混迹依鷗近，藏名應馬真。」蓋心有所深省云。素多静養，年及大耋，花朝月夕，不閒杖履。辛酉九月間，忽得嘔吐疾，猶日與學人聚談，事毫楮。至仲冬，覺疾不起，手書别同志。十一日，李和公、管公式、王玉宸候興居，和公因問有情無情之説，公曰：「人本有情，必使之忘，是絶情也。此二氏矯人語，聖賢寧以人等木石？情之所鍾，正在我輩。」十五日，小子佑至，與言德業、文章本枝並立。二十二日，門人楊湛子入都，就榻前相質，謂：「直心直意，擔荷幾許，寄語崔、夏、章，千秋大業，自愛自重。」後吐益甚，嗣君問病苦，笑曰：「我無非自得，時即病而主宰常清，何有苦！」又言：「我一身無贏取於世，『乾浄』二字可無缺陷，獨酒脯不無或過，内裏尚有渣滓，今吐亦盡，則内外俱清，卒時當無他苦，不過一口清氣還太虚耳。」至二十六日，晨起呼盥滌，正襟危坐，遂暝。及斂，顔色如生。嗚呼！全受全歸，公無遺憾矣！生萬曆丙申十月二十三日，得年八十有七。元配徐孺人，繼趙孺人，繼王孺人。子一，郊，廩生，娶孫氏徵君仲氏奏雅女。女三，長適同邑生員甥任杰，早卒，徐孺人出；次適新城廩生孔維憲，次適新安王潛五修子，早卒，與子郊俱王孺人出。孫一，爽棠，幼未聘。孫女四，長適雄縣生員常貞，即元長，次適同邑廩生田得名，即絅卿，後捷乙丑進士，三、四未字。公平生心事如寒潭映月，了無滓穢。尤邃於古今大略，往小子佑齋所著書呈覽，公慨然謂「草蘆中事業正在此」，因題曰《茅簷款議》。嗟乎！是又寧可一二與俗人言哉！公歿之三月，渥水門人送歸范陽舊隴，數郡畢至，門人私諡文定先生。廼爲之銘曰：范陽靈秀東江村，花潭萃祉杜公門。倒翻江海裕文源，乾坤磨軋值温屯。清風高節媲綺園，蒲幣輝煌賁回軒，縠皮綃頭道自尊。秋霜琨玉凜絶倫，生順没寧歸丘墳。

茂才宋介石墓誌銘

余流寓獻州，寡所與，子留宋君以北平才雋來教育是邑，伐木相求，遂成莫逆。風朝月夕，詩壇酒社，相與徜徉。子留每望雲思劇，輒述其大人風致，娓娓不能已，余亦心儀久，常冀得一捧袂。癸亥初，俄驚訃音至，則已赴芙蓉城矣。子留號踴靡訴，幾不欲生，於其銜恤就道也，匍匐以墓誌請。余夙切景行，恨不傳其芳躅，烏能以不文辭耶？按狀：公諱之弼，字介石，順天府遵化縣人。生而穎異，稍長，輒好學不倦。初操觚，塾師奇之，試童子，即冠軍。年十四遊泮水，常以讀書爲樂，有介視青紫意。公惟孝友，公伯兄磐石、仲兄柱石相繼脆，公哀痛不勝。二人在堂已垂白矣，竭力晨昏，孀嫂幼弟，一切奉養冠婚，公身任之，緣此不得專事科名，終身坎壈。然訓課後人則功加倍焉，每誦讀至夜分，啖以棗栗，助以苦酒，曰：「此熊丸遺意也。」所以公嗣若子留，幼擅文譽，在藝壇爲長勝軍，籲雲萬里，視如指掌。兼之奥博工詩翰，每一入座，有步兵、光禄之致。公性廉讓，當兄弟析産，擇其腴田美業以給孀嫂及幼弟，而自取磽薄者，曰：「吾尚可以經營廣業，嫂弟孤弱，恐不能也。」原吾一本，而使榮枯異觀，豈人心乎？」文貞白先生官尚書時，愛其才行，以書招之，欲遷其家於北平，爲之區畫園田宅舍，復假以市肆約千金費，而公屢請不顧，曰：「吾家敝廬固湫隘，而有天倫之樂，雖千金何慕焉？」蓋公外翁劉對山係貞白公壻，而公內實其甥女也。以親誼至厚猶不欲受其賜，矧他人乎！至與朋友交，言必道義規正，闔邑人倚重如山嶽，事無大小悉咨之。甲申，闖賊敗逃時，有少年與邑居賈姓者至戚也，俱潞安人，實縉紳子，習文墨，爲賊脅至。公知其由，適撫軍召諸生，詢民疾苦，公乘閒爲此人言之甚力，撫軍惻動沉吟，乃釋去。人或愕問公，公曰：「彼固非賊，吾又無私，何懼焉？」其平生慷慨任事類如此。晚年喜恬退，慕香山故事，邀邑中高年者八人爲怡老會，歲時飲宴，衎衎如也，勑斷家事矣。嗣君子留以覃恩預選教職，懼二親春秋高，不願出，公曰：「有季子供養，足以自娱，但勤慎供職，無墜家聲足矣，不必戀也。」其達觀復如此。終之日，年八十有二。親知含痛，遂無老成人，能不悲哉！娶某氏，子幾人某某，女某，孫某。生於某年，卒於某年，葬於某地。銘曰：疇無歸藏，明德是景。文采風流，久而愈永。有纍者丘，中没高賢。想其生平，精神宛然。子孫世守，青雲目前。

茂才管德升墓碣銘

公諱某，字德升，保定之新安人。祖敬齋公，爲邑祭酒。父志蓮公，天才英異，捷南宫，歷任四川兵備副使，有能聲。年五十五即世，公生甫两朞。母夫人杜，後四載亦没。公髫齔失怙恃，育於庶母劉，劉慈愛最篤，育公及公妹不啻己出，教養備至，婚嫁盡禮。邑高公，以「真慈母」扁其門。公性孝友，事劉母極色養之誠，子孫有稍逆母顔者，切責之，三十餘年如一日。劉母故家寒，其父母昆弟皆家於公家，衣被饘粥取給焉，公悉樂效無憎容。至於宦橐所遺，惟劉母篋笥出納，公毫不作贓貼態，可謂先意承志矣。公伯兄捐館早，姪顒蕩産，無以養母，公分宅奉之，無困乏憂，累歲不倦。其厚於昆弟如此。公志節高亮而饒幹濟，外父甯，别駕，迎官署，欲令隨任博弟子員，公以因人成事却之，究自苦讀，未弱冠即入泮。公少孤，舊業率凋零，比成人乃振興，置田課農，蓄積殷稔。後值歲荒，出所蓄以食饑民，或煮粥餔之，壯弱皆得均濟。戊寅，兵臨城下，守禦空虚，人皆譁然，欲下城顧家。公時總管北城，揮刀厲聲止之曰：「生死存亡之際，只力守城，城全家亦全，若棄城顧家，城破家能保乎？敢言下城者斬。」衆乃定。又縋人於城外關廂舉火，敵不能近。復令人張蓋往來城上，唱名若點兵狀，敵疑，黎明遁云。己丑，兵變，推公總管東城。敵船數百，蜂擁而至，人人股栗，公與司寇高公計曰：「此勢不可以正勝，當出奇退之。」乃以銀募壯士縋城下，用火器邀攻之，衆四潰，復開門出兵追擊，遂大勝。公之幹略未獲大用於時，而其偶見於一二事者已出常度外。至若先年，邑有毆死，縣官案禍連五十餘人，鈎黨猶未已，人情鳥鼠竄，公談笑解紛，捐金設辭，説其張弧者，案立結。暨公姪瑞明獄死事聞，誅捕餘黨，非公走都門白其情，不免覆宗之禍。此又幹略之一班也。晚年移家蒲城，與崔白水公相朝夕。白水醇儒，懸車避地。公受知於孫徵君先生，久飫其傳誨，復與白水公闡發之，宜其不知老至矣。寓蒲十四年，寢疾，勅不近醫藥，子弟强進。每舉天地盈虚晦明之理以曉之，順其自然，是其達觀者與？終之日，年七十三，不囑後事，僊然而往。嗣君述祖卜兆於蒲之野，將營窆焉。走千里過余，請一言以勒於碣。嗟乎！述祖可謂孝矣！奉親於蒲，七年色養，七年侍疾，一衿棄若敝屣不復顧，又順親志不戀戀故丘，卓哉！其不與俗人同也。蒲，故賢者過化之地，魂魄依焉，其安樂哉！遂爲之銘，銘曰：澶淵之屬，南有匡城。治蒲三善，賢者留名。中有塚焉，燕趙之英。伯鸞之潔，幼安之清。要離相近，高矣斯情。

德安宰畹亭牛公暨馬陳两孺人合葬墓誌銘

余之得友於德安也，初因牛繩武。繩武高才博學，孝友篤行，吾師孫徵君最器重之。及余寓獻，而繩武與德安公皆墓木拱矣，宿草之感，慟在九泉。嗣子德醇、德潤，文采秀發，皆執經從余游，續前好也。是時馬孺人去世亦久，余故不及拜庭幃，在堂上者獨陳孺人耳。閫範淑儀，則稔聞之。庚申秋，孺人無病而逝。紹武號痛欲死，念德安公遺行，以昆季幼弱多故，未得傳。於陳孺人之合葬也，泣述安德公及两孺人之行實，抆血丐余一言志之，且系之銘。按公諱森，字對煦，號畹亭。其先世山西澤州高平縣人，元季遘亂，繇高平徙於河間之東光，尋移獻縣，家焉。始祖伯通生貞，貞生凰，以嘉靖壬午領歲薦，分教甘泉。公生而凰生垠，受封工部虞衡司郎中。垠生鈿，鈿生五子，公父滌行四，生三子，長即公。公生而聰敏端方，潛心《詩》《書》，晝夜不倦。十九入黌宫，二十一食廩餼，閉户七年，博通經史，善屬文，尤嫻於詞賦，有《蒲亭肅羽吟》一刻。公累試輒冠軍，時以數奇不偶。壬午額滿後，主司方得硃卷，擊節歎賞，有「額而後得，徒增惋歎，留以執耳中原未晚」，又有「精光氣焰，知爲燭天之寶，乃復作爨下桐」等語。又常以學行薦於學憲吴諱中履，有「飲冰茹蘗，足裨風化，閉户下帷，堪步青雲」之獎。公事二人至孝，父没，奉母王，未明，盥櫛問寢視膳，凡有所命，無不怡聲下氣以承其意。戊寅之變，母握節殉難，公守制思親，忘寢食，廢學業，幾無生理。撫两弟，曲盡其方。两弟不幸早逝，所遺一男一女，公視若己出，皆成立。田不滿一百畝，常樽節升斗以濟貧窮。公盛名之下，四方潤筆資以及修脯，一無所私，除奉親外，悉以惠兄弟親族，至族之鰥寡孤獨尤加意，日給食，歲供衣，甚至柴蔬亦爲之備，不憚煩也。其不能葬者，無論親疎，概施棺殮焉，是以人稱其德。公性詼諧，廣聲氣，客至則杯杓不缺。教家以忠厚爲本，不事奢靡，尤不喜狂妄，頗有裴行儉先器識而後文藝之意，以故諸嗣皆有模楷。順治乙酉，領歲薦。丙戌，出知德安事，一塵不染。歷官未滿期，竟以意外變卒於任，至今蒲亭口碑嘖嘖，列祀名宦以旌其操。有爲詩以弔者云：「多因不忍剥殘黎，逆旅輕捐七尺軀。熱血未堪腥宓治，清魂只可對匡谿。」此可以見公之風概矣。元配馬孺人，同邑馬公女，賦性謹厚，與公食貧多載，篤梁孟之歡，仁慈育幼，事舅姑以孝聞，處妯娌敦鍾郝禮，姑娣間如昆弟，御家衆大小咸宜，靡不感其德惠。戊寅，姑殉節，同公哀毁，朝夕悲泣，形神慘悴，未二載染疾不起，哀哉！繼配陳孺人，同邑陳公女，和平温厚，琴瑟静好。公没後，季男幼沖，諸女未嫁，多方培護卵翼，無歧視。給公喪，雖家道蕭條，猶能成禮。歷婚娶諸大務，井井有次第，諸親皆誼禮款洽。性甘淡，素衣率布繒，粗糲自茹，然祭祀賓客，則竭誠致潔，無少吝。年近七旬，體尚健。庚申八月中秋日，忽朝病夕逝，臨終未囑一言。夫無疾而終，古人所貴，愈知孺人懿德矣。銘曰：德懋懋官，公官不稱其德而且禍連。雖天道之晻藹而難問，宜其子孫之世不乏賢。書倉墨守，將必興焉。兩配淑惠，壽此永泉。鬱葱隴樹，茂比萬年。

劉逸人示宸墓碣銘

嘗讀柳柳州《宋清傳》，見清之規利遠而收報富，嘉其不以市道交，然究竟不離於醫耳。若示宸劉翁，跡其生平，不可專以醫名之。翁去世已久，嗣君欲余表其素履，鐫碣墓頭，知翁獨深，不惜染翰紀之。翁姓劉氏，名某，號示宸，世爲獻邑望族。少負不羈之才，業儒不成，去而學醫，粗明大旨。然志大而性疎，好交游，躭麯蘖，不事生産，故祖業漸膠膗，鄉里人争笑其傾顊。於是發憤遠遊，落寞武安、鉅鹿間，邂逅知友，頗相得，乃奉母以家焉。室無儋石儲，而門外達人長者轍跡日以深。居無何，境内騷擾無寧晷。高鴻臚，天下士也，思救焚拯溺以施治安，遍訪管樂其人者，與商籌策，忽於信成潘將軍所得識翁，扪蝨之餘，大加獎賞，登堂拜母，輒訂陳雷契，不知其爲桑梓客且葭莩親也。既而款敘，悉其故交，誼益篤。因説翁旋里，翁亦念兩弟家居，反如在遠，外係老母門閭思，蹙蹙不自安，輓輅歸枌榆。至則遺業蕩然矣。户蠨町鹿之悲，人所難堪，而翁意豁如也。仰屋之暇，出其囊書數十種，搜括秘要，盡洞支蘭之奇，投即效，求者無貧富貴賤皆應，至輪蹄不絶於巷，酬報之貲，居然巨室，較宋清利不啻倍之。而翁則樂善好施，濟人利物之舉，不一而足。且排難解紛，言出如金石，人人無不讋服者。兄事袁絲，弟畜灌夫，誠無媿其風概焉。嗟乎！翁昔與斗南公志道同合，今斗南公忠節著青史，海内共仰，而翁不幸未遇於時，偷活草間，流連米汁，終老爲壺中叟。年八十餘，始與余訂交，每對酒促膝，不禁豪睨，欷歔增慷慨，蓋其才有所未用也。翁兩子，長某，次子近微世其業，豁達有父風，爲賢豪所推重。銘曰：天逸此人，以濟斯民。行迹落落，不與常倫。墳草已宿，氣概如新。嗚呼！後世有憑弔者，視此貞珉。

袁司馬調陽公碑陰紀略

古者葬則立誌石，志其實也。能文者從而銘焉，銘者名也，所以名其實也。又爲墓碑以表之，所以表揚其名實，以著於人耳目也。祁州調陽袁公，榮名懿行，實足傳後世，而始葬未及誌，碑則未表焉。余過祁，聞士大夫語，嘖嘖述盛德。及登公堂，見公季嗣炅所爲公行實，平生雅尚與其注厝皆歷歷出意表，古先生長者不是過，烏能與蓬蒿馬鬣同蕪没哉！遂綜其大略題碑陰，俾人得覩而記之，庶幾不朽，且從而銘之，補缺漏也。若謂曰文，則深蹴踖而已。公諱相明，字調陽，其先楚之常德郡澧陽神津村籍。始祖雄，永樂間以從龍累功授錦衣衛千户，封廣威將軍，卜居於祁，遂家焉。數傳至公，公幼穎悟，事親孝，長究心經史，雖業帖括，而博極群書，不以一流自足，瞻對考稽，率稱嫻雅，一時好學之士咸推爲宗。制萩優拔，平生凡七預賓興，卒不售。泰昌龍飛，僅以恩擢入太學而已，於時士類莫不悲其厚於蓄而薄於遇焉。公恒臯比州南鄉，以踐履訓行諸子弟，而文藝輔之，以故從遊者甚衆。其有窘急者，時瞻給之，非止不計修脯已也。公自處，一以禮法爲閑，非僻之邇，無得頗焉。崇禎朝，以成均例滿，除授盱眙丞，有廉能聲。盱眙，山城也，北面下瞰淮河，不三里許，越河即泗州治。是年水漲堤嚙，泗城中水深數丈，民命其魚，公惻然，率水工破浪渡河，救活者千餘人。又捐俸築堤以捍之，人咸訝工鉅難卒就，公躬自督厲，胼胝不顧，未閱月而告竣，人始服其勤敏有斷，一時諸上官各薦剡然。公以平生碩才宏抱，卑卑下位，不副所志，任歲餘，竟鬱鬱卒於官，聞者莫不憫其坎壈云。公三男，長熒，廩生；次焞，廩生；季炅，武庠生，中壬辰武進士，初授騰驤衛守備，再遷白土關都司。孫五人某某，俱業儒。銘曰：有熾弗扬，厥呇孫子。潛德之光，賁彼青史。有矗者石，勒此蘭芷。隴上清風，立節之里。

齊文登公墓表

公姓齊氏，諱應選，號文登。其先小興州人也，徙高陽，世居龐家藁，遂爲高陽人。公生而偉岸，讀書知大體，以疾終於家，卜葬其鄉之東隅祖阡，距今十有一年矣。子國琳，率其兄弟國瑛、國玫輩，泣涕來言曰：「先君子積德累行六十年，賫志以没，不孝輩顯揚無狀，日月浸馳，懼與草木同腐，且初之窆也速，誌石未具，敢以墓表請。先生父執也，其有辭以榮丘兆焉。」余憫然撫之曰：「文登其有子也夫！昔張堯夫卒，師魯作誌，不能刻石，以金谷古甎丹隸納壙，二十五年後尚得歐陽文忠公以表其墓，矧志則闕焉，而墓何可弗表也？孝思及此，爲慮長矣。」憶余與文登公游，公初家徒壁立，而菽水有加，事繼母孝，尤篤於族。差長，族中失怙者輒卵翼之，其族兄介徙别鄉，産饒無後，身歿，群從欲豆分之，公毅然持不可，爲治喪卹嫠①，卒招致其姪於千里外，俾承宗祧。居平慕范文正公家法，置義田一區，裖書舍，延師儒，令子弟及宗族成童者誦其中，今觀其家譜，秩然有緒，諸敦睦事非一，皆此類也。公善楖櫛生殖，有卜式、馬援遺意，是以得遂其拯物之舉。明季歲祲，斗粟金倍，道殣相望，公蹙然動容曰：「當此天災，坐視饑殍，堆金積粟何爲乎？」乃慨思賑施，凡中外親故，待以舉火，所存活者不下二百餘家。他如捐四十金爲劉氏贖産，能令父子再聚，不啻陽羨還宅之惠，尤稱盛德焉。公氣嚴正，不侮不畏，爲人排難解紛，鄉黨取決，所居三十年無争訟者。更斥左道人，率不敢向之佞佛，至比之包待制，良足風也。嗟乎！隱君子之高踪，墓木久拱矣！平生如昨，念疇昔周旋，泫然流涕之餘，顧余衰遲殘軀，尚及以一言勒公懿範於牲石之左，總沙移雁散，猶得流芳徽於不朽，是固諸子孝思維新，亦余故人之忱斯盡已。至如唐子方遷户部轉運使，受屢次推恩始爲父羽林將軍表墓，此在國琳諸子，環瑋之器，他日優爲之，姑立表以待焉。公亦堪慰藉九京矣。

① 「嫠」，疑當作「嫠」。

易州趙文學元配楊節婦墓碣

節婦姓楊氏，完縣人楊君春布女。生十有五歲，適易州趙君崇一，事舅姑以孝聞。補紉饎爨惟謹，中裙廁牏未嘗弗躬。其相夫子也，嫚嫚然順而正，遇族姻婣睦有禮，人欽其婦德。崇一君少負高氣，弱冠後逾數年而殁，婦痛終所天，瀕死者數矣。有子隆祚，甫週朞，且多羸疾，婦忍死鞠育，禱祀萬端，誓存遺胤。念槁砧之未遂，奉庭帷益勤。姑疾，侍湯藥不褫帶者，歷四時如一日。姑卒，力拮据喪事。及舅娶繼室，善事之，歡好加謔焉。未幾舅卒，丁兵燹之餘，繼以凶歲，家計落矣。顑頷營生業，凡堂構先疇，一不敢議捐，祇蕿於勤儉，敦師教，嗣饘脯，克蒧究世其前業不墮。群從舅弟子姪輩不下數十人，尚賴以維繫調和，鮮外侮而免鬩墻，功亦艱矣。迨甲申間，隆祚學成，列子衿，彬彬稱儒行，始殯其舅柩於故塋，鄉黨淑其志。噫！天鑒苦節，伊於有底，諒哉！宜闔州紳士衆論歸美，以節孝之舉聞於上臺，旌典輝煌，賁乎里閈也。歸卒之日爲乙巳冬，州刺史趙公鍾華有人倫鑒，尤矜重之，賜銘製誄，以致其誠，更剞劂懿行於州誌，嘉貞操也。嗣君隆祚痛母之孀苦劬勞，又重思其父賫青雲志未獲顯達，哀慕追愴。丁未春，介余友魏明宰田治埏顧余於雷溪，恭求一言以表其墓。余聞之，官三品者始表墓，若婦之操矢柏舟，賢媲陶范，豈爵級所能限哉？

臨川云：「俗之壞久矣，自學士大夫多不能終其節，況女子乎？」故僊居太君魏氏抱數歲之孤，專屋閒居，躬爲桑麻以取衣食，窮苦困厄而志不變，卒就其子以能有家，則爲之銘。余於節婦亦云。

五公山人集卷第十四

傳

誄

吴處士小傳

處士吴姓，諱鉏，字穡田，蘇人也。祖父皆以名進士官清要，不合時宜，中妬者之毒。處士生而英異，不伍儔類。幼富書史，工古文辭，不樂排偶。喜交遊，通賓客，有陳孟公、孫賓碩之風。性豪華，百萬一朝盡，嘿然無所顧。遨遊四海，足跡所至，皆天下名山水，及寓内知名士，庸俗流罕與投紵也。三十餘年間輿之所乘，或結駟連騎，或襆被往來，不一其狀。人擬其胸中磈礧必大有所結轖，亦言所必吐，處士儃然不以示，時而爲人談相地術，究未嘗畢其説，隨場酬應而已。過上谷，與張十卿、魏瞻淇交，主於李璁珮家最久，既而得余所著《茅簷款議》，深賞之，以爲古所未有，闔户繹思，歲餘，臨別，袖其稿而去，遂不知所往。某年始聞其自黔、蜀、楚、豫，杖履遍川嶽矣，囊中惟《廿一史方輿考略》一帙，署以他人姓字刻之，已不願居其實也，其逃名之野客耶？其恤周之緯女耶？莫能意測之。某年至海濱遇疾而殞，偕一老僧守其塚，四方弔客號哭而祭墓者無虚日。僧死，處士二子某某志處士之志，行處士之行，某年月日起其淺土，歸葬故阡焉。燕人某爲之傳。

王五修傳

五修公姓王氏，諱之徵，號密齋。其先小興州人，明初徙保定之新安，遂爲新安人，迄今十四世矣。曾祖崑，恩貢生。祖位，邑庠生。比方新公領癸酉鄉薦，任山東鄆城令，則公父也。母李孺人實生公，公生而穎異，勤於誦讀，早列黌序，食廩餼。平生性孝友，好義重節行，親仁愛衆，不苟爲，然諾朗朗，而前期於立事，無骫骳者。方鄆城公之任，歲荒殘極矣，多壘之虞，能者束手。公佐鄆城公，甫下車即以計捕得渠魁數十人誅之，闔邑股栗。不踰時，遂以抱痌歸。魯地新歷李青山亂後，積尸塞路，公出萬死不顧一生，擁鄆城公旋里門，貸資充藥餌，然甘旨不缺於需也。及鄆城公去世，毁瘠無生望，猶葬祭一依古禮，見者歎息。厥後昕夕萱堂，惟李孺人安膳是謹，弟之問年方稚，公撫而教之，踰於親在時。久之室益落，往往硯食他方，歸將菽水。凡一出入，必跽告堂前，囑無作遠優狀。未幾李孺人攖疾，公晝夜侍湯藥，兩閲月不褫衣帶無倦色，而二豎不可驅，卒仙遊。公戳叔無地，營喪畢終，天血衊矣。於是專力從容城孫徵君夫子學，求身心實益，同志互相砥礪，窺厥本源，《理學宗傳》諸書是其模楷也。公曾在祁陽，值徵君孫夫子移居中州，公不忍别，徒步送六百餘里，大哭而返。是時公方設帳祁陽，致使主人撤臯比不顧也。又受知范陽紫峰杜夫子，夫子雖與公締姻婭，而趨承教旨如賓師，嘗迎養於室，使子弟受業，二者尊師取友之誼可覩矣。時值國學乏人，取州縣青衿學行兼優者赴京考選，授官邑令，庠師俱薦公，公呈辭云：「德薄望輕，有辱大典，況進身之始，何得苟且？」此足驗公志節云。公雖貧，篤於周急。友人辛國賓，母宋近八旬，國賓先喪，值歲凶，公迎宋至家，贍養如母，殁爲殯葬，何其周也。至於考定禮儀，製造禮器，纂輯儒書，及結納四方英俊，饑渴不輟。晚年居瀛海，與余同榻兩歲，深夜挑燈，手鈔囊編，充笥彌楯。每一語及，欷歔相對，且歌且泣。噫！思及於此，公不死矣，又何言哉！若夫博愛廣施，即一方藥、一器物，皆思與衆共，所謂渾然天理，不遺餘力者也。所著有《尋樂處》、《入魯日記》等書。公年五十九，以甲寅歲杪自瀛歸新安，行至三十里舖，馬蹶墮地，重傷扶回，卒於瀛城北七里之余家畹。副戎孔公毅爲之棺斂，送輀車歸墓，致賻營葬焉。公嗣五，賢、質、素、潛、贄，皆成立。質廩生，有文望。素業武，公葬後子。潛即紫峰壻也。廬墓側蕭寺，終喪不去，號哭感動路人。贄青衿，亦復蔚起。嗟乎！五修公可謂有子矣！上不負鄆城公清白世業，繼足闡發半生庭訓，皆不虛所期，復何恨乎？嗣君持狀屬余傳，遲之一二年，未敢遽傳公，以公之深志大猷，未易傳也。不得已，録其梗概如此。

祭徵君孫夫子

嗚呼！先生長逝，天日晦冥，哀我人斯，誰適允從？憶先生别故園，偕徒侶，遠隱蘇門也，我一方儕輩後生倀倀然不知所出，或負笈於行窩，或執鞭於中道，或偃蹇於舊邦，靡不望雲揮淚，撫鞫興悲。二十餘年來輾轉迷離，如行者之無導，舟者之無楫，亦可憫矣。雖時讀其書，傳其言，聞其行事，豈愈於朝夕服習、歲月觀摩爲可宗可守哉？然恃有先生在，凡名教所關大經大法，有疑未決，有難未釋，猶可詣而質，寄而問，未決者可決，未釋者可釋也，孰料一旦即幽，永謝世緣，上天下地，竟不再見我先生也，痛哉！前此痴衷想望先生兼得歡聚，不復計先生耄耋之大年，途路爲艱，三五十口之家衆遷移爲苦，猶盼先生周旋如平昔，杖履環繞，講誦衎衎，而豈知理所必無，勢所不遂，徒付之海市蜃樓，虚結景光也！斯時即欲裹糧秣馬，從先生於青山緑水之間，嘯臺風淒，桃竹日慘，而先生之笑語不可聞，音容不可睹矣！況依然關山有阻，風雨不時，南望者比比，執紼者落落也！凡我私心，何一得伸耶？空臆計先生在蘇門，道益大，從遊益衆，家政益有條，子孫日益盛，絃誦日益興，而偏我北方諸同志悠悠忽忽，未得久受陶鎔，瞬息駒隙也，哀哉！後此過蘇門，兼山片址與嵩華並壽，高節則箕山、潁水，理學則鹿洞、鵝湖，在先生自不朽，而我輩有終身冥行之戚也。仍舊讀其書，記其言，想像其行事而已，而書有不得傳，言有不能盡，行事有不敢直致者，於何質而問之，不亦大可哀哉！絮酒質誼，千里遠奠，先生之靈，顧而諒之。

祭某翁

嗚呼！燕去故巢，鴻嗷中野，星移物換以來，凡衣冠望族，鍾鼎名家，消沉於飄萍落葉中者多矣！吾翁以濡水一布衣，帶素裘鹿，挽輅擔囊，越千里之疆，破大河之浪，蓽路籃縷，以開草莽，視睢陽而家焉，竟能創立基業，生長子孫，閭閻服其義，親戚懷其仁，凡我河北失業之人，宦遊之侶，過而問焉者，饘粥是給，贐享有加，何其盛哉！雖陶朱之千金三致，鄭當時之千里不齎，無以踰之。我輩生忝門楣，恩同叔父，久缺捧袂之情，徒有瞻雲之悰，方愛戀之孔殷，詎訃音之驟至也。嗟嗟！修短隨化，終期於盡，榮悴一致，貴賤同歸，夫復何言！而無奈陸士衡之夢黑幰，蕭惠開之種白楊，悽矣悲風，慘焉暗霧，又安禁此心之悼恡耶？貧務徽纏，神魂緯繣，絮酒一杯，遥塗泣奠。靈其有知，顧而享焉。

祭某孺人

緊惟孺人，毓秀坤靈；窈窕淑姿，蜚聲紫庭；失怙歸里，天語傳馨；日嬪慶門，柔惠而寧；承歡三世，惟遵典型。方侍祖幃，恪恭安膳；舅姑於鄉，有懷匪展；及迎京邸，克致澳洗；姑媳廼然，誰不黽勉。安常處順，其道碩光；亦有艱難，何思不長；祖姑雙殞，窀穸克襄；叔祖陌路，北風其涼；夫子羸息，藥餌是嘗；號泣哀籲，齋素馨香；藁砧不永，淒斷肚腸。貝葉經文，朝夕跪誦；午夜香煙，寒暑不縱；五味弗沾，一心惟重。歷年苦志，天神感之；椿堂延算，孰謂不奇；賣産營喪，剪髮堪師。僤兒鞠育，霜嚴風慘；百爾摧殘，矢死靡憾；鼇①面斷臂，豈云坷坎。嗣教名立，故業崢嶸；和睦敦篤，素釁乃平；以德報怨，耑尚仁榮；濟人利物，遂我好生。變起滄桑，翼家惟聳；奉主於山，遷柩歸隴；嗟此劬勞，不赧不悚；五十餘年，柏筠齊聳。我人仰瞻，庇其清風；夫何不吊，雲軿欻空；涕淚漣洏，哀此微衷；嗣君大孝，躃踴天終。握手骨痛，其將焉從；旌門有典，竹素史彤；千秋芳躅，閫範是榮；生芻之奠，來格融融。

① 「鼇」，當作「剺」。

祭某翁

嗚呼！秉純毓和，含璞抱真，完行無虧，是爲天民。家庭式範，鄉邑推仁，語其性則孝友，論其儀則恭溫。茅季偉之獨坐樹下，有道見重；龐德公之高棲牀頭，伏龍稱尊。夫方倚以教誨後進，庇覆子孫，惟恤惟睦，克儉克勤，奈何霧露不戒，膏肓是屯，流光一逝，赤珠遂沉，天若傾而卑，日若蔽而昏，相杵之音絶，幽谷之芝焚。某也，外孫之誼切，分甘之惠深。漣湎於易簀之嗚咽，辛酸於入木之逡巡。遊魂何往，笑語難尋，能不排雲天以痛叫，向泉壤而哀鳴哉！牲帛之奠，寸草之心，悠悠長夜，是祈鑒臨。

祭河文

源發山右，派出恒陽，曲折數百里之洪流，灌溉幾萬畦之沃土。自鄗城合漳而北，繇獻邑繞郭而東，即獻地東北諸鄉也。原本窪下，土復薄磽，自去秋積潦之田，有經春未涸之水，首種不入，下民實艱。某職居司牧，誼切關心。爰鳩受害之遺黎，謹循導河之故智。萬鍾齊舉，一渠方通，歸壑之勢既開，平土之功始就。斯皆明神之賜，敢云拙吏之能！撫此鴻麻，豈忘菲報？虔將牲醴，恭答威明，伏冀神聽和平，永錫安瀾之福；天心仁愛，常絶泛濫之虞。則百室蒙恩，不用豚蹄肆祝；八穀告稔，常聞大有書年矣。謹告。

龍王廟秋賽祭文

農功之有報賽也，其來久矣。《周禮》：大宗伯以貍沈祭山林川澤，以疈辜祭四方物。籥章之官，凡國祈年於田祖，龡豳雅擊土鼓以樂田畯，國祭蠟則龡豳頌擊土鼓以息老物。皆以重民事、報功德也。故物之有功德於民者，歲十二月令聚萬物而索享之，而秋冬爲告成之終，用尤重焉。凡墉坊、道路、馬蠶、貓虎之類，爲物甚細，以其稍有益於農民，莫不祭之，況龍者於百物爲最靈，利賴斯民爲最溥。劉向曰：「五嶽能大布雲雨焉，能大斂雲雨焉，雲觸石而出，膚寸而合，不崇朝而雨天下，德博大，故視三公。四瀆能蕩滌垢濁焉，能通百川於海焉，能出雲雨千里焉，爲施甚大，故視諸侯。山川能出物焉，能潤澤物焉，能生雲雨，爲恩多，然品類以百數，故視子男。」然則龍者，託體於嶽瀆山川，而能爲嶽瀆山川靈者也。語云：「不測之謂神。」又云：「不見而功之謂神。」龍也者，能爲雲雨，其同運嶽瀆山川之功用，而爲不見不測者乎？惡得不與公侯子男享祀不没也！且山民之力穡也，荷鋤秉耒於紆曲險阻砂礫莽薄之中，水泉易涸，風霾易燥，需雲雨爲甚急，求庇龍神爲甚大，視彼平疇廣原五日無麥十日無禾者，又不侔矣。故山人之祀龍神爲甚虔，崇龍神爲甚久，村村而祭之，歲歲而舉之，迄無厭斁。以故龍神之感應斯民也亦甚靈且驗，斯不亦昭施之理較然著明也哉？而從無能修舉其詞，以答神貺，播之風謠者，豈非斯民之庸僻固陋，將神之豐功大德，業已流行昭布於深山大澤之間幾千百年，而卒爲而不有、由而不知乎？此以副古宗伯貍沈副辜祈年息物之意，不幾有虧《大田》、《楚茨》之章耶？何以稱報賽也！故爲之語曰：山之歲功得雲雨而後成，山之雲雨得龍神而後弘，山民之報功與龍神之享祀得吾文而後名。乃作歌曰：坎其鼓，御田祖。鼓其鏜，御龍王。雲淒淒，雨滂滂。禾黍茂，歲功昌。歲功昌，爰有報。土鼓擊，豳雅噪。君欣欣，康且樂。《大田》續，《楚茨》紹。屢豐年，從此兆。

五公山人集卷第[①]十五

引

重修廣泉寺募引

髯蘇云：「溪聲便是廣長舌，山色豈非清浄身。溪若是聲山是色，無山無水好愁人。」此言佛性不離溪聲山色，而真聲真色又不在溪山也。今大地皆佛性，衆生皆佛徒，而必欲取土木而經之營之，前龕後刹，左龍右象，金碧玓瓅而始稱佛，無異盲者指盤爲日，愈求愈遠矣。旄丘村釋子明照欲重修廣泉寺，是發心求佛，不出土木爲功德，亦猶求聲色於溪山也。雖然，彼未造第一乘法，不識真聲，且教聽水，不識真色，且教看山，待山窮水盡無處著想，自然了悟，斯亦在塵出塵法也。即土木求佛當作如是觀，又可以不作如是觀。凡有

① 「第」字據前例補。

是願者請共棟楹而觀之，當有悟處。

親賢堂徵詩引

静修詩云：「石邊流水自縈紆，樹杪閒雲恣卷舒。長怪西山無爽氣，只應少我一茆廬。」余避地雙峰，煙林水石之勝，可供薖軸，但數年來一枝借棲，殊苦結巢不易。庚子春初，滏山友人張還白爲構一椽於五公之麓，遂儼然稱我幽居占斷燕山一片石矣。每遇佳風日，余輒握陶詩一卷，婆娑唫嘯其間，不減當年北窓高卧稱羲皇上人時，特未問外來客從紅塵道上遥望西山爽氣比前增多少。一日過涿鹿，誦静修詩爲還白道之，還白鼓掌，因令同人賦詩誌勝，庶俾築屋雅意與野樵幽踪或借風謠可以並傳不朽也。

韓氏遺藁引

嘗覽昔人族譜，門望顯著者，其間類不乏隱君子，如馬伏波之勳名，其弟則有馬少遊，陶荆州之赫奕，其孫則有陶潛、陶淡，一時丘園之賁高鴻翔鳳，德輝亦映後世。高陽韓氏簪纓世胄，照耀燕南，門望之顯著不讓陶、馬，而其間碩德而隱伏，若某某諸公，皆風流雋絶，文彩令雅，以儒行終其身，故其遺藻墜墨咸足表見，觀其所繇，亦少遊、潛、淡之亞也。其孫篤忱，夙與余同好沈意泉石，今出而高第南宫，行且策名華要矣，因手其先世諸遺藁入山見示，意欲授梓傳永久。雖兵燹以來篇什散逸，然摘其一二唱予和汝，聲音笑貌宛在行間，亦仁人孝思之所寓也。昔李太白詩集散落，得李陽冰裒而傳之，後世以爲深幸，若篤忱之搜輯家乘，播揚遺詠，奕世不磨，豈特陽冰之託而已哉！撫卷興思，志嘉徽美，余故樂爲述。

趙德厚和獻陵八景詩引

登高興爽，子安有朝雲暮雨之吟；懷古情深，少陵發魯殿秦碑之詠。是誠才人之能事，洵屬騷客之遺風。山陰德厚趙社兄作客壽州，依劉幕府，清才絶世，盛德宜人，濯濯春柳之姿，謖謖風松之韻。應聲三步，豈讓柳公權之雄名；書屏十聯，不羨楊徽之之雅望。爰於三春之暇，聊和八景之篇。落紙珠璣玓瓅，光芒奪目；開函錦繡輝煌，藻彩怡神。允探驪龍之奇，殊異雕蟲之陋。付之剞劂，庶幾人握靈蛇；傳之國都，正使家珍和璧。金聲擲地，不獨價重詞林；玉葉鏤春，亦且光增縣譜矣。

陸夫人挽詩引

鳳簫聲隻，才人動失儷之悲；鸞鏡彩孤，騷客有悼亡之詠。況乎淑姿窈窕，美器柔良，既宜室而宜家，復能詩而能禮，齊眉致敬，傾産佐需者哉！我夢符社翁陸夫人，弱歲入帷，小心執櫛。鷄鳴堂上，二人俱藹歡顔；甕提井邊，閤眷均推勤政。青紗步障，頻解小郎之圍；明月錦機，時照餘光之壁。至於二叔娶婦，悉從一已辦裝，翡翠筆牀，何惜脱手，琉璃硯匣，不必隨身。豈難傾筐倒皮以相將，祇圖比玉兼金之可樂。麒麟一子，纔欲食牛；鴛鴦二禽，忽然折翼。劉子真雖不御肉，難免淒其；孫子荆總然作詩，益增愴恨。我輩分切臭蘭，情傷埋玉。觀結眉之蛛網，竊慟奉倩魂銷；撫瀝血之苔堦，潛憶安仁淚落。羅紈秋擣，誰開入户之風；翰墨宵閒，尚染抽書之涴。可無一字，弔彼美之芳魂；合集千章，永斯人之麗躅。倘錫琬琰，佇上縹緗。

鹿太夫人助葬引

太夫人，范陽鹿解元石卿公元配也。公峥嶸處榜，海内仰其鴻名；夫人婉鸞鳳幃，閨中傳其淑則。江村門望，人群具瞻，蓋有年矣。自忠節公血碧城頭，石卿公銜恤叫閽，甫得卹典，形銷骨毁，隨以長往，父死於忠，子死於孝。夫人承此家風，不敢隕越，柏操松節三十餘年，冢嗣静觀以名孝廉筮仕安邑，夫人隨往，冰蘗之訓，聿有徵焉。迨静觀以勤殞職，夫人爲次嗣密觀迎養於鄉。故業飄零，卓錐無地，流寓伯通之廡，寄食以供甘鮮，夫人安之若故。冢孫泠御羈跡他鄉，不免寒餓。清白吏子孫苦狀可掬，夫人未嘗有戚容也。嗟乎！把茅片席，尚艱安處於生前；石槨泉臺，誰代周旋於身後？今夫人靈柩見在高陽龐家蕞，燈銷漆焰，竈冷炊煙。密觀、泠御仰天椎心，泣盡以血，形影相弔，儡若枯株。首丘之路甚遥，目迷凍雪；敦匠之資莫措，心逐寒雲。我輩見義當爲，聞風斯起。或盟心舊社，曾執子慎之經；或把臂新交，不後朱王之託。或情深邂逅，弗吝麥舟；或道溯淵源，期崇木本。各搜囊橐，共湊錙銖，助成歸穸之仁，用表執紼之義。庶江村壇坫，尚知奕世之有人；梓里風謡，猶見吾徒之好德。

爲車黄門募修施茶菴引

匹夫之微，苟存心於濟物，未有無所濟者，儒者之論也，浮屠家亦然。高陽縣境有邊渡口，介在上谷、瀛海两郡間，横貫百五十餘里，一望斥鹵，村落凋疎，求一息陰之樹不可得。夏則炎沙，秋則潦水，冬則寒冰積雪棘路，而行有不得越者。車徒負擔，絡繹過之，焦渴寒餓中遥指墟煙，計氣若衽席。此時有沃以涼沫，熨以煖湯，雖醍醐仙液不啻也。斯鄉車黄門實有鑒於此，黄門昔在禁籞，今已老入空門，化爲野鶴孤雲、寒螿冷露矣，而愛育斯民一志，猶欲於一瓶一鉢試之。爰出衲頭餘粒，買地一掌於巷南，思結茶菴數武，爲置竈汲泉之所，庶不負此婆心，是亦辟支涉水餧蛭、袒露飼蚊遺法也。吾儒已饑已溺，將無同乎？顧一人始之，衆人成之，層臺非蕢土能就，願斯鄉之士大夫及諸善信齊作大檀越也。夫蔭暍人於樾下，猶傳三代之仁，投鳥觳於雪中，尚致百齡之壽，矧兹一路惠澤，萬人被沾者哉？共襄勝事，拭目俟之。

魏母楊太夫人挽章引

余與蓮六爲執友二十餘年矣，跡其所奉以周旋者，皆母訓也。母之生，出渥水鉅族，事舅母姑以孝聞。舅殁，值姑衰年目盲，善怒難近，母能委曲順其意，故臨殁語母云：「吾願爾生子娶婦皆如爾也。」蓮六之庭幃養志宲則之。母相夫子以勤簡，故産業不拓而常若豐裕，且教子義方，主家政嚴而有法，而蓮六之治繁理劇宲則之。母周親族以厚，待鄰里以和，御臧獲以恩，而蓮六之善氣迎人、遠近沾洽宲則之。二十餘年間，凡我同人忻慕蓮六之德，皆母德也。而抑知更有難於此者。方蓮六牧定襄，甫兩月，翩然弗袖，人人噪「八十日陶彭澤」耳。而所以促其歸者，毋不榮禄養而安德養，毅然將子婦先還，以示決當解組意。噫！女流而烈丈夫矣！宜蓮六之一見攖疴，如奪身命，數月以來，晝夜目不交睫，衣不褫帶，瘦無人色也。我儕沐母澤深且篤，聞母風夙且邇，睹蓮六之鷄骨支牀，其何能已於摧肝裂腑哉！恭制誄詞，陳而歌之，用播芳徽於不朽，庶表哀思云。

都曹口募重修五龍堂引

土木之工，不宜輕動。自古朝廷之大，除城池、倉庫、關津、阨塞勤加修飭外，餘俱慎惜民力，不遽議鼎新也。露臺之費，百金尚靳，況在閭井小民胼胝之物力乎？雖然，事有關於民間休咎，爲費少而受益多者，又不可以常律拘也。高陽都曹口舊有古祠一區，前祠五龍神，一方巨鎮，其來久矣。近年圮壞不堪，觀者咨嗟。按都曹村前一河，即磁、唐、沙三水之委流，巨浸蜿蜒，澎湃下注，每秋濤泛漲，汪洋萬頃，民命有魚鱉之憂。邇者安瀾不驚，沿河豐稔，黃隴青畦，如京如坻，以爲非龍神之司命不及此。神固施之，而人反吝報之可乎？則古祠之重加修築宜矣。頃聞淮揚水患，當事方議遍祠水神，多起廟宇，增崇祀典，以圖消弭，而此方親受龍神之賜者，固可褻越若是耶？宜乎龍李君發願鼎新也。獨力不能，告之衆善，理固應爾。望諸同好勿以尋常土木視之。昔狄梁公毁淫祠八百餘所，獨留大禹、泰伯、伍員、季子四祠，其中大禹、伍員居二焉。禹，治水祖也；伍員亦屬水神。豈不以水土演而民用利，關係休咎，爲古今所不可輕者乎？吾友林玉齊君諄諄爲余道之，余故樂爲嚆矢如此。

福泉寺塑莊嚴佛像引

紫柏老人云：「華鐘非叩而音響不流，寶炬未燃則寒光匿耀。故皈依佛祖，藉有刑儀，即像道存。」瞻顔體現，此莊嚴佛祖之所以不可缺也。獻城西北隅福泉古寺，歲久頽毁，老衲德盛發願重修。賢守劉公飭治茲邑，慨爲捐金。自山門以及大雄殿，森然林立，無一不更新者。所少佛像未暇莊嚴，而德盛示寂，使琳宫貝闕，黯焉無色，亦香臺法界馬尾不全之慮也。今德盛弟子某，痛念師果未完，銜恤告衆，誓了此緣。雖功成祇關一念，而道助必假十方，是用片疏，恭爲代引，倘大檀諸君必有樂合浮圖之尖者乎？或曰道本虚空，受想行識皆所不有，何有於輝煌金碧？得無爲佛法贅？雖然，無者自無，有者不妨並有。阿難白佛：「我見如來三十二相，勝妙殊絶，形體映徹如琉璃。」吾願四方大衆見吾莊嚴者都作如是觀，則紫柏老人「皈依佛祖，藉有刑儀」之語爲不謬也。

募暫補臧家橋引

獻州城北臧家橋絶滹沱之委流，爲南北髮道，輪蹄如雨。其橋柱以木，前年邑人慮其不堅且久，議易以石，陞任劉明府曾有募疏道其詳，惜未就工而内轉，事遂寢。今遇喬明府下車，百務更新，橋梁道路之間尤屬加意。一日橋忽圮，柱折梁頽，僅餘一線通行人，車馬過者危若履春冰，整理補葺之計一刻不容緩，且不暇謀金石之固，乃議以木暫彌其缺，爲費已不貲矣。喬明府心實憂之，首捐俸若干，復遍告斯邑士民之好義樂施者。嗟乎！輿梁孔道，豈能待十二月之鳩工？寶筏迷津，端有賴千萬人之助力。況仁莫大於救急，義莫高於扶危，請各捐槖底之餘財，共成目前之盛事。庶功成不日，覆簣即是合尖；樂至忘勞，輕塵遂堪足岳。敢告同志，勿失急公。

龍潭作醮引

高陽龐家蕞東南不數里，舊有古湫，名龍潭。泉水深甘，昔人磚甃之，潭底以瓦礫投，錚然有銅鐵聲，探之得銅釜覆泉上，蓋鎮泉水恐其噴湧也。鄉人遇旱，令婺①婦刷箕其上，則雨立應。父老相傳，不解其説，殆亦勝境云。歲久潭漸圮，吾友林玉使道人魏居潭上關廟，圖興復計。道人發願誠懇，募磚鳩工，旬月之間，整理改觀矣。又合諸羽流作醮以落之。夫山川能興雲霧，降雨澤，有功德於民則祀焉，兹潭之在兹鄉，禱輒應，爲功於民久，矧今春麥覆塊而雨不潤塵，其需龍神之沛施正殷，虔而祈焉固宜也。昔郯城石穴出雲則雨，臨賀卧石祭之亦雨，從古多有靈異者，不獨此一潭爲然。凡我各鄉，豚蹄之祝有同心，豈香火之誠無合志乎！

王氏世節旌表小引

曲逆彈丸地，節孝不一而足。至孝子王學詩典身葬父，在明崇禎十六年，而疏題其兩世節母在今康熙十八年，非孝子積德累行，勤渠無間，精誠所感，上下同風，則兩母之苦節不顯，立名若斯之難也！既而思之，孝子以畎畝一布衣，目未嘗識《詩》《書》，身不出閭井，樸茂無文，躬服門内，遂爾譽隆朝野，賜金表門，綽楔烏頭，巀嶭輝映，成德又若斯之易也！

① 「婺」，疑當作「嫠」。

嗟乎！人亦顧自致何如耳。爲其易，不患其難；憚其難，則易者亦隳矣。孝子當典身負母、割肉乞鄰時，固出其中心之適然，毫不計久近難易也，乃究竟底成，不可磨滅如此。昔羅威耕田，蔡順拾葚，不過率其事母之常，未嘗勉而爲之，而一時慕其至行，千古傳其芳躅，史册何曾負人純德哉？余因而更有感也。忠孝兩端，古今大誼。曲逆片壤，節孝著矣。其流九水處士趙守律，枯卧荒山，足跡不到人世，每遇鼎湖龍忌之日，焚香痛哭，三十餘年如一日。今齎志没，曾無過而作青蠅之客者！噫！人何其知孝而不知忠也？似又有待矣，吁！

獻城裝文昌帝君像並重修魁星閣募引

獻邑舊有帝君祠、魁星閣，二者皆關乎學校文物之興廢，右文崇道者，不可不加之意也。按梓潼帝君姓張，諱亞子，其先越嶲人，因報母仇，徙居梓潼之七曲山，仕晉戰没，人爲立廟祀之。至唐玄宗、僖宗、宋咸平中，屢封至英顯王，道家又上帝命梓潼掌文昌府事及人間禄籍，故元加號爲帝君，此文昌之説也。至於魁星之説，北極紫微垣中北斗七星一至四爲魁，又魁四星爲璿璣，杓三星爲玉衡，爲人君之象，號令之主，所以建四時而均五行者也。《書》之「璿璣玉衡，以齊七政」，正謂此也。又西方七宿首曰奎，奎十六星爲天之武庫，亦爲邊兵，又主溝瀆，昔時五星聚於奎則天下文明。魁與奎，二者未知其孰是？要之皆不專主文也。若夫專主文明之星，則在北方七宿中，東壁二星主天下圖籍秘府，明則道術君子進，不明或失色大小不同，則天下重武臣，賤文士。此爲學宫所宜，而世率多崇文昌與魁星者何也？夫文昌六星，天之六府，一曰上將，二曰次將，三曰貴相，四曰司禄，五曰司命，六曰司寇，並非司文事也，況梓潼乃地名耳，何豫於文物而崇奉之若此？且魁星所關甚鉅，朝廷大典自有專祀，何獨於學宫昭其靈應也？曰：此有説也。神者，不可知之辭也。既不可知，則其冥冥漠漠之中，其爲主文與不主文，烏乎定之？其主文而不止於文，與不主文而可以兼乎文，又烏乎定之？業已洋洋在上、在左右於千百年大小賢愚之心思耳目，是即至神也，尊之奉之，烏容已乎？請語於斯邑之士大夫，潔誠竭力以竣斯舉，斯邑之文物必大興矣！

行遠社約引

語云：「服習衆神，巧者不過習者之門。」貴專精也。諸君業已操觚與海内才人競渡，而不習鼓枻揚槌之技，得無爲釣臺敲扇柄者所竊笑哉？吾上谷人文，首推頓里、蠡吾、虞丘、渥水、濡陽數處，年來聯翩飛鳴者固彬彬矣，後起英俊磨礪以須者，指日排浪衝濤而上磧石之險，豈可少激躍之一力哉？目今白藏届節，斑管生涼，芸閣燈青，絳帷眼碧，正好讀書蓺文之會也。項里林玉齊社兄慨然首事，願爲諸英效鞭策，聯社以圖專精，意甚盛也。語云：「言之不文，行之不遠。」社取「行遠」，誠有道焉，諸君其鼓舞之！余廢棄老山人，不諳此道久矣，雖不能攘臂下車，然之野之暇，觀壯士之暴怒，與猛獸之恐懼，則亦油然動喜心焉。所有諸條，具列如左。一，向來結社多輪流供饌，然社中有不出户庭之人，每會問路，苦於導引；或寒素之家，客舍不寬，致煩那借；或器用廚竈不便，未免張皇。今議定龐家蕞東閣，地勢寬閒，令老僧主爨，每位一日各給大錢四十文以償其費，無錢者以米麵代之。晨午兩餐，率以爲常。其有社友願留講道論藝者，可以照此例給錢久住，兼可讀書。一，每月兩會，定於初十、二十五日清晨，到會命題藝文，不許喧亂廢工。一篇不完，罰銀五分；一會不到，罰銀一錢。如有急事，須先有假帖。一，不務帖括，願入會者別有制事齋，共談世務，或綜古誼，並不相礙，適以相成。一，社友既在社譜，即係契交，不徒文字借切磋之助，亦且身心有臭味之親。凡我同盟，各深此義。

伴臘謡小引

半載以來，所得吟詠，已勒爲一集。復餘白紙二三十片，裝成小册。時已入臘矣，二十餘余閒居日中及年而止，凡所咄嗟之餘，略成音節者，並與載之，得若干首，題曰《伴臘謡》。伴臘者，余與臘差可相似，臘是冷日，余是冷人也。憔悴，非是爲無以度日。

五公山人集卷第①十六

題跋

書巢子臨《感應篇》後

爲善無應，善必當爲；爲惡無應，惡必不當爲。因求應而始爲善，爲善之心不誠矣；因避應而始不爲惡，爲惡之心終在矣。是以君子正誼明道而已，功利非所計也。雖然，庸衆人不喻也。善應歆之，總不盡誠，善事多矣；故示之善應，即利禄焉。惡應怖之，總其終在，惡事少矣；故示之惡應，即刑書焉。或者勉强漸近自然乎？

題二王像

《宋五行志》載：「謝靈運每出入，自扶接者常數人。民間謡曰：『四人挈衣裙，三人捉坐

① 「第」字據前例補。

席。』」弇州家有宋搨石本右軍大令像，簪冠博衣，若半酣狀，前後門生二人扶掖之，想即此像邪？晉人風致於此可緬。

跋趙德厚《秋柳詩》後

美人遲暮，千載深悲，讀之騷魂欲絶，然轉眼春初，仍是芳菲無限，非慧心人安能解此？覺桓征西攀條流淚，尚隔一塵。余昔年六月賞菊詩云：「賞花偏向無花日，此意此情誰得知。相士失貧相馬瘦，多因錯認未開時。」①亦同斯慨。

郭耳黄《文式》題語

揚子雲爲郎時，自奏願不受三年俸，且休脱直事，得肆心廣意以就學，故行賜筆墨錢六萬，觀書於石渠。耳黄郭社兄題名雁塔後，一日相晤於壽州草室，出其手删《初學文式》見惠，其中創論精當，言簡而意盡，真可爲後學津筏。知胸中無塵累，不以仕進攖懷，可爲超凡越俗之襟量矣。他日優賜俸給，觀書石渠，踵子雲之故事，此編未必不與《太玄》、《法言》

---

① 此詩卷五七言絶中未收。

並傳不朽也。

諸名公手蹟跋

「麤豪厭見屋漏雨，圓滑欣逢錐畫沙。紙墨千年浄如洗，料應曾入米顛家。」此趙令時題右軍帖語也。吾友參甫家藏卷爲前朝諸名公手蹟，片羽碎金，米鹽集之。不知當年誰氏子，好事成此佳玩。其圓滑瘦勁，大抵宗王法，而意態各出，俱臻微妙。參甫於翰墨夙有嗜痂癖，牙籤玉軸，方留心鑒賞，此卷得此人可謂「入米顛家」矣。余摩挲借觀，不忍釋手。筆墨之工，即使今時見之，當亦擊節稱歎，彼「麤豪」者何足與語此！

著亭跋

静修詩曰：「後人指點經行處，應爲先生著此亭。」意在名也。陽明詩曰：「天迴江漢流不住，地缺東南著此亭。」意在功也。吾師紫峰寓渥水，其以「著亭」題此也，豈無意乎？餘佑詩曰：「晚日射波菱荇紫，晴霞帶郭竹松青。功名千載知誰問，且爲一盃著此亭。」①

① 此詩卷五七言絶中未改。

題元樸卷子

吾鄉以醫名者，無如瓦橋丹崖趙君。聽其言深秘，非人所解，然取效率如左券。比晚始識渥水元樸劉君，其言之深秘與丹崖相若也，而効亦往往著。昔年余見其居停屢遷，所在輒籍甚，今寓涿有年矣，涿之知名士相與贈言述德者，篇章滿窓壁間，厥効不益著與？然余覽其所集詩卷，徒多人耳，無人爲公計及此道者。蓋此道如千載絶學，預其衣鉢者不多得。今丹崖君已物故，其遺編餘論如《廣陵散》，無嗣之者，而劉君年遲暮，衰病流離，好事者率貪其一日之効，而不慮其百年之功，不汲汲求安其身以傳其術，而使其憂愁困頓於旅逆之中，蹙蹙謀骸骨歸故鄉，慘澹鬱邑，焉能舒懷怡氣，究極夫前喆奥旨，廣覽其人而傳諸乎？或曰：劉君吝道之微妙，輒不以示人。余曰：人無求者，安見其吝？即吝，聞余言當必有變計矣。

題《瀯水亭印藪》

士不求榮於世，則各有所資以游，意寄而已，而技亦工焉。桃椎織屨，以易茗米，聖子畫馬，而濟窘乏，持藉以寓身耳，當時固傳之。管子又幼齋脱屣塵寰之志，而謀所資以游於世，鐫摹篆籀，留心小璽，亦朱龔之履馬也。日漸久，技亦漸工，蓋其所本《説文》、《正譌》、《玉篇》諸書，考證最確，而劚削亦竣，詣者固知其異於凡猥矣。兹册非其彪炳者歟？若夫時道之戚，則感慨係之，余又無容深調也。

跋公式臨歐陽《率更帖》

孫過庭云：「楷書之法，初學平正，後歸奇險。既能奇險，復歸平正。」公式書向如蒼松怪石，不可方物，奇險極矣。邇復專工《九成宫帖》，晝夜臨摹，幾於硯穿穎秃，遂得其精奥。今爲弟子奂若書此本，端楷清遒，奇險後之平正信有徵焉。閒窓披閲，如對端人，復逢喜色，和悦而静，可仿佛之，益見過庭語非謬也。不乖入木之術，無間臨池之志，奂若其善師之。

題德馨抄《楚詞》

德馨田子從余游，時時載酒，見余案頭《楚詞》，欣然慕之，遂手自繕録成一帙。余曰：寫書，古人美談，截蒲編柳尚且爲之，何況今日？田子可謂好事矣！《楚詞》文字之奇，古今共羡，班彪、摯虞之儔姑不論，但田子自兹以往遇古人書多矣，使其盡能好之如此，山玉海珠，豈特一騷人章句已哉？王修數百卷，張華三十乘，殆不難致，田子勉之！

碎墨卷跋

傅山青主論書云：「此中無他巧法，只是一味實實砌壘工夫，見古法帖不必輒臨，從上下四旁諦觀結搆起落，心畫存之，久久胸中爲字武庫。」此真格言！學者能從此入手，翰墨不難精矣。余若谷家暠素諳此道，門人郝謙集其手書若干粘爲卷，又以余書碎紙綴其後，時時體玩，亦筆墨一助也。

跋杜紫峰先生絶筆後

嗚呼！此吾師杜紫峰先生病中絶筆也。春蚓秋蛇，猶飛冰繭，電光石火，已落泉臺，把玩遺跡，安能不淚下沾襟也？然示同志語，翛然灑脱，一片清虚，騎箕比烈，斷不作凡間游魄。至於眷戀霞城，則又情殷愛篤，留下衣鉢。霞城何幸而得此於先生耶？嗚呼！霞城必知所自勉矣。

石補天倫卷跋語

吾鄉有金容孫先生、立節刁先生、范陽杜先生，屹然鼎峙。今三先生皆物故，海内想望丰采者，思得片言隻字，重如拱璧，而鹿苹梅君家藏此卷，孫、杜两先生手跡宛然，何其幸也！两先生非事關忠孝廉節不輕留筆，觀此累累百餘言不去口實，且杜先生大書絶少，僅見卷頭，鹿苹素德爲两先生所器可知矣。噫！獨刁先生不作書，平生手跡不少概見。余方爲先生作傳未就，又不能不對两先生遺墨而愴然懷念也！

《通俗勸善書》跋

《通俗勸善書》，熊勉菴氏所輯，頗稱親切有味。用賓喬明府蒞獻以來，攜之巾箱，時時讚味而奉行之，業已政簡刑清，百務就理矣。尤欲烝民好德之彝，家喻而户曉也，遂捐俸翻刻，令其廣傳，立意可謂懇且摯。余山人，流寓樂壽，自甘朽櫟，不復敢見貴人久矣。明府每隆下交之禮，所以慰藉之者甚厚，於刻是書也，持以相商請益。余觀是書採集博洽，論析周密，無可更益者。無已，則有劉念臺先生《人譜》一編，弁之於首，使讀書有識人習誦，興起理學，令人心風俗粹然一出於正。再無已，則有朱國禎《湧幢草》所載水利一款，及田秀實先生《平治要務》畦田區田之法，附列於末，爲救荒利農急務。語云：「倉廩實而知禮節，衣食足而知榮辱。」既富方穀，勸善之道莫良於此。是書也成，始之《人譜》，葆其初心，以端爲善之源；繼之《勸善書》，廣其功德，以充爲善之用；終之田功，養其身家，以助爲善之樂。庶乎王道大備，有始有卒，而教養並興矣。愚夫一得，未知有益高深否也？

書《五峰紀略》後

余在遂城晤李聖用，出孫夫子蘇門先生所爲《五峰紀略》，讀之潸然淚下。昔陳同甫搜採奇聞，於趙次張、龍伯康二人懷奇負異，齎志而没，猶三歎傳之，余何能默？君冒姓蘇，復姓李，爲諸生時才高睥睨儔伍，氣豪一世。已而投筆成武進士，工馳射，好大略。曾在雄城守陴，闖賊薄城，雖民壅塞門不能閉，騎將躪矣，君於城上以三矢透鎧却之，城得全。又於五峰守砦，老穉萬口，倉卒攀磴道不及，賊躡之，君横弓截射，三發三中，迸血丹谷，賊立退。明崇禎末，君宦京營，條陳救焚急務十餘款，鑿鑿可行，而當事疑不決，嘔血而已，識者惜之。君殁已久，後君死者覩君軼事，不能述君生平，與趙次張、龍伯康並傳，有愧同甫多矣！爲綴數語於紙尾。

題飄然樓主人壽詩卷

梁水淩九郝翁，余同社友也。幼鋭情筆墨，老而彌篤，架書連屋，日坐修篁裏，孜孜不厭。其所爲詩古文詞，不啻吉光苞羽。兼邃義象之理，往嘗爲余剖析至夜分，皆帖括家所未道，翁亦自負不薄。今年且七十矣，耳目精明，觀覽日益富。華祝之期，余及同人咸爲詩歌以慶之。而翁長公參甫，夏初以歲薦赴試恒陽，其年友多鉅鹿、大雄間名宿，雅工文藻，聞翁高行，争爲篇什投贈。故參甫歸而甚喜，得偕諸英翰墨以爲階前萊舞之助。中塗寓書，欲合遠近詩箋集成卷軸，作笥中珍，而乞余言弁其首。余因憶宋處士王昭素，年七十餘召見便殿講《乾卦》，因示諷諫，又陳治世養身之道，聖主書屏以志不忘。翁於《易》理淵深，包括參兩，極其所至，足以幹旋元運，豈獨窮年矻矻，雕刻於經緯宫商而已哉？他日當有式廬問道、究大儒之藴者，余且拭目竢之。

題《塒園詩草》

夫人趨向有高卑，其意言亦因之異。祖士少傾身障簏，時論鄙之；阮遥集吹火蠟屐，神色閑暢，見推名流，其趨向異也。吾友右黄，忠孝傳家，博綜群籍，胸無俗累，有夷然不屑之韻。廣陵一遊，雖不無所需於人，至明月歸舟，了無所裨，而得失不形。縱心嘯詠，俱見襟素，以視世俗得則狼奔、失則鼠竄者，相越何遠哉！觀其作，知其趨向高矣。閒一披誦，如見其人，蕭爽清逸，倜然標舉，使世間齷齪輩聞而愧汗，其曠達如遥集者遇之，又浩然有當於天懷也已。燈餘點定，聊述數語，以代遠道晤談。

孫文正公《車營》跋

車戰一道，自春秋以還，代有其人，人有其制，而酌古准今，得失利病，區畫無遺，則文正公此制集其大成矣。始於馬滄淵大將軍呈其式，屢呈而屢不合，最後公方喻之制，成團練，分合變化，捷於呼吸。其運用之妙，惟鹿忠節公《車營説》盡其概。大要不出「我欲行，敵不能使之止；我欲止，敵不能使之行」二語，而其精思妙理，百端並輳，尋繹無窮，則在《百八叩》一編，浩乎淵乎！不可揣摩矣。昔年吾邑于度張公、養邃孔公，皆忠節高足，刳心世務，曾親到關門觀其規略，深服文正公佈置宏遠，制作精詳，非常人所及。歸來與余草廬抵掌，每一挑燈，輒至五鼓。不意世故紛紜，二公皆以松柏之操埋骨首陽，余亦流眄嚴瀨，絶口不談世事。壬戌冬，公孫紫淵從余破囊中搜得《百叩》一編，持歸補其家集，既而走字囑余爲序，而藏之以傳久遠。噫！此事往矣！燕雀堂中圖淹歲月，世無過而問津者，此道幾何而不爲塵飯土羹也？雖然，諸葛武侯鞠躬盡瘁，創爲《八陣》，至今魚腹沙中縱横列石，江流不轉，豈非精誠所著耶！況此編條分縷析，精誠所披，俱足千古，收而存之，可以補孫吴所未備，安能使世間奇猷泛泛與草木同腐乎？詩云：「魚鳥猶疑畏簡書，風雲常自護儲胥。」三復斯言，令人神往。

跋廣威將軍德星梁公誌傳卷後

先魯山公及先忠烈公與金容梁方伯及弟廣威將軍爲姻戚，每一過從，輒十日飲。余從坐隅，親見酒緑燈紅，呼盧浮白，神彩欲飛。距今四十年間，諸先人皆去世，回憶舊歡，如在夢寐。辛酉冬，遇平和梁同學於渥水，乃廣威公季子，出其先人誌傳見示。傳爲吾師紫峰手著，且自書「俠風義骨」，淋漓筆端，廣威公可以不没，而平和蓼莪深情，俱壽志林矣。披紙念故先世交誼，依依目前，真不異剪燭東窓時也。後之高山景行者覽此卷，覩廣威公義烈，兼知吾兩家先好一段真悃，或不同泛泛云。

題濡水馮孝義泗昌公遺事

孝弟仁義，夫人性而生之者也，而世之於親於友遇，率隱忍怯懦而不能發，豈性之不善歟？抑其氣質之稟賦者薄，而旦晝之間知誘物化，莫繇透露其心性之本然，是以雖有觸而不發，發而不克竟其事也？若濡水泗昌馮公，衛親保友三軼事，發於至性，極乎人情，不可述而志與！泗昌爲諸生家居時，丁母夫人艱，侍父還淳翁，年八十有一矣。一日昏夜，盜入其宅，衆皆駴走辟匿，公度父動履難，不能脱，遂燃燭立牀頭。盜逼索財物，抽刃欲斫其父，公跽曰：「吾父衣食於吾兄弟者二十餘年矣，家私皆吾輩營辦，即有財物，父安得知乎？況遭凶歲，苦饑寒，衆等或誤聽也。」盜不直而縛之，將酷以火。還淳翁曰：「既不信吾兒言，當使死於其室，老夫不忍見也。」盜從之，及引入別室，四壁蕭然，盜始悟，釋之，父亦得無恙。此其孝於親者何如也？公弟運昌觸厲禁，身家立辱没，公告運昌曰：「家破則無患。」於是盡出己所有售之，牛畜繼焉，運昌産卒完。此其弟於兄弟者何如也？往年安州盜蜂起，地主率左右營兵捕之。有公友梁文運者，良士也，自鄉詣城，爲營丁所獲，地主疑通盜，大怒縛之，文運百喙辯不自明，已將出州門就死地矣，闔州人駭怖，無一敢解者。公聞，疾登堂大言曰：「明府爲民殺盜，奈何使無辜受戮乎？秀才梁文運，貢士某之子，實無不法事，願以二十口保之。」地主素信公，追還釋焉。此其秉仁仗義於友朋者何如也？昔慈谿馮公君德，值倭寇犯縣，君德隨父出奔，倭斷父手，君德以身蔽父，泣求躬代，竟被刃以歿。王琳弟季遇赤眉，將加害，琳自縛，請先季死，賊俱釋之。李孟元與叔就同居，就有痼疾，孟元悉以田園與就，而自紡織給日。李泌爲相，内外俱疑韓滉有異志，泌以百口保其不反，朝廷究賴其用。凡此皆古今孝弟仁義垂名簡牘可爲世法者，非泗昌公前徽耶？公阿咸繪生讀書識大義，不難光大前人之緒，故述其概授之，以俟採風者。

《出門交譜》跋

昔陶淵明每出門，平日有不能招致者，輒於便道伺之，及至未嘗不盡歡。邵堯夫每遇經行之所，門人輒築行窩以待，便極嘯詠。當時晉、宋，二公爲士人敬重如此，而人之敬重二公者亦附二公以傳。吾鄉徵君先生之自蒲陰南發也，一時士大夫或先期往，或遇諸途，或樹下班荆，或席前折芰，或述短韻於素箋，或寄深情於華札，殷然古道歡，蓋不減於陶、邵二公，而懇懇誦説，以仁人孝子聶天下後世，較二公倍肫切，而令蒸動於先生者亦盛。及先生卜居其城，彙集諸同人詩札，録而存之，曰《出門交譜》。先生自有言，小子不必贅。然先生之意，以不敢忘諸同人之雅，得此以爲幸，而吾謂諸同人之得登先生《交譜》爲尤幸也。非附青雲，烏能聲施後世？即夷、齊之賢，尚借孔子而彰，況其他乎？雖然，交先生者爲慕先生之行，尊先生之言，體先生之心也。今先生鬚眉肝膽具在，春風一座中，步而趨之者有人乎？佩而服之者有人乎？中心藏之曷日忘之者有人乎？吾竊望於同人不浅矣。

王氏家譜事蹟紀略

王氏家譜序

王建善

余家著籍不詳其所始，父老相傳自小興州遷居，遂世爲新城小陽社人，其地在城東四十里馬頭村。此方以「馬頭」名村者凡數處，而余祖居則西馬頭村也，又名王家馬頭。始祖姓宓，因贅王氏，故蒙王姓，子孫相沿，未能正，故譜亦名王氏，而本支相承則宓氏子孫也。宓公聚才，即始遷之祖，迨今八九世間，雖無名閥顯德可傳後世，然人各有祖，水源木本，豈以貴賤榮枯異乎？況當亂離之日，東西南北分飛不定，桑梓墳墓之鄉，高曾祖父之名，何可以弗識也？余解組山中，登臨之暇，因手録九世以來宗系，令兒孫輩綴輯爲譜，庶後人觀省無忘其所自也。至於高大門閭，冀望非意之説，吾無取焉。

甲辰六月七世孫王建善沐手述於易州西山之雙峰雲窩中

重修家譜序

王潔己

王氏自鼻祖而降，凡十五世，其先當亂離瘼矣，而爲奚其適歸者，多闊絶不相聞，故先譜往往闕而不書，考之惟吾本支獨存。本支系六世三支祖後，再傳而數世單斷①續微弱，抑亦甚矣。至吾始昆弟四人，兒姪同堂九人，孫等則廿餘人矣。雖家業不充，而蕃昌之象瓜瓞綿綿，斯豈非盛大之機，爲列祖之靈所默慰於萬一者哉！自是厥後，漸傳漸遠，愈生愈繁，懼有不知何如支派者，因敬稽五世祖恢嬰公手録家譜一册，綴而輯之，俾奕世孫等有心者昕夕觀覽，無忘水源木本焉耳。夫譜必言宗也，宗有大有小，重大宗所以尊祖也，敬小宗亦所以重大宗也。小宗合，斯大宗尊也。吾家大宗既泯絶，於兹當别稱宗，禮大傳所謂「别子爲祖，繼别爲宗，繼禰爲小宗」是也。今譜既作，所以繼禰祖、繼祖、繼曾祖、繼高祖之宗具在，願後世兒孫輩共敦勉焉。

嘉慶十年乙丑短至十二世孫潔己沐手敬書

十三世孫將蕃較輯

世誼戈津書諱

① 「斷」字衍。抄本原稿已標記删除，下同。

重修譜序

王將華

予家譜系始修於予七世祖魯山令恢嬰公，以序自弁其首，有云：「余手録九世以來宗系，令兒孫輩綴輯爲譜，庶後人觀省無忘所自也。」嗚呼！予讀此而喟然有感矣！予嘗見鄉黨閭里間，有讀書數十年，身列儒林，及詢其高曾爲何人，别支之遠近親疏爲何若，竟茫然無以應者。又或有徙移他鄉，及一旦相遇，而兄弟叔姪祖孫之輩行，其稱謂直吶吶然不能出諸口者。且甚有世序久沿，直謂一姓非一家，而犯同姓爲婚之律者。嗚呼！夫以族人之繁盛也，或貴賤不同，榮枯各判，或營爲殊趨，居處異方，而一遥溯其所自出之人，則皆一本也，則皆同胞也，則皆先祖當日恩勤撫育之所留貽者也。乃經數傳而後，竟至散漫無紀，不可究詰，直視若路人然，縱其後有孝子慈孫，慨然興水源木本之思，篤同氣連枝之誼，欲有以遺①追溯而聯屬之，奈一斷不可復續，其又烏從而追溯之？烏從而聯屬之？是皆譜牒之不修，忘其所自，故貽患至此，可勝慨哉！予家自高高祖五公山人單傳，四世至余父兄弟四人，予從兄弟九人，予子孫輩今且已數十人，則生齒日益衆矣。迨數世，家口蕃衍，將

① 「遺」字衍。

不知凡幾。源遠流長，派别支分，幾何不至骨肉不識，秦越相視，如吾所目睹於鄉黨間里間者耶？此我魯山公諄諄焉以後人觀省無忘所自爲言，其慮至深且遠也。予也上溯自九世以來，至於所及目睹之子若孫，綴序於後，分其支派，别其親疏，一遵格式，瞭如指掌。且並先世或有某大節，或有某功名，或享壽幾何，或塋葬某處，亦謹註明，以備觀省。庶後之人咸體此意，按圖而推，依次綴輯，繩繩勿替，雖至百世下一展焉，而尊祖敬宗之意，一體相關之情，不禁油然而生，胥賴此一譜矣。是豈非我魯山佑啓我後人之至意也與？至我先人忠孝節義，照耀寰宇，詩禮書香，流傳奕業①葉，是何如家風也，我後世子孫不克丕承基緒，世守而表彰之，亦淩夷衰微矣。而如敢有越畔之思，敗德之行，致衣冠不類，隕墜家聲也，此尤有玷先世而忘其所自之甚，爲我魯山公令後人觀省之意所不及料者。余予斯譜更不勝悚惶之至，切祝之至。

嘉慶十四年六月十三世孫將華沐手敬述

① 「業」字衍。

重修家譜序

王 𢘅

王氏之有譜，肇自七世祖魯山公，再修於先王父春圃公，由略而詳，瞭如指掌，厥後按圖推衍，依次綴輯，甚易易也。閱自嘉慶己巳，迄今五十年，丁户日益蕃矣，其間派别支分，幾有不能省識者，於此不有以聯屬之，不將以同族之親而秦越視之也乎？癸丑夏，承父命綴輯，未幾匪寇破獻，干戈擾攘，數年來顛沛流離，以故未蒇厥事。乙卯，渠魁授首，境内漸近怗平。迨丙辰，館於中水，課讀之暇，考覈舊譜，自十五①三世以降，雖先王父所及目睹者甚詳②夥，第手録時有年壽未終、名字未定者，以及匹配之姓氏、功名之就否，其間不無缺筆，矧爲先王父所未及目睹者乎？今據支派之遠兵③近，一遵格式，詳爲補敘。非敢云修也，聊以繼先人之志云爾。

咸豐陆年歲次丙辰秋七月十五世孫𢘅薰沐稽首敬述

① 「五」字衍。
② 「詳」字衍。
③ 「兵」字衍。

重修家譜序

王　惺

吾家之譜牒由來久矣。初創修於八世祖恢嬰公，再修於曾伯祖霽嵐公，又修於先王父春圃公及余懋亭胞兄。上承祖父，下啓子孫，綴輯成編，瞭如指掌，令後人觀省無忘所自，譜牒之所關豈不大哉！由丙辰補敘以來，迄於今三十餘口①載，瓜瓞椒衍，人丁約有二百餘口，源遠流長，派別支分。使再不綴輯，子若孫誰知篤同氣連枝之誼？幾何不如我先王父所謂骨肉不識，秦越相視，貽患伊於胡底？現今春王正月，余更興水源木本之思，爰謀諸兄弟子姪，增修譜牒，大家一心，踴躍從事。支派之遠近，名字之稱謂，匹配之姓氏，功名之就否，生卒之日時，及里居墳墓之遷徙何處，無不一一臚列分明，令後人觀省。又將先人大節在忠孝，道義在師友，經濟在學問，照耀千古之事蹟，敬録於譜巔，俾後世子子孫孫觸目驚心，不忘祖訓，余有厚望焉。倘有非分妄爲，衣冠不類，隕墜家聲，誠我先祖之罪人，有何面目立於世間耶？吾願子若孫以祖訓爲法，以世俗爲戒，及早猛省，尚不失爲孝子慈孫也已。是爲序。

旹光緒十三年歲次丁亥正月燈節十五世孫惺年六十五歲薰沐敬述

---

① 「口」字衍。

王氏家譜事蹟紀略目録

① 題上抄本原有「河間太守王奂」六字。
② 題上抄本原有「霑化李太史呈祥木齋先生」十一字。

新城崇祠鄉賢部覆文①

傳單

崇祀鄉賢祭文

兼山王公碑文

春圃公家規

重定家規②

祭祖文③

① 標題據正文補。

② 標題據正文補。

③ 標題據文意補。

王吏部復嬰公傳[①]

王公諱明善，號復嬰。相傳小興州人，七世祖宓公徙居新城之東鄉小陽社西馬頭村，故世爲新城人。公生而聰異，美豐姿，有玉人之目。性温文，篤孝友，人以非禮干者，率不較自詘。幼讀書，過目不忘，嘗十倍於同學者。童年試於縣，長令異之，留署中屢試，七藝立就，此後爲諸生試皆厭卷矣。家貧，不甚營生業，或時窘乏，鄉人李景者時資給之不倦，公叔思敬公尤加愛護，凡燈火賓客之費恒供助焉。公與從弟建善同筆硯，所居瓦屋三間，面流，陰木頗幽適，公兄弟絃誦二十餘年其間，不啻陆機居東頭、陸雲居西頭也。公愛飲，興至揮杯緩頰而談，每至傾座。與容城梁方伯炳幼爲姻契，又同飲性，一相聚輒旬日歡，夜以達旦不顧也。恩拔入太學，偃蹇者久之。邑諫議仰岡劉公重公名，禮聘爲子弟師，公以貴門不就。乙卯，舉孝廉。公族有幼鬻於貴家張姓者，既長逃歸，匿公所，持玉帶一圍，貴家雅重公，無所言矣。公知之，召貴家以玉帶還之，曰：「族子不才，此君家物，應收之，望貰其自幸耳。」貴家感服。其介性不苟類如此。己未計偕，登第筮仕，尹山西平陽之曲沃。

① 此傳抄本未載作者姓氏。按民國《新城縣志》卷十《人物・宦績》有王明善傳，其文本此而略簡。

沃故北縣，公清操自勵，養賢惠民，政聲噪遠近，藩臬直指諸上官，皆以清廉第一目之，蒞任五年，百姓戴如父母。公餘論文課士，經其品藻者率顯達爲名公卿，曾豫省簾，所得士大抵名宿。嘗一日行謁上官，於途卒遇叛民作亂，圍公輿，公搴帷諭之，叛民知爲公，咸輿叩頭散去，以公清廉愛民故也。天啓末，行取入都考選，授吏部。未受職，以病卒於京邸。先是，公試禮部，爲大學士黄公士俊門人，黄公極器重公，每一見爲之絶倒。公没後，黄公出都，過新城，臨其别業，流連累日，撫遺胤，愴然動國士之悲。此其知遇各有所深也。又公患至不驚，卒以平心消。公當鄉舉後，公少弟坐殺人罪，公父愛少子，欲坐長，怨家遂訟公。公謂①謁上官，不置辨。上官一見，驚曰：「此金玉君子也，豈與人行毆者耶？」立出之，公弟亦卒免論。其寬忍有度又如此。公二子：餘厚、餘慎。公没近二十年，崇禎末，逆闖犯闕，公子餘慎率鄉黨起義兵，樹幟義復國仇，縞素誓衆，遠近應之。餘厚亦棄諸生，不赴考，流落江湖，樵蘇自給。足見公遺教云。

① 「謂」字衍。

魯陽紀略①

王建善

家君魯陽一政，實極樸忠，當時耳目共擊，文案猶在，多屬實録。在祁之暇，家君敘次其事以告同志，因録之集焉，示不忘也。②

《紀略》者何？紀余任魯山之事也。魯山事往矣，何紀焉？然余之在魯，余實不敢負朝廷，余實不敢畏艱難，故其事至今不忘，猶思紀之以告同志也。余占籍直隸新城，攻苦於燈窓者三十餘年，繇歲貢蒙先帝特恩，欽授於崇禎十四年，除山西汾州府臨縣知縣。自以爲臣子受主上隆恩，踵頂靡愛，夙夜奉職，無忝爲念耳。蒞臨未周歲，其他政亦未嘗敢得罪於百姓士人，躬自茹蔬飲水，革其供應里甲，歲省民錢不下萬餘金，然竟以失於營託，爲當事所忌，不滿期，輒調河南汝州魯山。名曰調繁，其實棄之也。蓋是時中州當逆闖盤據數年之後，十室九墟，荆棘塞路，土寇蜂聚，刳人而食，邑里無復人聲，魯邑猶甚，仕宦者指爲畏途，朝廷之上亦委爲贅地久矣。彼時奉命守土之官，鱗次河干者不下千餘人，逡巡摇足，望汝洛而銷魂，誰復敢臨大河而問渡哉！自余得是命，聞者莫不爲余戚之，以爲必無可過

① 據本家譜《曙光公碑陰記》，此文已載清初《魯山縣志》，待考。
② 小序及跋語各一段爲王餘佑語。

之河，必無可任之魯也。余獨曰：「人臣受職而畏難，豈義乎！即有不測，我固甘之，況天下無不可爲之事耶？吾計決矣！」遂遣子餘佑入都請憑赴任，都門士大夫争笑其迂，言既無憑，正宜藉口以圖觀望，乃請之耶？余不顧，既得憑，乃率姪餘嚴、甥高雲路及家人三人，挺身單騎而南。比至懷慶，遇魯快二名，脱身至河北，言魯城新陷，道路梗塞狀，極言止河上，萬不可渡。余曰：「我至此，豈復中止？但以速赴任爲是。」於是不避難險，命舟渡河。是時崇禎十六年二月二十日也。及登岸南望，一路白骨如山，蓬刺如樹，鬼哭狐鳴，慘然驚目。餘披荆斬棘而行，所至招撫土寇，獎諭忠義，諸寨山賊豪傑聞有朝廷命官至，於是群相響應，争率其所部相迎焉。蓋是時中州久亂，與河北隔絶，朝廷恩信不至其地，居民豪右自相蠶食殺傷，壞亂無紀，諸縣城寨多土人代署，無復正官，人皆苦之，而河北官從有事以來迄無一人一騎渡河者，人情觖望，一聞余至，真有如不圖今日復見漢官威儀者。余推心撫之，無不鼓舞效用。於是以其附者擊其未附者，躬冒矢石，蒙犯霜路①露，轉戰至魯，嘗一日而數接敵兵，每連朝而不遑櫛沐，遂於三月初九日到任治魯矣。先是，魯城被逆闖殘破，縣丞郭之科殉難，印亦失亡，城堞墮壞，人民散戮殆盡，倉庫焚劫，官衙同

① 「路」字衍。

燼，棲止無舍。余宵旦拮据，親督殘役孑遺，築城浚濠，置火器守具，示人以有所恃，然後設法招徠，平其積罔，拯其孤弱，諭以同舟禦患之意。於是流移漸復，數郡之民，咸以魯爲歸焉。不旬月，城中熙攘，其城所不能容者，城外濠壖皆滿，緣城而居者數萬餘人。余又勸課桑麻，設給牛種，魯境之内始一望青苗矣。俄又獲縣印於衙井中，民愈重朝廷威德。至四月間，逆闖忽遣郝、劉二營兵數萬，送僞令劉彰德、王自禹入境。余聞驚，即躬御鞍馬，率都司李一鳴，糾合鄉勇，檄各寨民兵，力戰三日夜，卻走之。至六月，賊復送僞官，禦之如初，又卻走之。及至七月間，賊乃大舉入寇，合巢賊數萬，自荆襄而上，蜂屯城下，急攻四晝夜不去。余以爲賊衆兵寡，兼之糧少，欲破之，非計不可。於是乘夜開門，移兵潰圍，直奔西山員垛寨，而密令健卒潛伏寨外山谷間，又傳令各寨鄉勇四面犄角。賊聞余入寨，果移營圍寨。寨險，既不能下，而四面伏發，抄絶其後，拼命撲殺。余復督李都司從中奮擊，賊倉卒失措，當陣殺死及溺水死者無數，斬級二百餘顆。賊乃喪氣，並僞令奔汝州，自是魯境始無賊矣。本境土賊劉鳳梧者，亦就招安。而魯斗大一城，當群賊星羅碁布之中，終不爲僞令窮①竊據者，職此之由也。是蓋七月二十五日事也，彼時余即申文河北按

---

①「窮」字衍。

台蘇公諱京者，蒙批牒云：「本官到任，加意料理，以成厥功，自應特薦。有便來見，面商機宜更妥。」此蘇公原牒俱在也。是時復有寶豐僞令熊一鵬者，帶賊徒數千，公然行事，剽掠四境。余思寶豐距魯四十里耳，豈可令其狂逞如此？唇亡齒寒，禍將滋蔓。於是密謀，俟其兵衆回大營，止餘一官率衙役理縣事，若將安常者，余乃移兵密至寶豐城外潛劄，而用間者寶豐人一人入城，謂僞令一鵬曰：「今某自魯山來見，魯山人整兵數千，定於某日攻寶豐，擒僞官獻功。某此縣人，與公相愛，特先告知。」一鵬愕曰：「爲之奈何？」對曰：「不如及今乘其未來而逃之，再請兵恢城未晚也。」一鵬然其計，遂出城，魯兵已在城下矣。乃並其協從四名擒之，獲其印，挂示城中，安慰百姓。委人署縣事，一城復翕然奉王化焉。時已九月十二日矣。余復具文申解一鵬等於兩台，有蒙批「該縣文武協力督率鄉勇，擒獲僞官，可嘉也，事平一體優敘」等語，原詳具在。當斯時也，大河以南無堅城矣。問有爲我國家保一塊土，留一片銅，孤立於干戈紛攘之内者，僅僅余隻影耳。余欲效顔平原爲十七郡之倡，孰知天心不旹悔禍，而逆闖大衆西行，陷潼關，躙晉魏，逼幽燕，遂没我神京，而我高祖三百年聲名天下，我先帝十七載聖明天子，竟無一矢一鏃以血濺敵輪者，而遂一旦運盡於眇賊之手耶！嗟乎！孤臣遠隔，揮戈之淚徒殷，返日之期難再，大廈已傾，一木何支。不得已而泣謝士衆，獨懷銅章，脱然遠遊，終此骸骨。又孰知卧病窮途，奄忽七月，遑遑何之，纔得一望丘墓，而家門添禍，逼余入都，又不覺至今日矣。嗟乎！天下難平者事也，可原者心也。余之不敢負前朝，余可自信也，又安敢知天下後世之信余，亦如余所自信乎？願以示之同志而已。

臨縣舊例，有供應里老十名，每歲括闔縣社甲金錢，以備縣官私費，每日除送小菜銀一两外，凡内宅衣飾及上司饋送奇珍異物，發單即備，不以額限。前此縣官歲費逾二萬金，余下車之日即詢知其故，立刻將十名里老革除回家，永不許供應。敢有私斂民一錢者，以贓罪處之，遍示闔縣，立石縣廳，以杜後患，老幼稱快。

督亢王建善恢嬰甫述①

家君以先朝鄉貢，蒙先帝特用，授臨縣知縣，調繁魯山知縣。清初因繳魯山縣印，授祁縣知縣。以失迎大人罷任。入山二十年，足跡不出山矣。今年八十一歲，誕辰在十月十七日。

① 署款一行，抄本原在題下，今移後。

王魯山兄弟二難小傳[①]

孫奇逢

公諱建善，號恢嬰。其先姓宓氏，小興州人，七世祖諱聚才，始内遷，隸新城，贅王氏，遂以爲姓。公起家文墨，性慷慨，尚氣節，喜談兵事。萬曆中，天下多故，左忠毅公較士畿輔，以公文與射稱兼才，可備用。久之，積餼貢於朝。崇禎間，加意用人，敕歲貢與進士一體授職，除知山西臨縣事，痛革積弊。先是，臨縣舊有供應里老十名，歲括闔縣金錢，以給縣官私費，前任有歲費至二萬金者。公至，立革除之，刻石記日月，永不許復，民大稱快。以條陳時事，爲當事者所忌，調魯山。中州自逆賊李自成盤據後，國家視爲棄土，即奉命守土之官亦皆鱗次河朔，不復問渡，民無所依歸，皆相聚爲盜。魯山爲澤藪久矣，公獨慨然曰：「受職而畏難，豈人臣之義乎！」乃自請憑於部，單騎渡河，招撫亂民，獎勸忠義，轉戰至魯，宣布朝廷威德。河南之民聞有守令至，始有更生之望，歸令而附者凡數郡。公築城浚壕，條[②]守備，示之以無恐。未幾，逆賊遣萬餘騎送僞令至，公力戰三日夜，卻走之。又

① 此文《夏峰先生集》未見，另有《贈王恢嬰序》一篇。按民國《易縣志稿·文獻略·列傳·寓賢》有《王建善傳》，民國《新城縣志》卷十《人物·明·忠烈》有《王延善傳》，均較簡略。

② 「條」字形近而誤，當作「修」。

至，又卻之。賊怒，大至，公又以計破之，當陣斬賊首二百餘級，溺水及蹂踐死者無算。魯由是得安。寶豐於魯爲鄰邑，賊令熊一鵬據之，公擒一鵬，寶豐亦以安。秦督孫公傳庭廉其名，取公入軍參贊機務，行未至而孫師潰，乃懷印歸里。順治初，家門攖禍，部索印，不得已繳印，復授山西祈①縣知縣。未幾棄去，卜居易州之雙峰，絕口不言世事，足跡不入城市者二十餘年。雙峰爲同人三次避難地，余舊所講習處在焉。公子餘佑棄諸生，奉公入山，葺茅覆屋，置書數千卷，與同人誦讀其中。公嗜飲，躬耕所獲，盡以作釀。山之老幼皆樂與公遊，並不知爲從宦歸者。享年八十有四，葬於易州山中。

金容歲寒老人孫奇逢撰

忠烈王先生者，諱延善，號維嬰，別號抱陽子，即魯山公胞弟也。公生而孝友，氣穎健，矯衆獨立，爲諸生，人皆嚴憚之。自弱冠試童子，有司誦其文以勉後進。而公不事舉業，精性理及《參同》諸書，愛山水。遊心岐黃，施藥二十年，歲費百餘金，數百里內外全活甚衆。又性慷慨，喜談兵，兄弟制時務策各萬言，鑿②可行。甲申，闖逆入犯畿內，值魯山公抗賊擒僞官，斬級恢城，闖逆切齒。公家居，接河南家報，泫然流涕曰：「當此國運艱難，吾兄抗

① 「祈」，當作「祁」。
② 漏一字，當作「鑿鑿」。

節於河南，吾今倡義於河北，受國厚恩，決不與此賊俱生！」於是家累千金，粟千餘石，盡散之，宰牛烹羊，以糾義旅，從者數千人。縞素告天，豎旗「誓忠討賊」四字，爲檄數千言，著李自成十大罪，遍布遠近。有「受祖宗三百年之培養，膚髮皆恩；念先皇十七載之焦勞，鐵石亦淚」、「黄巾裹首，誰非漢室遺黎？青犢當前，盡作神京繄衛」、「生成佐命功勳，生當尊顯；死附大明忠孝，死亦芬芳」等語，聞者莫不失聲。乃首破雄縣城，擒其僞官郝丕續等三名。時吴平西破賊，乃遣雄縣武舉劉溶齎文送縣印及獲馬予平西，平西嘉賞慰諭之。是時，同事者雄縣生員馬于①，新城守備胡斌，及公姪王祺②、子王嚴③等，方進兵文安、任邱、新城，以圖恢復。文安有大賊堅守，戰不利。任邱僞官已爲别隊擒殺。新城僞官王姓者聞風潛逃，其僞典薗自仁奸狡，暗串賊餘黨，伺公謁平西回，邀截於中路，遂縶公，就隱處害之。公長子餘恪不忍逃，亦奔入賊中尋父，並遇害，蓋志與父同死也。④其衆遂散。公平素結茅易州山間最久，易人思之，及上谷闔郡士君子，聞之哀歎，乃私謚公曰

① 「馬于」，文獻又作「馬魯」。
② 王祺，即王餘佑。
③ 民國《新城縣志》有按語云：「謹案《王餘厚傳》，忠烈被仇誣執入都，與子恪同遇難，薗賊逆殺恐係傳聞之訛。」
④ 二句《曙光公碑陰記》記作孫奇逢詩。

忠烈先生。數郡人共招魂葬父子於望子山下，刻石紀事，至今人憑弔不絶，四方名宿投詩文以贈者千百數，獨清苑處士高鐈表墓門云：「自然不朽何須骨，總是淋漓亦化丹」①，爲猶激切云。

金容歲寒老人孫奇逢撰

忠義傳記贊

王　奂

余生平讀忠義傳記，未嘗不流連慨慕，想見其人。庚戌秋，遷守河間，訪《府志》，殘缺甚，明季諸賢如范文忠輩皆湮没不彰，亟謀修輯之。適奉行修《通志》，微顯闡幽，務快宿心。聞上谷王生，博物君子也，有隱德，延以襄事，暇時述其先人魯山公三仕縣尹政蹟甚悉，其最異者，闖賊屠豫時，大河以南絶明吏跡，魯山公獨抗節渡河，討賊復城，安集旁縣，聞之不學②擊節。又取忠烈先生小傳示余，成仁取義，生氣懔然，先生即生季父③也。嗚呼！闖逆之變，宇内正氣幾於掃地，魯山公以邑令挫其鋒，忠烈先生以布衣聲其罪，行事與顔平

① 王嚴，即王餘嚴。
② 「學」字誤，疑當作「覺」。
③ 「季父」疑爲「本生父」三字之誤。

原、常山類。但顔氏同堂，而公昆季同胞；常山之後不聞顯人，忠烈先生父子殉難；原平①多賢裔，而魯山公之子若孫砥節著書，蜚黄文苑，昌熾正未有艾。古今人同不同，千百世必有辨之者。余守臨郡，聞二難忠義，感不去心，其鄉之享祠而傳述者當更奚似耶？王生名餘佑，號五公山人。

河間府知府春穀王奐識

讀孫徵君先生二難傳②

李呈祥

我讀二難傳，再拜欽英風。慷慨魯山令，一劍當群凶。擊楫誓渡河，司馬憐孤忠。倘遂守關計，社稷豈飄蓬。司馬既殉國，令老卧雙峰。誰隨司馬死，烈烈抱陽公。抱陽一縫掖，有子殺身同。至今傳檄語，浩氣悲蒼穹。徵君奮直筆，千載思無窮。誰使管幼安，皂帽北海東。

① 「原平」，當作「平原」。
② 題上抄本原有「霑化李太史呈祥木齋先生」十一字。

祁縣尹王公墓碣①

孫奇逢

公諱建善，號恢嬰。其先姓宓氏，小興州人，七世祖諱聚才，始内遷隸新城，贅王氏，遂以爲姓。公起家文墨，性慷慨，尚氣節，喜談兵事。萬曆中，天下多故，左忠毅公較士畿輔，以公文與射稱兼才，可備用。久之，積餼貢於朝。崇禎間，加意用人，敕歲貢與進士一體授職，除山西臨縣事。痛革積弊，一縣稱平。以條陳時事，爲當事者所忌，調魯山。中州自逆賊李自成盤據後，國家視爲棄土，即奉命守土之官亦皆鱗次河朔，不復問渡，民無所依歸，皆相聚爲盜，魯山爲澤藪久矣。公獨慨然曰：「受職而畏難，豈人臣之義乎！」乃自請憑於部，招撫亂民，獎勸忠義，轉戰至魯，宣布朝廷威德。河南之民聞有守令至，始有更生之望，歸命而附者凡數郡。公築城浚壕，修守備，示之以無恐。未幾，逆賊遣萬餘騎送僞令至，公力戰三日夜，卻走之。又至，又卻之。賊怒，大至，公又以計破之，當陣斬賊首二百餘級，溺水蹂踐死者無算，魯由是得安。寶豐於魯爲鄰邑，賊令熊一鵬據之，公擒一鵬，寶豐亦以安。秦督孫公傳庭廉其名，取公入軍參贊機務，行未至而孫師潰，乃懷印歸

① 此文《夏峰先生集》未見。

里。順治初，家門攖禍，不得已復出，受山西祁縣知縣。未幾棄去，卜居易州之雙峰，絶口不言世事，足跡不入城市者二十餘年。雙峰爲同人三次避難之地，余舊所講習處在焉。公子餘佑棄諸生，奉公入山，葺茅覆屋，置書數千卷，與同人誦讀其中。公嗜飲，躬耕所獲，盡以作釀。山之老幼皆樂與公遊，並不知爲從宦歸者。性孝友，少時與其從兄明善同筆硯，明善窘乏，公資之厚，及明善舉進士，食官禄，召之，將爲報，竟不往。公在官時，闔族丁錢皆捐俸代輸，歲凶出其家租以贍族黨，賴以濟者甚衆。配董氏，先公卒。餘佑乃公之嗣子也。孫二：孚，諸生；咸，次。享年八十有四，卒於康熙己酉正月二十日，葬於易州白堡社之人安寨下。既葬，餘佑求數言揭於墓。余耄矣，不勝筆墨，念余浮家南邁，雙峰一片地所以久而不至寂寞者，以公父子在也。公逝而山容黯淡，殊愴老懷。餘佑能篤志力學，使後日知有王令尹解官入山，貧老而死是，在餘佑之能修以傳其父也。爰誌歲月，以告後人。

歲寒老人容城眷弟孫奇逢頓首撰文

原任河南魯山縣知縣恢嬰王公暨配董夫人合葬墓誌銘①

隰崇岱

不佞崇岱，晚歲得交於新城王公餘佑，因得拜其尊人恢嬰先生。先生頎碩豐下，偉然魁傑君子也。客歲晤餘佑於釜陽館舍，詢先生近況，餘佑且戚且欣曰：「家君病噎危甚，茲霍然少有起色矣。」再逾月，爲新歲己酉孟陬廿有五日，餘佑以書訃予，且函其狀來，請曰：「先君無禄，以廿日見背，願先生誌厥墓。」予抆淚愴悼者久之。欲輕諾，鄙拙無以光潛德；欲謝不敏，私念餘佑所交名士皆遠在百里外，葬期迫促，充瞿往復，非所以安人子之心也。遂逡巡受命。按狀：公諱建善，號恢嬰。七世祖宓公聚才，自小興州遷於新城之西馬頭村，贅於王，因以爲氏。數傳至近川公，慷慨有燕趙風，即公父也。公生而苕穎多力，下筆語言妙儕輩，且挽强命中，執轡縈策如飛。補諸生，食餼，試輒高等。督學忠毅左公奇公文，兼賞公射，拔冠軍焉。公感名賢知遇，捨身螙簡。於學無所不窺，工詩，善古文辭，屢賓有司，數奇不售，卒用明經貢京師廷試，天子與大臣親閱卷，欽賜物用，謁廟釋謁，與進

① 目録無「河南」、「知縣」、「墓」六字。

士同，蓋異寵也。筮仕授知山西汾州府臨縣。縣舊例有供應里老十人，歲括民錢備公費，日進蔬菜銀一金，凡一切什器衣履、上司餽送，悉取給。前此歲費有逾二萬金者，名爲日用，實以充槖裝。公立革其弊，鍥石縣廳，垂永戒，頻年積蠹根株痛斷矣。於是輯盜賊，捐贖羨，息訟獄，臨人得公，不啻東人之得周公，魯人之得高子也。時有詔求直言，中外塞然，無敢入告者。公憤激條上數千言，皆剴切時務，晉臬吴公嵩胤獎賞申部，部大臣忌其生事，公素方直，無奥援，遂託調繁，改授河南魯山縣。時闖賊盤據中州，隳突城邑，而魯尤滋甚。聞命即遣子餘佑請憑，人笑其迂，曰：「無憑自可藉口，顧請耶？」公慨然曰：「人臣受職而觀望，如義何！」既得憑，即率其家幹二三人挺身而南，抵懷慶，遇魯快二人脱身來，言魯城新破，寇劇充斥，萬不可渡河狀。公曰：「我至此，無中止理。」遂叱舟登岸。南望白骨如山，鬼哭狐鳴，慘然在目。公披荆剪棘而行，緣途揭榜，撫土寇，獎鄉勇，由是山賊寨豪争率所部迎降，以其附攻所未附，轉戰至魯，於三月初九日涖任焉。先是，逆闖破魯，縣丞郭之科殉難，印已失矣。雉堞荒缺，人民戮散。公乃督殘黎，興板築，置火藥守具，示人以有所恃。不惟魯民赴業，即他郡之民亦視魯如歸。公則人給牛種，躬勸課之，民於是有生之樂，無叛之心矣。四月，闖遣僞總兵郝劉者，統衆數萬，送僞令劉彰德、王自禹入境，公躬率都司李一鳴糾合鄉勇及各寨民兵，格鬭三晝夜，卻走之。六月，賊復送僞官至，又戰卻走。至七月，大舉入寇，屯城下，急攻四晝夜。公念賊衆我寡，須以計勝，乘夜潰圍，奔西山員垛寨，伏健卒寨外山谷間，又傳令各寨民兵角犄之。賊聞公入寨，果移營圍寨，寨險難猝破，四面伏發，殊死戰。李都司擊其中堅，當陣斬級二百餘顆，溺水死者無算。賊氣沮，奔汝州。公威名流播，土賊劉鳳梧憚就撫，自茲魯境乃有寧宇矣。具文申直指蘇公京，蒙批曰「本官加意料理，以成厥功，自應特薦」云云。又有寶豐僞令熊一鵬，帶賊數千，恣行剽掠。公思寶豐唇齒也，豈容賊徒實逼處此？爰定策，俟一鵬蒞任後，提兵密伏城下，令間者説鵬曰：「魯山令將於某日來攻矣。」一鵬懼，問計間者，曰：「不如及其未至逃去，再圖恢復未晚也。」一鵬狼狽出，伏兵奮擊，並其協從悉擒之。獲其印，懸示城中，寶豐復奉王化者，公之力也。具文械一鵬於兩台，蒙批云「該縣文武協力擒獲僞官，事平優敘」云云。當是時，聲生勢長，督府孫傳庭請公贊畫，公行未及而督府敗，西蹂潼關，躪晉代，而神京遂失守也。公自度無可奈何，乃別父老，懷印歸，魯民數千人護送河上，洒淚去，康熙初請祀學宫，亦足以見功德在人之效矣。公歸，杜門一載。順治入，統御索印急，公交印，得授山西祁縣。公胸有智譜，祁民得公，如出湯火。數月，以醉卧失迎過客被訐，公自是永絶宦情，卜居易州之雙峰，與子餘佑、孫孚講道論德，布衣蔬食，泊如也。興至，策杖登西山絶頂，劚雲根，挹爽氣，遇緇黄則談方外，蓋絶口不談世事也。元配董夫人，有士行，佐讀佐官，皆資内助。弟延善，諸生，娶曹氏、郭氏、毛氏。妹一，適同邑董氏。子一，即餘佑，稟生，娶孔氏。姪二，餘恪娶郭氏，餘嚴娶侯氏，俱諸生。姪女四，俱適同邑。孫二，孚，諸生，娶王氏；咸，幼。公享年八十有四，卒之時神觀不亂，著述其富，兵燹後僅存《挹清堂詩稿》一帙而已。董夫人先公卒，葬於易白堡社人安寨下玉壺之原，今合祔焉。隰生誌曰：以予觀於恢嬰先生之爲人，孝友忠介，蓋天性哉！近川翁以歲凶有所負，遺囑償之，公卒如命。與從兄明善同筆硯，且周其乏，後兄貴，未嘗之任。中既筮仕，身處脂潤直飲水耳，然闔族丁銀悉割清俸代衲之。歲祲，捐租以濟施於家者，厚矣。至於力捍孤城，即天步既移，猶爲天子守土。使得公輩數十人置天下，闖賊豈能内訌哉？生平教子有義方，訓予友餘佑成名人，蔚然爲孫徵君高弟，有以也。元配董夫人實有梱德，協於物宗，俱可誌以垂後矣。是爲銘。銘曰：天挺異人，煜於督亢。孝於家，忠於邦。力守孤城，類平原之顔；心勞撫字，則道州之陽。若乃晚節高隱，則雙峰之下即柴桑。鐫華幽石，以表其爲名德。合祔之藏，子孫其昌。

康熙八年仲春二月廿一日眷弟隰崇岱頓首拜撰

誄辭[1]

魏蕃啓等

昔年在易城，與介祺遊，直氣抗節，博古好學，肅然敬之。後介祺入高陽里，爲學者師，與荒居步武相接，奇文共賞，疑義與晰，益相善。談及家世，知太翁行誼最高，舊爲河南魯山令，撫民寬和，御衆嚴整，功績尤爲顯著。及歸林泉，廿餘年足跡不入城市。有田數十畝，桑數百株，躬耕力作，一介不以取諸人。教子課孫，敦仁守義，有古高隱之風焉。聞其神明健旺，飲啖如常，方期爲百歲翁，乃揭義和布寶筏飄然仙去，何其痛耶！余敘公之生平，亦即知公者哭公也。諸親情悲，請誄之，乃誄以辭曰：燕山之左，易水之陽。有斐君子，德音孔彰。行不履閾，立不易方。邦國之瘁，哲人云亡。佳城鬱鬱，坎焉中藏。先生之節，山高水長。

眷弟魏蕃啓，眷晚生許理、鄧抒、許璇、魏儁、魏修仝頓首拜

① 「辭」，目録作「詞」。

輓　詩

田之龍等

輓詩序

魏一鼇

余與督亢王君介祺有撫塵之好，廿年間郵筒往來，連床風雨，驩相得也。其尊人恢公王老先生又與余有晉陽共事之雅，生平大節，見於治臨魯《紀略》中，曾詳言之矣。歲在己酉，春秋八旬有四，以微疾長逝，嗚呼痛哉！自貪墨退縮之習中於世久矣，求一守嚴四知才堪八百者，真千百中而不一遇也。當公之蒞臨邑也，下車之初，即革供應里老十名，歲省民間萬金，廉名大著，非古人留犢載石之清節乎？其調繁魯山也，出入賊壘，冒險渡河，招撫山寨豪傑，皆翕然響應。與闖賊大小數十戰，算無遺策，所向必克，故保全魯山，恢復寶豐，一時兵燹之衆皆望魯山爲樂土，歸之者如市，至城不能容，附城塹而居者如魚鱗。此非晉陽保障萬里長城之偉略乎？此時公方欲效顔平原，爲一十七郡倡，孰知天不悔禍，龍泣鼎湖，公廼浩然跨蹇，裹印而歸。皇清定鼎，勉爾再出，治祁一如治臨、魯時。未幾，以恥折腰見謫，行李蕭然，歸卧於雙峰之麓，足跡不入城市者二十餘年。其子介祺教授承懽，父父子子，不減蘇門兼山堂氣象，一時遠近景仰，以爲儀型。奈何一病不起，遽驂鸞仙去耶！雖然，公三仕爲宰，到處桐鄉，壽享耄耋，有子爲名儒，稱國士，有孫蜚聲藝苑，諸福並臻，光裕濟美，公亦可以含笑於九原矣。爰糾合諸同人，各作俚言，以代《薤露》。不揣荒謬，僭引其端。

旹康熙八年歲次己酉花朝前一日制眷晚生魏一鼇頓首

魯山汗血抗孤城，解組風吹兩袖清。一蝶南華成短夢，猿泣鶴淚不勝情。

濡陽眷晚生田之龍

一代才華未竟施，呼天天夢寫哀詞。臨泉善政留棠雨，汝水遺民拜峴碑。剩有奚囊充宦橐，唯餘鶴唳伴霜帷。不堪淚洒西風裏，日莫松楸叫子規。

清苑眷晚生管聲和

長年游水竹，一夕退佳城。清韻邈難再，懷人涕泗傾。

易水晚生任大器

德壘忽已墜，無地覓巫陽。異政邈難繼，哲人萎可傷。魯山戰血在，汾水頌聲長。愁望雙峰頂，空留帶草香。

樊輿眷晚生王延褒

公才磊落一何奇，百戰功勳勒鼎彝。膏澤遍沾汾水畔，煙霞飽飫郎山陲。豈期一旦成千古，風月荒涼一抔土。孝子哀號揔不聞，猿啼淚洒黄昏雨。

清苑眷晚生劉維

騎騄①人去返無期，悵望雙峰隔繐帷。憇處棠陰留姓字，歸來菊徑見鬚眉。階荒高士西園履，堂冷先生北海巵。可惜風流成化雀，長林鴉噪不勝悲。

曲水年家子金憲孫

久欽壁立石傀傀，歸向西山割半嵒。宦在膏腴憐瘞庶，才堪匡濟笑空函。干戈飛將當年事，花月平章此日銜。郤恨芙蓉城裏去，招魂何處問彭咸。

上谷眷晚生吕申

遂老雙峰下，誰明廿載心。薜蘿疑棄世，泉石豈知音。逝水悲何極，哀猿痛不禁。有懷渾

① 「騄」字誤，當作「鯨」。

欲訴，風日慘雲岑。

清苑眷晚生王弘任

英雄守死混漁樵，二十餘年恨未消。風雪滿原迷戰壘，煙霞幾處挂詩瓢。獨憐鶯柳間三月，誰遣龍蛇痛一朝。哭憶雙峰峰畔路，隴雲楸雨夜蕭蕭。

清苑制眷晚生張秉曜

荆棘歸來剩戰袍，雙峰廿載没蓬蒿。甛棠留蔭人同召，栽柳成陰徑似陶。風散霞光天半落，月殘星影夜中韜。欲憑一寄西州淚，日暮寒雲捲逝濤。

高陽眷晚生李百齡

哲人一去路漫漫，滿目淒其落照寒。遥憶桐鄉舊父老，峴山碑淚幾時乾。

易水晚生田有年

西山遥望白雲飛，此夕聞君跨鶴歸。海内老成凋謝盡，不堪清淚灑寒暉。

易水晚生崔若泰

矍鑠即峰叟，當年氣吐虹。文堪摇岱嶽，武可作干城。玉樹埋塵土，金刀掩雪峰。蕭蕭松柏處，哀感紫芝叢。

易水眷晚生田迺疆

雨灑銘旌暗落曛，文壇星殞舊將軍。魯陽城下馳驅處，故壘猶飛戰後雲。

樊輿眷晚生劉履昌

少微星夜隕，吉士已云亡。手澤存青史，琹聲息素床。高木依然古，春花空自芳。苫廬泣血淚，雷水助汪洋。

易水眷晚生田迺理

蹀躞西山裏，依稀公尚存。煙嵐餘舊咏，猿鶴護殘樽。寂寞雙峰道，蕭條五柳門。漆燈何處是，抆淚賦招魂。

范陽眷晚生鹿洗心

寂歷荒山落日低，雙峰煙雨半淒迷。幾回欲賦哀些句，腸斷松楸不忍題。

晚生田迺畝

歎息碩人逝，青山損一鄰。輓歌挾轂唱，猿鶴亦腸①神。

晚生田迺積

嗚呼！我公負天地之至性，立人間之奇節。性無虧於天地之分量，節更著夫人間之芳潔。嗚呼！公幼好讀書，壯喜結納，唫詠窺金匱之秘，交遊盡海内之傑。胸中磊塊摶蒼雯，筆底珠璣混碧瀆。筮仕當年勵冰雪，多難頻更身許君。槍出中原如鼎沸，大河南北無完城。公猶手提三尺銕，驅車直與虎狼争。一時朝野聞姓字，魯陽復見顔真卿。壯志苦心徒勃勃，廟謨國計愈倉猝。甲申血淚何曾乾，卸卻行枚空自咄。隱身高卧西山雲，遯世釣來溪上月。荷衣草笠涸乾坤，蔬水簞瓢浩氣發。堦前有子稱名士，古人遺行其足擬。蕭然一劍吼牀頭，蹩躠勤瞿奉甘旨。公之怡養體常佳，期頤五百餘甲子。忽然陽盡數當窮，跨鶴含笑春風裏。嗚呼！我公盡性完節心已昭，生前事業恨未了。秦疆漢土問桃源，物换星移無足擾。他年史氏搜遺行，金筆自堪題芳表。我今痛哭著長歌，空中明月方皎皎。

樊輿眷姪劉統

① 「腸」字誤，當作「傷」。

誄言①

王作舟

己酉仲春朔六日，我師祖王公訃至自保陽，其門下晚學王作舟爲位於堂而哭之，邑諸同人素沐吾師教育之澤，及常相與往來者咸弔焉。已而謀所以誄我師祖者，作舟再拜而謝曰：是殆吾師祖之意也夫？雖然，懼其滋吾師之慟也。憶丙午之冬，吾師歸，祝我師祖八十壽，其時海内之士載筆牘而頌大年者，後先輝映，幾比編貝貫珠，而今日之誄我師祖者皆與焉。日月推遷，曾幾何時，而向之頌大年者今且哭鶴駕矣。睠焉睇之，能不增一慟耶！然師祖以文章氣節伸眉樹頰於天地之間者，八十有三年，回想從前，幾欲驚斷夢於殘局，傷灰心於往劫，而乃得以耄耋之餘年，從容觀化，以壽考而得完名，亦厚幸矣，吾師其又奚悲！所可慟者，此二十餘年來茹芝食蕨，道腴形癯，雖則高士之養，菽水惟馨，而致於送死無財，爲悦不得，覺生平慷慨激烈之壯懷至此舉無可用，此吾所爲飲泣吞血，轖結於衷，而未可語人者也。嗚呼！哲人告萎，儀羽何從？訪杖屨於西山，空悲遺老；問衣冠於東海，徒念先民。興言及斯，誠不覺雪涕之無從耳。爰及同人之章而往哭之，並以慰吾師

① 「誄言」以下，目録未單列。

之慟。其遂編茅言於諸公之右者，非不知讓，聊以仿古人序經之意云爾。

高陽門下晚學生王作舟拭淚謹述

輓詩

韓藎光等

隔岸呼仙人，仙人不肯住。拾得衣帶香，種作薰蘭樹。剪作我衣裳，佩之無朝暮。朝暮時佩之，如與仙人遇。乃知有遺馨，不必披雲晤。一室有奥人，千里有情素。曠古有知音，同時有歧路。如有所重輕，不在新與故。予生也固晚，泫然涕晞露。

晚生韓藎光頓首書

昔避燕山遠，今歸向北邙。旌旛述壟樹，簫鼓咽邱霜。塞近邊雲黑，塵昏夜日黄。淒淒泉下路，何以慰荒涼。

晚生齊國琳頓首書

群生疇免此，不朽惋吾君。言笑虚空問，簡書篋籠珍。詞貞堪毒鬼，理至亦全神。可惜一杯土，竟埋千古人。

晚生孫之藻頓首書

不借形骸是此身，便埋塵土總非塵。當年挂劍饒知己，此日擕蒭幾故人。魄傍鼎湖龍已遠，化歸華表鶴難親。新阡若到他時問，十二陵前舊老臣。

晚生齊震坰沐手題

斗隱山横日又斜，聞風猶傍舊松花。好從西澗辭抽蕨，不向東陵更種瓜。三徑月明菊有泪，六峰雲散鶴無家。此回應化啼鵑去，帶血臨風叫落霞。

晚生孫枉頓首書

落落燕京舊典型，可堪河嶽散霧英。山空月冷埋雄劍，風急天高隕大星。四海當年殷謝望，王陵從此失韓荆。悲歌易水人何在，都入蕭條暮雁聲。

門下晚學生齊震圻沐手謹書

靈椿久已傲寒霜，何事西風散晚香。琴韻尚存當日曲，劍鋒忽歎舊時芒。無官東海逸民老，有子西山世德長。可惜乘鯨人去後，萬峰回首總茫茫。

眷晚生任斌頓首書

梁木忽焉壞，千秋掩夜台。西山鶴已駕，東海志成灰。草露當春泣，松風向暮哀。可憐巖下月，憑弔起寒埃。

門下晚學生李培沐手謹書

百齡嗟倏忽，一旦附山阿。慘淡燕山月，哀鳴易水歌。河汾名業遠，彭澤去思多。誰念西山路，竟同隙駟過。

晚生李振垕頓首書

孝友崇先訓，詩書裕後昆。之官馳露布，解組賦招魂。士重楊公節，鄉推通德門。還耷棠蔭地，俎豆滿千村。

不事家人産，常懷國士風。設奇殪大兕，勇退逐秋鴻。梵笈耽心宗，名山舉世崇。雙峰種秫釀，千載似無功。

禆史徵耆碩，何人輯舊耷。两河野老泪，三晉嶺頭雲。白社標崇望，青箱襲異芬。吾來從今嗣，餘緒挹紛紛。

雲間後學陸琬具槀

奉輐恢翁王老先生

才高宦薄竟如何，展轉遺文歎逝波。上國久傳燕許筆，中原獨奮魯陽戈。半通彭澤捐樽酒，一卧滄江阻釣蓑。幾度傷神還北望，夕陽飛鳥亂山多。

昆陵楊楙緯頓首敬草

奉輐恢翁王老先生里言

烏飛明月正秋高，慷慨孤城建績勞。若識醉歸鄉社意，更誰千古獨稱陶。

蔣陵孫國章具草

柬介祺道兄時丁太翁老伯艱

月色秋分正二更，雙峰夢到竹間行。欲親高士談經席，忽聽孤兒哭父聲。把袂共傾肝膽淚，嚬眉不獨弟兄情。闊悰未及人千里，絮酒何時滴九京。

一别風塵動幾年，可堪未見已凄然。無端瞬息成白首，何日悲歌向暮天。説劍論文俱畫餅，獻詩把酒讓時賢。相思近況憑誰道，學種蘇門十畝田。

范陽耿權具稿

輓詩

郝爾仲等

輓詩引

郝爾仲

昔余識先生於巖下，形同古柏，養若木雞，咸羨介翁有是父也。介翁館余鄰左，登高賦詩，得風雅之致，數年間莫不因其詩而見介翁，且因介翁而見介翁尊人之爲人。一旦聞訃，雲慘風淒，使者持墓誌文囑余勒石，伏讀三過之能文能武，可見可潛，竊見先生心志非復昔日，僅從事於言貌已耳。惟余釜陽同人比律協聲，臨穴挽櫬以哭之。

臺榭風輕金作土，藩城價重王爲人。浪摇蒼海維天柱，雨打青萍認北辰。劍外妖星潛入夜，樓頭鼙鼓自淩晨。挂冠乞免山增峻，夢筆陳情硯吐津。線斷敝袍難續葛，燼余大木尚傳薪。十年秋月嵩峰影，百歲孤舟易水濱。竹裹披書香滿袖，關門對酒淚霑巾。呼天杜宇飛紅雪，二月雲山不似春。

郝爾仲

佳氣氤氲挺異姿，龍蒸豹隱兩相宜。叱舟宗澤過河日，挂服陶潛解綬時。三邑懸魚歌舊惠，雙峰放鶴賦新詩。馨聞莫作存亡計，千古長傳有道碑。

眷晚生丁照拜題

酒濃詩釅夜深時，每數行踪意欲隨。今日隧文揮淚讀，生金鑄就鐵男兒。
百尺樓頭又一層，行藏勘破任從橫。厲深揭淺渾無跡，御壁仙崖並有名。
龍章豹略每辭難，多藝姬公美似攢。潑墨濤驚峽水急，揮鋒光閃曙星寒。

晚生郝贊化

高輝仰止未由前，倏報形神棲九泉。遺愛在人騰魯郡，仁聲盈耳遍汾川。方欽至德堪型世，詎意崖公不假年。執綍難禁頻淚隕，爲嗟玉樹埋荒阡。

門下晚生田孕芝拜題

修名已足對青筠，避地耕田學子真。勳節自兂驚隔世，衣冠入地見全人。松風謖謖一時冷，烈日悠悠萬古新。卻憶當年風采事，淒含秋月共傷神。

晚生郝善述

輓　聯

田迺理等

生前事業留青史，没後英名寄口碑。

卷晚生田迺理題

漢代循良謳歌久已騰汾水，文壇飛將魂魄猶應戀魯山。

卷弟曹愈新題

躍馬提戈汗血洒魯陽之雨，驂鸞跨鶴英魂飛易水之雲。

卷晚生田有年題

解組歸來两袖清風高五柳，夢駒長往一邱明月映雙峰。

卷晚生王延褒、鹿洗心、吕申題

甲胄躬擐百戰奇勳銘汝水，煙雲自悦廿年清嘯韻燕山。

卷晚生魏一鼇、張秉曜題

仕宦勳名那在銘鍾勒鼎，只此三地頌聲是真實經濟。林泉享受何須廣宅良田，請看雙峰逸叟居然煙火神仙。

卷弟田時雨題

二十年緑水青山足成歸計，三百里榕郊花縣未冷去思。

眷晚生于騰海題

買宅近溪頭猶有卜鄰之句，騎驢過酒肆空存好飲之名。

眷晚生盧兆堂題

百年塵事渾無蒂，只海空囊只有書。

眷晚生郝名儒題

一心似鏡去路回踪了了本來面目，萬事如雲離形合影紛紛世上塵根。

晚生郝謨題

五老會中推盛德到此何之，八仙筵上賦新詩而今已矣。

門孫霍朗題

足不入市城二十年清風皓月，名堪光簡册千百禩長水高山。

門孫于植題

舉觴白眼松雲竹月豐標，回首清風悲鳳泣麟境界。

門孫王聘題

殘編風落無人撿，敗葉雲堆有雀翻。

門孫霍乾題

匹馬渡黄河五百里蒼蓬白骨氣感風雷，尺書飛赤縣十七城青犢紅□□[1]隨鞭凳。

郝謙題

身作長城登陴苦戰魯陽一柱支天，名藏短布倚樹高吟易水雙峰避地。

門孫畢聯芳題

張許旌旗閃閃烈光雄汝洛，龔黄事業霏霏甘雨潤河汾。

門孫郝懋芳題

---

① 抄本原稿缺二字。

生前三尹留芳躅，歸去一靈到洞天。

門孫王渢題

琴書無恙人空往，桑梓猶存事已非。

晚生邢尚賢題

百齡依舊歸三手，一滴安能到九泉。

高仰宸題

季鷹湖上蓴鱸冷，太白尊前水月空。

晚生何淑泗題

空餘好鳥窺茶臼，永斷新詞吟酒船。

門孫何衍泗題

人選一大錢夾道老人曾送寵，任旋八十日侯門稺子憶迎潛。

眷晚生周鳳翔題

一介常嚴伯起四知應讓步，孤軍必抗教寬八面自當鋒。

卷晚生和鍾麟題

祭文

畢光祚等

維康熙八年歲次己酉，丁卯朔，越十二日丙子，眷弟畢光祚，晚生于騰海、盧兆堂、郝名儒、郝自貴、周鳳翔、和鍾麟，門孫于植、郝謙、畢聯芳、郝懋芳，謹以牲醴庶饈之儀致祭於太翁王老先生之靈前曰：嗚呼！升降，運也；治亂，數也；死生，命也。處運數之中，□□□□①異非也；逐運數之波，而托命□□□□也。若先生者其無憾耶！蓋其出保一塊土，而歸指两袖風，既不隨波而靡，又不矯世而立，求之古人，文天祥祇各成其是，而劉靜修亦尚覺其偏。子輿有言曰：「可以仕而仕，可以處而處」，先生有焉。吾儕方奉以爲儀型，而先生何竟騎箕尾而歸天。噫！先生逝矣，老成雖遠，舊典難忘。匡時之略，勇退之節，猶依希掩映於高山流水之間。桂椒鷄絮，羅拜悲漣，先生有靈，其含笑而入九原。尚饗。

---

① 抄本原稿缺字。下同。

辭靈

己酉春二月越望日己卯，晚□□□□①辭於太翁王老先生之靈曰：先生逝矣！明朝嗣君扶柩行赴佳城海，以他適不能臨穴一盡執紼之誠，肴核數品，醪醴一尊，一獻再拜，以致其泰山梁木失仰失仿之情。嗚呼！易盡者言，無已者心，五公之下，修竹之旁，杖履依然，而竟掩一老人星。嗚呼哀哉！尚饗。

祭文

李枝振等

維康熙八年歲次己酉二月廿日，眷晚教生李枝振、田恒新，謹以香楮庶饈之儀，致祭於太翁王先生之靈前曰：明公之挺生兮，萃燕南之間奇。究聖道之菁華兮，負經濟之弘資。羈士元於百里兮，安問夫□□□□□②。鼓牛刀於小試兮，干戈載□□□□□。與時而相違兮，賦歸來以委蛇。遠市朝而肥遯兮，水增秀而山輝。寓酒味之容與兮，感琴韻之淒其。悅親友之情話兮，慶蘭桂之歡怡。允太和之洋溢兮，應獲乎福考之□□□□□□□

---

① 抄本原稿缺姓氏。

② 抄本原稿缺字。下同。

□。壽雖登夫耄耋兮，烏能不念哲人而尚饗。

先叔行狀①

王餘佑

先叔諱延善，號維嬰，祖居直隸保定府新城，爲明諸生員。性慷慨，負義氣，以利世濟人爲己任，孝弟純良。幼好服食道家之術，極有文慧而薄舉子業，輕功名，兩舉賓興不第。所讀宋儒性理、邵子《皇極》諸書，及《參同》、《悟真》、《六壬》、《遁甲》，皆通其大意。喜談兵，頗汎覽武家言，所著有《武侯八陣圖説》。能騎射，尤精醫，嘗施藥二十年，所活百里内外不下幾千餘人。其方名《如意丹》，公自製，隨症改飲，投之輒效。有新安名士趙完玉者，一症奄奄逾歲，諸方名醫四至而不能痊，聞公名，遣弟求方。完玉亦知醫，公手札數百言開喻之，完玉始服藥，竟起沈疴，由是愈重公婆心焉。似此類者不可勝述也。好施捨修置，所居鄉有橋圮壞，公慨然捐金，復募諸緣，費數百金，躬自督理，焦勞數月，卒成功，涉者便之，今《重修距馬②橋碑記》是也。公多義憤，萬曆末年邊警，陷遼瀋，公毅然欲出身，爲國制策數千言，謀詣闕捐軀，親識苦諫而止。公於山水名勝處輒好遊眺，嘗遊易州西山

① 此文《五公山人集》未見。
② 「距馬」，水名，通作「拒馬」。

太寧寺，其山有寨名雙塔，有洞名雲濛，皆深幽險峭，公謂此地宜棲真避亂地，遂於上結菴數處，且言後日有亂必用此。及崇禎朝北兵時入，果得攜家避其上，就菴而居，相券蓋二十年後也。又嘗遊井陘，客許、李二名族，其鄉諸俊聽其言論，爭留居之，願奉爲表帥焉。公好談氣數，嘗言天下將大亂，北方不可居，宜遠徙避之，時時向親識言及於此，不勝扼腕。時皆無知者，公遂步遊齊魯間，尋避難地，至瀕海還。後其言果驗，而竟以身家之累，親朋無同志者，不得遂公雅志云。崇禎間，知縣事陳公督修《縣志》，學諸生重公行品，舉入《人物》中。公晚年遭室不幸，頗不事交遊，惟自閒逸而已，是以未嘗親近名流，而少時故舊率皆散落，後起諸俊無知公者，因此名不大著，平生聲望未益衰云。甲申之難，逆闖破京師，先帝晏駕。公聞信，父子相對而泣，每一言及，輒憤不自勝。又聞姪祺與雄縣馬于有倡義之謀，且公胞兄方尹魯山，即祺父也，亦擒賓豐僞官。家書適至，公慨然招守備胡斌、參謀趙文鈐及子姪輩曰：「吾兄弟受國厚恩，忝爲名族，一旦朝廷當大難，豈可以復以身家爲念哉？吾兄擒僞於汝南，吾今起義於河北，即殞首碎身，誓不俱生！吾不再計。」言迄痛哭，觀者感動。遂破萬金家産，牛羊數百頭，粟數百石，草數萬束，置酒招鄉黨少年爲盟壇而盟，爲先帝發喪，誓告天地，竪「誓忠討賊」旗一面，作檄文，遍諭忠義。檄中數李自成十大罪，感揚祖宗先帝厚澤，激勵士衆，有「生成佐命功勳，生當尊顯；死附大明忠孝，死亦芬芳」等語，又有「黄巾裹首，誰非漢室遺黎？青犢當前，盡作神京營衛」等語。辭氣慷慨然，見者争奮。於是遣馬于率士二十餘騎，先入雄城爲内應，然後約衆乘夜直至雄縣城下，炮響門開，擒其僞令郝丕績，並僞教諭、僞典史三人。安慰百姓，縱遣囚徒，推明故韓訓導署縣事。遠近城池聞風響應，各持其僞官以待兵至焉。先是，公堂姪餘慎者，亦以義復國仇爲號，聚衆二百餘人，獨專號令，不由公統制，入雄城時亦集城下。公恐其兵肆掠，意不欲令入城。其所領健卒率多豪暴子弟，聞不得入城，遂譁，不但不聽公指揮，且不聽餘慎令矣。不得已，公與餘慎再三諭之乃定，及至入城，城中馬于聞餘慎兵來，亦令門者止不令入。餘慎遂怒，擁入焉，城内稍不統一。公聞兵擾，即起號移兵出城，止取其器械、盔甲、火藥，故明官軍騾馬收在官者，以益軍實。復有僞官科斂民錢數萬，悉散以犒軍，百姓實無秋毫犯也。公乃回兵於城外三十里馬頭村住扎，餘慎亦回至沙口村住扎。是日馬于亦率本部人至馬頭，察其有兵誤收馬者，悉給本主人，無不感悦者。自是沙口之義兵與馬頭之義兵始不相通，而馬于又率兵東行略地至文安，勢始分矣。是時，任邱鄉兵亦拘留其縣僞官，請命於公，公以勢弱不果發，而清兵已大下矣。餘慎爲清勢所壓，棄衆遁去，有本地土賊王養和、王養度者，遂起而焚劫餘慎屋舍百餘間，燒死一命，産一空焉。公聞清兵下，乃北如涿州謁吴平西，欲白其事，而養和等賊又乘虚襲馬頭，焚燒至慘，並奪放僞官郝丕績。公急回，率守備胡斌、子嘉等，追斬養和等六名，懸首於市，仍逐捕餘黨，久不獲。是時僞官已軼去無驗，而清朝疑其遲延，似歸款不誠，又爲賊家乘機上變，訴其專殺，又牽引入雄時擅散庫錢，遂執公就獄。公憤然不服，言：「我本明朝士子，受國厚恩，發憤討仇，恨不食賊之肉。今既擒僞官，而土賊劫放，是殺土賊即殺逆賊也，何罪之有？且吾不惜萬金之産以報國家，豈利庫之錢乎？今既當死，死得見先帝於地下，固所願也，吾初意原不求生。」於是遂坐法遇害，聞者莫不哀痛焉。其長子餘恪，字翼之，明增廣生員也。聞父就獄，慨然訟冤，時偕弟嘉並馬北上，至中途乃令嘉回，與訣曰：「此去吾父生，我亦生，我父死，我不獨生也。本圖義舉以報先帝，我豈知清法哉？生爲大明人，死爲忠孝鬼，足矣！」遂去不顧。及公遇害，竟不避，亦遇害。親識老幼爲之流涕。公遇害後，縣官籍其家，先孀母毛氏飲藥死。嗚呼！天道竟何居哉？方國難之痛心，何家難之至慘也！先叔本以純忠純義，無所爲而爲，而破産捐軀，生抱不共之憤，死無牧豎之名，父子駢首，夫妻委骸，號天誓地，誰爲昭雪？悠悠長夜，不幾令忠孝氣盡耶！祺孑影窮途，幸保殘息，先人有心而不能白，有美而不能傳，死有餘恨。敢用撰述其平生行狀，恭求名賢傳誌，冀以垂之竹帛，庶謝罪悔於萬一，豈敢一字不衷以干天殛之戾耶？

祭先叔先兄文[1]

王餘佑

維崇禎十八年[2]五月十□□[3]，孝姪王餘佑謹削木爲主，題我叔神位於上，恭設於宅後小樓，此我叔平生寢處之所，即立此爲祠，以長男配食，用表父子同難之義。伏冀我叔我兄來憑來依，謹陳辭以招之曰：嗟我叔之玉體兮，委棄而不得歸兮。今我叔之英魂兮，不知遊落於何所兮。想當年之義憤兮，魂魄應不散兮。若地下得見先帝兮，應悕嗟而增悲兮。都門之外，荒埃野草不可依棲兮，來返故居兮，不必戀遺骸兮。在天而爲神靈兮，與列宿爭明兮。雖仇人之未得兮，佑將操刀而殺之兮，但不知其期兮。其爲惡有幾人兮，願我叔之靈夢而告我兮。嗟此樓之中乃叔煉藥迎仙之所兮，遺跡猶在兮。所陳者我叔之書，手澤尚存兮，不忍讀兮，敬藏之兮。又有我兄之硯兮，亦設之兮。有《楚詞》兮，是我兄平日與佑常誦兮，今具存兮。不忍起兮，聊以永念兮。泣盡以血兮，復何言兮。尚饗。

---

① 此文《五公山人集》未見。抄本正文無標題，據目録補。
② 崇禎無十八年，此處沿用明代年號。
③ 抄本原文空二格。

王餘厚傳甲子[1]

顔習齋

王餘厚，北直新城人，明吏部主事明善子也。身不盈五尺，少羸，得異疾，每交睫，神輒出，使二婢更槌背肩，連呼問，稍間則出，見守門者某卧某歌，至親友家事物云爲，還言不爽也。明善憂必妖[2]，竟成立。登新城庠籍。明鼎移，李自成僞牌安民，見之憤曰：「何物畢眼奴，破我三百載金甌，逼我大行皇帝升遐哉！」碎其牌，殺其使，同弟餘慎與其從父延善、從兄餘恪、從弟餘佑、餘嚴[3]、友人馬于輩，集衆舉義。慎尤激昂，身自領一哨，復安州，擒僞令。軍勢已合，而山海關總兵吴三桂迎國師入破賊，自城[4]西遁。馬于謀曰：「吾儕本期斷賊首，報君父大仇。今賊已覆，可投大軍。」見攝政王以自全，厚不可。于詣軍前，王嘉之，賜官不受，曰：「非欲官也，避罪耳。」王錫之銖護身，慎亦各引兵散。國朝既定鼎，仇

① 全文又見顔元《習齋記餘》，無「甲子」二字。按甲子爲康熙二十三年，王餘佑卒於是年，二字疑衍。民國《新城縣志》卷十《人物·清·忠烈》有《王餘厚傳》，其文本此。

② 「妖」，《習齋記餘》作「夭」。

③ 「嚴」，《習齋記餘》作「儼」。下同。

④ 「城」，《習齋記餘》作「成」。

家以叛誣告，發兵執延善入都。餘恪謂嚴曰：「本與大人共事，脱大人獨死，吾兄弟何面目視息人間？吾赴難，汝復讎！」入京亦死。嚴糾衆殺其仇家三十餘口。朝廷益震怒，檄天下獲厚等即決後聞。逾年，厚夜歸，視其叔魯山令恢嬰於姻家，姻家給以所在而走發，縣遂發兵執厚解府。知保定事者，德藩親族朱嶔也，降國朝，得知郡，一見大哭曰：「汝秀才能報君父讎，吾不爾若！」釋縲解易州道。黄圖安①，故端皇司理，亦擗胸泣下。遂同申辨章曰：「王餘厚等爲明朝生員，起義兵復君父讎，所破者僞賊之城，所殺者僞賊之官，所掠者僞賊之倉庫。我朝定鼎之初，所宜奬勵忠義以風天下，似不宜深搆此獄也。」奉旨：厚等仍收新城庠肄業，將所剿没産業給還。厚既釋，與嚴張弓仗刃載家屬渡河，隱於歸德。嘗南遊江左，見修孝陵，氣葱郁如蒸，徘徊久之。卒中州。孫元裔迎窆祖原。

故從兄若谷王逸民傳略②

王餘佑

兄諱餘厚，字若谷，故從伯復嬰公長子也。復嬰公第進士，宰曲沃，擢吏部，以清白著，蚤卒。兄初婚，營喪竟，從伯母李繼卒。兄奉事王父王母，以孝順聞，迨王父母下世，丁承重

① 「黄圖安」，文獻又作「黄國安」。
② 此文《五公山人集》未見。

艱，十餘年間孤苦集蓼，未得應童子試，以故學成而知名最晚。然文彩風流，超超有雲霞氣，毫翰之精，人争慕之，比遊泮水，已居然稱名士，聲動公卿矣。生平慷慨，好交遊，見義必爲。甲申，逆闖構難，同仲兄永言從家叔忠烈公振袂討賊，破萬金産，暨「義復國讎」一幟，移檄誓衆，響震遠邇，擒雄縣僞令郝丕績。時與同事馬于議不合，遂隙散。清鼎定，棄家遨遊數十年，不復顧青衿業矣。嘗過太原詣傅青主，青主以「吏部佳公子」題之，相得甚歡。謁孫徵君師於夏峰，徵君多手書題贈。晚歲寓睢陽，無恒産，弄柔翰，飲濁醪，聊以永日而已。卒於睢陽旅舍，淡然無所遺戀也。片紙隻字，世人競得之。兄能詩，有《深山野人集》，餘不多見。老猶好讀書，遇佳帙，殷殷不置手。兄長子沃生，能文學，爲諸生，人稱美器，早卒。孫元裔，爲諸生。次子徐生，早卒。季子億，有孫，能讀。少子蒙，能讀書，有孫，兄所愛也。苦營兄喪，棺殮皆親任之。旅櫬未歸也。

旹康熙二十一年秋，弟餘佑偶記於高陽寄食處

跋家若谷兄摹帖[①]

王餘佑

余舅弟夙好筆墨，自凝碧聞絃後，此道幾如太液芙蓉矣。頃家若谷兄從中州攜姪孫輩竭蹶千餘里省墓，過余旅舍，田生瑞齋置酌，令其摹此，不無鈿蟬零落之慨。裝成，聊題數字，用誌歲月云。

五公山人王先生行略[②]

李塨刚主

先生諱餘佑，字申之，複字介祺。先世小興州人，本姓宓，明初遷保定新城西馬頭村，贅王氏，因嗣其姓。八世生義烈公延善，是爲先生父。三子，長餘恪，季餘嚴，先生中子也。甫誕，爲後於伯父魯山令建善。幼聰穎，讀書過目不忘。十六歲補邑諸生，次年食稟餼，試輒冠軍。娶邑人孔公心學女。遊鹿忠節公善繼門，茅元儀居其家著《武備志》者也。相見輒論忠節所傳道術，及天下成敗大機，以是學益進。魯山公初任山西臨縣，先生從之，蒿目時艱，爲父條奏數千言上當事，拂其意，調河南魯山縣。公命先生旋里，遂從蓉城孫徵

① 此文《五公山人集》未見。
② 此文《恕谷後集》未見。

君奇逢學，慨然念天下多故，魚爛民解，乃讀孫吴書，散萬金産招士。甲申，李自成犯北京，端皇殉國，先生方較試易水，聞之，投筆馳歸徵君。徵君曰：「賊也，能擒則擒之。」先生遂決意討賊，歸謀之義烈公，與兄餘恪、從兄吏部主事明善子餘厚、餘慎，弟餘嚴，及雄縣生員馬于揭二旗，曰「仗義復讎」、「誅賊報國」，傳檄云：「生成佐命功，生固榮耀；死作忠義鬼，死亦芬芳。有願爲大行皇帝殺賊者，聚我旗下！」糾義旅千餘，復雄縣、新城、容城，擒雄縣僞官郝丕績等三人斬之，開倉庫犒師，聲北擒逆成，而吴三桂以國師入矣。馬于見九王，白其事，遂遁。先生同義烈公歸西山，散衆隱居。已而爲怨家誣訟於朝，發羽林執義烈公入京。先生以後於魯山，不得隨。餘恪自投刑部從父死，嚴集壯士殪讎家三十餘口。是時，部文行天下，嚴緝先生等。己酉，餘厚被執於保定府，知府朱甲及易州道黄圖安感其義，同爲申奏曰：「王氏父子所破者賊成之城池也，所誅者賊成之僞令也。何辜以干法紀乎？我朝定鼎初，正當獎勵忠義以風天下，似不宜深搆是獄。」朝廷允奏，令新城縣仍收先生等入學，還所剿没産業。餘厚、餘嚴棄家隱於河南。先生招魂葬父兄於易州坎下村，遂奉魯山公入五公山雙峰，躬耕以供菽水，因自號五公山人。魯山公夫婦相繼卒，竭力葬，茹素六年。戊戌，率魏刺史一鼇等爲孫徵君修雙峰書院，講學其中。已而從徵君於蘇門，研究數月。歸，復從定興杜越紫峰遊。當是時，與河北宿儒隰崇岱、張羅喆、高鐍、吕申、管青陽、刁包、張翼星、陳鋐、王之徵、山西傅山等交，勉互進書，無所不窺。凡天文地理、兵農醫卜諸學悉究及之，於是彙古人經濟爲《居諸編》，又集《廿一史》古帝王軍國經世事，分爲十卷，名曰《此書》。其一卷序略曰：「帝王起兵，貴進取，貴疾速。進取則勢張，疾速則機得，呼吸間耳，成敗判焉，此之不可不知所向也。不觀唐太宗之趨咸陽乎？進乃勝乎①。不觀黥布之歸長沙乎？退乃敗矣。」二卷序略曰：「所向既明，正道在所，不必言矣。然不得奇道以佐之，則不能取勝。項羽戰章邯於鉅鹿，而後高祖得以乘虚入關。鍾會持姜維於劍閣，而後鄧艾得以逾險入蜀。」三卷序略曰：「兵既深入，必猛戰疾鬬，一爲所乘，魚散鳥驚，無可救矣。漢光武之於昆陽，唐太宗之於霍邑，可以戰②也。」四卷序略曰：「孫臏之破龐涓以怯卒，韓信之破陳餘以市人，李密之破張須陀以群盜。用寡以覆衆，因弱而爲强，善戰之術固不止此，然當其事者斷斷乎於此二者求之。」五卷序略曰：「戰勝略地，是有機焉。蹈之而動耳，不煩兵也。昔韓信滅魏破趙，威震天下，議取燕，李左車曰：『衆勞卒疲，其實難用，今以罷卒屯燕堅城之下，燕若不服，齊必不③據境以自强。爲將

①「乎」，《乾坤大略》作「矣」。
②「戰」，《乾坤大略》作「觀」。
③「不」字衍，《乾坤大略》及《史記·淮陰侯列傳》無。

軍計，莫若按日休兵，北首燕路，而遣一辯士奉咫尺之書於燕，燕必不敢不聽從。燕已從而東臨齊，雖有智者，不知爲齊計矣。』兵固先聲而後實者，此之謂也。」六卷序略曰：「要害之地，我不得之，則形制勢禁，於是反旗鳴鼓以試吾鋒，霍然如探喉骨而拔胸技①也。狄青之取崑崙，神矣。」七卷序略曰：「能取非難，取而能守之爲難。泛守非難，守而能得其要之爲難。南宋君臣守江非策，最爲可笑。」八卷序略曰：「朝廷之上，置中書以綜機務；疆埸之外，建專閫以總征伐。經理度支，撫御軍民，適寬嚴之宜，得緩急之序。崇大體，立宏綱，破困循之舊格，布簡快之新條。斯立國規模，不可以一事不周者也。」九卷序略曰：「百萬之衆，無食，不可一日支。屯田一着，所謂以人力而補天工也。」十卷序略曰：「克敵者，强其勢，厚其力，謹其制，利其器，多方以僨之，乃萬全之術也。」其言皆從來談史家所未及。是時，從學者接踵至，先生教之以忠孝務實，日夜指示不少倦。甲辰，出山設帳，高陽王作舟等受學焉。先生曰：「吾教不拘常科，遊山玩水，汝父兄勿問，第課學問進益耳。」時與弟子檢史聯詩，班草尋花，時率之習步騎射。或求已射，先生笑曰：「若能去《四書》中『射』字，吾即已之。」博陵顔習齋，素高伉，鮮所可，見先生輒愧服，遂以父道事之。是年著

---

① 「技」字誤，《乾坤大略》作「塊」。

《通鑒獨觀》。己酉，易州于進士騰海敦請於家，設虹澗講堂，爲門人郝謙著《前箸集》。壬子，河間王太守奂請爲布衣交。先生始以不見官長辭，既知其誠，乃往，爲之修《河間志》，公八閱月而成。王太守雅重其道，助貲置於獻縣，爲教授生徒所。孔副戎公毅復饋田二頃，遂攜妻子居之。門生吴瑾、牛德純、劉銘及絳輩日夕請益不去，持卷軸求教者常填門。先生自幼工書及文章聲律，晚年爲哭爲笑，爲憤爲激，一寄於是，每頃刻書數十紙，作數十首立就。獻當南北孔道，四方豪俊日有過從，或襆被寒士，或叱吒武夫。先生春風覆被，俱能致其傾倒。雖應接不給，挫薦典衣，一聞朋友急難，立糾合百金，豁如也。至自奉儉甚，啖糠芋，斷蜀秫秸爲箸。汲水甕中，置於廷，冬月晨起則掬以靧面。錢千餘嫁一女，娶一姪婦。府縣諸長吏贈遺納交者，多卻之。壬戌，蠡縣閆行人中寬安車迎至，問學同人廣集，探奇析疑，各厭其心。數往來保河諸處，門人齊熚、任鳳翔等從之逾衆。兒童野夫亦樂聽車音，隨而觀之曰：「王先生來矣！」癸亥，安肅李興祖投贄受業，下榻肅城。至冬底，寢疾，作詩云：「一天雷電收風雨，將使乾坤暗裏行。尚有高靈護殘喘，争留面目見諸生。」語其子孚曰：「昨有人送吾《首陽志》，是天啓吾以首邱西山也，且汝祖墓，可朝夕焉。」即速行。弟子李興祖、馬負奇等隨車後，先生回顧曰：「好爲之，吾在青山白雲巔望諸子也。」至坎下，夢中喃喃曰：「日月精明，乾坤洪大。」甲子正月，睁目而卒。朋友門人訃至皆痛哭，會葬坎下，遠者爲位聚哭，共私謚曰莊譽先生。先生身不滿五尺，四十餘鬚髮皓然，病白癜瘋，身面如傅粉，血系殷紅，縷縷可數，惟左顴骨指頂許作蒼色。野巾褐氅，豐姿飄逸，人望之如仙。至於談忠孝經濟，則兩目電睒，聲如洪鐘。且精騎射技擊，時而持兵器指畫，須戟色飛，蹲身刺槍，一躍輒丈餘，垂老不衰。方十餘歲時，喉生乳蛾，醫以竹管納喉中，煅鐵令紅烙之，連烙七鐵，神色怡然，蓋義勇其天性云。亂後遊河間，一千總延至家，無何云：「下走有同僚，聞君至，欲來叩，不敢。」先生問：「爲誰？」曰：「段明宇。」先生驚曰：「明宇在耶？」立起尋至其居，明宇望而跽哭，先生亦哭，跽而掖之，因大哭不能起，坐客皆哭。明宇者，先生起義時帳下傔丁也，亡後落魄綠林，後招安，遂得武銜。先生所著復有《湧幢草》三十餘卷，《萬勝車》一卷，《兵民經絡圖》①一卷，《諸葛八陣圖》一卷，《文集》三十二卷，《十三刀法》一紙。生於萬曆四十四年十二月，及其卒，得年六十九歲。男二，長子，文學，娶清苑生員王君延褒女；次咸，立爲餘恪嗣。女二，長適易州生員田君迺疆次子，早夭；次適易州生員田君迺畝三子醇，文學。孫一，超宗，聘獻縣生員劉鎧女。孫女一，許聘新安平定州知州魏君一鼇孫孫②克儉，文學。延褒、迺疆、迺畝、一鼇皆徵君弟

① 《兵民經絡圖》，文獻又作《兵民經略圖》。
② 衍一「孫」字。

子。鎧，先生弟子。去先生之五年，戊辰六月，先生子孚病，百餘里呼墣至床前，强力匍匐曰：「先子齎志而没，孚不才，無能闡揚，今將負不孝罪以死矣，願以墓銘累吾子。」因出所緝行述與予。予憐其死而不忘先德也，辭謝不能，卻受以歸，思郭有道碑文非蔡邕不稱，謝安卒時無鉅筆，有碑無文，余小子何人，乃能以銘先生耶？矧先生卓行，述中遺漏者甚多，未得詳考。無已，姑修其略而存之，以轉求夫世之大人君子焉。

五公山人傳①

王源崑繩

宛平人，此人載《北學編》。

五公山人，隱者也，隱於五公山，故號五公山人。山人王姓，名餘佑，字介祺，保定之新城人。負王佐才，年七十不遇卒，門人私謚曰文節先生。山人幼偉岸有大志。初從定興鹿太常善繼遊，既而受業於容城孫徵君奇逢。學兵法，究當世之務。習騎射、擊刺，無弗工。甲申國變，歸隱，更與徵君往來講學，究經史，授生徒，教以忠孝，務實學，兼文武，遠近從遊至數百人。薦紳先生往往構講堂，具安車，迎至受業。山人幅巾褐氅，鬚髪皓白，數往

---

① 此文又見《居業堂文集》，文字偶有不同。

來上谷、瀛海、嵩岱間，兒童野夫見其過，輒隨觀之，曰：「王先生也！」争相慰藉。山人時停車，問勞而去。家貧甚，府縣長吏求見多不得。四方豪俊日造門，典衣剉薦接之，有急更爲措置，百數十金無難。初，山人父延善，縣諸生，尚義。天下亂，散萬金産結客。三子，長曰餘恪，次即山人，季曰餘嚴。山人出繼世父建善，建善以庚辰特用，知山西臨縣，調繁河南魯山，遣山人歸。會闖賊陷京師，山人父帥三子及從子餘厚、餘慎與雄縣馬于建義旗，傳檄起兵討賊①，恢復雄縣、新城、容城三縣，擒僞官郝丕績等數人斬之。未幾賊敗，大清師入，山人父爲仇家陷，執入京。餘恪、嚴謀曰：「父死，吾兄弟何面目視息人間？仲繼世父，不可死，吾二人其死之！」乃赴難。夜馳至琉璃河，聞人唱《伍員出關曲》，餘恪憮然曰：「阿弟誤矣！吾二人俱死，誰復仇者？若壯，可復仇，我死之！」乃揮餘孱②去，自赴京，大呼：「我起義兵生員王某長子也，來赴死！」遂父子畢命燕市。餘孱歸，帥壯士入仇家，殲其老幼男婦三十口無遺。於是急捕山人兄弟，會保定知府朱甲、易州道副使黄圖安力爲解乃免。山人於是奉魯山公隱於易之五公山。山人學無不究，與太原傅山、同郡張羅喆、吕申諸子日相切劘，又執贄於定興杜紫峰先生。嘗彙古人經世事爲《居諸篇》數卷，

① 句下，《居業堂文集》有「徵君亦起兵」一句。
② 「孱」，當作「嚴」。下同。

《此書》十卷，《萬勝車圖説》一卷，《兵民經略圖》一卷，《諸葛八陣圖》一卷，皆伯王大略，兵機利害也。又《十三刀法》一卷，《湧幢草》三十卷，《文集》三十二卷。其爲文數千言立就，書法遒逸，而感慨激烈之致一發於詩。與人和易，從容簡諒。至論忠孝大節，談兵述往事，目炯炯如電，聲若洪鐘。或持兵指畫，鬚戟張，蹲身一躍丈許。馳馬彎弓，矢無虚發，觀者莫不震慄色動，嘖嘖曰：「王先生世才①也！」乃隱居四十年，卒以不求聞達死，死之時甲子正月。又二十年癸未，宛平王源爲之傳。

又曰：予久知山人名，特不詳其生平。後交李剛主，始聞其詳。而今乃得讀其遺書，撫卷流涕曰：此諸葛武鄉之流也！天之生此人也謂之何哉？既已生之，又老死之，天乎！吾不解其何意也。或謂文中子隱居教授，其造就之才皆足以安民濟世，功何必自己出乎？乃吾觀天之生才目下②，固未見後進中有卓卓具體用如前人者，其或山人之門有不同歟？然誦其詩，讀其書，苟能私淑於山人以造就其才，則雖數十百年之久固無異於親炙之者也，山人又何憾焉？悲夫悲夫！予目望之矣。

---

① 「世才」，《居業堂文集》作「命世才」。
② 「目下」誤，《居業堂文集》作「日下」。

五公山人紀略

張羅喆

山人八世祖宓氏，嗣姓王氏，名餘佑，字申之，號介祺，别號五公山人，明新城稟生。少有文武材，崇禎末，扼腕時事，著有《救焚拯溺》一疏，累數千言。後值闖逆犯闕，遂與其本生父諱延善，及同産兄諱餘恪、弟餘嚴，盡散其家貲數千金起義，擒雄縣僞官郝丕績等三人，傳檄旁州縣，時爲河北第一義舉。未幾，父兄被執遇害。清鼎既定，餘佑乃棄儒巾，奉其少所嗣父母，隱居於易之五公山，樵蘇自給，屏絶人事，雖時至絶糧，亦未嘗一詣非類。貴家有招者，堅不赴，惟時出教授，以供甘旨而已。其所嗣父母即其伯父母也。居所嗣母之喪，哀毁，三年不茹葷血。在山中十餘年，常痛其本生父及同産兄之死也。深思大略，磨勵愈精，其較論古今大事，晝爲規模次第者，瞭如指掌，確然有定算，皆可思可循而不可易。其與人交，信義最篤，然廣而不泛，常務以正言相救。遇豪儁有患難當急者，雖邂逅間，猶常捐食典衣以濟之，尤不計家之有無，身之利害，蓋其志恥以徒隱爲高也。平生愛讀書，其所爲詩古文辭有壁立千仞之概，如其爲人。口占千言，立就。尤好談經濟世務及兵略。所著有《甲申集》數卷，《居諸編》十卷，《茅簷款議》十卷，頗示己志。所師事孫徵君、杜徵君，皆器重之焉。

丁酉春清苑張羅喆十鄉父撰

祭莊譽義士文甲子①

顔習齋

嗚呼！陽九之際，乾坤尚賴先生哉！今日之天胡不弔，而促先生逝哉！當闖禍之炎赫也，起三秦，熾荆豫，浸淫遍天下，如疾風之掃葉，如巨浪之摧圮，何地不頹？何人不靡？我三輔諸君子獨標勁節，若張吏部死守上谷，若張進士羅輔殺賊無數，若義豊刁文孝斬衰奉大行主，若常山張石史丁僞擢而碎敕大罵，若張石鄉、管青陽以諸生挂冠，若趙潤伯以童子潔志。其他節比幼安，心擬思肖者，指不勝屈。然或力敵於僭僞之前，或守志於鼎革之後。至賊成僞帝，九有在握，而求其髪指眦裂，提一旅之師，復大讎，問賊罪者，先生一家而已。當端皇之殉社稷也，先生豎二旗於門曰：「誅賊報國」，「仗義復讎」，「有願爲大行皇帝復讎者，聚此旗下！」集義衆千人，破賊城，發賊庫，捉賊官，亦可謂奪賊之氣矣。行檄海内云：「生成佐命勳，生固榮耀；死作忠義鬼，死亦芬芳。」志可謂强矣。惜賊已遁，未得親梟其首祭告先皇耳。某嚮與同人議上私謚，勝敵志强曰莊，武而不逆曰莊，或有當乎？

① 全文又見顔元《習齋記餘》，標題及正文謚號「莊」皆誤作「壯」。按當作「莊」，説見《逸周書·謚法解》。

已而怨家誣告，致令父子伯兄璧碎燕市，亦甚慘矣。猶幸朱郡守、黄道監監①辨章上請，白先生家忠義，蒙旨仍收新庠，給還剩没，則翁家可脱然無事矣。自是而峨冠古服，深山高蹈，詩文膾炙人口，記述富逾五車。剛主配謚，狀古述今曰譽，宜其然矣。某質性孤戾，最少可人，一謁先生於鄽口，再弔於雙峰，又數叩於瀛郡，亦蒙先生累顧擨止，春風淑氣，化我乖稜，巨量廓懷，蕩我褊隔，偉識雄略，啓我庸頑，使固陋之子不容不心折也。刁文孝捐客石鄉，公儀棄世，某所敬佩倚望如師如父者，獨先生一人。氣數賴以維持，士風賴以砥柱，後進賴以裁成，亦唯先生一人。嗚呼！天胡不弔而促之逝哉！天胡不弔而促之逝哉！愧茲不腆，匍匐哭臨。聞先生之卒，睁目張口，尚有餘啣也，神其容已乎？伏維尚饗。

五公山人墓表

劉　炳

五公山人者，莊譽先生隱居所自號也。生平忠教大節，所以誌也。先生諱餘佑，字申之，復字介祺。先世宓姓，明初自小興州遷保定新城之西馬頭，贅王氏，嗣其姓。八世至義烈公延善，生三子，長餘恪，季餘嚴，先生爲中子，繼伯父魯山令建善後。穎慧絶人，讀書過

① 衍一「監」字。

目不忘。十餘歲病乳蛾，醫納管喉中，煅鐵烙之，七烙而色不變，人驚爲奇。十六歲入庠，次年食餼，每試輒冠軍，慨然念古賢人傑士樹德立功，學問必有淵源，乃遊定興鹿忠節公善繼門，與其客著《武備志》者茅元儀講忠節所傳道術，及當世成敗大機，學益進。初，魯山公任山西臨縣令，先生從，蒿目時艱，爲父條奏數千言上當事，拂其意，改調河南魯山。先生歸，又從容城孫徵君奇逢學，念海内瓦解，遂耑意《孫吴兵法》，散萬金招士。崇禎甲申，李自成犯京，端皇殉國，先生方較士易水，投筆馳歸，過徵君，呼曰：「天下俱陷，若能擒賊乎？」應曰：「諾。」即請命義烈公與諸昆弟餘恪、餘嚴、餘厚、餘慎，及雄邑諸生馬于，揭「仗義復讎」、「誅賊報國」二旗於衢，傳檄云：「生成佐命功，生固榮耀；死爲忠義鬼，死亦芬芳。願爲大行皇帝殺賊者，聚我旗下！」糾義旅千餘人，連復雄縣、新城、容城三邑，擒斬僞官郝丕績等，開倉庫犒師，聲言北擒逆成。值吴三桂以國師入，乃止。馬于往見九王，白其事以遁，先生亦從義烈公歸西山，散衆隱居矣。我朝定鼎，讎家誣訟於朝，發羽林執義烈公入京。先生以爲魯山公嗣，不得從。餘恪投刑部從父死。餘嚴鳩壯士，殪讎家三十餘口。時部文購先生等甚急，餘厚被執保定，守朱甲、易州道黄圖安同爲申奏曰：「王氏父子破賊成城池，誅賊成僞令，未干法紀。國家初基，正宜獎其忠義，風勵天下，奈何深搆是獄？」允之，詔令新城仍收先生等入學，復其産。餘厚、餘嚴棄家入河南，先生招魂葬父兄於易州西南鄉水峪村望子山下，乃奉魯山公入五公山之雙峰，躬耕以養。既卒，營葬畢，茹素六年，自號五公山人。先生益務力學，詔來者。戊戌，偕魏刺史一鼇修雙峰書院，聽徵君講學其中，旋從遊於蘇門，歸與定興杜越紫峰遊。時河北宿儒隰崇岱、張羅喆①、高鐈、吕申、管青陽、刁包、張翼星、陳鋐、王之徵、山西傅山等，俱集范陽，交勉互進，悉究天文地輿，兵農醫卜諸書，因彙古人經濟爲《居諸編》，又搜輯《廿一史》軍國經世奥義，次第之，皆從來談史家所未及，名曰《此書》，凡十卷。甲辰，出山設帳高陽，偕弟子王作舟等檢史聯詩，班草尋花，灑然有春風沂水之意。博陵顔習齋素高伉，見先生輒父事之。是年著《通鑒獨觀》。己酉，于進士騰海爲設虹澗講堂，教門人郝謙等，著《前箸集》。壬子，河間王郡守奂重其道，延修郡志，爲置宅獻陵。孔副戎毅饋田二百畝，因攜妻子居之。門人吴瑾、牛德醇、劉銘及絳輩晨夕請業，求教者日益衆。先生道藝無所不窺，自幼工書及聲律，晚年歌哭嘯傲，一於是焉發之，每頃刻掃數十紙，吟數十篇立就。而獻陵當南北之衝，四方豪俊考德問業者，百舍重趼而至，或翩翩佳士，或赳赳武人，無不致其傾倒。先生性豪邁，遇朋友急難，立糾金粟助之，意豁如也。至所自奉，雖啖糠芋，隆冬掬冷水靧面，弗措

① 「喆」，當作「喆」。

尺，先生身不滿五尺，於意。錢千餘，嫁一女，娶一姪婦。若府縣長吏饋遺納交者，槩弗受。先生身不滿五尺，年四十餘鬚眉皓然，嘗病白癜風，身面如傅粉，血縷殷紅可數，野巾褐氅，望如神仙中人。及談忠孝經濟，則雙目電掣，聲出如洪鐘。且精騎射技擊，時持兵指畫，鬚戟色飛，蹲身刺槍，一躍丈餘，至老不衰。壬戌，蠡吾閻行人中寬以安車迎至問學焉，時學人廣集，隨叩輒鳴，各厭其意。數往來保河，門人齊爔、任鳳翔等從之遊。兒童父老樂聽車音，爭識曰：「五公山人王先生也！」癸亥冬，館於肅城李興祖家，寢疾，病，忽朗吟云：「一天雷電收風雨，將使乾坤暗裏行。尚有高陵護殘喘，爭留面目見諸生。」乃命長子孚曰：「昨有人送《首陽志》，是天啓吾首邱西山也，且傍汝祖墓，可速行。」門人李興祖、馬負奇輩隨車，回顧曰：「好爲之，吾在青山白雲巔望諸子也。」至坎下，夢中猶喃喃云：「日月精明，乾坤洪大。」甲子正月七日，睁目而卒。朋友門人，遠近畢至，痛哭會葬坎下，私謚曰莊譽。先生所遺著作，復有《湧幢草》三十餘卷，《萬勝車》一卷，《兵民經絡圖》一卷，《諸葛八陣圖》一卷，《文集》三十二卷，《十三刀法》一紙。生於萬曆四十四年，卒年六十有九。配孔氏，邑人心學公女。男二，長孚，文學，娶清苑生員王君延褒女；次咸，立爲餘恪嗣。女二，長適易州生員田君迺疆次子，早卒；次適易州生員田君迺畝三子淳，文學。孫一，超宗，聘獻縣生員劉君鎧女。女孫一，聘新安平定州知州魏君一鼇孫克儉，文學。延褒、迺疆、迺畝、一鼇，孫徵君弟子。鎧，先生弟子。先生卒之五年，蠡吾李剛主先生塨既爲之《行略》，而未遑表於其墓。乾隆十八年癸酉，其諸門人之子若孫慮久而就湮，述其先志，爲購貞珉以表之。齊燿子□□問文於余，余惟先生即世，距今六十餘年，大節在忠孝，道義在師友，經濟在學問。叔孫穆子所謂不朽者，其在斯人歟！其在斯人歟！爰因《行略》而録其寔。

任邱後學劉炳謹表

五公山人墓碑文

曾孫九思撰

五公山人，思之曾祖父也。諱餘佑，字介祺，明季諸生。祖籍小興州，宻姓，明初十世祖聚才遷居於新城西馬頭村，入贅王氏，遂嗣其姓。又九世而生山人。山人出自高祖義烈公延善，爲後於伯高祖建善。生而聰敏，於書無所不讀，尤精通武略。祖建善令魯山，山人從。時闖寇肆毒河南，凡赴任者俱逡巡河上，公至，争相挽留，公曰：「服官而畏死耶！」乃決意往，及至任所，四境荒涼，居民鮮少，山人乃奉魯山公多方招集，動以大義，教以武勇，故常以數百人戰賊數十萬，蹶然而遁，且庇及鄰邑。賊自是由河而陝，而直無一人攖其鋒者。卒至國破君亡，良可慨也。山人乃奉魯山歸隱於易州之五公山，躬耕以奉菽水，以其暇舉向所受業於鹿忠節公善繼，與孫徵君奇逢二先生，以及商確於茅元儀、陽崇岱、傅山等諸良友。與己身所閲歷者，一一援古酌今，筆之成書，雖爲類不一，要皆可以信今而傳後，此山中事業也，因自號爲五公山人。後雙親繼没，營葬坎下，茹素六年，自是遠近迎請受業者日益衆，而獻士爲尤篤，遂移家於獻東之王三孝子莊。山人一生惟期爲有用之學，不屑屑於章句，故一時受業者率多有所表見。後下榻於安肅門人李興祖家，抱疾歸坎下，殁，葬魯山公墓側，遵遺命也。届期門人故舊會葬者無問遐邇，共私謚爲莊譽先生。今已百年矣，獻去坎下三百餘里，家貧路遠，守墓無人，恐爲日益久，一坯之土卒湮没於荒煙亂石中，思之罪其何能贖，因即其聞於先生者，舉其概以勒諸石，仁里諸君子倘蒙鑒察焉，俾存無壞，感且不朽。

乾隆四十七年歲次壬寅穀旦曾孫率元孫六世孫薰沐謹誌

拓定恢嬰王先生橋梓墓地址碑

劉衡等

州屬西南坎下村北人安寨，舊有國初王恢嬰諱建善墓。墓南白堡村東爲王介祺諱餘佑墓。介祺者，恢嬰之子，由新城遷家獻縣，曾讀書於州之五公山，足不履城市者二十年，世稱五公山人者是。道光己酉，余來權州篆，下車後，其七世孫名愚者以墓地被侵呈控。夫修舉廢墜，扶持名教，司牧之責也，況五公山人爲一代名儒，其嘉言懿行久已具詳志乘，遺風流韻至今猶藉人口，若不急爲釐正以妥其靈，不幾湮賢人之跡，而遺守土之羞歟？爰爲周勘詳查，考恢嬰公墓原十五畝，今易地主一魏姓，一陳姓，介祺公墓原三畝二分，今易地主爲連姓，均憑契約置買，初非侵也。第歷年既久，其買自何年，售自何人，寔已無憑核辦。因婉加勸諭，令各地主自行酌讓，俾拓地少許以護墓，舉欣然樂從焉。其恢嬰公墓，魏、陳兩姓共讓地一畝，統計東西二十弓，南北十二弓。介祺公墓，連姓讓地四分，統計東西十弓，南北九弓有六。除各具結存案外，仍令於兩墓四至建立石椿，以清界限而垂永久。噫！斯固由風俗敦龐，民之樂於從善也，殆亦先賢靈爽式憑，有以感發之歟？余既嘉斯民之嚮義，且慮日久復湮没而不彰也。爰誌巔末，勒之貞珉，俾王氏子孫世世守之，因益以興起州人後世慕善之心，則摩世勵俗不又在茲乎！是爲記。襄是役者爲知河南河内縣事河間裘君寶鏞，知安徽泗州事河間裘君寶善，候選教諭肅寧范君鳴鳳，東明縣訓導獻縣陳君忻，前任正定縣訓導候選知縣交河蘇君啓紋，候選訓導交河王君化昭，獻縣千總李君飛鵬，交河縣太學生蕭君甲稟，膳生羅君毓之，獻縣庠生魏君連城，周君湞，宛平監生朱君紘，亦盛舉也，並得書名。

署直隸易州直隸州知州劉衡撰文

易州書院掌院庚子科舉人趙錡書丹

直隸易州學正趙暄篆額

直隸易州訓導史鵬展

直隸易州吏目胡世文

道光三十年四月穀旦監立

曙光公碑陰記在河城鎮西二里許，東南向。

王潔己等

我先世原籍口外小興州人，本姓宓，始祖諱聚才，遷保定新城縣王家馬頭村，入贅王氏，遂嗣其姓，數傳而宗支蕃衍。六世祖近川公，慷慨有氣節，通武略，是爲我本支之祖，墓在新城王家馬頭村。祖阡恨遭大水漂蕩，不能省識。七世祖高高祖諱建善，字恢嬰，以明經任山西臨縣令，調河南魯山令，其惠政及禦闖寇、擒僞令種種事功，詳載魯山邑乘與《魯陽紀略》。康熙初，魯山士紳請祀學宮。明末隱居易州五公山之雙峰，置秫田、竹林十餘畝，以供歲月。足跡不入城市者二十餘年。卒，葬易州坎下村人安寨下，孫徵君表之，隰千里銘之。中殤叔祖諱咸者即葬此墓側，新城王嘉穀爲之志，立石墓側。本生高高祖諱延善，字維嬰。亮風高節，忠義凜凜。明莊烈皇爲闖賊所逼殉國，義烈公父子憤散萬金産，同兄弟子姪友生糾義旅數千人討逆闖，揭二旗云「仗義復仇」、「誅賊報國。」傳檄云：「生成佐命功，生固榮耀；死作忠義鬼，死亦芬芳。」破雄縣、容城、新城、安州等處，誅僞官，開倉散食，移兵北上，後乃與子同死國難，真千秋遺恨也。招魂葬於人安寨下，刁文孝先生爲作招魂記，孫徵君先生有詩哭之云：「自然不朽何須骨，總是淋漓亦化丹。」①蓋忠孝大節千古不磨滅云。高祖五公山人諱餘佑，字介祺，一字申之。釋兵後，奉我高高祖隱五公山之雙峰，痛先帝殉國，哀我父死難，每登雙峰絶頂，慷慨悲歌，泣數行下。河間太守王千峰迎修府志，遂僑寓獻邑，講學獻陵書院，弟子從之者日益衆。數年後思歸西山，共挽留之。康熙十年，與獻邑東王三孝子莊王氏聯譜，遂家焉。而其昔年以五世相韓之感，興撻伐闖寇之師，涕號故宫九頓首，而坐者未嘗一飯忘也。忠孝節義，殆父子生死兩無負矣。海内名公偉人如孫徵君、魏忠節、鹿忠節、石忠毅，刁非有、杜紫峰、張十卿、傅青主、魏蓮陸、管青陽、張果中、孫衷淵、陸千里、田治埏、賀伯龍、茅元儀、于騰海、王延褒、王漁洋、孫愛竹、高鴻臚、顔習齋、李恕谷、王或菴、李廣甯，諸名流或宿儒或達官，耳其名無不切切然想望豐采，不遠數千里相過從，至今五公山人之號猶嘖嘖人口也。卒，葬易州白堡村東，立石誌墓。其一生卓行大節及各著作書目載在邑乘。曾祖諱孚，字曙光，諸生。一生敦厚周慎，

① 二句孫奇逢《王魯山兄弟二難小傳》記作高鐈詩。

篤實力學，或語以帖括舉子業，掉臂不顧也。思承祖父之業而恢擴之，竟齎志以没，卜葬此地。子一，諱超宗，即予祖，諸生。女一，適易州魏蓮陸先生長孫名克儉，諸生，年十九，所天殀折，殉節死，李恕谷爲作《烈婦傳》①，乾隆初建坊流芳。從伯高祖諱明善，前明進士，任吏部主事，再任南雄府推官。後裔一支居新城三角店西偏豐厚莊，一支居三角店東偏蕭官塋村，其餘遠支居王家馬頭。曾祖葬後，我祖志欲樹麗牲之石，不果。思獻距易數百里而遥，恐日益久遠，山中墓碣所誌原原本本，後人未能隨時觀覽，有不識祖先爲何如人者，將弗思敦品力學，習入浮薄一泒，有玷先人多矣。孫等興言及之，不覺汗流浹背，爰勉繼祖父之志，敬稽家乘，歷叙實蹟如右，令子孫歲時祭掃觀焉，以存無念聿修之思可也。

大清嘉慶八年癸亥四月穀旦，曾孫潔己、正己、成己、修己，元孫②

立齋公碑陰記

王成己

吾家一介清貧，名公大人鮮交遊，又安所得高文鴻篇以闡揚吾父母哉？吾父之懿行厚德又安可没没無聞也？無已，即不肖所身受而目睹者聊述梗概，以告後人，非以云表也。後

---

① 文見《恕谷後集》卷六。

② 抄本「元孫」以下空。

世子孫顧祖墓而興思，知所敬承爾。吾父少孤，偕吾母奉事寡母，盡養志之道，人無間言矣。即吾兄弟四人或耕或讀，督課維嚴，少不如法，鞭扑立下，吾兄弟少有成立，不至終於廢棄者，皆吾父母家法嚴整之力也，子孫尚監茲哉！至於親朋往來，靡不竭力款洽，典衣剉薦無難也。且以排難解紛爲心，村中人偶起變端，吾父百計調停，必使相安於無事方慰，如此者不勝枚舉。且仗義疎財，慷慨樂施，親族中有貧乏不能自存者，不憚賣産質錢以濟其急，即至家業蕭條，弗顧也。新城叔祖遭親喪，無以爲計，吾家亦屢遭凶年，不得已賣田數十畝以濟其急，毫無吝色。易州坎下村北墳地十五畝，魏表叔自種自食，久之竟自擅作塋地，葬埋其中，吾父毫不與校。坎下村有閑宅一處，房數間，田表叔居住多年，後竟視爲己業，賣與他人，吾父念親戚情誼，亦不究詰。如此數事，尤爲人所難能云。偶爾杖履村中，人無少長，皆肅然拱立，春風和氣，無不傾倒，而矩步方行，則凜然不可犯也。吾父辛勤度日，幾遭凶年，口咽糠粃，而堂上之甘旨不缺。人謂吾父之懿行厚德尤賴吾母内助，諒不誣也。吾家自魯山令恢嬰公以至吾父，四世單傳，自下子孫蕃衍不下七十餘口，自是高祖以來積陰所致，吾父盛德所釀也。嗚呼！吾父往矣！吾父之懿行厚德則固歷歷可述也，子孫果能率乃祖攸行，以垂裕後昆，則吾父母在天之靈可無怨恫，而吾一旦長逝亦可瞑目地下矣，吾能無厚望哉？父，邑庠生，諱九思，字立齋。享年八十有六。母郝太君，享年六十有一。生吾兄弟四人，三兄潔己，恩貢生；四兄正己，邑庠生；六弟修己。皆已物故。成己，稟膳生。姊妹三人，大姊適劉氏，妹適彌氏，亦皆去世。二姊適張氏。獨成己與二姊尚在，二姊年九十有一，成己年八十有五，則亦旦墓①人耳。當此而聽我先德之湮没，子孫無所敬承，予罪奚辭？謹按三兄遺稿，稍加筆削，命子姪輩礱石刊刻，以告後人如右。

男成己沐手百拜謹識

獻縣紳衿舉鄉賢公稟②

獻縣闔縣紳衿呈：爲公舉理學宿儒，崇祀鄉賢，以表隱德，以勵士風事，竊道宗洙泗，典墳重彬雅之儒；鄉祀春秋，灌祝搜宏通之彦。惟功德有關於邦國，而蠲烝不問其見潛，王制攸關，人風式重。兹查國初王五公先生，名餘佑，字介祺，明稟膳生。生自督亢，遷居樂壽。之無初識，揮毫賦土火之爐；象勺既嫻，竭志探絲絃之壁。遠以濂洛關閩爲學，長河賦星宿之源；近以江村夏峰爲師，高掌授龍門之跡。搜奇破百萬卷，堪號書廚；博古過

① 「墓」字誤，當作「暮」。
② 抄本正文無標題，據目録補。

三十車，不推經庫。辭源倒海，流風雲月露之華；著述連床，窮身世天人之旨。而乃自甘肥遯，早謝榮名。貧卧山間，陽子削榆而講道；賃居廡下，桃椎曳索以吟詩。授藝傳經，從而遊者實多士；正心誠意，董其德者幾千人。齊道廣于太邱，獨立清流之節；比守貞于仲叔，更宏道教之傳。真所謂理學白眉，宿儒赤幟，而德潛於一己，功及於斯人者也。□①等偕士民之公願，思俎豆之生輝。羽翼聖經，雖未登孔廟而從祀；維持士紀，且欲入鄉賢以並尊。昔唐張子容之祀獻縣鄉賢也，以布衣；今朝孫徵君之祀輝縣鄉賢也，以流寓。道堪齊駕，事可例行。謹公呈，乞老師大人轉申老父台大人並各憲大人准躋獻縣鄉賢，則董子宅邊別寄讀書之里，毛公壘畔更瞻古傳之存。不惟闡發幽香，頑懦因之而丕變；抑且恢張文教，政治於焉而有光矣。爲此理合公舉，切切上叩。

王介祺先生實蹟册

先生學本程朱，具内聖外王之略，文章經濟冠一時。少遊鹿忠節公門，繼爲孫徵君、杜徵君高弟。著書數十種，事蹟詳《北學編》、獻縣、新城等誌，洵一代偉人也。僅將其輿論僉

① 抄本原文空一格。

同昭然共傳者開列於後。

一，先生忠義本於天性。明季闖逆犯闕，公年甫廿餘，即能首舉義旗，散産招募，同生父生員延善，同胞兄弟生員餘恪、餘嚴，及同堂兄生員餘厚、餘慎，雄縣生員馬于，新城守備胡斌等，復國仇，殺僞官，收復雄縣、容城、新城、安州等處。傳檄畿南，誓忠討賊，有「生成佐命，死作忠魂」等語，當時起義者共宗之。

一，先生天性至孝，遇事能先意承志，佐父魯山令招復亂民，獎勵忠義，身攖鋒刃，轉戰賊巢中三戰三捷，又生擒僞竇豐令熊一鵬殺之，歸附者數郡。亂後奉親山居，躬耕以供菽水，朝夕承歡，無不備至。及兩親繼殁，竭力營葬具，悉如禮。居喪勺飲不入，守制不茹葷者六年，人多感慕焉。

一，先生持身廉静，不樂交通貴顯，惟聞朋友急難，立糾合百金，豁如也。至自奉儉甚，啖糠芋，斷蜀秫秸爲箸。汲水甕水置於庭，冬月晨起則搠以靧面。錢僅千餘，嫁一女，娶一姪婦。府縣諸長吏贈遺納交者，多卻之，無一介妄取者。

一，先生隱居五公山，絶口不言世事，足跡不履城市者二十年，因自號五公山人，惟是力耕以自養。閉户著書，學究天人。與河北宿儒刁蒙吉、魏蓮陸、顔習齋、隰崇岱、吕申、高鐈、山右傅青主等，交相切磋，以聖賢之道相期許。晚年砥節愈純，遂終身不仕。

一，先生聰穎過人，讀書過目不忘，凡天文地理、兵農醫卜諸書，無不窮究底蘊。後從學蘇門，德行益粹，詩文、書法皆擅絕一時。纂修《河間府志》，微顯闡幽，褒貶悉當，時稱直筆焉。

一，先生遭世之亂，蒿目時艱，慨然以天下爲己任。遂遊鹿忠節門，與茅元儀等日講韜略之學，於是彙古人經濟爲《居諸編》，又集古帝王軍國經世之要，作《乾坤大略》，又名《茅簷款議》，復有《認理説》、《通鑒獨觀》、《湧幢草》、《前箸集》、《萬勝車兵策略》、《兵民經絡圖》、《諸葛八陣圖》，《十三刀法》、《文集》諸書，至詩文草稿三十七種。生平著述尚多，兵燹之後散亡大半，不能悉載。

一，先生忠義性成，每談忠孝事則目光電睒，聲若洪鐘，村夫牧豎亦樂聽其議論，或相感至泣下。且精騎射技擊，時而持兵器指畫，鬚戟色飛，蹲身刺槍，一躍輒丈餘，垂老不衰。是亦人所難及者。

一，先生接物以寬，教人有序，設帳授生徒，因材而施，探奇析疑，各饜其心。不拘常科，惟以德行爲本，忠孝須務實踐，日夜指示無少倦。時名士如王作舟、郝謙、李興祖、李剛主、馬負奇輩皆出其門。死之日，朋友門生皆痛哭會葬，遠者爲位聚哭，共私謚曰莊譽先生，又謚曰文節先生。

一，先生忠厚開基，孝友爲政，上紹忠義於叔父，下垂儀型於子孫，是以二百餘年以來，書香繼世，詩禮傳家。查現今嫡派列膠庠者十餘人，如稟生王惺，增生王悳，附生王愿、王慷、王文炳、王文烺、王文熹等，無一人不安貧守分，祖訓恪遵，足見公之教澤流長，永垂勿替。

崇祠鄉賢部覆文①

獻縣儒學李鍾蔚、張兆鵬爲移請轉詳事云云，計移送事實册八本，印甘結八套，由儒學詳縣，由縣詳府，由府詳省城修志局，又詳道司院，並督撫，俱蒙批准。同治十三年十二月十二日，蒙總理省城修志局，直隸按察使司、布政使司、清河道批，據詳已悉，仰即知照繳。光緒元年正月二十五日，蒙本府正堂胡轉，蒙督憲、禮部咨開禮科，抄出直隸總督李題前明稟生王餘佑入祀鄉賢一疏。於同治十三年八月初十日題，九月二十四日奉旨：「飭部議奏，欽此。」禮部謹奏：爲議覆各官鄉賢事，禮科抄出直隸總督李鴻章疏，稱已故前明稟生王餘佑性成忠孝，學本程朱，請入祀鄉賢祠。奉旨：「該部議奏，欽此。」欽遵到部查例，開

① 抄本正文無標題，據目録補。

崇祀鄉賢。該督撫會同學政，每年八月前具題，應將事實册送部詳核，於歲底彙題。應確核實蹟，倘名實不能相副，及僅以人品學問空言譽美者，即行指駁。今該督撫詳實查核等語。今該督撫送到事實册，内開：「已故前明稟生王餘佑，直隸獻縣人。明季闖逆之亂，首舉義旗，收復容城等處，傳檄畿南，誓忠討賊，遠近宗之。又佐父魯山令招復亂民，獎勸忠義，身攖鋒刃，轉戰有功。後奉親山居，躬耕以供菽水，承歡備至，及居親喪，勺飲不入，守制不茹葷者六年。隱五公山，足不履城市，不交通貴顯，惟聞朋友急難，立措百金，豁如也。凡天文、地理、兵農等書，無不窮究底藴。幼從鹿繼善遊，講軍國經世之要，後從學孫奇逢，德行益粹。晚年閉户著書，生徒就正，惟教以德行爲本，忠孝務須實踐。著有《居諸編》、《認理説》、《通鑒獨觀》等書。」臣等公同查核所有該督撫等情將王餘佑入祀鄉賢祠之處，系屬名實相副，應請准其入祀鄉賢祠。恭候命下，臣等部行文該督撫等遵行所有。臣等遵議緣由，僅援照成案改題爲奏，爲此謹奏請旨。

此摺於同治十三年十二月二十七日具奏，本日奉旨：「依議，欽此。」

新城請崇祠鄉賢文①

保定新城縣爲申詳事，光緒五年六月初二日，據卑縣舉人張其廷、王鑒、王希曾、張彬、王樹珊、吴玉成、王毓芝、張蕙，貢生王嵒、王恕、陳際科、王鍔、魏鎮梁、王毓藻，稟生王惺、王毓正、劉培之、白鍾元、王鈺、吴濬，附生王鎮、張樹藩、王璉林，震②生王廷楷、湯儀等，聯名稟稱。竊查新城縣前明處士王餘佑品端學粹，望重士林，舉等正擬呈請崇祀本邑鄉賢。今聞獻縣業經具呈詳，蒙題准。部復奉旨允准在案。惟查該處士王餘佑籍隸新城，寄居獻縣，既經奉旨崇祀，新城可否一併設位奉祀之處理合稟，請轉詳示遵等情。據此，卑職覆查無異，擬合具文，詳請憲台查核。俯賜批示，祇遵實爲公便。除徑詳督憲外，爲此備由具詳，伏乞照詳施行。

新城崇祀鄉賢部覆文

總理省城修志局，直隸按察使葉、布政使丁、清河道劉。獻縣知悉，光緒五年八月十二日，

---

① 抄本正文無標題，據目録補。

② 「震」字疑誤。

准布政司丁移開：爲移會事，光緒五年七月二十三日，蒙督憲李批，據新城縣具詳，前明處士王餘佑經獻縣詳，蒙題准入祀鄉賢。惟處士王餘佑籍隸新城，可否一併設位奉祀，請示遵緣由。蒙批：查前明稟生王餘佑，前據獻縣詳，經題准部覆入祀鄉賢祠。茲據詳，該稟生籍隸新城，寄居獻縣，請於新城鄉賢祠一並入祀，自屬可行。惟獻縣原詳並未聲明籍隸新城，仰布政司會同志書局查核明確，詳覆飭遵，並聲明請咨部立案繳等因，到司蒙此，並據該縣經詳前來。除詳批示外，似合抄詳移會，爲此合咨煩照來文事理祁①，即查核明確，移覆過司，以憑詳辦，望速施行等因。准此，合亟札飭札到該縣，即將前明稟生是否一併設位崇祀該縣，申覆來局毋違，此札。

傳單

劉成玉

嘗聞俎豆之事，宜待立言立德之賢，譬諸宮牆之中，必尊沐日浴月之彦，斯固理之當然，抑亦德所感應也。茲有王三孝子莊懋亭、秉侗、静軒王老兄台之七世祖諱餘佑，字介祺，道號五公山人者，一代偉人，千秋介節，萃五百年聖賢之運，分英靈於泗水東山，建千萬世忠

① 「祁」字疑誤。

孝之模，媲光華於曦輪皓魄。錦生花管，文章空冀北之群；績懋霓旌，聲望重斗南之價。偉業既隆於當世，享祀宜永於膠庠。前者披華摭實，公呈既上於學師；嗣後援古例今，題請遂蒙夫台憲。綠章甫奏，紫詔旋頒。奉旨依議，性成忠孝，學本程朱，准入鄉賢祠歲時祭祀。綸音乍降，忭舞者詎止千萬人；盛事奉行，光寵者直垂數百世。公議於四月廿八日午時送入泮宮，薄獻芹藻。所願文人學士，移履爲以來臨；縉紳先生，整衣冠而偕往。則烝嘗祠禴，皆由多士之致誠；而黍稷馨香，悉載諸公之明德矣。肅此預達，帖到書知。

崇祀鄉賢祭文

盧世瑞

維光緒元年四月二十八日，獻縣教諭李鍾蔚等，謹以牲醴之儀，致祭於皇清處士介祺王公之神曰：粤自熙朝將盛，勝國欲終，天地特生夫賢哲，廊廟弗任爲股肱，俾懷奇以抱異，終坎坷於生平，遭時不遇，乃有先生。當夫師事杜君，客遊忠節，以天下爲己心，講韜鈐之秘決，經濟必本乎文章，謀略不由於詭譎。迨夫隨侍嚴君，中州守土，徑滿荆榛，途塞豺虎，乃練鄉兵，爰勤招募，衆志成城，義旗共樹，士盡從風，師如時雨。既歷險而出奇，亦遠攻而近取，揮長戈於魯陽，擒僞帥於城父，於是納款歸降者争趨而共附。及至闖逆犯順，明社已墟，義兵再舉，恢復是圖，傳檄南之羽檄，整冀北之車徒，遂殲酋帥，遂斬僞官，遂復新邑，遂奪雄關。灑血誓師，發死作忠魂之語；矢心報國，有生成佐命之言。詎料射影含沙，竟蓬鬼蜮，萋菲成文，陷阱終遇，幸覆盆之冤伸，更反兵之讎復。先生乃逍遥林壑，自事春耕，爰隨二老，偕隱五公，疏水盡天倫之樂，《詩》《書》養性府之靈。讀禮既終，尋師益切，委贄蘇門，情殷立雪，詳參朱陸之異同，博辨天人之論説，身豹隱以自甘，志龍潛而已決。迄今星霜易度，模範流芳，道以遠而愈著，澤以久而彌彰，鄉閭勤其籲請，朝廷重夫表揚。嗚呼！發潛德之幽光，長享千秋俎豆；隆盛時之祀典，永傳百世馨香也。尚饗。

兼山王公碑文

王將華

余家本小興州人，遷内地新城縣西馬頭村，祖墓爲水漂蕩，不能省識矣。七世祖恢嬰公，六世祖五公山人，隱居易州，没即葬於易州，一坎下村北，一白堡村東，俱立墓石焉。想我六世祖生前移居於王三孝子莊，蓋已有年。至高祖曙光公葬，則在河城鎮西偏，先曾祖、先祖依次安葬，亦皆勒石誌之。以上單傳四世，至先父輩則兄弟四人，家口漸繁，塋域不闊，且距家十餘里，惟四伯父從先人葬，而三伯父、六叔父皆於家西南各立新塋，祭掃便矣。余父享年九十有六，在時嘗以卜葬家北地爲諄諄焉，及殁，即於此酌癸山丁向而安厝焉，遵遺命也。夫十載藏形，悲生風木，一堆野土，情切瞻依。想吾父之遺命諄諄於此者，豈僅以地近取便云爾哉？憶吾父在時，晤對家人，或勸勉，或督責，不但以家道興衰爲慮，而於書香之絶續尤爲兢兢焉。而吾母復從旁贊助之，蓋有起居不能忘者。因計此地去宅居甚邇，長逝後雖與後人幽明相隔，而崇封在望，仍如生前聚處，庶後之人觸目感懷，時時無忘我父平素之庭訓乎？則吾父之爲子孫計者至深且遠矣！誌於碣石，永垂奕禩。嗚呼！凡我子孫，其尚監兹哉！

皆道光①年歲次②男將華撰文

春圃公家規

王將華

弁言

嘗謂否極泰來者，天之道也；亂極思治者，人之情也。今者吾一家之中，人皆縱恣，事皆乖舛，泯泯棼棼，無所定止。天乎！豈否之猶未極乎？而泰來者何時乎？人乎！豈亂之猶未極乎？而思治者伊誰乎？孟子云：「生於憂患，死於安樂。」則轉禍爲福、易危爲安者

---

① 抄本原文空，下同。
② 抄本原文空。

無他，亦惟在其人之憂患而已。獨是所謂憂患者，豈謂其素甘怠棄，不思預防，一旦而困苦及身，乃弗堪此，抑鬱憂憤之情，遂大決此禮義廉恥之防，第知攘竊之微利以濟一時哉？抑謂其綢繆於未雨之時，早自驚備，自可保無虞，即不幸時運坎坷，饘粥莫給，亦惟是循理守法，斂抑自持，刻苦自勵，而人事自有可乘之會，氣運自有可挽之機？《蹇》彖云：「利西南，不利東北，貞吉。」《困》彖云：「困而不失其所亨，貞，大人吉。」皆是道也。不然者，窮極斯濫，縱情徑行，究必至載胥及溺，不可救藥。是所謂惡濕居下則濕愈甚，惡醉强酒則醉彌深，此不待智者而可決也。顧迺以爲轉死回生之道在是，豈不悖與！《家語》孔子告魯哀公云：「商辛之世，有雀生大鳥於城隅，占之曰：『以小生大，國必王，名必昌。』帝辛遂恃此祥，不修國政，亢暴無極，朝臣莫救，殷國以亡。此以己逆天，詭福爲禍者也。其先世太戊之時，道缺法圮，以致妖孽，桑穀生於朝，七日大拱，占之曰：『野木生於朝，國其亡乎？』太戊恐駭，側身修行，三年後遠方慕義，重譯至者十六國。此以己順天，得禍爲福者也。」又《韓詩外傳》云：「明鏡者，所以照形也。往古者，所以知今也。人皆知惡危亡，而不思其所以危亡，故夏亡所以亡者，殷復爲之，殷之所以亡者，周復爲之。前車已覆，而後車不戒，是以後車亦無不覆也。」又《韓非子》云：「與死人同病者，必不可生也。與亡國同事者，必不可存也。」又《春秋繁露》云：「災異之本，盡生於國家之失。始也天出災害以譴告之，譴告之不知變，乃見怪異以驚駭之，驚駭之猶不知畏，殃咎乃至。」嗟乎！今吾家之運際艱辛，亦即天譴所以告之驚駭之也，而吾與吾子若孫尚不知畏與？

又

孟子曰：「困於心，衡於慮，而後作。」吾今家業凋零，朝不謀夕，而一家之中，若子若孫，又復是非邪正之不明，尊卑上下之不顧，皆冥然悍然，無所忌憚，而肆意妄行若此。嗚呼！伊誰之咎哉？吾中夜思之，每不覺汗流浹背，潸然出涕，計後此窮極勢迫，寡廉鮮恥，其不至爲奴僕爲盜賊，舉一家之老幼妻孥盡填於溝壑不止，是皆吾不養不教之罪也，其又誰尤！念自高曾祖父以來而生吾身，彼高曾祖父之生吾身將焉用之？必將謂光耀前人者吾身也，否則永繼書香者吾身也，又不然謂僅延一線以待來茲者吾身也。而豈料吾身歲月蹉跎，甘自廢棄，至今六十餘歲，而光耀前人者無望矣，永繼書香者不能矣，而更舉祖父數傳後所遺之子若孫盡蹂躪之，剪滅之，如納之溝中，付諸湯火，斬焉中絶而莫之恤，豈復有人心者哉！則是高曾數傳後無樂乎有吾身也，且有吾身不若無吾身也。吾先人必且痛恨乎吾身，必且譴怒乎吾身，必且降災殃於吾身，吾身其將罹大患，遭慘禍，幾不知有死所矣。古人云：「抱火而厝之積薪之下，火未及燃，因謂之安。」《易》云：「履霜，堅冰至。」今吾家火已燃矣，而猶安之若衽席耶？冰已凝矣，而猶晏然若春温耶？繼自今吾當嚴加惕厲，痛自刻責，若秦將之濟河焚舟，若越王之報吴嘗膽，不避艱辛，無間朝夕，庶克有濟。今吾雖鬚髮之蒼蒼者半化而白矣，齒牙之摇動者復脱而落矣。而吾身之筋力精神猶覺未至於頽然倦勤，不堪鞭策。吾先祖其有靈乎！尚其鑒我心之知自悔恨，或再延我殘喘十餘歲，使我補愆過於將來，弭禍端於萬一，以救我子孫之不至終陷於死亡也，亦未可知。何以救之？耕讀以謀其生，勤儉以示之則而已。

家規四則

今夫家國一理，國有國政，家有家政焉。國政之肅也，在乎刑賞之能明，而百官萬民咸貼然服從焉而莫敢越，其權則自大君操之。家政之齊也，亦在乎勸懲之克當，而内外大小皆凜然聽順焉而莫敢違，其責則惟家長任之。故凡子弟之不率，皆家長之過也。或柔懦焉，或暴戾焉，或昏昧焉，或悠忽焉，或偏僻焉，有一於此，而欲子弟之唯唯聽令，勢有所不能。迨至今一不行，則一家之衆皆將任意縱恣，不務正途，以致家業傾敗，救死不贍，其不至寡廉鮮恥、有玷先人也難矣。吾今者環顧吾家，蓋不能無憂患焉。自兹以往，吾願與吾子若孫共體先人之志，各勤當躬之業，嚴立條教，咸知遵守，庶不至傾貲蕩産，隕墜家聲，以貽先人羞也。吾先人於此，其亦將有以呵護之乎！爰揣先祖之意，定爲耕、讀、勤、儉四則，以與吾家衆約。

其一曰：吾家先世，惟業讀書，書香一斷，害不可言與！不但衣冠之不類，面目之頓殊，且將行徑罔知所法守，家産亦蕩盡而無餘。故不率者宜加懲，此事勿曰姑徐徐。

其二曰：先世傳家，讀亦兼耕，耕耘不務，胡以爲生？縱有薄田數畝，弗東作而安望西成？妻子嗷嗷以待哺，那堪聞此啼饑號寒之聲？必將典房與賣産，繼且敗德而肆行。故不讀者急學耕，不讀不耕，責豈從輕！

其三曰：業荒於嬉，而精於勤，耕讀二事，俱如此云。閑中之忙雖苦，苦盡之甘可欣。或坐芸窗而呫嗶，或履禾畝而耕耘，何恤乎晚眠與早起，惟期於用志之不紛。故古人警惰，宜懍前聞。

其四曰：居家克勤，萬宜克儉。儉德弗崇，豈但行玷，終歲勞勞，究同凶歉。衣食間務敦樸素，酬應中亦須檢點，積少可以爲多，安常宜思濟險。況乎守儒素之家風，亦具對先人而無忝。兹請嚴設禁條，庶凡事皆知自斂。

右四則，雖非先祖之所言，而要必爲先祖之所急欲言，則代爲言之，即以作先祖之格言也，先祖其許我乎？吾子若孫其知凜乎？四則中，所犯禁例，開列如左。

一，授以經書、詩文不讀，出題不做，字不勤習，責二十簡。如有事故相妨，別有情由，許其稟明免責。如情實懶惰，乃僞託希免，加倍責之。如所稟之事不敵所妨之功，仍不免責。所讀經書、詩文，按日課功，當熟不熟，並寫字一月不見進益，俱責二十簡。衣冠言動，不似讀書人行徑處，已經指斥，後日復犯，責三十簡。

一，耕耘收穫之時，無他事故，乃懶惰愆期，責三十簡。一切農器雜務，須要安置妥貼得宜，已經家長指示，竟不留心收拾照管，責十簡。雖務農業，衣冠言動，亦須循禮守法，如放蕩無忌，近浪遊子弟，匪棍氣習，責三十簡。後仍不改，加倍責之。

一，或晝間昏睡，或他處閑遊，或晨不先起，或無故聚飲笑談，或夜間有動靜不肯起視，俱責十簡。

一，凡飲食器具，衣裳冠帶，有過度處，以及粒米什物，狼藉輕棄，不知珍惜，業經家長目見指斥，仍如前自恣者，俱責二十簡。

又，凡日用間事故多端，鉅細常變，未可預爲悉數詳計，迨時至事起，酌定從違。要惟在家長一人獨參之，此權不得下移，致滋紛擾。

又，凡人處事，或有智慮未周之時，亦或有拘泥一偏之時，家長所見，詎能事事合宜？亦須賴大家計議，參酌可否，共期事無過舉，乃見同心共濟之美。

又，凡事總以家長爲斷，有事雖亦同大家計議，而從違可否，則聽家長一人裁處。如或衆人所見者是，而家長一時執迷不悟，所關甚鉅，即合族人親友共諍之。如瑣屑無大關緊事，亦惟有屈意從之，家衆不得過爲争執。

又，凡有創懲之條，不可無崇獎之例。如有能各勤爾業，或服勞辛苦者，當隨其所事，勘①酌嘉予之。或勞以酒食，或賜以衣服器物，庶不至没人之善，以示鼓舞獎勸之意。

又，凡有事干禁例，不服責懲者，集衆兄弟子姪輩咸規正之。再不服，請族黨親友中能言者開導之。如終不服，則其冥頑不靈耶？則其匪我族類耶？我先人必將厭絶之，而衆人亦直可擯諸不齒之列，不爲過刻。雖然，至誠格鳥獸，忠信孚豚魚，爲家長者表率宜先，儀型攸係，乃以同體之骨肉，而不克使之率德改行，其何能晏然告無罪於先人也？亦惟有飲恨自咎，倍加修省，冀或天誘其衷，轉迷爲悟而已。

重定家規

王將華

至聖先師云：「爲政以德。」又云：「道之以德。」此爲治天下者言之也，而治家亦何莫不然？

---

① 「勘」，疑當作「斟」。

吾也自揣德薄，不足儀型一家，而一家之衆亦遂冥然悍然，弗執於正，是皆吾之罪也，其又誰尤！雖然，吾即不德，豈遂不愛我子孫哉？吾子孫即不肖，豈遂不復有人心、不可教誨哉？吾何能坐視其載胥及溺，而不爲之一援手哉？吾前者曾有耕、讀、勤、儉四則，欲與吾家衆約，無何因循遷就，未克力疾遵行。迄於今又閱十餘年，而家政日以頹敗，家衆日以懈惰縱恣，其害將有不知伊於胡底者，吾誠不能無痛心焉。吾自念年已古稀，歲月曾有幾何，豈不欲自甘聾啞，相安無事，稍延殘喘乎？無如勢已至此，實難坐視，不得不復踵前說，重申訓誡，詳設教條，嚴加責懲。嗚呼！「愛之，能勿勞乎？」「畜之，即好之也。」吾子若孫其鑒予苦心，各自斂抑，庶可救藥與！

一，人道以明倫爲本務，尊卑長功之序斷不容紊，而儀節著焉。子弟之於父兄前，雖不能恪守《儀禮》、《内則》之訓，而容貌詞氣之間務須恭順斂抑，除卻暴戾驕亢之氣，方是爲子弟模樣。至若話不投機，動抱不平，則不免怒目相視，反唇相稽，殊乖倫理，宜加嚴禁。

一，人一生行止，總以循規蹈矩爲主。雖言矩行方，古人之儀型，誰克遠紹芳踪？而自念既立身於天地之間，亦必須以義方爲准，弗納於邪。「禮義廉恥，謂之四維。四維不張，國乃滅亡。」斯言也豈第爲有國者訓哉？有身家者亦然。縱不求榮於世，寧不慮殃及其身耶？自今凡非分妄干、鬼蜮無恥之事，皆宜視若酖毒，勿得偶涉寸步爲戒。

一，酒色財氣，街談巷語，皆知戒之。而酒爲狂藥，氣亦隨之，尤爲厲階，更宜痛懲。以後勿得聚飲爲樂，即親戚鄉里間偶爾宴客，或有事偕謀，亦不得縱恣過度，致生事端。縱性生好飲，只許在自己家中閑飲數杯而已。如至呼號顛倒，喪德失儀，決不少貸。

一，賭博一事，乃匪棍無賴之徒所爲，其敗壞家風，莫此爲甚。且傾貲蕩①，禍不可言，子弟效尤，競非人類。此尤吾所痛心而切齒者也。凡此等匪人，此等邪地，皆須遠避之如蛇蠍，切不可近。如犯此禁，定加重處。

一，辱罵街巷，即在村中，亦干禁例，況在自己本巷中耶？一爺之孫，分爲四院，且近在功緦之中，試思自己所罵之人，其父母爲自己何人？非伯叔則兄弟也。如有外人對自己辱罵此人之父母，必將憤怒爭鬭，決不甘受，奈何以自己之伯叔兄弟而自己辱罵之，是何異自罵自身耶？此一事不待他人禁之，苟撫心自思，當知非人類所爲，慚愧無地矣。縱若人不良，所爲有損於己，亦自己之手足骨肉也，其奈之何哉？亦惟有忍氣吞聲，自己寬解而已。

一，婦女争忿，當惟丈夫是問。蓋婦人何知，可恕也。而男子縱其婦人詬厲，致乖骨肉，不

① 「蕩」字下，疑漏「産」字。

可恕也。且家道不寧，流毒日甚，延及子孫，其禍何可勝言？務宜切己深思，痛自警醒。

一，祀先祖，要整潔嚴肅。教子弟，要穩重收斂。待兄弟，要寬忍遜讓。交鄉黨，要和睦謙退。接親友，要禮貌恭謹。

一，兄弟叔姪之間，各宜自盡其道，切勿恕己責人。一人有事，衆人宜同心共濟，勿得坐觀成敗。如有不平，宜稟家長裁處，勿得擅自報復。

一，父母有呼即應，勿得掉臂罔聞。有命即赴，勿得遲延苟且。如或所命之事，非甚緊要，自己偶有要事相妨，應命亦可稍緩，要須稟明方可，勿得默無一言，徑自稽留姑待，待責斥已及，方以有事塞責。

一，古人云：「能補過者君子也。」如能改自新，亦即收之當前，不復追其既往，且嘉賞之，以開其遷善之機。

一，或資稟昏濁，性情强悍，任意縱恣，竟甘自外。至有作惡逞兇，非復人類之行徑，致牽累他人。宜即持此家規，鳴諸公堂，以免玉石俱焚之禍。

祭祖文[①]

王將華

年月日，不肖孫將華，致祭於我祖之神曰：嗚呼！孫將華不肖，不克自振，迄今衰老，無所成就。孫院子孫衆多，非不才也，非甚愚也，而孫既不能勤儉持家，遺恒産以養之，又不能誘掖勸[②]，執義方以教之。今將流離失所，幾納於邪，我祖有靈，時怨時恫，偶於昨夜夢中謂孫曰：「我餓甚，汝取食啖我，爾後勿斷我食。」嗚呼！此夢胡爲乎來哉？奉祀者，大兄也，而乃警夢於將華，蓋謂將華院之子孫甚衆，年且長，此院子孫一壞，而腥穢旁及他院，亦與之俱壞，是將來他院子孫之壞皆將華院之子孫爲之招也。享祀之絶，非將華是罪而誰罪哉？猛然驚覺時，汗發沾被，幾不知身之在何處，悵然久之，不禁齎咨涕洟達旦，不能成寐。嗚呼！孫誠開罪於我祖，我祖用是譴責致警，敢不凜哉？抑孫尤有所祈焉。孫賦質昏昧，柔懦不能自立，又不能教人，故以可成之子孫終歸敗棄。我祖幽冥陟降，靈爽維昭，尚其鑒孫之無才用，施神功以匡其不及。祈於孫院之子孫梗頑不率者，默誘其衷，俾知回心向道。而授書童孫，亦復呵護之，俾知循謹，聽誨馴，至成立。並他院子孫，亦知所

① 標題據文意補。
② 此處疑漏一字。

觀感而興起焉。庶克永昭孝享，以稍慰我祖之靈於萬一與！用敢潔饈致虔以告。

附録：王餘佑傳記文獻彙編

目録

錢儀吉《碑傳集・逸民・五公山人王餘佑傳》

唐鑒《國朝學案小識・待訪録・新城王先生傳》

李桓《國朝耆獻類徵初編・儒行・王餘佑傳》

黄嗣東《道學淵源録・聖清淵源録・王餘佑傳》

徐世昌《大清畿輔先哲傳・師儒傳・夏峰弟子王餘佑傳》

徐世昌《清儒學案小傳・夏峰弟子王先生餘佑傳》

徐世昌《顔李師承記・五公山人傳》

趙尔巽《清史稿・儒林傳・王餘佑傳》、《清史列傳・儒林傳・王餘佑傳》

孫静庵《明遺民録・王餘佑傳》

鄧之誠《清詩紀事初編・王餘佑傳》

張其淦《明代千遺民詩詠・王介祺餘佑》

李放《皇清書史・王餘佑》

震鈞《國朝書人輯略・王餘佑》

馬宗霍《書林藻鑒・王餘佑》

謝國楨《孫夏峰李二曲學譜・孫夏峰學譜・學侶考》

郭靄春《顔習齋學譜·學侶·師友》

乾隆《河間府志·隱逸·王餘佑傳》

民國《獻縣志·文獻志·王餘佑傳》

光緒《保定府志·理學·王餘佑傳》

民國《新城縣志·人物·師儒·王餘佑傳》

民國《易縣志稿·文獻略·列傳·寓賢》

紀昀《四庫全書總目提要·〈五公山人集〉提要》

孫奇逢《夏峰先生集·贈王恢嬰序》

甲辰，余自蘇門歸里，因憶棄廬而旅者二十餘年矣。昔之少者已壯，而壯者遂多衰老，至姻譜老友皆凋落無存，獨王君恢嬰，年滿八旬，尚矍然如魯靈光，神明愈王，健飯强飲，遥望五峰，宛然神仙中人。蓋中之所得者深，不與服食運炁之術比也。君負才多學，有志當世之務。方筮仕臨邑，力卻舊例，歲省民金逾萬，且鐫石以杜後來，闔邑快之。其任魯也，當逆闖盤據，人咸指爲畏途，君毅然單騎自往。所至招撫山寨，奬論忠義，争率所部來迎。至則綏徠有法，守禦有方，數郡咸以魯爲歸。今《魯志》載保城擒僞之事，懔然有顔平原遺風焉。甲申後，補祁一載，遂以醉卧失迎上官罷。歸來三徑無依，乃攜家人五峰山，蕭然四壁，日唯飲泉憩石，寄情酒杯書卷，絶無慕聲利援交遊之念。或採藥入林，或彈琴陟嶺，足迹不離山者今且二十年。子餘佑，以舌畊代負米，嘗奔走千里百里外。公不以榮禄祝子孫，故以束脯作鼎養也。五峰之山，相傳王興五子避莽亂隱於此，余舊與同人數棲其下，浮家以後，遂不復問津。乃兹山多緣，久借高賢之栖遲，又未嘗有隱士高人之目。昔管、邴在遼東，結廬遍山谷。甯見公孫度，語唯經典，不及時事，度以下人皆安之。原好清議格物，遂致逸歸。夫清議格物非不美之事也，至不能安其身，若幼安者，真可謂能過人者也，全身善世，而復享大年。陸文定嘗言：「士大於世法中，唯廉取薄享，可續壽命之原。」公生平既得文定壽命之原，而復得幼安處己之道，其獲期頤而享清福，自不待腐儒之喋喋已。

顏元《習齋記餘·與五公山人王介祺同王子法乾》

久慕斗山，莫由親炙，天假之年，光蒞鄰壤，使某輩得沐德輝。拜瞻之下，春風和氣，清人胸臆。慷慨快爽，更無一纖藩籬。此等氣象，蓋自立雪孫門，心性之學，得之有素也。吾儕何幸被此休光！尤堪感佩者，《夢誨》一紙，開我茅塞。期行次日，志古典禮，月餘來，想文公手定之書，必講慣習熟之矣。若新有得，祈以分惠。郡中令友張石卿先生處歌節舞儀曾訪否？亦寄一音。《正字千文》、《爾雅》各一册璧還。伏候起居及公郎高弟清吉。

顏元《習齋記餘·答五公山人王介祺乙乙巳》

承誨「真實經濟」，「推廣仁人孝子之心」，又謂「有心者當自喻」。仆雖不敏，敢不勉力！竊思某自二十一歲，頗有愚志，便棄八股業，專事經史及先儒語録。然地僻無書，而賦性粗浮，雖得見者，亦只涉獵大意，求於聖人之道有一隙之明足矣。至二十四歲，忽得《七書》

而悦之，以爲《七書》之粹精在《孫子》，《孫子》之粹精在首章。於是手抄十二篇，朝夕把玩，凡兵家精粗事宜，亦頗留心。至二十五六，因所遇之艱，憂鬱成疾，但看書思事即心痛，或耳聾，或骨蒸。乃喟然歎曰：「天限我也！」悠悠忽忽，欲以庸衆終矣。故又從事醫學，以爲可以養親養身，畢此生已耳。至二十九歲，敝里之西乃有法乾王子出，遂相深結，彼此以聖道相望。其治身心也，專以主敬爲主。其於日用也，專以躬行實踐爲事。務求幽獨寤寐無愧方可謂學，故邇來只盡其在我，一切憂鬱俱釋，頗得樂趣矣。但心不密，功不緝，時生作輟，過端踵出。「喜怒哀樂」四字尚不能當，何足言學！是以初見有「懲忿」之問也。「理明自不妄怒」，先生真是格言。某欲親見之，竊覺其難，以爲理非可一日而明也。近者思，只須心常在則自常明，一時不在則一時妄喜妄怒。故不敬則不能明，而不明又不能敬，是以近有「敬則明矣，明則敬矣」之説，先生以爲何如？至於經濟，某以爲次第在《大學》一篇，施爲在《孟子》井田、王道諸篇。故近間每晝夜三復聖經，將求經濟之本也。所撰有《存治》一書，將備經濟之用也，未審是否？

外啓者，前在祁，適刁先生爲州守，製壽屏，謂前幅有戴滄州畫，上用御賜圖書，無可配者，儻得孫徵君詩文方佳，惜此地無王介祺、高薦馨輩代爲之。某問：「詩文可代如此乎？」刁先生曰：「伊行常事。」今觀見示壽孫徵君代某有言，是刁先生之言不誣矣。如此則奉拜時先生謂專向誠實用功，或尚有不儘然者乎？惟以後改之。罪罪！

顔元《習齋記餘·祭壯譽王義士文甲子》[①]

顔元《習齋記餘·王餘厚傳》[②]

李塨《顔習齋先生年譜》卷上甲辰條

同王法乾訪五公山人問學。五公山人，王姓，諱餘佑，字介祺，保定新城人。父行昆弟皆宦於明。少有才譽，長念明季多故，乃讀孫吴書，散萬金産結士。甲申，闖寇據京師，遂從父延善及從兄餘厚、兄餘恪、弟餘嚴、雄縣馬于等，起兵討賊。破雄縣、新城、容城，誅其僞官。已而賊敗，清師入，衆散。隱居五公山雙峰，每登峰頂，慷慨悲歌，泣數行下。益博讀書，尤邃於韜鈐，嘗集《廿一史》兵略爲《此書》十卷，曰「兵行先知所向」，曰「兵進必有奇道」，曰「遇敵以決戰爲先」，曰「出奇設伏」，曰「招降」，曰「攻取必於要害」，曰「據守必審形

① 已見《王氏家譜事蹟紀略》。「壯」當作「莊」。
② 已見《王氏家譜事蹟紀略》。

勝」，曰「立制在有規模」，曰「兵聚必資屯田」，曰「克敵在無欲速」。又著《通鑒獨觀》。工詩、字，豪氣清風，見者傾倒。

王源《居業堂文集·五公山人傳》已見《王氏家譜事蹟紀略》，文字偶有不同。

魏坤《五公山人傳》[1]

尹會一《北學編·王餘佑傳》

先生諱餘佑，字介祺，保定之新城人，隱五公山，北地學者至今稱五公山人。初，先生父延善，縣諸生，尚義。當明之末，散萬金產結客。三子，長餘恪，季餘嚴，先生其仲也。繼世父建善令魯山。會闖賊陷京師，先生自魯山歸，父帥三子與雄縣馬魯建義旗，傳檄起兵討賊。容城孫徵君奇逢亦起兵，共恢復雄、新、容三縣，斬其僞官。未幾賊敗，清師入，先生父爲仇家陷，執入京。三子將行，餘恪以先生後世父，不可死，揮餘嚴爲復仇計，獨身赴

---

① 已見《五公山人集》卷首。

難，父子畢命燕市。餘嚴歸，帥壯士入仇家，殲老幼三十口無孑遺。於是急捕先生兄弟，會上官力爲解迺免。先生於是奉魯山公隱於易州之五公山，此五公山人所由稱也。先生少有志，嘗受業於孫徵君，學兵法。國變後，更與徵君往來講學，究經史，授生徒，教以忠孝，務實學，兼文武才。搢紳先生迂迂構講堂，具安車，幣迎受業，遠近從遊至數百人。既隱五公，學無不究。嘗彙古人經世事爲《居諸編》數卷，《此書》十卷，《萬勝車圖説》一卷，《兵民經略圖》一卷，《諸葛八陣圖》一卷，皆霸王大略。又《湧幢草》三十卷，《文集》三十二卷。自少壯數十年，感慨激烈之致一發於詩。目炯炯如電，聲若洪鐘。顧平居與人和易，從容簡諒。以講學著書爲事，隱居教授，不求聞達。年七十，卒，學者私謚文節先生。

尹會一曰：吾觀王或庵撰《五公山人傳》，謂先生王負經世才，其詳得自吾邑李剛主，讀其遺書至撫卷太息曰：「此諸葛武鄉之流！」嗟乎！吾嘗怪世之人動以儒術迂疏爲道學詬病，如先生者隱而未見耳。使獲見用於世，其不一雪斯言也與？望溪先生嘗與余商訂北學，亦爲先生屈一指。余故采或庵所載，書其略以志嚮往云。

李元度《國朝先正事略·刁蒙吉先生事略·王餘佑》

五公山人者，字介祺，保定新城人也。父延善，邑諸生，尚氣誼。當明末，散萬金産結客。

有子三，長餘恪，季餘嚴，山人其仲也。出嗣世父建善，令魯山。會闖賊陷京師，山人自魯山歸。父率三子與雄縣馬魯建義旗，傳檄討賊。時容城孫徵君奇逢亦起兵，共恢復雄、新、容三縣，斬其僞官。未幾賊敗，大清師入，山人父爲仇家所陷，執赴京。三子將從，餘恪以山人後世父，不可死，揮餘嚴爲復仇計，遂獨身赴難，父子死燕市。餘嚴歸，率壯士入仇家，殲其老稚三十口無孑遺。名捕甚急，會上官有知其枉者，力爲解乃免。於是山人奉魯山公隱易州之五公山。少勵志行，嘗受業於孫徵君，學兵法。國變後，更從徵君講性命之學。隱居教授，不求聞達，薦紳先生往往構講堂，具安車，幣迎受業，遠近從遊至數百人。山人負文武才，教人以忠孝，務實學。嘗彙古人經世事，爲《居諸編》十卷，《八陣圖》一卷，《萬勝車圖説》一卷，《兵民經略圖》一卷，又《湧幢草》三十卷，《文集》三十二卷。王崑繩、李綱主①讀其遺書，至撫卷太息曰：「此諸葛武鄉之流也！」卒年七十，學者私謚文節先生。山人與刁蒙吉爲先生②石交，静之遊其門最久。語詳尹少宰《北學編》。

① 「李綱主」，明文書局影文瑞樓石印本誤，當作「李剛主」。
② 「爲先生」，明文書局影文瑞樓石印本誤倒，當乙作「先生爲」。

錢儀吉《碑傳集·逸民·五公山人王餘佑傳》①

唐鑒《國朝學案小識·待訪録·新城王先生傳》②

黄嗣東《道學淵源録·聖清淵源録·王餘佑傳》③

徐世昌《大清畿輔先哲傳·師儒傳·夏峰弟子王餘佑傳》

王餘佑，字申之，又字介祺，新城人。父延善，縣諸生。尚義好施，明末散萬金産結客。生三子，長餘恪，季餘嚴，餘佑其仲也。餘佑生而聰穎，讀書識大體。年十六，受知於桐城左光斗，補諸生。遊定興鹿善繼門，與茅元儀講忠孝大節，論天下安危成敗，學益進。繼世父建善，隨官臨縣，爲條列時弊數千言上當事，拂其意，調魯山。會闖賊亂，歸里從奇逢，

① 已見王源《五公山人傳》。
② 已見尹會一《北學編·王餘佑傳》。
③ 已見尹會一《北學編·王餘佑傳》。

學益研，極性命之理。甲申，闖賊陷京師。餘佑方校試易水，投筆走歸，過奇逢，謀討賊。延善率三子及從子餘厚、餘慎與雄縣馬于建義旗，糾衆千人，攻復雄、新、容三縣，禽僞官郝丕績諸人，斬之。開倉庫犒師，聲北擊逆賊。清師入，遁歸西山。已爲怨家誣陷，執延善赴燕市。三子將行，餘恪以餘佑後世父，不可死。偕弟餘嚴至琉璃河，聞人唱《伍員出關曲》，餘恪憮然曰：「吾二人俱死，誰復仇者？」揮之去。遂獨身赴難。餘嚴歸，率壯士入仇家，殲老幼三十口無孑遺。捕令益急，會保定知府朱歘、易州道副使黄圖安力爲解乃免。餘佑招魂葬父兄易州坎下村，遂奉建善入五公山之雙峰，躬耕養親，不求聞達。常往來蘇門，與奇逢究心經史，教授生徒。奇逢語之曰：「余二十年始識一『貧』字。我輩以貧賤之身，值流離憂患之際，典琴書，質簪珥，忍病停藥，日不再食者屢矣。對妻子似難快心，對同志應無愧色。此字不明，終非真實學問。」力砥流俗之意也。餘佑因名其齋曰「共饑」。過定興，復從杜越講學，以明體達用爲宗，閒邪存誠爲要。河北隰崇貸、張羅喆、高鐈、吕申、管青陽、刁包、張翼星、陳鋐、王之徵，山右傅山諸宿儒，皆慕與交，爭以學問相礪。凡天文、地理、禮樂、兵刑、耕桑、醫卜，無不窮析端委，上下數千載如指諸掌。於是彙古人經世事爲《居諸編》十卷。又集歷代兵略爲《乾坤大略》十卷，曰「兵行先知所向」，曰「兵進必有奇道」，曰「遇敵以決戰爲先」，曰「出奇設伏」，曰「招降」，曰「攻取必於要害」，曰

「據守必審形勝」，曰「立制在有規模」，曰「兵聚必資屯田」，曰「克敵在無欲速」。杜越見之，歎曰：「此草廬中事業也！」教士務實學，爲文武全才。時與弟子歌詩飲酒，騎射技擊爲樂。薦紳先生往往搆講堂，具安車，幣迎受業，遠近從遊至數百人。博野顏元素高伉，鮮許可，見餘佑輒愧服，以父道事之。河間知府王奐結布衣交，爲置宅於獻，主講獻陵書院。副將孔毅買田二百畝餽之。時野巾牛車往來瀛海、嵩岱間，所至兒童野夫聚迎曰：「王先生來矣！」争相慰藉。四方豪俊日造門，典衣剉薦，有緩急，更爲措置無難色。至達官長吏，有求一見而不可得者。康熙二十三年卒，年六十九，學者私謚文節先生。餘佑喜通任俠，平生以砥礪品行、講求經濟爲主，故立身孤介刻苦，有古獨行之風。與人和易，從容簡諒。至論忠孝大節，談兵述往事，目炯炯若電，聲如洪鐘。或持兵指畫，鬚戟張，蹲身一躍丈許。馳馬彎弓，矢無虚發，觀者莫不震慄色動，嘖嘖曰：「王先生命世才也！」好爲詩古文詞，下筆數千言立就。書法豪逸。然疏於考證，執筆多率意爲之，蓋餘佑不以是爲重也。所著又有《萬勝車陣圖》一卷、《兵民經絡圖》一卷、《諸葛八陣圖》一卷、《湧幢草》三十卷、《文集》三十二卷、《十三刀法》一卷、《認理説》、《通鑑獨觀》、《前著集》諸書。

徐世昌《清儒學案小傳·孫奇逢夏峰學案·夏峰弟子王先生餘佑傳》

王餘佑，字申之，又字介祺，晚號五公山人。直隸新城人，明諸生。父延善，尚義好施，當明末，散萬金結客。生三子，長餘恪，季餘嚴，先生其仲也，出爲世父魯山知縣建善後。會李自成陷京師，先生自魯山歸，父率三子與雄縣馬魯起義兵討賊，孫夏峰徵君亦起兵容城，同恢復三縣，斬僞官。迨清師入關，先生父爲仇家所陷，執入京。兄餘恪以先生後世父，不可死，揮之去。獨身赴難，父子畢命燕市。弟餘嚴率壯士入仇家，殲其老幼三十口。於是急捕先生兄弟，上官力解乃免。先生招魂葬父兄，奉嗣父隱於易州五公山。遊定興鹿伯順門，與歸安茅元儀講經世之學。繼受業於夏峰，治兵家言。國變後往來蘇門，相從講學，復從定興杜紫峰遊。學以明體達用爲宗，間邪存誠爲要。究心經史，教授生徒，務實學，兼文武才，遠近從遊數百人。天文、地理、禮樂、兵刑、耕桑、醫卜無不究析端委。彙古人經世事爲《居諸編》十卷，集歷代兵略爲《乾坤大略》十卷。又有《萬勝車陣圖》一卷，《兵民經絡圖》一卷，《諸葛八陣圖》一卷，《湧幢草》三十卷，《文集》三十二卷，《十三刀法》一卷，《認理説》、《通鑒獨觀》、《前著集》諸書。康熙二十三年卒，年六十九，學者私謚文節先生。參王源撰《傳》、《北學編》、《國朝學案小識》、《先正事略》。

附録：

先生所撰《兵略》分十类，曰「兵行先知所向」，曰「兵進必有奇道」，曰「遇敵以決戰爲先」，曰「立制在有規模」，曰「據守必審形勝」，曰「攻取必於要害」，曰「招降」，曰「出奇設伏」，曰「兵聚必資屯田」，曰「克敵在無欲速」。《乾坤大略》

先生喜任俠，立身孤介刻苦，有古獨行之風。與人和易，從容簡諒。至論忠孝大節，談兵述往事，目炯炯若電，聲如洪鐘。或持兵指畫，鬚戟張，一躍丈許。馳馬彎弓，矢無虛發，見者莫不震動曰：「王先生命世才也！」王源撰《傳》

夏峰語先生曰：「余年五十，始識一『貧』字。我輩以貧賤之身，值流離憂患之際，典琴書，質簪珥，忍病停藥，日不再食屢矣。對妻子似難快心，對同志應無愧色。此字不明，終非真實學問。」力砥中流之意也。先生因名其齋曰「共饑」。《夏峰集》

先生晚主獻陵書院，河間知府王奐爲置宅，副將孔毅買田二百畝餽之。野巾牛車，往來瀛海、嵩岱間，四方豪俊造門，典衣㪷薦，緩急措置無難色，達官求一見而不可得。王源撰《傳》

河北隰從岱、張羅喆、高鐈、吕申、管青陽、刁包、張翼星、陳鋐、王之徵、山西傅山諸宿儒皆慕與交，以學問相礪。顏習齋元素鮮許可，見先生輒愧服，以父執之禮事之。

尹元孚曰：世人動以儒術迂疏爲道學詬病，如先生者，隱而未見耳。使獲見用於世，其不一雪斯言也歟？《北學編》

徐世昌《顔李師承記·五公山人傳》

五公山人名餘佑，字介祺，新城王氏，明諸生。入國朝，隱居五公山之雙峰，因號五公山人。習齋嘗偕王法乾往訪問學，恕谷亦嘗從習齋至五公山，五公間亦過習齋、恕谷二人書齋，相與論學論治，質所著各書。張涵白規習齋固執，兼輕信人，五公曰：「流丸止於甌臾，流言止於智者。」習齋服爲讜言。嘗有書答五公云：「承誨『真實經濟』，『推廣仁人孝子之心』。又謂『有心者當自喻』。仆雖不敏，敢不勉力！竊思某自二十一歲，便棄八股業，專事經史及先儒語録。然地僻無書，而賦性粗浮，雖得見者，亦只涉獵大意。求於聖人之道，有一隙之明足矣。至二十四歲，忽得《七書》而悦之，以爲《七書》之粹精在《孫子》，《孫子》之粹精在首章。於是手抄十二篇，朝夕把玩。凡兵家精粗事宜，亦頗留心。至二十五六，因所遇之艱，憂鬱成疾。但看書思事即心痛，或耳聾，或骨蒸。乃喟然歎曰：『天限我也！』從事醫學，以爲可以養親養身，畢此生已耳。至二十九歲，敝里之西乃有法乾王子出，遂相深結，彼此以聖道相望。其治身心也，專以主敬爲主。其於日用也，專以躬行實踐爲事。務求幽獨，寤寐無愧方可謂學。故邇來只盡其在我，一切憂鬱俱釋，頗得樂趣。但心不密，功不緝。時生作輟，過端踵出，『喜怒哀樂』四字尚不能當，何足言學？是以初見有『懲忿』之問。『理明自不妄怒』，先生真是格言。某欲親見之，竊覺其難，以爲理非可一日而明也。近者思，只須心常在，則自常明。一時不在，則一時妄喜怒。故不敬則不能明，而不明又不能敬。敬則明矣，明則敬矣。先生以爲何如？至於經濟，某以爲次第在《大學》一篇，施爲在《孟子》井田、王道諸篇。故近間每晝夜三復聖經，將求經濟之本也。所撰有《存治》一書，將備經濟之用也，未審是否？」恕谷問「邊外守邊、河外守河、江外守江」之法，五公因出高陽孫文正諸書爲贈，且謂之曰：「兵器須换，事須練。」恕谷又嘗侍坐兩先生，潛手搔癢，習齋責之曰：「侍坐尊長而覺癢，心即不敬矣，弗待搔也！」五公與人和易簡諒，氣度包羅，可資師法。習齋自謂生平不能及，嘗語及門曰：「夫子温良恭儉讓，介祺得其二，温良是也。」又曰：「予當和氣包括、英氣憤發時，則思王五公。」恕谷亦曰：「春風滿坐，經濟盈懷，吾不及五公。」厥後習齋評恕谷《日譜》曰：「氣度多得之五公，亦善取於人矣。」其師若弟敬禮而傾倒之如此。而五公亦絶重習齋、恕谷。館新興時，恕谷遣車迎至其齋，傳槍法、刀法。容物去繁儀法，已爲移置其齋中位置，曰：「一室者，天下之階梯，一室不安置得法，況天下乎？」恕谷嘗以試如易州，從習齋會易州田治埏、安州馮繪生、新安管公式，三人者皆五公之良友也。因與五公子曙光望荆軻山，過源泉河，登太和峰，高歌暢飲。其後曙光將卒，使人招恕谷至獻，盡以五公遺著付之，蓋以恕谷能傳其父學也。而五公之卒，亦嘗寄恕谷以所爲《絶命詩》，曰：「一天雷電收風雨，欲使乾坤暗裏行。尚有高靈護殘喘，争留面目見諸生。」其全與付託之意，概可想見。恕谷既往，哭奠如儀，選《五公文集》，並爲立傳。其略曰：「山人少有才譽，長念明季多故，乃讀孫吴書，散萬金家産結士。甲申，闖賊陷京師，遂從其父延善、兄餘恪、弟餘嚴、從兄餘厚、餘慎，及雄縣馬于等起兵討賊，破雄縣、容城、新城，誅其僞官。已而賊敗，清師入，衆散，隱居以終。所著書曰《廿一史》兵略十卷，曰《乾坤大略》。《萬勝車陣圖》一卷，《兵民經絡圖》一卷，《諸葛八陣圖》一卷，《十三刀法》一卷，《湧幢草》三十卷，《文集》三十二卷，《居諸編》十卷。又有《認理説》、《通鑑獨觀》、《前著集》諸書。餘厚字若谷，其卒也，習齋祭之以文，稱爲義士，謚曰壯譽。①餘嚴字柔之。父兄之被誣，赴燕市，五公以出後其世父建善，不行。行至琉璃河，聞人唱《伍員出關曲》，餘恪憮然曰：「吾兄弟俱死，誰復仇者？」揮餘嚴去，獨身赴難。餘嚴歸，率壯士入仇家，殲老幼卅口盡。亡命至淇縣，隱焉。習齋之南遊，北歸，過訪之。老病，留金於其孫世臣爲養資。

趙爾巽《清史稿·儒林傳·王餘佑傳》、《清史列傳·儒林

① 顔元撰《王餘厚傳》，又撰王餘佑祭文，此處誤混爲一。「壯譽」當作「莊譽」。

傳·王餘佑傳》

餘佑字介祺，新城人。父延善，邑諸生，尚氣誼。當明末，散萬金産結客。有子三，長餘恪，季餘嚴，餘佑其仲也。明亡，延善率三子與雄縣馬魯建義旗，傳檄討賊。時容城孫奇逢亦起兵，共恢復雄、新、容三縣，斬其僞官。順治初，延善爲仇家所陷，執赴京。餘恪揮兩弟出，爲復仇計，獨身赴難，父子死燕市。餘嚴夜率壯士入仇家，殲其老弱三十口。名捕甚急，上官有知其枉者，力解乃免。餘佑隱易州之五公山，自號五公山人。嘗受業於孫奇逢，學兵法，後更從奇逢講性命之學。隱居教授，不求聞達。教人以忠孝，務實學。卒，年七十。

孫静庵《明遺民録·王餘佑傳》

明王餘佑，字介祺，保定新城人。父延喜①，諸生。尚義。天下亂，散萬金結客。三子，長曰餘恪，次即餘佑，季曰餘巖②。餘佑出繼世父建善。明亡，餘佑父率三子及從子餘厚、餘

① 「延喜」，當作「延善」，新中華圖書館鉛印本誤排，浙江古籍出版社標點本已改。

② 「巖」，當作「嚴」，下同。新中華圖書館本誤排，浙江古籍出版社標點本未改，簡寫作「岩」。

慎，與雄縣馬魯建義旗，傳檄起兵。清兵至，餘佑父爲仇家陷，被擊入京。餘恪、餘巖謀曰：「父死國亡，吾兄弟何面目視息人間？仲繼世父，不可死，吾二人其死之！」乃赴難。夜馳至琉璃河，聞人唱《伍員出關曲》，餘恪憮然曰：「阿弟誤矣！吾二人俱死，誰復仇者？若壯士，可復仇，我死之！」乃揮餘巖去，自赴京，大呼曰：「我起義生員王某長子也，來赴死！」遂父子畢命於燕市。餘巖歸，率壯士入仇家，殲其老幼男婦三十人無遺。於是急捕餘佑兄弟，會保定府朱甲、易州道副使黄國安力爲解乃免。餘佑於是隱易州之五公山，號五公山人。與大原傅山，同郡張羅喆、吕申諸子日相切劘。嘗集古人經世事，爲《居諸篇》十卷，《萬勝車圖説》一卷，《兵民經絡圖》一卷，《諸葛八陣圖》一卷，皆霸王大略，兵機利害也。又《十三刀法》一卷，《湧幢草》三十卷，文三十二卷。其爲文數千言立就，書法遒逸，而感慨激烈之致一發於詩。與人和易，從容簡諒。至論義烈大節，談兵述往事，目炯炯如電，聲若洪鐘。或持兵指畫，鬚戟張，蹲身一躍丈許。馳馬彎弓，矢無虚發，觀者莫不震慄色動曰：「王先生命世才也！」

鄧之誠《清詩紀事初編·王餘佑傳》

《五公山人集》十六卷

王餘佑，字申之，一字介祺。其先小興州人，本姓宓，贅於保定新城王氏，遂爲新城人，以王爲氏。諸生，入清，卜居易州五公山雙峰村，躬耕犖确，以養父母，暇則述作，不入城市者垂三十年，世稱五公山人。少師事鹿善繼、孫奇逢、杜越。其學以明體達用爲宗，閒邪存誠爲要。凡古今成敗治忽，事機得失，無不通曉。上自禮樂兵刑，下至耕桑藝植，醫藥卜筮，西洋語文，無不窮析端委。晚居獻縣。約卒於康熙二十三年，年七十。著《居諸編》、《乾坤大略》、《諸葛陣圖》、《通鑒獨觀》。最自信者《茅簷款議》。門人李興祖編其詩文爲《五公山人集》十六卷。詩似謝臯羽、鄭所南，文模陳同甫。然辭旨隱約，不作陵厲指斥之語。志傳多有關係，《吴處士小傳》紀吴鉏南北踪迹甚備，而不言其所圖，知餘佑必爲共事者。謂鉏著《廿一史方輿考略》，署他人姓字刻之，然則鉏固未嘗廢學也。鉏字稽田，嘉興人，吴昌時子，徐枋爲賦遠人之詩者也。

張其淦《明代千遺民詩詠·王介祺餘佑①》

介祺青主友，陣圖寫滿紙。倚馬數萬言，雷電發目齒。豈料命世才，終老巖壑裏。五公號

① 與于潁長合詠。

山人，醉卧呼不起。王公志高山，于公志流水。愛聽成連琴，一洗清淨耳。

王餘佑，保定新城人。明亡，餘祐父延喜①率三子傳檄起兵。清兵至，父爲仇家陷，被繫入京，兄餘恪赴京俱死，季子餘巖②入仇家，殲之無遺。餘祐乃隱易州之五公山，號五公山人，與大原傅山相切劘。其爲文，數千言立就。著《萬勝車圖説》、《兵民經略圖》、《諸葛八陣圖》各一卷。

李放《皇清書史·王餘佑》

王餘佑，字介祺，一字申之，别號五公山人。直隸新城人，明諸生。王源撰《傳》云：「書法遒逸。」《或庵文集》

震鈞《國朝書人輯略·王餘佑》

王餘佑，字介祺，號五公山人，直隸新城人。幼偉岸，有大志。初從定興鹿太常善繼遊，既而受業於容城孫徵君奇逢。學兵法，究當世之務。習射、擊刺，無弗工。其爲文，數千言

---

① 「延喜」，當作「延善」。

② 「餘巖」當作「餘嚴」。

立就。書法遒逸，而感慨激烈之致一發於詩。王源《居業堂文集》

馬宗霍《書林藻鑒·王餘佑》

王餘佑，字介祺，號五公山人。新城人。王源云：「書法遒逸。」

謝國楨《孫夏峰李二曲學譜·孫夏峰學譜·學侶考》

夏峰弟子之中以豪俠名者，則推王餘佑。餘佑字介祺，號五公山人。受業於夏峰，學兵法，從夏峰討流寇。明亡，更從講性命之學。隱居授徒，從遊者數百人。顔習齋與之爲友，開顔李學風。著有《五公山人集》。夏峰弟子能傳其師學者，其要略具於此。近人徐世昌輯《畿輔先哲傳》，述夏峰弟子頗詳，可以參考。

郭靄春《顔習齋學譜·學侶·師友·王餘佑》①

① 據《清學案小識》，即唐鑒《國朝學案小識》，已見尹會一《北學編·王餘佑傳》。

乾隆《河間府志·隱逸·王餘佑傳》

王餘祐①，本新城人，後教授獻縣，家焉，遂爲獻縣人。餘祐少時負氣甚豪，從明大學士孫承宗於兵間，頗論時世事，習擊刺，好兵法。及承宗死去，往來燕趙間，人之盡謝其所常相善、意氣相尚者，專志於詩文。貧不自救，轉徙獻縣，以講授爲事，諸生多在門下者。餘祐好飲酒，自好五公山人。有集數卷，人爲刻之。康熙中卒。

民國《獻縣志·文獻志·王餘佑傳》

清王餘佑，字申之，一字介祺。初爲保定新城人。父延善，縣諸生。尚義好施，餘佑其仲子也。初隱易州五公山，因號五公山人，晚年乃家於獻。少爲諸生，從容城孫徵君奇逢學。念天下多故，究孫吴書，善技擊。甲申之變，方試於易，聞之投筆走歸，過徵君，謀討賊。延善率三子及從子餘厚、餘慎與雄縣馬于建義旗，糾衆千人，攻復雄、新、容三縣，禽僞官郝丕績諸人，斬之。開倉庫犒師，聲言北擊逆賊。清師入，遁歸西山。已爲怨家誣

① 「祐」，文獻多作「佑」。

陷，執延善赴燕市。三子將行，兄餘恪以餘佑後世父，不可死。偕弟餘儼至琉璃河，聞人唱《伍員出關曲》，餘恪憮然曰：「吾二人俱死，誰復仇者？」揮之去。遂獨身赴難。餘儼歸，率壯士入仇家，殲焉。捕令益急，會保定知府朱甲、易州道副使黄國安力爲解乃免。餘佑遂奉所後父建善入五公山雙峰，躬耕養親，不求聞達。常往來蘇門，與奇逢究心經史。過定興，復從杜越講學。以明體達用爲宗，閑邪存誠爲要。於是彙古人經世事爲《居諸編》十卷。又集歷代兵略爲《乾坤大略》十卷。康熙壬子，河間知府王奂與結布衣交，爲置宅於獻，主講獻陵書院。副將孔毅買田二百畝餽之。時野巾牛車，往來保、河、高、蠡間，所至兒童聚迎曰：「王先生來矣！」甲子正月卒，年六十九，門人私謚曰莊譽先生，或又曰文節，則傳聞異辭也。山人身不滿五尺，至論忠孝大節，談兵述往事，目炯炯若電，聲如洪鐘。或持兵指畫，鬚戟張，蹲身一躍丈許。馳馬彎弓，矢無虚發，觀者莫不震慄色動，嘖嘖曰：「王先生命世才也！」所著書見《藝文》中。參録舊志及《畿輔先哲傳》。按：山人一生，乃心明室而實終於清，生長保定而實終於獻。其繫之清，則史例類然。其繫之獻而不得謂爲僑寓者，則以墳墓、田廬、子孫皆久於獻，固不得獨擯山人於保定也。

光緒《保定府志·理學·王餘佑傳》

王餘佑，字申之，一字介祺。新城人。本姓宓，贅於王氏，遂因王姓。生而英敏，善讀書。年十六，補博士弟子員。桐城左忠毅公視學畿輔，覽其文，奇之。隨繼父建善任臨邑，條列時弊數千言上之，拂當事意，調建善令魯山。時流寇充斥，餘佑見時不可爲，乃勸之歸。未幾，遭本生父延善丧，痛不欲生，又念繼父缺侍養，乃奉二親廬於易州五公山之雙峰村，躬耕犖确，給甘旨，暇則述作，不入城市者垂三十年，故世稱五公山人云。當鹿善繼倡道江村，餘佑年尚少，從之遊。自魯山歸，師事孫奇逢，益闡性命學。後過范陽，又受學於杜越。其學以明體達用爲宗，閑邪存誠爲要，原本忠孝，敦尚氣節。凡古今成敗治忽，事機得失，以至一名一物，一藝一術，無不留心究析。生平慷慨好施予，縮食節衣，無弗於友朋是力，及交遊饋遺，介然不屑受，却金之節世咸重之。晚年主讲獻陵書院，爲生徒講解經史，剖抉性理，每以躬行實踐、不愧影衾教人。士習翕然丕變，人士争挽留之，遂家焉。所著有《居諸編》、《乾坤大略》、《諸葛陣圖》、《通鉴獨觀》諸書。雍正《通志》。參魏坤《五公山人傳》。

按檔册，王餘佑於光緒元年入祀新城、獻縣兩處鄉賢。

民國《新城縣志·人物·師儒·王餘佑傳》

王餘佑，字申之，一字介祺。本姓宓，贅於王氏，遂因王姓。生而英敏，善讀書。年十六，補博士弟子員。桐城左忠毅公視學畿輔，覽其文，奇之。隨繼父建善任臨邑，條列時弊數千言上之，拂當事意，調建善令魯山。時流寇充斥，餘祐見時不可爲，乃勸之歸。未幾，遭本生父延善喪，痛不欲生，又念繼父缺侍養，乃奉二親廬於易州五公山之雙峰村，躬耕犖确，上給甘旨，暇則單心述作，不入城市者垂三十年，故世稱五公山人云。當鹿善繼倡道江村，餘佑年尚少，從之遊。自魯山歸，師事孫奇逢，益闡性命學。後過范陽，又受學於杜越。其學以明體達用爲宗，閑邪存誠爲要，原本忠孝，敦尚氣節。凡古今成敗治忽，事機得失，以至一名一物，一藝一術，無不留心究析。生平慷慨好施予，縮食節衣，交遊饋遺，介然不受，却金之節世咸重之。晚年主讲獻陵書院，爲生徒講解經史，剖抉性理，每以躬行實踐、不愧影衾教人。士習翕然丕變，人士争挽留之，遂家焉。光緒元年入祀獻縣鄉賢祠。①

① 下録尹會一《北學編》、魏坤《五公山人傳》、李興祖《五公山人集序》及王餘佑《乾坤大略》各卷總序。

民國《易縣志稿·文獻略·列傳·寓賢》[1]

紀昀《四庫全書總目提要·〈五公山人集〉提要》

《五公山人集》十四卷，直隸總督採進本，國朝王餘祐[2]撰。餘祐本姓宓，先世爲王氏，後因不復改。字申之，一字介祺，直隸新城人。明末避亂易州五公山，因號五公山人。後流寓獻縣，子孫遂爲獻縣人。餘祐在前明爲諸生，受知於桐城左光斗，故喜談氣節。其學則出自容城孫奇逢、定興杜越，以砥礪品行、講求經濟爲主。故立身孤介刻苦，有古獨行之風。然恒以談兵説劍爲事，又精於技擊，喜通任俠，不甚循儒者繩墨。其詩文亦皆不入格，考證尤踈。如謂西洋呼月爲老瓦，杜詩「莫笑田家老瓦盆」即月盆也，如月琴、月臺之類取其形似。按歐邏巴人至明萬曆間利瑪竇始入中國，杜甫何自識其譯語？又謂古詩「爲樂當及時，焉能待來滋」，滋爲草名，又名繁縷，易於滋長，即藤也。案古詩本作「來茲」，字本《吕氏春秋》今茲、來茲，猶今年、明年，高誘注甚明，餘祐殆見誤本古詩，茲字加水，因生曲

---

① 已見《畿輔先哲傳》。

② 「祐」，文獻多作「佑」。

説。又題《瀏水亭印藪》，稱本《説文》、《正譌》、《玉篇》諸書。周伯琦《六書正譌》論雖偏僻，猶是篆體；顧野王、孫强之《玉篇》則全是隸書。何與摹印之事？亦太不詳檢矣。